D0996729

SOPHIE DEAN FAIT SES VALISES

Alexandra Whitaker

SOPHIE DEAN
FAIT SES VALISES

Roman

Traduit de l'anglais (Etats-Unis)
par Sylvie Schneiter

PRESSES
DE LA CITÉ

Titre original : *Leaving Sophie Dean*

© 2012 by Alexandra Whitaker
© Presses de la Cité, 2012 pour la traduction française
ISBN 978-2-258-09052-1

Presses
de   un département **place des éditeurs**
la Cité

place
des
éditeurs

A mon père

1

Agatha Weatherby rêvait d'avoir un rôle important dans le théâtre de la vie, à tout le moins de jouer le principal dans la sienne, ce qui n'avait rien d'une aspiration excessive. Or, à trente-cinq ans, elle continuait à se sentir reléguée à celui de copine dévouée, de confidente avisée et de catalyseur dans l'existence d'êtres plus fascinants et plus charismatiques qu'elle, notamment son amie, Valerie Hughes.

Si Agatha avait échoué jusqu'à présent dans sa quête de notoriété, ce n'était pas faute d'avoir essayé. Ce but s'était gravé en elle dès l'enfance, époque où elle avait commencé à se raconter des épisodes de sa vie quotidienne et à se mettre en scène comme si elle était filmée par une caméra cachée, s'imaginant en permanence sous les traits de l'héroïne pleine de charme et d'esprit de cette sorte de documentaire.

La jeune femme se livrait à cet exercice mental lorsque, un jour de septembre, elle arriva au Back Bay Café où elle devait déjeuner avec Valerie. Elle était en avance. C'était délibéré ; elle tenait à planter le décor.

Agatha choisit une table devant la baie vitrée et disposa sa chaise de façon que les passants de Newbury Street et les clients du bistrot la voient. Elle n'avait qu'à pivoter un tout petit peu pour distinguer son reflet de trois quarts dans la vitre. Du coin de l'œil, elle examina son beau nez romain et secoua imperceptiblement la tête pour admirer le mouvement de ses cheveux noirs, coupés au carré. Puis elle émit un soupir, leva les yeux au ciel, consulta sa montre, pianota sur la table du bout des doigts, mimant l'impatience au profit d'éventuels spectateurs, un homme séduisant par exemple, qui aurait conclu, après l'avoir repérée, qu'elle déjeunait seule. Qu'on puisse ne serait-ce que le supposer lui était insupportable. En outre, ce geste fournirait à l'homme hypothétique une entrée en matière : « Il est toujours en retard ? » Une façon d'apprendre si elle était mariée. Feignant de ne pas l'avoir remarqué, elle hausserait les sourcils – Agatha s'y exerça en se mirant dans la fenêtre – et rectifierait sèchement : « Elle. Oui, toujours. » En découvrant qu'elle n'attendait qu'une amie, il sourirait et tenterait de lui faire du charme en lui disant... Une voix interrompit son scénario :

— En avance, une fois de plus !

Il avait suffi à Valerie d'apparaître pour attirer tous les regards, contrairement à Agatha, malgré sa pantomime élaborée. Elle jeta un sac d'emplettes sur un siège vide avant de s'asseoir sur l'autre. En deux mouvements d'épaules, elle se débarrassa de sa veste et poursuivit :

— Ça fait mauvais effet, tu t'en rends compte ? On dirait une vieille femme qui n'a rien d'autre à fiche que de nourrir ses chats.

Agatha faillit se retourner pour prendre à témoin son nouvel ami : *Vous voyez ce que je dois endurer*, se rappelant juste à temps qu'elle l'avait inventé.

— Tu veux dire qu'arriver exprès en retard pour faire une entrée remarquée n'a rien de glorieux, riposta-t-elle d'un ton acide. Les gens vraiment importants et occupés sont d'une ponctualité rigoureuse, c'est bien connu. Alors, qu'est-ce qu'il y a dans ce sac ?

Valerie brandit une élégante veste noire au décolleté plongeant.

— Ça fera l'affaire, à ton avis ?

Agatha palpa le tissu, l'air concentrée, son dépit oublié, car elle prenait au sérieux le shopping, les fringues, l'acquisition d'objets.

— Oui, absolument. Ils signeront. Peut-être sans savoir ce qu'ils achètent, mais ils signeront.

Valerie rit jaune. Cela n'échappa pas à Agatha :

— Ton projet les impressionnera, évidemment.

— Bien sûr, puisqu'il est génial. Bon, on commande. J'ai un avion à prendre et des tas de choses à régler avant d'embarquer. De quoi as-tu envie ? C'est moi qui régale.

Et Valerie d'adresser un sourire ravageur au serveur, qui lui tendit aussitôt la carte.

Pour le déjeuner, Valerie variait d'un menu à l'autre ; quel que soit son choix, il exaspérait son amie. Tantôt, elle se contentait d'un plat à l'aspect engageant et au contenu déprimant, de ceux qui sont composés à quatre-vingt-treize pour cent de décorations et à sept pour cent de denrées comestibles, qu'elle avalait sans un regard de convoitise pour l'assiette plus garnie d'Agatha. Tantôt, elle optait pour un repas absurdement calorique qu'elle dévorait avec la gloutonnerie que seule une maigre peut se permettre. Si une femme plus enveloppée se goin-

11

frait de la même façon, son potentiel de séduction en serait nettement réduit. En sorte qu'Agatha était incapable de manger autant. Non qu'elle soit grosse, loin de là. En revanche, elle l'avait été au lycée jusqu'à ce que Valerie – merci à elle – la prenne en main, si bien que le souvenir de son embonpoint passé l'obsédait, menaçant de reprendre ses droits faute de vigilance. Il était tentant d'attribuer la minceur de Valerie à des troubles du comportement alimentaire, mais Agatha s'en gardait. Lorsqu'elle interrogeait son amie à ce sujet, elle n'obtenait qu'une réponse prétentieuse : « Je me borne à écouter mon corps. » Aujourd'hui, son corps lui recommandait manifestement une petite salade. Agatha l'imita avec amertume, non sans loucher sur le chariot des desserts, qui l'attirait comme un aimant – malgré sa décision inébranlable de se priver de gâteaux –, chaque fois qu'il s'ébranlait en grinçant. Au point qu'elle en perdit le fil de la conversation.

— Il regrette de ne pas m'accompagner, disait Valerie, alors qu'Agatha tendait de nouveau l'oreille après qu'une forêt-noire lui était passée sous le nez. Il n'en est malheureusement pas question. N'empêche, nous avons tellement travaillé sur ce projet tous les deux que c'est ridicule qu'il ne puisse le présenter avec moi. Mon Dieu, son mariage l'étouffe ! Il affirme ne se sentir vivant qu'auprès de moi.

Agatha eut un ricanement méprisant.

— Oh, arrête. Ce n'est pas parce que ça n'a pas marché pour toi que...

— Ne sois pas naïve, Valerie. Les hommes mariés ne quittent pas leur femme.

— Bien sûr que si ! Ça arrive tous les jours.

— Absolument pas. Regarde Howard et moi, il était...

— Il ne s'agit pas de Howard ! Bon sang, quand est-ce que tu cesseras de m'en parler ? Rien que son nom... Howard, ça ne t'a jamais mis la puce à l'oreille ? Cela fait des lustres que je me tape des confidences à son sujet, pendant ta liaison, depuis votre rupture, et je l'ai supporté parce que je suis une bonne copine, mais tu vas m'écouter pour une fois. Ce mec était une andouille, toi aussi d'ailleurs, point final. Et je t'interdis de le comparer à Adam : ils n'ont rien en commun !

— A ceci près qu'ils sont adultères et refusent de quitter leur femme, conclut Agatha sans se laisser démonter. Enfin, on ne peut pas avoir un point de vue objectif quand on est impliquée comme tu l'es. Un jour, tu comprendras le fond des choses.

— Voilà qui me soulage ! s'exclama Valerie, avec toute la légèreté dont elle était capable. Ton inquiétude me touche, sauf que tu te méprends sur Adam. De toute évidence, tu ne le connais pas. Cet homme, sérieux et scrupuleux, n'est pas le genre à abandonner sa femme et ses enfants sur un coup de tête. S'il l'était, je ne serais pas amoureuse de lui.

— Waouh, c'est imparable ! C'est un as de la manipulation, il faut lui reconnaître ça. Ce type s'est débrouillé pour que tu l'aimes parce qu'il ne quitte pas sa famille. Chapeau bas.

— La ferme ! Laisse-moi terminer, d'accord ? lui intima Valerie, s'efforçant de garder un ton enjoué, si difficile que ce soit. Nous ferons notre vie ensemble un jour, je n'en doute pas, mais...

— Il te l'a dit ? Il l'a formulé ? Ah ! Tu vois.

— Je suis sûre qu'il est horriblement malheureux avec elle.

Comme Agatha examinait le port de reine de son amie, elle eut une idée amusante. Ce serait une petite vengeance pour la salade minable dont elle avait dû se contenter.

— Si tu en es convaincue, Valerie, si tu le crois vraiment, tu lui rendrais service – à toi aussi par la même occasion – en lui posant un ultimatum... aujourd'hui même. « Elle ou moi, mon pote. » Oblige-le à choisir. C'est le seul moyen de découvrir la vérité. Sans compter que cela lui prouvera qu'il te reste de l'amour-propre !

— J'en ai trop pour poser un ultimatum à mon amant. Ce genre de plan foireux, digne d'une ado agressive, ne m'étonne pas de ta part. Adam n'a besoin que d'un peu de temps, et j'en ai à revendre. En fin de compte, c'est moi qu'il choisira.

— Et c'est là que le bât blesse ! Quand, à ton avis ? A l'entrée en fac de ses gosses ? Tu ne disposes pas de tant d'années. A moins de vouloir une passion du troisième âge, cantonnée aux terrains de golf, ou attendre la mort de sa femme ? Elle est tellement plus jeune que toi que ça promet d'être longuet.

— Trois ans de moins, concéda Valerie.

Renonçant à son ton provocant, Agatha se fit persuasive :

— Réfléchis, Vee, ton voyage tombe à pic.

L'idée l'emballait de plus en plus, elle regrettait presque de ne pas l'avoir eue à l'époque de son histoire avec Howard. Même si cela n'aurait sûrement rien changé, elle serait sortie plus vite de cette situation inextricable.

— Mets Adam au pied du mur ! Tu t'absentes deux jours ? Laisse-le mariner quarante-huit heures pour qu'il ait un avant-goût de la vie sans toi. Bien sûr...

Agatha réprima un gloussement avant d'asséner l'argument massue :

— ... tu prendrais un risque effrayant.

— Ne sois pas ridicule.

Valerie jeta un coup d'œil à l'addition, la régla et rassembla ses affaires.

Agatha, qui s'amusait, insista :

— Si tu es convaincue de son désir de vivre avec toi, tu auras le courage de sauter sur cette occasion de t'en assurer !

Valerie consulta sa montre, sans paraître avoir entendu.

— Je suis à la bourre.

Comme elle se levait, Agatha lui agrippa le bras.

— Profites-en, Vee. Pourquoi choisirait-il tant qu'il peut vous avoir toutes les deux ?

Valerie se dégagea.

— J'ai des tonnes de choses à faire. Ta sollicitude me touche, mais je t'assure que je connais Adam et qu'il m'aime.

Envoyant un baiser à son amie, elle pivota sur ses talons pour s'en aller.

Agatha n'en avait pas terminé. En une imitation grossière de l'accent anglais d'Adam, qui n'était pas sans rappeler celui d'un colonel à monocle de l'armée des Indes, elle rugit :

— Tu le sais que je t'aime, ma bonne, toutefois les choses ne sont pas si simples !

Elevant encore la voix, elle s'adressa au dos de Valerie :

— C'est ma femme, nom de Dieu !

Des fourchettes s'immobilisèrent, tandis que les clients se retournaient pour poser enfin les yeux sur Agatha, qui, ravie d'être le point de mire, feignit de ne rien remarquer. Un petit sourire aux lèvres, elle se mit à émietter du pain. La fin du déjeuner lui avait tellement remonté le moral qu'elle n'hésita qu'un instant avant de faire signe au préposé au chariot des desserts.

D'ordinaire, lorsqu'elle regardait par le hublot pendant le décollage, Valerie se sentait agréablement supérieure aux malheureux coincés sur terre dans leurs maisons exiguës ou en train de tourner en rond, emprisonnés dans leur petite voiture. Les grands de ce monde, les êtres dynamiques, avaient, eux, le privilège de flotter dans les nuages en sirotant du champagne et en mijotant leur prochain succès professionnel. Valerie n'avait jamais autant confiance en elle que lors d'un voyage d'affaires, en partie grâce à son bagage et son contenu ; en effet, elle était aux anges de n'emporter qu'un petit sac en cuir où étaient soigneusement rangés vêtements et articles de toilette. En petite quantité. Le tout très luxueux et très élégant. Cela avait le mérite de la rassurer.

Valerie ne se permettait de penser à son enfance malheureuse qu'au cours de ces vols qui l'emmenaient vers la présentation d'un nouveau projet et la promesse d'une victoire, et uniquement pour se féliciter du chemin parcouru. Du temps de sa vie commune avec sa mère, toutes deux possédaient un monceau de hardes. Démodées ou pas à leur taille ; trop serrées ou trop larges ; rêches ou avec un bouton manquant ; d'une couleur ou d'un tissu affreux. Il n'était cependant pas question de jeter quoi que ce soit, « au cas où ». La mère de Valerie avait le chic pour faire passer un revenu somme toute suffisant pour de la misère. Et leur pauvreté ne consistait pas en pénurie mais en surabondance : un trop-plein de saloperies qu'elles n'osaient balancer de crainte d'en avoir besoin un jour. Si sa mère n'était pas trop fatiguée en rentrant de son travail le soir, ce qui lui arrivait rarement, elle sortait la machine à coudre et « faisait quelque chose de cette jupe ». Ses retouches laissaient fortement à désirer, si bien que Valerie avait appris à s'habiller en conjuguant astucieusement ses tenues afin d'en cacher les malfaçons. A partir du moment où le père qu'elle adorait les avait abandonnées jusqu'à celui où elle était partie de la maison, Valerie et sa mère avaient vécu enchaînées à leur friperie, trimballant sacs et cartons d'une location à une autre, traînant leur misère volumineuse et humiliante d'une ville de la Nouvelle-Angleterre à l'autre jusqu'à leur installation à Burlington, banlieue grise des environs de Boston.

Au lycée, Valerie avait rencontré Agatha, une fille amusante, en colère. Une amitié salvatrice était née entre les deux ; l'une bizarrement accoutrée et l'autre boulotte, marginales toutes les deux parce que les qualités qu'elles avaient en commun – intelligence, irrévérence, originalité de la pensée – étaient peu appréciées dans leur établissement. Valerie avait trouvé son salut en étant l'artisan de la grande métamorphose d'Agatha. Par un coaching énergique et un soutien sans faille de plusieurs mois, elle avait transformé une grosse fille en une sublime *jolie laide** [1], relativement mince. Reconnaissante, Agatha avait emmené sa camarade faire des courses, l'aidant à acquérir sa première tenue élégante ; Valerie l'avait ensuite portée presque tous les jours, variant les accessoires, la lavant à la main le soir pour qu'elle reste impeccable. Posséder peu d'affaires d'une excellente qualité, Valerie en avait rêvé toute sa vie. Dieu merci, à présent...

Sauf que ce voyage ne lui procurait pas l'euphorie habituelle, notamment parce qu'il n'y avait pas de première classe dans ce vol interurbain bondé qui reliait Boston à Newark. Après s'être trémoussée sur son siège, Valerie commanda du champagne, auquel elle trouva un goût métallique. Des nuages masquaient la vue et ses compagnons de voyage n'étaient guère favorisés par la nature : le teint brouillé, le nez coulant, secoués de quintes de toux. Pour couronner le tout, se faisait-elle des idées ou l'appui-tête était-il graisseux ? Pouah ! Et si ses beaux cheveux tout propres en pâtissaient ? A la manière d'un brouillard, une espèce de crasse – aucun autre terme ne s'appliquait à la sensation éprouvée – souillait tout. Par la faute d'Adam, bien entendu. Au lieu de prendre librement son essor, elle se sentait arrimée au sol par une longe qui l'entravait davantage à mesure qu'elle s'éloignait de lui. Elle allait dans la mauvaise direction. C'était effrayant et dangereux de fendre l'air à des centaines de kilomètres à l'heure. Quelle corvée !

---

1. Les mots en italique suivis d'un astérisque sont en français dans le texte original. (*Toutes les notes sont de la traductrice.*)

La place d'Adam était à son côté, or il se trouvait sur terre, avec femme et enfants, dans une de ces maisons de banlieue qu'elle méprisait. L'un des aspects les plus exaspérants d'une liaison avec un homme marié, c'était que, contrairement à lui, la moindre séparation vous condamnait à la solitude.

Le moral de Valerie remonta de quelques échelons durant la présentation de son projet pour la construction d'une nouvelle usine pétrochimique, qui se déroula bien, comme prévu. Aussi charmante et brillante qu'à l'accoutumée, dynamique et compétente, pimentant ou pas son attitude d'un soupçon de sex-appeal, *au choix**, à l'instar d'un sachet de condiments dont on saupoudre ou pas son plat à bord d'un avion. Masterson, son patron, l'appelait « notre meilleure arnaqueuse ». Vieux filou lui-même, il attachait plus d'importance au savoir-faire en matière de vente qu'à la créativité : « Qu'est-ce qu'une bonne idée ? Je vais vous le dire... celle que le type vient d'acheter. » Le client avait délégué trois personnes ; si Valerie franchissait ce premier obstacle, il y aurait une réunion le lendemain matin avec leur patron, une simple formalité. Le vrai test avait lieu ici et maintenant. Le trio était composé d'une jeune femme coriace qui affichait ses critères élevés en jugeant sévèrement le travail d'autrui, d'un homme mûr plutôt silencieux – le plus important sans aucun doute –, et d'un type d'âge moyen dont les yeux ne cessaient de naviguer des seins de Valerie à ses cuisses, à la manière d'un nomade méticuleux fouillant du regard le même coin de désert, en quête du meilleur endroit où planter sa tente. Autant d'observations dont Valerie ne se privait pas : elle avait acquis une telle expérience que son baratin ne mobilisait pas toute son attention. « ... la création d'un espace parfaitement adapté à vos besoins. Les lieux de travail sont conçus pour satisfaire aux exigences technologiques de votre entreprise et apporter à votre personnel un bien-être physique et psychologique. Notre vision reflète l'image de votre société : progressiste, accessible, et surtout soucieuse de l'environnement. » Le dernier qualificatif était décisif. Mal à l'aise, les yeux fuyants, les membres du trio s'agitèrent sur leur siège ; ils œuvraient dans un secteur tout sauf écologique et feindre le contraire formait la pierre d'angle de l'argumentaire de Valerie. A la dure à cuire qui insistait sur le dépassement du budget que cela entraînait, Valerie répondit en enfonçant le clou de l'écologie. L'ajout d'un atrium était la raison de ces dépenses supplémentaires, mais il était essentiel.

— Imaginez l'effet sur vos clients. Dès l'entrée, verdure, luxuriance, grands arbres, massifs de fleurs, jets d'eau, telle sera la première impression produite par ce lieu magique, plein de fraîcheur. En créant le jardin d'Eden dans votre usine, vous prouvez avec infiniment plus d'éloquence qu'à l'aide de mots l'harmonie parfaite entre votre entreprise et les forces de la nature.

Et vlan, enfoirés ! conclut-elle en son for intérieur. Adam avait découvert que les écologistes de la région harcelaient la société ; l'atrium était sa réponse. « Des arbres, avait-il conseillé à Valerie, avec un geste las. Remplis-le d'arbres. Et ça finira par un "Nous sommes écolos parce que nous le disons". » Il avait bien raison. Les deux hommes étaient emballés et la femme finit même par concéder laconiquement :

— Eh bien… si Valvassori est d'accord.

L'homme mûr jeta un coup d'œil exaspéré au plus jeune, son gendre comme par hasard, qui, sans cesser de reluquer Valerie, acquiesça :

— Nous verrons ce qu'il en pense demain.

Ils se levèrent et serrèrent la main de Valerie.

Lors du déjeuner avec le beau-fils – impossible d'y couper –, Valerie expliqua un procédé architectural à l'aide de sa serviette, d'une cuillère à dessert et de son verre à eau, déployant consciemment tout son charme car le seul moyen d'animer un peu le repas était de faire comme si Adam y participait. A une époque, elle considérait le flirt avec des clients comme un à-côté de son boulot et un bon nombre d'entre eux étaient devenus ses amants. Ce genre de badinage qui l'amusait alors beaucoup lui semblait à présent au mieux trivial, au pire sordide. Dieu merci, c'était de l'histoire ancienne, elle n'était plus « disponible »… Quel mot abominable ! Elle débordait de gratitude à l'idée de ne plus être obligée de se livrer à cette pêche aux aventures, si démoralisante, dans la mare où croupissaient des tarés semblables au gendre – charognards, abominables poissons aveugles se vautrant dans la vase. Valerie lança un regard dégoûté à la main de cet homme, boudinée et constellée de taches de rousseur.

On ne pouvait en aucun cas la comparer à celle d'Adam ; fine et pourtant virile, comme lui. Au début, il lui paraissait inaccessible. Courtois et charmant, mais réservé et à mille lieues de son univers. Valerie avait commencé par aimer la voix à l'accent

21

de collège privé anglais avec laquelle il énonçait des propos extraordinairement cultivés et pleins d'humour, empreints d'autodérision. « Classe », c'est ainsi qu'elle la qualifiait secrètement, consciente que désigner quoi que ce soit de la sorte ne l'était pas. Pour une fille autrefois pauvre – enfin, issue de la classe moyenne inférieure, mais pauvre était plus émouvant – c'était irrésistible. Adam aussi : il incarnait la récompense, le prince destiné à Cendrillon. Son attitude paternelle tempérait sa culture et son talent : protecteur, pédagogue, encourageant, il s'intéressait à elle, n'hésitant ni à manifester sa désapprobation ni à la sermonner. Son dos voûté, ses tempes grisonnantes, jusqu'à sa légère tendance à la maniaquerie, la ravissaient comme autant de preuves de son pedigree. Dès que Valerie l'avait senti submergé de désir, c'était devenu une expérience érotique de vaincre sa réticence, une audace qui les excitait l'un et l'autre. Pour le conquérir, il lui avait fallu déployer l'éventail de ses astuces et roueries. Dans les affres de la frustration, elle avait d'ailleurs conclu un pacte : *Mon Dieu, si tu me donnes cet homme, je te promets de ne plus jamais rien te demander.* Quand Adam avait enfin succombé, son angoisse et sa culpabilité avaient intensifié leur plaisir et alimenté le sentiment de triomphe de Valerie.

Le centre-ville de Newark ne présentant aucun intérêt en matière de shopping, Valerie, coincée dans sa chambre d'hôtel, tua le temps en relisant le même paragraphe d'un roman assommant. De guerre lasse, elle sortit acheter des babioles dans la boutique de cadeaux sans retrouver le moral pour autant et erra dans le hall, jetant des regards anxieux aux miroirs.

Au crépuscule, après un verre en solitaire au bar, elle remonta et s'installa dans un fauteuil, les yeux rivés sur le téléphone, tenaillée par l'envie d'allumer une cigarette. Personne n'avait appelé. A qui passer un coup de fil ? Agatha ? Qu'elle aille au diable. Son « chiche » débile – Valerie considérait un ultimatum ainsi – lui était resté sur le cœur toute la journée, tout comme l'insinuation de son amie que le poser la terrifiait. En effet, Agatha savait pertinemment que Valerie était prête à tout... sauf à ne pas relever un défi. Une des phrases chargées de dérision d'Agatha lui trottait dans la tête : « Pourquoi choisirait-il tant qu'il peut vous avoir toutes les deux ? » Du dépit de sa part, une fois de plus. Inutile de s'énerver. Donc. Pas question d'appeler qui que ce soit. Ni Agatha ni Adam. Point final. Valerie foudroya l'appareil du regard. Génial ! Comme si elle n'avait pas subi assez d'humiliations dans la journée, sa soirée s'écoulerait à guetter un coup de téléphone. Ah non ! Elle en avait marre de broyer du noir. Et elle composa le numéro du bureau d'Adam, car il n'aimait pas qu'elle l'appelle sur son portable. Une, deux, trois sonneries. Sa décision prise, elle était malade d'angoisse à l'idée qu'il soit parti.

Ce n'était pas le cas, bien qu'il fût sur le départ. Il rangeait des documents sur sa table de travail, en préparation du lendemain. Sa veste était soigneusement pliée sur son sac de sport, posé sur une chaise. Aujourd'hui, un mardi, il jouait réellement au squash avec James à la sortie du bureau, alors que le jeudi sous couvert de cet alibi il se rendait chez Valerie pour sa dose hebdomadaire d'ébats amoureux et d'érotisme. James lui avait rebattu les oreilles toute la sainte journée avec la raclée qu'il lui infligerait, sa revanche sur la semaine passée. Sur le point de sortir lorsque le téléphone sonna, Adam faillit ne pas décrocher : à dix-huit heures, il estimait avoir assez travaillé. Puis il se dit que Sophie avait peut-être besoin qu'il fasse une course sur le chemin de la maison. Depuis qu'il la trompait, Adam mettait son point d'honneur à être aux petits soins pour sa femme. Il regarda le nom qui s'affichait, tout à fait disposé à rapporter un carton de lait si elle le lui demandait. Ce n'était pas elle. A la sixième sonnerie, il souleva le combiné.

— Bonjour, Valerie.

Lorsqu'elle entendit l'accent britannique, l'élocution précise, l'intonation cultivée, la jeune femme éprouva un désir fou de le voir.

— Ils ont avalé la pilule ! lui annonça-t-elle, avec une excitation artificielle. Comme on s'y attendait. Ce ne sera sûr à cent pour cent que demain, mais je crois que c'est dans la poche, cher collègue !

— Formidable !

Fronçant les sourcils, Adam regarda James, qui venait d'apparaître et agitait sa raquette avec impatience.

— Quelle bonne nouvelle ! Félicitations.

James, remarquant l'embarras d'Adam et en déduisant l'identité de son interlocutrice, fit mine de s'excuser, recula sur la pointe des pieds et ferma la porte. Puis, à travers la vitre, il adressa un grand sourire à Adam.

— Bravo, marmonna alors celui-ci.

— Qu'est-ce qu'il y a ? Tu n'es pas seul ?

— Si. Maintenant, je le suis.

— Je te manque ?

La question avait échappé à Valerie. Il y eut un silence, tandis qu'Adam indiquait d'un geste à James de l'attendre au rez-de-chaussée, articulait « cinq minutes » et écartait les doigts de la main.

— Adam, insista Valerie. Adam ?

Perplexe, James remua les lèvres :

« Quoi ? »

— Oui, bien sûr, répondit sèchement Adam, irrité par James. Toujours. Continue à bien travailler et tiens-moi au courant. D'accord ? A demain.

Il la rembarrait ?

— Adam, attends ! Je veux juste...

— Oui ?

— ... savoir si... tu m'aimes ?

Bon sang, qu'est-ce qui te prend ? se fustigea Valerie. Arrête ces conneries !

Le souffle qu'elle entendit au bout du fil ressemblait à un soupir. Elle se raidit, espérant se tromper.

— Evidemment, affirma Adam.

La pointe de lassitude existait bel et bien.

— Non, je te demande si... tu m'aimes vraiment ? s'obstina-t-elle.

Il fallait lui faire comprendre qu'elle avait besoin d'être rassurée, qu'il ne s'agissait pas d'un petit jeu idiot. Ne t'inquiète pas, c'est normal que ton amant te manque, c'est normal de le lui montrer, d'exprimer tes craintes. Ça ne va pas le braquer, se chapitra-t-elle pour garder son calme.

— Qu'est-ce que tu entends par « vraiment » ? Voyons, Valerie, ce n'est pas ton genre de poser ces questions !

Un ange passa. Puis Valerie reprit d'un ton dangereusement uni :

— Ah bon ? C'est quoi mon genre, alors ?

— Qu'est-ce qui t'arrive ? Tu sais bien que je t'aime.

Cette fois, l'impatience était incontestable. L'exaspération aussi.

James était suffisamment capable de lire sur les lèvres pour saisir les trois derniers mots de son collègue. Il était au courant de leur liaison ; impossible de ne pas l'être en travaillant dans le même bureau, d'autant qu'il les avait surpris enlacés à deux ou trois reprises. Il adressa donc un clin d'œil complice à Adam, dont la joue gauche palpita sous l'effet de la contrariété. Il était grand temps de mettre un terme à ce coup de fil pénible.

— Ecoute, je dois y aller. Remettons cette conversation à une autre fois, ça te va ? Nous en reparlerons à ton retour.

Ce fut sa voix qui fit déborder le vase. Sèche et tendue, comme si supporter les récriminations de sa maîtresse hystérique après une longue journée de travail était au-dessus de ses forces, alors qu'il ne songeait qu'à rentrer dîner avec ses deux petits garçons et sa femme. Ce fut son inflexion résignée qui, à la manière d'une décharge électrique, mit le feu aux poudres.

— Non, ça ne me va pas du tout, riposta Valerie avec violence. Il faut qu'on en parle maintenant. En fait, c'est la raison de mon appel. Adam, j'ai réfléchi et je me suis rendu compte que je n'étais pas du genre à attendre que tu décides avec qui tu as envie de vivre. L'heure a sonné, je le crains. Qui choisis-tu, ta femme ou moi ?

— Quoi ?

Valerie fut aussi sidérée que lui par ce qu'elle venait de lâcher. Elle fut saisie du même haut-le-cœur mâtiné de jubilation que si elle avait dévalé une montagne russe. Se gardant de révéler son vertige, elle poursuivit fermement :

— Je serai au bureau jeudi. Tu as quarante-huit heures pour te décider. Soit tu annonces à ta femme que tu la quittes et tu me téléphones, soit tu ne lui parles pas... auquel cas, tout est fini entre nous.

— Tu plaisantes, j'espère ! C'est de l'infantilisme.

— Je sais ce que je veux, Adam. A ton tour de faire un choix.

Il ouvrit la bouche pour protester, mais la ligne grésilla : Valerie avait raccroché. Il s'assit sans quitter des yeux le combiné qu'il tenait à la main. Regretter d'avoir répondu ne rimait plus à rien.

James rentra dans le bureau, se balança d'un pied sur l'autre. Après s'être raclé la gorge deux fois, il tapa quelques balles de squash imaginaires avec des mouvements au ralenti, émettant les acclamations d'une lointaine foule de spectateurs, mais il ne réussit pas à sortir Adam de ses pensées.

— Des problèmes au paradis ? lança-t-il timidement.

Une jeune femme mince, aux cheveux tirant sur le blond attachés en queue de cheval, pas maquillée, portant une robe en coton et des chaussures plates, avançait dans les allées d'un supermarché. Elle prenait son temps pour sélectionner chaque produit – chou, porridge, poires bosc, jus de fruits, raisin, lait, céréales, poisson –, qu'elle empilait dans un chariot qui devint pratiquement impossible à pousser. Au rayon des confitures, elle examina les ingrédients de deux pots. « Pas de sucres ajoutés », promettait en majuscules l'une des étiquettes, en revanche l'aspartame, bien plus nocif, s'y affichait en petites lettres. On ne te la fait pas à toi, se moqua une petite voix intérieure, qu'elle avait fini par surnommer « le diablotin ».

Le supermarché était un lieu où Sophie Dean était parfois assaillie de doutes existentiels, sans trop savoir sur quoi ils portaient. En effet, sa vie correspondait à un choix conscient, elle en avait prévu tous les détails. A chaque carrefour, elle avait réfléchi avant d'emprunter un chemin, ses décisions avaient toujours été raisonnables, pourtant le paysage dans lequel elle évoluait la plongeait désormais dans la perplexité.

Apercevant le reflet de son visage dans le chrome étincelant d'un bac à surgelés, elle fut étonnée par la férocité de son expression. Voilà qui ne plairait guère à Hugo, son fils de quatre ans. Les sourcils, qu'il appelait « chenilles », l'aidaient à deviner la gentillesse ou la méchanceté d'une personne. Les méchants les fronçaient tellement qu'ils se rejoignaient sur l'arête de leur nez, tandis que ceux des gentils formaient des demi-cercles. A l'évidence, il s'inspirait des illustrations de livres pour enfants et, somme toute, c'était un moyen fiable de juger les êtres et leurs humeurs dans la réalité. « Pourquoi tu as ces chenilles ? » demandait-il à sa mère lorsqu'elle était soucieuse ou fâchée.

Tout en faisant la queue derrière son chariot plein, Sophie remarqua une femme de son âge dans l'autre file d'attente. Elle n'avait acheté qu'un paquet de yaourts, une laitue et une savonnette. Trois articles. Tellement légers qu'un panier était inutile. Cette femme avait beau ne pas afficher de mépris pour l'environnement ni s'en démarquer délibérément, elle n'y semblait pas à sa place. Cinq ans auparavant, jusqu'à la naissance de Matthew, Sophie mettait rarement les pieds dans un supermarché. Quand elle était célibataire ou lors de sa première année de vie commune avec Adam, elle habitait un petit studio à Marlborough Street, entre Exeter et Fairfield, et s'arrêtait chez De Luca's en rentrant chez elle pour y prendre une ou deux choses – un chou-fleur, une boîte d'œufs – puis ressortait d'un pas vif dans la rue, balançant son sac de provisions. Tout avait changé à présent. Résider en banlieue l'obligeait à faire un long trajet en voiture uniquement pour se rendre au supermarché. A présent, elle devait pousser un énorme Caddie dans une caverne glaciale éclairée au néon et y empiler un si grand nombre de produits qu'elle n'arrivait à le déplacer qu'en rassemblant ses forces et en ahanant. Une surconsommation obscène, mais l'autre solution était pire : acheter moins et venir plus souvent gâcherait plusieurs matinées par semaine au lieu d'une. Soudain prise d'un doute, Sophie chercha un miroir ; dès qu'elle en eut trouvé sur un présentoir de lunettes de soleil, elle s'inspecta avec anxiété. Elle n'était pas mal, sauf... ! Sauf que cela confirmait ses soupçons : elle ne détonnait pas dans un supermarché. Cette époque-là était révolue. A quoi rimait cette épouvantable dégénérescence, plus insidieuse que le vieillissement et tellement plus accablante ? Etait-il possible d'inverser l'ordre des choses ? Au prix de quel relookage, quelle chirurgie réparatrice, quelle transmutation psychologique ? Dans le parking, tête basse, marmonnant, s'efforçant de l'empêcher de verser, Sophie poussa le chariot rempli à ras bord jusqu'à sa voiture. En même temps, elle dressa son emploi du temps.

Après une matinée de travaux ménagers, elle remonterait dans la voiture pour se rendre à l'école Montessori, avec des sandwichs au fromage et des poires bosc, le fruit préféré de ses fils. Etant donné le beau temps de cette journée de la mi-septembre, ils pique-niqueraient au jardin public. Hugo, le plus petit, n'allait en classe que depuis deux semaines et Sophie n'y était pas encore habituée, pas plus qu'à la liberté vertigineuse procurée par l'absence des enfants de neuf heures à quatorze heures trente. Enfin du temps pour elle – non, en réalité. La nature ayant horreur du vide, d'autres corvées n'avaient pas tardé à le meubler ; l'illusion de liberté s'était dissipée, seule l'étrangeté de la séparation avec ses fils avait subsisté. Elle arrivait en avance à l'école et, assise devant la grille, prenait plaisir à attendre la sonnerie, le moment où la cour se remplirait d'enfants dissipés, dont les siens. Elle s'agenouillait pour les serrer contre elle, heureuse de la vigueur de leurs petits bras autour de son cou, gratifiée par les cris de joie qu'ils poussaient dès qu'ils la voyaient et l'excitation avec laquelle ils racontaient leur matinée loin d'elle. Pour tous les trois, c'était l'instant le plus heureux de la journée, se rappela-t-elle en traversant péniblement le parking. Comment pouvait-elle avoir la mesquinerie d'en vouloir au supermarché qui fournissait à ses enfants leur fruit préféré ?

A la vue des poires, une scène du passé dans son studio de Marlborough Street s'imposa à Sophie. Par un dimanche matin pluvieux, Adam et elle en mangeaient avec du roquefort, contemplant le jardin par la fenêtre, lorsqu'un des poèmes préférés de Sophie lui était revenu en mémoire. Elle avait pris le recueil, débouché une bouteille de vin blanc, et Adam avait lu à voix haute *A Late Aubade* de Richard Wilbur[1], tandis que la pluie et le vent fouettaient les fleurs du petit cerisier.

Un mendiant qui lui réclamait de la monnaie interrompit ses souvenirs, et quelque chose d'inexplicable arriva. Comme elle fouillait dans son porte-monnaie, le Caddie qu'elle avait lâché se mit à rouler. Ce que lui signala le mendiant après qu'il eut accepté les pièces avec un sourire édenté. Le chariot n'avait pris qu'un peu de vitesse. En quelques pas rapides, Sophie l'aurait rattrapé, mais elle resta immobile. En proie à un étrange détachement, elle le regarda glisser lentement sur l'asphalte, accélérant juste assez pour fracasser le feu de position gauche quand il percuta enfin sa voiture.

Installé sur le canapé, la tête entre les mains, Adam fermait les yeux comme pour protéger ses pensées des regards. Outre le coup de téléphone hystérique de Valerie – qui n'avait de toute évidence rien d'une plaisanterie –, sa journée, ponctuée de tensions et de conflits, avait été éprouvante, au point

---

1. Ecrit en 2006 par ce poète américain, né en 1921 à New York.

31

que son accès au statut d'associé semblait de plus en plus improbable. Et pour couronner le tout, cette absurde histoire de Caddie !

— Voyons, je ne comprends pas. Il roulait à quelle vitesse ?

— Très lentement. C'est ce qu'il y a de drôle.

— Bon sang, alors pourquoi ne l'as-tu pas arrêté ?

— Je n'en sais rien. On aurait dit... que c'était prédestiné, en quelque sorte.

— Nom de Dieu, Sophie !

Adam trouvait vulgaire de comparer sa maîtresse à sa femme, n'empêche : l'une concluait un contrat d'un million de dollars, tandis que l'autre n'était même pas fichue de...

— Tu serais bonne à quoi en cas de crise ? poursuivit-il. Tu crois qu'on affronte le danger en réagissant comme tu le fais ? Une inertie pareille serait susceptible de rendre périlleux un incident anodin – il aurait tout le temps de le devenir.

— C'est très bizarre, je m'en rends compte.

Sophie tendit un verre à son mari avant de gagner la cuisine.

Matthew et Hugo jouaient avec des avions aux pieds d'Adam. Le motif du tapis d'Orient leur servait de piste ; ils reproduisaient les bruits associés au contrôle du trafic aérien, au décollage, à une panne de moteur, au déclenchement d'un système d'alarme, à la panique à bord, à l'atterrissage forcé en pleine jungle, au sauvetage des passagers et à l'explosion de l'appareil. A peine l'équipage héroïque se fut-il extirpé de l'épave et eut-il éteint les flammes qu'ils reprirent le jeu depuis le début, réclamant l'attention de leur père.

— Papa, papa, regarde ça ! s'écria Matthew.

Dans la foulée, Hugo donna des coups de coude impatients à Adam dont il renversa le whisky.

— Et merde !

Sophie se précipita hors de la cuisine, un torchon à la main, décidée à protéger son mari de la turbulence de sa progéniture et celle-ci de l'indifférence de son père. L'indifférence ? Non, le terme dépassait sa pensée.

— Et voilà, le malheur est réparé, fit-elle, enjouée, une fois le whisky épongé.

Près d'elle, Matthew, l'air hésitant, n'avait pas lâché son avion.

— Papa a envie de le voir, mon trésor, mais pas tout de suite. Il a besoin de se reposer après sa dure journée au bureau. Tu lui montreras plus tard, d'accord ? Monte t'amuser dans ta chambre jusqu'au dîner. Allez, file.

— Papa veut jamais jouer, marmonna le petit garçon.

Tête basse, Hugo emboîta le pas à son frère aîné et sortit en traînant les pieds.

Adam soupira, les yeux rivés sur son verre vide, symbole de tout ce qu'il devait supporter. Le regard de Sophie naviqua de son mari à ses fils, en train de grimper l'escalier à contrecœur ; ce qu'elle venait de lâcher lui trottait dans la tête : « Papa a eu une dure journée. » Où avait-elle pêché ce cliché ? Dans un passage de *Petit Poucet l'espiègle* ? Se ressaisissant, elle adressa un sourire contrit à Adam.

— Ils sont dingues de ces avions.

Il ne réagit pas. Sophie s'assit à côté de lui, le dévisagea avec inquiétude et, caressant des mèches rebelles, les repoussa de son front.

— Tu as en effet l'air fatigué. Ça va au bureau ?

Sans lever les yeux, Adam immobilisa sa main. Etonnée, elle l'écarta, scruta sa figure impassible, puis se leva pour retourner dans la cuisine d'où elle parla fort afin de dominer le bruit des casseroles.

— Le plombier est enfin venu aujourd'hui. Avec trois heures de retard ! J'ai été coincée ici. Il a saboté le boulot. Ça fuit toujours, à mon avis. Je le rappelle ou j'en essaie un autre ?

Adam se massait le front, les paupières serrées.

— Réponds-moi !

— Pour l'amour du ciel, tu ne peux pas régler ça seule ?

Sophie s'approcha de la porte et lui lança un regard stupéfait.

— Je suis désolé, s'excusa-t-il d'un ton maussade. Simplement...

D'un geste ample, il indiqua qu'un homme qui se tuait à la tâche avait le droit d'espérer mieux à son retour du bureau que des histoires d'avions et de plombiers.

— Non, c'est moi, dit calmement Sophie. J'ai beau mourir d'envie de parler à un adulte, je n'ai rien de plus intéressant à raconter que : « Le plombier est venu ». Que cela t'assomme est normal, poursuivit-elle avec un rire forcé. C'est pareil pour moi. Tu sais, Adam, j'ai parfois du mal à m'identifier à mon rôle... d'épouse et de mère. Il m'arrive des trucs étranges. Une voix intérieure, goguenarde, se paye ma tête à la manière d'un diablotin quand je vaque à mes occupations. Ce matin au supermarché, par exemple, ou lorsque j'ai lancé aux garçons que tu avais eu une dure journée. C'est une petite voix qui se moque de ce que je suis en train de faire. Pourtant, je suis heureuse. Sans aucun doute. Bien sûr, comme n'importe qui, ça m'agace d'attendre un plombier toute la journée. Sauf que l'évier ne peut pas continuer à fuir, il faut bien que quelqu'un – moi en l'occurrence – s'en occupe. Pour l'instant en tout cas, tant que les enfants sont petits, tant que je ne travaille pas. C'est ce que nous avons décidé et je ne le regrette pas. Mais ça me barbe autant que toi, je t'assure. Davantage, en réalité, puisque c'est moi qui me tape les corvées...

Sophie, qui s'était adressée aux quatre coins de la pièce en tripotant nerveusement son alliance, se tourna vers Adam. Penché en avant, coudes sur les genoux, mains croisées sur sa tête inclinée, il l'écoutait avec une attention qui lui insuffla le courage de continuer avec plus de fermeté.

— ... donc, au lieu de me critiquer, tu pourrais faire montre d'un peu de compréhension alors que je viens de passer une journée assommante pour le bien de la communauté. Je me suis ennuyée et me donner l'impression d'être ennuyeuse, ce n'est pas sympa.

Sophie sourit à son mari, prête à accepter ses excuses, forte de s'être un peu retrouvée grâce à son allusion au diablotin. Ils allaient en rire ensemble et l'exorciser.

Sensible tout à coup au silence qui était tombé, Adam se reprit.

— Un peu de musique, ça te dit ?

De quoi dissiper l'assurance de Sophie qui retourna à pas lents dans la cuisine où le diablotin l'abreuva de sarcasmes. *Imbécile, espèce de pie ! Tu commences par lui pomper l'air puis tu en rajoutes avec des considérations saugrenues ! Tu ne peux pas la fermer quand tu n'as rien d'intéressant à dire ?*

Pourquoi se blâmer de la sorte ? Ce n'était pas de sa faute si l'histoire du plombier n'avait rien de passionnant. Qu'était-elle censée faire ? S'assurer que le moindre de ses propos soit à même de plaire à Sa Seigneurie ? Il était cependant possible qu'Adam ait raison. Elle devait – un devoir sacré – animer ses journées ; c'était injuste d'en vouloir à Adam si elle n'y parvenait pas. Mieux vaut ne pas exprimer ma colère avant d'être sûre qu'elle soit justifiée, se dit Sophie. Aussi détailla-t-elle avec une excitation artificielle les activités des enfants – propos décousus qu'elle criait pour qu'il l'entende, parodie d'un bavardage de femme au foyer qui amusa beaucoup le diablotin.

— ... dessins de Matthew... du mouvement... faire encadrer...

L'écoutant d'une oreille distraite, Adam passait en revue leur collection de disques avec l'espoir de découvrir un morceau nouveau et attrayant.

— ... nez coulant... emmené à l'école... petit rhume des foins...

La recherche d'Adam n'aboutit à rien. Il s'écarta de la chaîne et trébucha sur un panier de linge que Sophie avait planqué derrière un fauteuil.

— Nom de Dieu ! s'exclama-t-il, chancelant pour retrouver son équilibre.

Sophie sortit en courant de la cuisine et le ramassa avec empressement.

— Désolée, mon chéri, Milagros est malade. Je n'ai pas eu le temps de repasser, mais je m'occuperai de tes chemises, c'est promis.

36

Ils se regardèrent en chiens de faïence. Adam, furieux d'avoir failli tomber, et Sophie, le panier sur la hanche. Puis, la tête rejetée en arrière, elle éclata de rire.

— Oh, Adam, la vie est géniale, non ? Pleine d'imprévus ! Moi qui te demande pardon de ma négligence, obsédée par le fantôme de Mme Cleaver[1] ! Et toi qui fulmines, raide comme la justice. C'est à garder dans nos annales.

Secouée par un nouvel accès d'hilarité, elle lui serra le bras pour garder son équilibre. La tension se dissipa, du moins en ce qui la concernait.

Les garçons dévalèrent l'escalier en se chamaillant.

— Papa, Matthew a cassé mon éléphant.

— C'est pas vrai. Il s'est cassé tout seul.

— C'est ta faute. Tu peux le réparer, papa ?

Sophie s'interposa.

— Je m'en occupe, chéri.

Elle remit la trompe de l'éléphant en place, un geste machinal à force d'être effectué, fit un rapide câlin à ses fils et les repoussa doucement.

— Et voilà. Maintenant, ouste.

Regardant son mari avec tendresse, elle lui proposa :

— Je te ressers un verre, mon cœur ? Le dîner sera prêt dans une minute.

Adam acquiesça. Sophie en prit un aussi, ce qui était exceptionnel. Elle le rejoignit sur le canapé, gardant sagement le silence cette fois. Quels que soient ses problèmes de boulot, il lui en parlerait en temps voulu. La première gorgée de whisky noyé d'eau la fit frissonner,

---

1. Personnage d'une série télévisée américaine des années 1950 : *Leave it to Beaver*.

une sensation plutôt agréable. Elle avait perdu l'habitude de boire : les grossesses, l'allaitement, sans compter les mois interminables de nuits entrecoupées où elle était trop épuisée pour avoir envie de quoi que ce soit. Les yeux sur le liquide ambré, elle s'étonna de boire à nouveau de l'alcool comme un adulte.

Puis les garçons réapparurent, l'un et l'autre indignés. Hugo se jeta sur les genoux de Sophie, dont il renversa le verre sur sa robe.

— Matt m'a poussé.

Emettant un juron, Adam éloigna son propre verre pour le mettre hors de danger.

— Il ment, maman. Il est tombé tout seul. En plus, il a pris mon...

— Taisez-vous ! Taisez-vous tous les deux ! s'emporta Adam.

Les yeux ronds, les petits garçons le dévisagèrent.

— Pas un mot de plus ! C'est compris, Matthew ? Hugo ? J'en ai assez.

Ils battirent en retraite ; les lèvres de Hugo tremblaient, Matthew était livide.

— J'en ai assez, répéta plus calmement Adam, s'adressant à Sophie avec une pointe d'excuse dans la voix.

Elle regarda son verre vide avec regret.

— Un système bien huilé, tu ne trouves pas ? Grâce à leurs enfants, les parents n'ont aucun risque de sombrer dans l'alcoolisme.

Comme Adam ne se déridait pas, elle ajouta à voix basse :

— C'est pénible parce qu'ils sont petits, mon cœur, mais ça ne durera pas. Tu verras, on se souviendra de cette période avec nostalgie.

Elle n'eut pas plus de succès, il ne lui rendit pas son sourire. Du coup, elle s'adressa à ses fils :

— Vous devez mourir de faim et être fatigués. On va dîner.

Adam se leva.

— Je m'en vais. Ne m'attendez pas. Je... Ne m'attendez pas

A peine la porte se fut-elle refermée que les enfants interrogèrent Sophie du regard.

— Papa a quelque chose à faire, leur déclara-t-elle d'un ton enjoué. A table !

Valerie avait dîné seule, après s'être dérobée à l'invitation pressante du gendre. Une fois à l'hôtel, elle se souvint qu'Adam ne l'appellerait pas si tôt dans la soirée. A moins que... Selon un scénario qu'elle avait échafaudé, il pourrait le faire. Voici en quoi il consistait : galvanisé par l'ultimatum, Adam rentrait directement chez lui pour avoir une explication avec sa femme. Bon, c'est très improbable, pensa-t-elle, morose, en entrant dans l'ascenseur ; elle ouvrait la porte de sa chambre lorsque son portable sonna. Le pêchant dans son sac, elle répondit, hors d'haleine :

— Allô ? Allô ?

— Comment ça s'est passé, ma belle ?

— Ah, c'est toi, Agatha. Je peux te rappeler ? J'attends un coup de fil.

— C'en est un.

— J'arrive à l'instant. Il faut que... Je te rappelle, d'accord ?

— Non, tu n'auras qu'à le mettre en attente. Ton plaisir de m'entendre fait chaud au cœur...

Ecoute-moi : j'ai enfin un rendez-vous avec un mec...
Qu'est-ce que tu en penses ? Valerie ? Vee, ça va ?

Valerie ne répondit pas, de crainte de fondre en
larmes à cause de l'inquiétude perceptible dans la
voix de son amie.

— Il y a un problème ? insista Agatha.

— Non, aucun, assura-t-elle avec un soupir haché.
La fatigue. Une longue journée. Je n'ai pas envie de
bavarder.

— Je ne raccrocherai pas avant que tu m'expliques.

Prenant sa respiration, Valerie annonça d'un ton
aussi calme que possible :

— Ça y est.

— Bravo ! J'étais sûre que tu réussirais. A ton avis,
ils auraient signé si tu avais porté... euh... un grand
pull pelucheux tricoté main ? Allez, sois honnête.

— Mais non... il s'agit d'Adam. Je l'ai mis au pied
du mur.

— Quoi ?

— Tu sais bien. Je lui ai demandé de choisir entre
elle et moi.

— Mon Dieu ! Je n'arrive pas à y croire !

— Qu'est-ce que tu me chantes ? C'était ton idée !
« Mets-le au pied du mur. Donne-lui quarante-huit
heures pour quitter sa femme. Arrête de fiche ta vie
en l'air ! » Tu te rappelles ?

— Tu as fait *ça* ?

Valerie eut l'impression de se trouver à un carrefour de sa vie affective. D'un côté, la Panique Absolue, suscitée par une prise de conscience tardive :
loin d'être sérieuse, Agatha avait une fois de plus
joué avec ses nerfs et elle était tombée dans le piège,
mettant bêtement en péril son histoire d'amour,

voire son avenir. De l'autre, la Colère Outrée : comment cette garce avait-elle osé se payer sa tête ? Valerie hésita entre les deux.

Elle opta pour la colère.

— Alors, Agatha ? Tu n'as pas le courage de tes opinions ? Tu privilégies la parole à l'action ? Eh bien, pas moi !

Elle se sentit mieux, d'autant que cela résolvait un autre problème. Depuis sa décision de prendre cette mesure cruciale (plus exactement depuis qu'elle l'avait concrétisée, à sa grande surprise), elle était vexée de ne pas en avoir eu l'idée. Fougue et intrépidité étant des qualités qu'elle s'attribuait, Valerie trouvait humiliant de suivre les conseils d'une autre, d'Agatha en particulier. Et voilà que l'occasion lui était fournie de se l'approprier, à juste titre car à qui revenait-elle – à celle qui l'avait suggérée ou à celle qui avait eu l'audace de la concrétiser ?

— J'en ai toujours eu l'intention, et c'était le bon moment, enchaîna-t-elle, désinvolte.

— Vu les circonstances, tu n'avais plus le choix, susurra Agatha. Je regrette de ne pas y avoir pensé plus tôt... Ça aurait pu me servir pour Howard. Enfin, ton courage me sidère.

— Vraiment ?

— Absolument, ce n'est pas facile. Bravo. Tu souffriras moins longtemps. Mieux vaut apprendre la vérité maintenant et tourner la page, plutôt que de glander des années comme moi.

— Il n'y a jamais eu le moindre risque que ça m'arrive.

Agatha n'envisageait même pas la possibilité qu'Adam puisse la préférer à sa femme, cela n'avait pas échappé à Valerie qui comptait bien lui rendre la monnaie de sa pièce un jour ou l'autre.

— J'ai une grosse journée demain. Il faut que je dorme. Alors, je te laisse…

Imaginant sa longue nuit solitaire, Valerie s'interrompit brusquement. Ce n'était pas dans son intérêt de rembarrer sa meilleure amie, la magnanimité s'imposait. Envoyant au diable blessure d'orgueil, chamailleries et règlements de comptes avec Agatha, elle s'affala dans un fauteuil.

— Oh là là, je crève de trouille, Agatha.

Il serait injuste de dire que celle-ci jubila, mais sa responsabilité dans la souffrance de Valerie lui procura une certaine satisfaction. Tout ça à cause d'une salade : si Valerie avait mangé un repas suffisamment riche en calories, elle-même n'aurait pas eu envie de se venger. De quoi donner la chair de poule. Cela prouve à quel point les grands événements peuvent dépendre de vétilles : on commande le mauvais plat, on perd son mec. Ça fait réfléchir, songea Agatha.

— Tu as les jetons, hein ? lança-t-elle, décidant, elle aussi, de laisser tomber ses griefs. Rien de plus normal. Ecoute, on n'a qu'à tout décortiquer. Tu as beau avoir fait ce qu'il fallait, on va en discuter jusqu'à ce que tu n'aies plus aucun doute. Et si tu n'y arrives pas, on cherchera une autre solution. D'une façon ou d'une autre, on ne s'arrêtera de parler que lorsque tu te sentiras bien, d'accord ?

— Je suis tout ouïe, acquiesça Valerie d'une petite voix, déjà apaisée.

Le rendez-vous d'Agatha lui revint tout à coup à l'esprit. Même s'il n'avait sans doute pas grande importance, mieux valait poser la question, ne serait-ce que pour la forme.

— Et le mec que tu dois retrouver ?

— Pour l'instant, c'est toi qui comptes.

Valerie se lova dans son fauteuil, prête à être réconfortée, rassurée.

S'éclaircissant la gorge, Agatha adopta le ton d'un orateur lors d'un discours officiel.

— A présent, hum, très brièvement, je souhaiterais commencer par dire... vérification... vérification... un... deux... Le micro fonctionne ?

— Agatha, je t'en prie.

Avant de s'embarquer dans son exposé, Agatha consulta la pendule. Elle s'aperçut que pour être à l'heure à son rendez-vous, il lui fallait partir maintenant.

— Bon... ah oui... Voyons voir, vous couchez ensemble depuis environ six mois. C'est un moment essentiel dans un adultère. Vous êtes probablement à l'apogée de votre relation – l'attrait sexuel s'est mué en amour, mais l'intimité n'a pas encore viré à l'aigre. Tu avais deux options avec Adam : continuer à accepter la situation ou initier un changement. Qu'est-ce qui se serait passé si tu avais laissé les choses en l'état ? Primo : Adam aurait commencé à être à l'aise dans sa double vie et cessé de culpabiliser pour ses mensonges et sa tromperie. Il n'aurait plus été tourmenté par la sensation de « Ça ne peut plus durer », tellement utile pour lui forcer la main. Deuzio : il aurait fini par te juger disposée à accepter le rôle de la deuxième femme, qui ne mérite pas mieux par conséquent. Si tu persistes à te contenter des miettes au bout de six mois, je te garantis que tu n'obtiendras rien de plus. Tertio : la baisse de son estime pour toi sera proportionnelle à l'intensification de ta rancœur suscitée par la situation. Tu deviendras une garce, tu feras scène sur scène, il t'aimera de moins en moins et tu seras de plus en plus chiante. Bref, la spirale infernale.

— Mais si…

— Tais-toi !

Agatha ne tolérait pas les interruptions, surtout lorsqu'elle faisait preuve d'abnégation.

— J'en conclus que ta liaison se serait consumée d'elle-même si tu étais restée passive.

— Attends, insista Valerie. Il y a une autre possibilité : je ne bouge pas, il comprend que je suis celle qu'il lui faut et, sans pression excessive de ma part, il prend en temps voulu la décision responsable et gratifiante de partager sa vie avec moi.

— Non.

— Non ?

— Non. N'oublie pas qu'il est plus simple de rester marié que de divorcer. C'est ce que Newton a découvert. Les lois du mouvement des corps et le principe d'inertie. En d'autres termes, ne pas avoir envie de briser un ménage est naturel. Il est question de puits d'énergie potentielle ici. Il devra emporter ses bouquins, tu y as pensé ? Ranger tous ses livres d'architecture dans des cartons et les trimballer quelque part. Sans compter le reste, raquettes de tennis, annuaires de lycée, vieux trophées de sport peut-être…

— On est en train de vider le placard d'Adam ?

— Je fais remarquer avec une incontestable pertinence que rompre son mariage et quitter sa famille est une démarche aux conséquences énormes, d'une extrême difficulté, que peu sont prêts à entreprendre sauf en cas d'urgence. En outre, nous avons affaire à un homme bien, qui n'abandonnera pas de lui-même sa femme et ses deux enfants. En aucun cas.

Agatha fit une pause pour ménager ses effets puis ajouta :

— A moins que tu ne l'y obliges.

En ce moment précis, le pauvre type avec qui Agatha avait rendez-vous devait se trouver au coin de la rue, la guetter avec espoir, le vent ébouriffant ses... Non, il n'avait plus assez de cheveux pour ça... N'empêche, c'était cruel pour lui. Elle n'en poursuivit pas moins consciencieusement :

— Ce qui nous amène à la deuxième option. Tu lui forces la main, ce que tu as fait.

Valerie, nerveuse, enroula une mèche autour d'un doigt.

— Continue.

— Eh bien, il te trouve toujours extraordinaire et se sent toujours coupable de mentir à sa femme – sans doute estime-t-il que la tromper est pire que la quitter. Comme il sait au fond de lui qu'il doit choisir entre vous, c'est parfait que tu lui aies mis le marché en main à un moment où sa conscience le tourmente encore.

— Alors, tu crois qu'il va la quitter ? demanda Valerie, de plus en plus anxieuse.

— Non ! Tu ne m'as donc pas écoutée ? Il n'y a aucune chance pour qu'il la quitte si tu ne mets pas tout ton poids dans la balance et très peu si tu le fais. Regarde les choses en face, Vee, tu vas le perdre. Maintenant ou plus tard, la souffrance que tu en

45

ressentiras, toute la question est là. S'il compte beaucoup pour toi, ça vaut la peine de risquer d'avoir le cœur brisé en misant sur la chance infinitésimale de gagner. Si tu n'y tiens pas tant que ça, rappelle-le, excuse-toi en lui racontant que tu as perdu la boule et laisse la relation s'étioler en sorte que quand vous romprez, ça ne te fera ni chaud ni froid. A mon avis, c'est la marche à suivre pour ne pas en baver.

— Mais je le veux.

— Vraiment ? Tu en es sûre ? C'est... l'homme de ta vie ?

Mon Dieu, si tu me donnes cet homme, je te promets de ne plus jamais rien te demander.

— Oui.

— Waouh ! Dans ce cas, tu as fait ce qu'il fallait.

Valerie ferma les yeux pour savourer ces mots avant de réagir.

— Bien. Demain est une journée cruciale pour moi, il faut que je dorme. Je te rappelle.

La tonalité bourdonna dans l'oreille d'Agatha ; elle avait une heure de retard pour son rendez-vous.

Malgré les paroles réconfortantes de son amie, Valerie se réveilla en sursaut au milieu de la nuit et resta étendue dans l'obscurité de sa chambre d'hôtel, les yeux grands ouverts, le cœur battant, terrorisée par ce qu'elle avait fait.

Le lendemain, il lui sembla être une femme qui se rappelait avec un mélange d'horreur et de sentiment de défi une imprudence commise lors d'une beuverie. Elle s'habilla et se maquilla avec soin avant de descendre boire une quantité indescriptible de tasses de café comme si elle avait réellement la gueule de bois. Elle fut à cran toute la matinée, à l'affût du coup de téléphone qui changerait sa vie. *Appelle, Adam, appelle*, psalmodiait-elle dans sa tête, incapable d'éteindre son portable, même durant la réunion avec Valvassori. Que cet homme achète ou pas son projet lui paraissait dérisoire. Une indifférence qui lui permit de négocier avec une fermeté impressionnante. Persuadée qu'il capitulerait, elle s'en fichait presque. La preuve s'il en fallait, songeat-elle, morose, que lorsqu'on se moque de remporter le prix, on le gagne à tous les coups, mais... l'idée de ce que cela signifiait dans le cas d'Adam si l'inverse s'avérait était insupportable. Et elle ne pouvait imaginer un avenir plus glauque que celui d'une architecte riche et brillante que personne n'attendrait à la maison le soir. Quel épouvantable gâchis ! Regarderait-elle le jour où Valvassori avait dit oui et Adam non comme l'instant décisif de son existence, la condamnant à la réussite de sa vie professionnelle et à l'échec de sa vie privée ? *Adam, Adam, je t'en prie, ne me laisse pas tomber. Appelle-moi. Appelle.*

Le portable se mit docilement à couiner dans son sac. D'abord, elle n'y crut pas, se demandant dans sa confusion si elle avait déclenché la sonnerie. Puis elle ouvrit d'un geste sec son sac où elle fouilla avec une telle fébrilité qu'elle ne trouva pas l'appareil, si bien qu'elle dut vider le contenu sur la table et l'attrapa juste avant qu'il ne tombe.

— Allô ? Allô ? répondit-elle, haletante, tournant grossièrement le dos à Valvassori.

— Salut, casse-cou, gueule d'amour t'a téléphoné ?

— Non.

Valerie dut desserrer les dents pour prononcer le mot.

— Aah... dommage. Enfin, tant pis. De toute façon, tu as eu raison. Ciao.

L'expression que prit le visage de Valerie impressionna davantage encore son client lorsqu'elle le regarda.

— Désolée de cette interruption, monsieur Valvassori. Où en étions-nous ?

Quelques minutes plus tard, il avait acheté l'usine. Quasiment à la consternation de Valerie, car elle assimilait désormais la réussite professionnelle à l'échec sentimental. En revanche, cela lui fournissait un prétexte idéal pour appeler Adam. C'était même une obligation, il avait le droit de savoir en tant qu'associé du projet.

— Salut, c'est moi, annonça-t-elle, ajoutant précipitamment de crainte de marquer une pause ambiguë : Il a marché. Quelques détails à régler demain matin et je rentre.

— Bon travail, la félicita Adam avec une jovialité forcée. Bien joué. Alors, le... euh... l'atrium leur a plu ?

— Ils ont un peu tiqué pour le budget et le reste. Mais je leur ai servi ta phrase « en harmonie avec la nature » et ils n'ont pas osé protester.

— Tu as réussi ton coup. Bravo.

— Toi aussi... c'est un travail d'équipe.

Le silence qui s'abattit parut désespéré et implorant à Valerie, qui le rompit timidement :

— Adam, s'il te plaît... n'oublie pas ce que je t'ai dit hier.

— Bien sûr.

Adam fronça les sourcils : James venait de passer la tête par la porte pour lui poser une question. Voyant Adam au téléphone, il s'interrompit et indiqua par signes : « Pas de problème, prends ton temps. »

— Je t'aime, dit Valerie.

— Moi aussi, répondit posément Adam, avant de raccrocher.

Devinant qui était son interlocutrice, James lui décocha un grand sourire et lança avec un petit rire :

— J'ignore ce que tu mijotes, vieux. Enfin, j'espère que tu sais ce que tu fais.

La joue gauche d'Adam palpita.

Ce soir-là, Adam resta dans son jardin à contempler sa maison, s'efforçant de rassembler sang-froid et courage pour l'épreuve à affronter : la rupture avec sa femme, Sophie Dean. Pas déplaisante, la demeure familiale avait un style qu'on pouvait au mieux qualifier de rectangulaire. Pièces spacieuses, grandes fenêtres, luminosité. Une cuisine pratique, suffisamment vaste pour y prendre les repas. Située dans un quartier résidentiel choisi pour ses vieux arbres, ses beaux jardins, la proximité de bonnes écoles, un lieu raisonnable pour une famille vouée à l'ascension sociale – l'expression faisait grincer les dents d'Adam. Eloignée du centre, à l'extérieur des limites de la ville, dans la banlieue. A Milton. Et ce n'était ni un problème ni un drame. Le comble de l'ironie tout de même pour le jeune architecte plein d'idéal qu'il avait été, dédié à la création d'espaces sublimes destinés à des gens qui s'y installeraient et y évolueraient, que d'échouer dans ce quartier médiocre. Avec Sophie, ils avaient évoqué la possibilité de se réinstaller en ville – à Back Bay, s'ils en avaient les moyens, ou dans le South End – lorsque les garçons seraient adolescents. Pour l'heure, toutefois, c'était la bonne solution. Les enfants pouvaient faire de la bicyclette dans les rues calmes, jouer dans le jardin ou aller et venir chez les voisins en toute sécurité. (Ils avaient même eu un chien pendant quelques jours, grave erreur ! Encore un rêve de banlieusard qui avait mal tourné. L'animal courait dans les rues et Matthew le suivait sans regarder s'il y avait des voitures, risquant sa vie pour sauver celle du cabot. Tant et si bien qu'après un jour où leur fils l'avait échappé belle, à grand renfort de crissements de freins, ils avaient rendu le chien. Il n'était plus question d'en avoir jusqu'à ce que l'instinct de conservation de Matthew se renforce.) La décoration intérieure de la maison ne correspondait pas à leur goût. Ils s'étaient moqués du sens des couleurs de l'ancien propriétaire, mais à quoi bon changer quoi que ce soit alors que les enfants gribouillaient sur les murs ? Les petits garçons sont une calamité dans une maison. Mieux valait épargner et son portefeuille et son cœur et leur lâcher la bride sur le cou. Bien sûr. Prises séparément, toutes les décisions qui résumaient leur vie étaient cohérentes et sensées. En revanche, mises bout à bout... Cette maison par exemple, certes spacieuse, certes avec des écoles à proximité, certes agréable, à ceci près que c'était une baraque de banlieue qu'il n'avait aucune envie d'habiter. Nul doute qu'elle était très convenable, pour reprendre l'expression que la mère de Valerie

50

(pauvre Valerie) employait tant pour les vêtements que pour des plats, ce qui signifiait que les uns n'allaient pas et que les autres étaient ratés, mais qu'il faudrait s'en contenter. « Très convenable » ne satisfaisait pas du tout Adam, qui, à quarante ans, menait une vie très convenable ! Quelle ironie du sort : lui qui avait quitté ses racines et traversé l'Atlantique pour mener une vie aventureuse se retrouvait dans l'équivalent américain de Twickenham !

La soirée s'annonçait d'une difficulté insurmontable. Simplifie, s'exhorta Adam. Ramène ça à une entreprise réalisable. Il lui suffisait de prononcer une phrase : « Je suis tombé amoureux d'une autre. Je pars... » D'accord, deux phrases. Ce serait terminé au bout de quatre secondes. Se concentrant, Adam monta lentement l'escalier. Tout dépendait du moment. Il poussa la porte et Sophie se jeta dans ses bras.

— Oh, Adam, je pensais bien t'avoir entendu. Si tu savais comme tu m'as manqué aujourd'hui, je t'ai attendu avec une de ces impatiences ! Les garçons, papa est rentré.

— Papa est rentré ! Papa est rentré ! entonnèrent-ils en chœur.

Ce n'était pas le moment.

Après le dîner, il s'attarda tellement dans son bain, regardant le plafond sans le voir, que Sophie l'appela doucement de la chambre :

— Tu t'es endormi dans la baignoire, chéri ?

— J'arrive.

Au lieu de bouger, il continua à fixer le plafond. Ce n'était pas le moment non plus. Merde, pourquoi ne l'aidait-elle pas, ne lui fournissait-elle pas une entrée en matière telle que : « Qu'est-ce qui se passe, mon cœur ? Tu n'es pas dans ton état normal ? Tu es amoureux d'une autre femme ? Tu aurais envie d'aller vivre ailleurs, c'est ça ? ». Mais elle avait trop de délicatesse pour chercher à découvrir les raisons de son humeur ombrageuse. Il grogna tout haut.

La voix suave de sa femme lui parvint de l'autre pièce :

— Viens te coucher, mon cœur. Je te masserai les épaules.

Regardant sans ciller le plafonnier, il conclut que le fameux moment ne se présentait que dans un univers parallèle. Une révélation de quatre secondes n'existait pas ici-bas.

Encore plus tard, une fois Sophie endormie, il était assis en peignoir au rez-de-chaussée, un verre de whisky à la main, quand le téléphone interrompit ses ruminations. Il décrocha après la première sonnerie. Les enfants dormaient ! Bon sang, qui est-ce que ça pouvait être ?

— Allô ? souffla-t-il. Quoi ? ajouta-t-il avec aigreur. Au nom du ciel, qu'est-ce qui te prend de m'appeler ici ? Tu as perdu la tête ?

Avant de passer ce coup de fil intempestif, Valerie était restée pelotonnée dans sa chambre d'hôtel plongée dans l'obscurité, rideaux ouverts. Son kimono entortillé autour de ses genoux en guise de protection, elle contemplait les lumières de la ville et se sentait l'être le plus minable, le plus délaissé de ce vaste panorama. Seule, rejetée... et à Newark. Elle en était à se demander où se trouvait son père – un très mauvais signe, elle l'avait chassé de son esprit depuis des années. Agatha se trompait à propos des hommes qui ne quittaient jamais leur famille. Le père de Valerie l'avait fait. Le père charmant et frivole qu'elle avait adoré était parti sans un regard en arrière. Le mystère ne résidait pas dans les raisons de son départ, plutôt dans le fait qu'il ait tenu le coup si longtemps, jusqu'à ce que Valerie ait huit ans. Non que sa mère ait été insupportable, elle n'était simplement pas... amusante. Inhibée, pâle, timorée, la tête dans les épaules. Si tout le monde s'accordait à trouver que la ravissante et pétillante Valerie tenait de son père, sans doute manquait-elle d'attraits puisqu'il s'était fait la malle avec une jolie femme qui travaillait dans une agence de voyages. Au début, il avait envoyé des cadeaux d'anniversaire – jamais d'argent, comme sa mère le rabâchait –, puis, au bout de quelques années, plus rien. Le chapitre papa était clos. Valerie ne savait pas où il habitait, s'il vivait toujours avec cette femme ou s'il avait d'autres enfants. Lors d'un moment de faiblesse, elle avait lancé une recherche sur Google, et s'était heurtée à un mur étant donné la banalité de son nom et l'absence d'autres indications. De toute façon, n'était-ce pas à lui de la chercher s'il était vivant ? Aucune importance. Il avait peut-être été écrasé en traversant une rue des années auparavant. De son père, elle savait seulement que c'était un homme pour qui l'amour passait en premier et elle avait tenté de se consoler avec cette pensée tout au long de son enfance solitaire. Quoi qu'il en soit, cette douleur est derrière moi, se rappela Valerie fermement. Ce n'est pas Adam le veule, l'indécis, qui va m'obliger à un retour aux sources. Ça suffit. En un geste de défi, elle essaya de l'appeler sur son portable. Une, deux, trois fois. Peine perdue, l'appareil était éteint.

Se levant d'un bond, Valerie se mit à arpenter la pièce, ses chevilles fines battues par le kimono. Sa colère et le mouvement lui donnèrent un coup de fouet. Si seulement elle pouvait lui parler ! Un coup de fil chez lui était hors de question. Attends, pourquoi pas ? Pourquoi ne pas téléphoner dans sa foutue baraque, réveiller tout le monde et lui faire comprendre à quel point elle était malheureuse, esseulée, larguée dans une ville lointaine, jouant son avenir ? C'était enfreindre un interdit, mais qui l'avait imposé ? Et Adam n'en violait-il pas un ? Lui, l'homme marié qui couchait avec elle, l'avait rendue amoureuse de lui et la faisait lanterner avec son incapacité à quitter une femme auprès de qui, à l'en croire, il n'était pas heureux. Est-ce que ce n'était pas contraire aux règles de lui donner de l'espoir puis de lui briser le cœur ? Pourquoi devrait-elle être la seule à les respecter ? Son père l'avait-il fait ? Il n'en existait pas, hormis celles qu'Adam inventait pour se protéger et la mettre en position de faiblesse. Les mains tremblantes sous l'effet d'une fureur qu'elle estimait justifiée, Valerie attrapa son téléphone et tapa le numéro du domicile d'Adam, enregistré depuis des lustres, au cas où... Lorsqu'il décrocha dès la première sonnerie et chuchota un « Allô » inquiet, elle ne réussit toutefois qu'à souffler : « C'est moi. »

— Quoi ? Au nom du ciel, qu'est-ce qui te prend de m'appeler ici ? Tu as perdu la tête ? la rabroua-t-il tout bas.

Valerie fondit en larmes.

— Et si Sophie avait répondu ? A quoi tu joues ?

— Pardon, Adam. J'ai tout gâché ? Ne me dis pas ça, je t'en prie.

Une main plaquée sur le combiné, il tendit le cou vers l'étage, guettant les signes indiquant que Sophie s'était réveillée. Rien. Il recolla le combiné à son oreille.

— Adam ? Adam ? Tu es là ?

— Oui.

— Tu comprends, j'ai une peur bleue que tu ne décides de rester avec elle. Que tu ne m'abandonnes. J'ai besoin de toi, Adam. Je t'aime tant. Et j'ai beaucoup de mal à faire confiance, j'ai toujours la frousse qu'on me laisse tomber.

— Je ne te laisserai pas tomber.

— Si seulement j'arrivais à le croire. Adam, je sais à quel point c'est difficile pour toi. Ne me prends pas pour un monstre.

— Ce n'est pas du tout l'idée que j'ai de toi.

Valerie renifla et s'essuya le nez du dos de la main.

— Vraiment ? Tu sais...

Ravalant ses larmes, elle reprit d'une voix chevrotante où s'insinuait une note d'espoir :

— Tu sais, quand on a une chose tellement difficile à faire que ça paraît impossible... c'est un peu comme regarder par la fenêtre d'un train.

— Quoi ?

— Cela semble énorme, terrifiant, mais une fois que c'est fait, c'est terminé. De la même façon que lorsqu'on traverse une ville à bord d'un train, on aperçoit une kyrielle de maisonnettes et de jardins, rapidement, à la vitesse de l'éclair, puis vroum ! On entre dans un tunnel, on en sort, et tout a changé : un paysage désert, la ville et les maisons ont disparu comme si elles n'avaient jamais existé. Toi non plus tu n'existes plus pour elles. Ce n'est que l'histoire de quelques secondes, pourtant elles sont déjà à des kilomètres de toi dans un univers différent. Ce sera la même chose quand tu lui diras... une épreuve qui ne durera qu'un instant... puis ce sera terminé. Tu seras libre, conclut-elle dans un murmure.

— Va te coucher maintenant, chérie.

— Tu ne m'abandonneras pas ?

— Chut. Non. Bonne nuit.

Adam entra dans la chambre sur la pointe des pieds. Sa femme dormait. Quel imbécile de marcher à pas de loup alors qu'il avait l'intention de la réveiller !

— Sophie ?

Il s'assit doucement sur le lit et lui effleura les cheveux.

— Sophie ?

Il ne parvenait pas à parler autrement qu'en chuchotant. Elle remua, émit un vague son, tendit le bras et prit la main d'Adam, sans sortir de son sommeil. Adam contempla avec gravité leurs mains jointes. Au bout d'un moment, il se leva et sortit de la pièce.

Au printemps de cette année-là, quatre mois plus tôt, Adam et Valerie avaient eu la chance inouïe de partir ensemble à Paris pour un voyage professionnel juste quand il devenait évident que leur aventure, loin d'être un moment d'égarement, était le prélude à une histoire d'amour. Paris était sublime en ce mois de mai et Adam s'était émerveillé de jouer le rôle d'amant. Valerie avait tenu à ce qu'ils prennent des photos. De quoi lui tenir compagnie lors de ses longues nuits solitaires, des souvenirs à glisser sous son oreiller, avait-elle plaisanté. Son obstination avait flatté Adam suffisamment pour qu'il passe outre à sa prudence naturelle. Après un déjeuner exquis et arrosé dans l'île Saint-Louis, il n'avait pas protesté lorsqu'elle avait demandé au serveur de les photographier. Elle l'avait enlacé et embrassé, riant à gorge déployée pour le dernier cliché, radieuse, très belle. Plus tard, elle en avait fait développer pour lui.

« Ne t'imagine pas que je vais être la seule à me languir, lui avait-elle dit. Toi aussi tu dois te morfondre, sinon ce n'est pas de jeu. »

Malgré son malaise, il avait accepté les photos de crainte de paraître désobligeant ou, pire, inélégant. Le soir même, il les avait cachées dans un livre qu'il avait rangé dans son bureau, sur la plus haute étagère de la bibliothèque, excité comme un sale gosse à l'idée d'avoir des photos de sa maîtresse chez lui, entre les pages poussiéreuses d'un vieux manuel sur les propriétés des matériaux de construction, leur résistance à la pression, la torsion, la traction, avec la quasi-certitude que Sophie ne l'ouvrirait jamais. Il les récupéra et les garda à la main, tandis qu'il parcourait la pièce du regard à la recherche d'un endroit où les mettre afin que les enfants ne tombent pas dessus. Une solution germa soudain. Sans bruit, il regagna l'étage, entra dans la chambre, glissa les photos dans le tiroir de la commode qui contenait ses chemises et le referma tout doucement. Quand

57

Sophie aurait terminé son repassage le lendemain, elle l'ouvrirait pour y ranger ses chemises et alors...

Son imagination se déroba, refusant de se représenter ce qui arriverait.

Le lendemain matin, Adam téléphona à Valerie du bureau. Rasé de près, impeccable, il avait le regard vif d'un homme qui a pris son destin en main. D'une voix sèche et professionnelle, il lui annonça :

— Elle sait. Oui. Oui, hier soir.

Une vague de bonheur submergea Valerie. Elle se rendait à l'aéroport en taxi, ayant réglé les derniers détails du contrat au petit déjeuner. La tête renversée en arrière, elle eut un rire de pur soulagement. Par la fenêtre défilaient les cimes des arbres dont les frondaisons étincelaient dans la lumière mouchetée du soleil. Elle les contempla, se faisant la promesse de se souvenir sa vie durant de la joie sans mélange de cet instant.

— A ce soir, ma chérie. Dînons ensemble. Appelle-moi dès ton arrivée.

Valerie voulut prolonger son bonheur.

— Attends. Adam, tu es l'homme idéal. Comment ai-je pu douter de toi ?

— Veille à ce que ça ne se reproduise pas.

Ça fait un bien fou de lui sortir ça ! pensa Adam.

— Comment l'a-t-elle pris ? enchaîna Valerie, une pointe d'inquiétude dans la voix.

Les sourcils froncés, Adam tripota un crayon, s'attendant presque à ce que James apparaisse à la porte pour assister à cet échange. Personne ne se profila, mais James servirait d'alibi.

— Je ne peux pas parler, James est sur mon dos. Nous poursuivrons cette conversation ce soir. Oui... Oui, moi aussi, chérie. D'accord. Au revoir.

Adam raccrocha, pianota sur la table un instant avant d'appeler sa secrétaire.

— Odette, ma femme a téléphoné ce matin ? Bon, passez-la-moi dès qu'elle le fera, merci.

L'attente ne serait sûrement pas longue. De toute évidence, Sophie téléphonerait à peine aurait-elle... trouvé... les... Il se racla la gorge et s'efforça de se replonger dans son travail.

Sophie entra en fredonnant dans la buanderie, le panier de chemises propres et froissées dans les bras. Pour elle, l'ennui du repassage était compensé, jusqu'à un certain point, par l'odeur de propreté, le sifflement de la vapeur du fer, autant de découvertes de son enfance lorsqu'elle regardait sa mère repasser et, de temps à autre, soupirer ou repousser d'une main une mèche de son visage en feu. Une femme forte et capable, une fée du logis, telle était l'impression qu'elle lui faisait à l'époque. La petite fille admirait sa perpétuelle activité et sa fatigue, qu'elle associait à l'âge adulte.

Sophie s'empara de la première chemise et se mit à l'ouvrage, n'obtenant qu'un résultat moyen. Contrairement à Milagros qui s'en sortait à merveille et qui, surtout, accordait un caractère sacré à cette activité. On aurait dit que c'était un principe moral de son Espagne natale. Un repassage réussi correspondait à une vie intègre. (Sophie s'interrogea : parce que les femmes bien s'y adonnaient ou parce que le faire les rendait meilleures ?) Au début, elle avait tenté de mettre un bémol à la passion de Milagros, qui estimait qu'il fallait tout repasser, des serviettes de bain aux sous-vêtements, affirmant que cela « préservait le tissu ». Il n'était pas inhabituel que Sophie la découvre terrée dans la buanderie, après avoir effectué à toute allure les autres tâches ménagères, afin de repasser en secret. « Ça pourrira sinon. » De guerre lasse, Sophie avait cédé. Milagros pouvait s'attaquer aux maniques si ça lui chantait. D'une part, il était impossible d'employer quelqu'un sans renoncer à une parcelle de pouvoir. De l'autre, Milagros était gentille avec les garçons, faisait le ménage tellement à fond que cela tenait de la mise en accusation et la cuisine à merveille, dont de succulents pois chiches aux épinards... Alors, libre à elle d'utiliser le fer à sa guise.

Milagros travaillait chez les Dean depuis la naissance de Hugo. Avec un enfant de un an et un bébé, Sophie avait eu grand besoin d'aide. Sa mère lui avait suggéré de recruter une nounou, mais elle préférait de loin s'occuper de ses enfants et laisser quelqu'un d'autre lessiver les sols. Ce qu'Adam avait approuvé. Lorsque Sophie avait attendu son premier enfant, il avait parlé d'une manière émouvante du devoir des parents de s'investir dans l'éducation de leur petit au cours de ses premières années, essentielles. Sophie, tout à fait de son avis, avait renoncé à son travail de correctrice indépendante à son huitième mois de grossesse, d'autant plus facilement qu'elle avait perdu ses illusions – folie des dates butoir, combat solitaire avec les textes confus d'autrui – et exultait à la perspective de la tâche tellement plus vitale qui l'attendait. Le salaire d'Adam suffisait amplement, ils n'auraient qu'à adapter leur mode de vie ; Sophie pourrait reprendre une activité plus tard, peut-être dans un nouveau domaine, lié aux gens plutôt qu'aux mots. La médecine alternative l'intéressait, notamment le shiatsu, qu'elle avait essayé pour soigner des migraines récurrentes. Le traitement avait été si efficace, lui procurant en outre un bien-être absolu, qu'elle avait envisagé une formation pour devenir praticienne. Adam le lui avait déconseillé : non seulement c'était extravagant, mais son diplôme d'anglais ne lui servirait plus à rien. Aussi avait-elle remis sa décision, se plongeant dans des ouvrages sur l'accouchement, les bébés, la petite enfance, dont elle discutait le soir avec son mari. A cette époque-là, où tout était encore du domaine de la théorie, il manifestait autant d'enthousiasme qu'elle. Matthew était né puis, à leur stupéfaction, alors qu'il n'avait que cinq mois et que Sophie n'était pas encore habituée à la maternité, elle retomba enceinte. Eh bien... tant mieux. Un surcroît de couches, de tétées au beau milieu de la nuit, de sacs de change à trimballer, de minuscules vêtements à ôter, d'agenouillements sur le sol de la salle de bains pour soutenir une tête de la taille d'un pamplemousse d'une main et asperger d'eau des membres en giration de l'autre. Un surcroît de jouets, de livres, de biberons, de promenades avec la poussette double et de premiers sourires, premières dents, premiers pas. S'acquitter de ces tâches quotidiennes était un défi qui pompait l'énergie et les ressources intérieures de Sophie. Elle fit face sans se laisser démonter. Quand les enfants grandirent, les choses se tassèrent, la vie devint plus facile. C'est alors qu'elle fit une découverte perturbante : elle était seule avec ses enfants, Adam ne l'avait pas accompagnée dans cette nouvelle étape de leur aventure commune. Il se tenait à l'écart, les observant avec un mélange de nostalgie, d'ennui et d'irritation ; il s'était laissé distancer pour une raison difficile à comprendre. Bien sûr, en tant que futurs parents, blottis dans leur lit, entourés de livres sur l'éducation des enfants, ils n'avaient pas prévu à quel point son travail contrecarrerait sa paternité. Imaginer qu'ils joueraient leur rôle de parents avec la même intensité avait été un manque de réalisme. S'il bossait toute la journée et qu'elle restait à la maison, l'essentiel du travail incombait inévitablement à Sophie, ainsi que ses gratifications. Son implication était constante et réelle, celle d'Adam intermittente et théorique. Elle se répétait qu'il s'investirait davantage lorsque les garçons seraient plus grands. Dans quelques années, ils auraient plus de choses en commun, partageraient plus d'activités, se rapprocheraient. Elle se rassura ainsi une nouvelle fois alors qu'elle finissait de repasser une des chemises de son mari, déterminée à ne pas s'appesantir sur une éventuelle frustration qu'exprimerait sa voix intérieure, sarcastique. Voilà le soleil, parfait. Elle arracherait des mauvaises herbes après le déjeuner et planterait des boutures avant qu'elles ne flétrissent. Après quoi, elle passerait l'aspirateur au rez-de-chaussée et préparerait le goûter des garçons : un cake à la banane, il fallait terminer celles qui étaient trop mûres. Enfin, elle sortirait leurs vêtements pour le lendemain.

L'esprit en ébullition, le corps tendu, de bonne humeur malgré une certaine lassitude, Sophie posa le fer qui émit un soupir de soulagement vaporeux, le débrancha, plaça la dernière chemise sur la pile de la corbeille qu'elle prit dans ses bras. Elle donna un coup de coude à l'interrupteur, tandis qu'elle poussait la porte du pied. Dans la cuisine, elle se pencha pour attraper deux torchons accrochés près de l'évier, les jeta dans le panier à linge sale, rattrapa la corbeille qui glissait sur sa hanche, brancha la bouilloire. Si elle se contentait de thé et d'un sandwich pour déjeuner, elle aurait le temps de prendre un bain rapide après le jardinage ; elle pourrait récurer le lavabo et plier les serviettes pendant qu'il coulait. D'abord, il y avait ces chemises à ranger. Comme elle traversait le salon, elle ramassa deux ours en peluche – c'était une de ses règles de ne jamais monter ou descendre l'escalier sans être lourdement chargée – puis, une fois à l'étage, elle longea d'un pas élastique le couloir menant à leur chambre, la corbeille tressautant sur sa hanche. Lorsqu'elle passa devant celle des garçons, elle balança les nounours dans le coffre à jouets et ne rata pas sa cible.

Ce fut quasiment son dernier geste de femme heureuse en ménage.

Agatha tapait un article pour un magazine féminin dans son appartement de South End. Si elle avait eu un public, elle aurait affecté de pianoter avec un certain art ; comme ce n'était pas le cas, elle tapait prosaïquement. Si elle avait eu un public, elle ne se serait évidemment pas installée dans cette pièce qui était en quelque sorte un secret honteux. On aurait dit que le propriétaire d'une boutique de brocante avait été obligé par les circonstances de déménager dans des locaux beaucoup plus petits : meubles, cartons et un bric-à-brac défiant toute description s'élevaient pratiquement jusqu'au plafond en colonnes branlantes ; le seul endroit dégagé était un étroit tunnel reliant la porte au bureau. Cages à oiseaux, roues de bicyclette rouillées, paniers, poupées anciennes, une hélice d'avion, ainsi que des spécimens de presque tout ce que fabrique l'homme remplissaient la pièce, vestiges de la dernière et unique phase de décoration intérieure d'Agatha, dans un de ces logements où règne l'horreur du vide et où des objets « rigolos » occupent la moindre surface disponible – tables, étagères, plancher, murs –, sans compter ceux qui sont accrochés au plafond par du fil de fer. Il y avait peut-être eu une fenêtre dans le bureau d'Agatha, mais le bazar la condamnait désormais. La seule lumière provenait d'une lampe de bureau, dont le pied gris en forme de patte d'éléphant avait des orteils peints en demi-cercle – le comble du « rigolo ».

Agatha se concentrait. Ses doigts volaient sur le clavier, inspirés par les idées amusantes et brillantes qui lui venaient à l'esprit à propos des plateaux à fromages (elle avait incontestablement du talent), lorsque le téléphone sonna. Elle tapa plus lentement puis s'arrêta, dans les affres d'une indécision familière sur le bien-fondé de décrocher. Non, en théorie, d'où l'absence d'appareil dans cette pièce. Non, elle n'était pas là puisqu'elle travaillait, peu importait que ce soit à deux pas de son salon et pas à l'autre bout de la ville. La personne, qui qu'elle soit, n'avait qu'à laisser un message comme si elle appelait chez n'importe qui parti au bureau. Sauf que les mots

« qui qu'elle soit » constituaient le nœud du problème. Agatha, qui n'avait ni mari ni amant, qui ne sortait avec personne et le regrettait – elle était arrivée avec un tel retard à son rendez-vous l'autre soir que le type n'était plus là et avait éteint son portable, soit il avait décampé, très vexé, soit il n'était jamais venu –, estimait impossible de ne pas répondre. Elle poussa un soupir d'exaspération théâtral destiné à dissimuler à des spectateurs imaginaires le pincement de cœur et l'espoir absurde qu'elle ressentait systématiquement, c'était plus fort qu'elle, à la moindre sonnerie de téléphone. (Est-ce le début de mon histoire d'amour ? L'instant crucial de ma vie ? Vais-je raconter ça quand je serai confortablement mariée ? *Un jour où j'étais à mon bureau, le téléphone a sonné. Je suis allée répondre, et c'était ce drôle de type…* Rires, car les gens savent qu'il s'agit de son mari, assis parmi eux, souriant timidement à ce récit souvent entendu.)

Agatha ouvrit la porte et traversa le salon. Les yeux clignotants et les bras tendus, elle avança à tâtons tant la clarté formait un contraste brutal avec la lumière avare que diffusait la patte d'éléphant. Un éclat aveuglant régnait dans la pièce immaculée ; l'effet camouflage était tellement réussi qu'on avait d'abord l'impression qu'elle était nue. On ne distinguait vaguement des éléments que lorsque les pupilles se rétrécissaient : une forme blanche se détachait légèrement du mur blanc, se révélant être un canapé, et peu à peu des meubles apparaissaient. Les mules roses à talons hauts d'Agatha, flamboyante dans un peignoir citron vert et fuchsia, claquèrent sur le parquet blanc, tandis qu'elle se dirigeait à l'aveuglette vers la sonnerie, attrapait un cube blanc à peine visible sur son support et réduisait le téléphone au silence.

— Oui, lança-t-elle, belliqueuse, dans le combiné. Qu'est-ce que vous voulez ?

Mieux valait un ton agressif qu'une petite voix vibrante d'espoir, désolée mais vaillante. (Sans compter que cela pimenterait la narration de la rencontre avec son mari.) Elle n'en retint pas moins son souffle. Convaincue que cela lui porterait malheur, elle n'avait pas regardé le numéro affiché. *Ça risquait de le faire fuir.*

— Quel accueil aimable !

Valerie. Agatha put de nouveau respirer.

— Il se trouve que je suis au beau milieu d'un article à rendre il y a une demi-heure. Je te rappelle. Salut.

Elle n'esquissa cependant pas le geste de raccrocher.

— C'est quoi le sujet ? demanda Valerie, tout sucre tout miel.

L'intérêt qu'elle montrait pour son travail lui ressemblait tellement peu qu'Agatha eut aussitôt des soupçons, persuadée qu'elle avait une idée derrière la tête. En effet. Valerie prit son temps pour lâcher la bombe qui ferait tomber son amie à la renverse.

— Des plateaux à fromages. Passionnant, hein ?

— Tu es toujours sur la défensive, Agatha. Ça ne t'arrive jamais de lâcher prise ? Ecoute, j'ai quelque chose à t'annoncer qui va te faire plaisir.

— Ah oui ?

Malgré elle, Agatha sentit naître un espoir ridicule. Les choses commenceraient-elles ainsi ? Par un coup de fil de Valerie ? *Je viens de rencontrer un type parfait pour toi et il meurt d'envie de faire ta connaissance.*

— Tu n'as pas entendu une aussi bonne nouvelle depuis des lustres.

— Ah bon ?

— Prête ?

— Vas-y.

— Il l'a quittée. Adam a rompu avec sa femme. *Finito.* Il m'a choisie.

— Oh.

Agatha se rappela trop tard que Valerie était de ces gens qui présentaient leur bonheur comme si c'était une cause de réjouissance mondiale.

— J'en étais sûre, roucoula Valerie. C'est moi qu'il aime. Tu es contente pour moi ?

— Oui, évidemment. Je suis juste… abasourdie. C'est arrivé quand ?

— Hier soir. Mais ça fait seulement cinq minutes qu'il me l'a dit. Je voulais que tu sois la première au courant. C'est merveilleux, non ? Ma vie amoureuse… enfin, le problème que posait ma vie amoureuse – ce gigantesque point d'interrogation dans le ciel – est résolu pour toujours. L'histoire se termine bien. « Elle a eu son homme. » Générique.

— Tu vois ? Tu as pris un risque, tu lui as montré que tu avais de l'amour-propre, et ça a payé. Je te l'avais bien dit, non ?

— Je suppose que tu estimes que c'est grâce à toi ?

— Parce que ce n'est pas vrai ?

— Alors, merci, Agatha. Tu es une bonne copine, je le pense vraiment. Il faut fêter ça. Je rentre chez moi.

— Tu n'as pas de boulot ?

— Le patron m'a donné ma journée. Il m'aime bien. Pomponne-toi et rejoins-moi pour un déjeuner tardif, d'accord ? Le champagne va couler à flots.

— Entendu. Mais d'abord, je finis mon article.

Si Agatha, en bonne copine, se réjouissait sincèrement que le dessin d'un visage heureux ait remplacé le point d'interrogation dans le ciel de la vie amoureuse de sa meilleure amie, elle n'en avait pas moins le cœur étrangement lourd. N'était-ce pas l'amorce d'une séparation inévitable ? Valerie ne s'éloignerait-elle pas de plus en plus de la grève désolée où se tenait Agatha, silhouette solitaire aux cheveux fouettés par le vent, guettant un bateau qui n'apparaîtrait peut-être jamais.

— Odette ? Il y a eu des appels ? Ma femme ou... ? Très bien. Oui, je serai dans mon bureau.

Pendant la journée, l'idée avait germé dans l'esprit d'Adam que certains jugeraient la tactique de laisser Sophie découvrir des photos plutôt... zut... le mot lui échappait. Quoi qu'il en soit, il n'avait pas eu le choix compte tenu de l'impossibilité d'insérer ces quatre secondes dans le cours trépidant de sa vie familiale. De plus, Sophie perdrait moins la face ainsi. Etant donné son désarroi prévisible, il était plus gentil de lui permettre de s'adapter à la situation sans témoins de son désespoir. Une forme de respect de sa dignité. Adam était plongé dans un examen scrupuleux du sous-main de son bureau lorsque James se matérialisa sur le seuil, agitant une raquette de squash dans sa direction.

— Une partie après le boulot, ça te dit ?

Il fit un petit bond en avant et mima un smash.

— Non, merci, répondit Adam.

— Qu'est-ce qu'il y a ? Tu as peur d'être battu à plate couture ?

Adam leva les yeux, l'air égaré.

— Quoi ? Non, pas de squash. Merci.

— Non mais regardez-moi cet Anglais ! Il a la trouille de prendre la raclée de sa vie.

— James, fiche-moi la paix s'il te plaît.

S'arrêtant de sautiller, James lança un regard étonné à Adam.

— Tout va bien ? demanda-t-il, baissant la voix, sur le ton de la confidence.

— Absolument.

— Ouais, c'est ça. Ecoute, Adam, si jamais tu as envie de boire une bière à la sortie du bureau pour discuter ou... simplement prendre un pot... ça me ferait plaisir. Tu n'as qu'à le dire. D'accord, vieux ?

Adam se sentit obligé de le remercier

— Pas de problème. A quoi je sers sinon ?

Il fit un signe de la main avant de s'en aller. Et Adam de se demander s'il se retrouverait un jour à pleurer dans sa bière tout en racontant sa vie à James. Pourvu que non, espéra-t-il ardemment.

Comme elle glissait les chemises d'Adam dans le tiroir, Sophie effleura quelque chose : on aurait dit des feuilles, lisses, avec des coins. Perplexe, elle les sortit en fronçant les sourcils. Des photos. Le cœur battant, elle s'approcha de la fenêtre et, à la faveur de la lumière, les examina lentement, une par une, un nombre incalculable de fois.

2

Exténuée par les nuits d'angoisse passées à douter du courage et de l'attachement d'Adam, Valerie s'assoupit pendant le vol de retour. Aussi ne regardait-elle pas par le hublot quand l'avion se prépara à atterrir. Dommage. En effet, une scène se déroulant sur terre, visible de son poste d'observation, aurait retenu toute son attention si elle avait pu l'interpréter.

L'appareil s'incline pour effectuer une boucle et amorce sa descente, révélant soudain la zone urbaine tentaculaire qui s'étire telle une magnifique ville miniature. Au sud, le quartier résidentiel et luxuriant de Milton, où les Dean occupent l'un des cubes blancs posés sur des rectangles verts. Une silhouette aux cheveux blonds, à peine décelable à cette hauteur, sort d'une des maisonnettes blanches, court dans l'allée menant à la rue et s'engouffre dans une minuscule voiture blanche, dont elle claque la portière sans bruit. Sophie. Elle tient les photos dans une main et son sac dans l'autre. La voiture blanche démarre et tournicote lentement dans les rues, disparaissant de temps à autre sous la canopée ; elle s'engage sur une route, franchit un pont autoroutier tellement encombré qu'il est difficile de la suivre... Ah, la voilà qui ralentit à un embranchement pour se diriger vers un autre quartier résidentiel qu'elle traverse, s'arrêtant fréquemment à des feux. A cette altitude, la circulation semble avancer à une vitesse d'escargot, on la dirait accompagnée par un air paisible fredonné par un enfant solitaire jouant avec ses petites autos. Il est difficile d'imaginer une quelconque urgence. Personne ne devinerait la désolation qui règne dans la petite voiture blanche.

Celle-ci est parvenue dans un quartier quadrillé de rues bordées de maisons modernes, flanquées de carrés verts à l'avant et à l'arrière, dont certains sont dotés de balançoires et de toboggans rouges, d'autres de patios, de vérandas et de bacs de fleurs, d'autres de cordes où sèche du linge, d'autres de piscines turquoise ; dans l'un, une forme marron va et vient : un chien enfermé dans un enclos. L'auto de Sophie s'arrête devant l'une de ces maisons. La portière s'ouvre, son pied apparaît, puis le sommet de sa tête tandis qu'elle sort, claque la portière, ouvre un portillon, le ferme, se rue dans l'allée, gravit trois marches et frappe à une porte bleue. Tout en attendant, elle se retourne vers sa voiture, se tordant les mains, virevolte quand on ouvre et tend quelque chose – les photos – à une femme corpulente qui se tient sur le seuil. La blonde se jette dans ses bras, elles s'accrochent l'une à l'autre puis disparaissent à l'intérieur.

— Tu la connais ? demanda Marion, d'un ton neutre, tout en resservant du café à Sophie.

Les quatre photos étaient étalées sur la table de la cuisine. La première montrait Adam et une jeune femme brune, mince, aux traits fins, assis côte à côte au soleil dans un café parisien, un sourire poli aux lèvres. Sur la deuxième, la brune se trouvait sur les genoux d'Adam et ils riaient, elle avec effronterie, lui avec un étonnement ravi. Sur la troisième, ils s'embrassaient ; on ne voyait que leurs profils, elle relevait le menton, lui le baissait. Sur la quatrième, ils souriaient au photographe, joue contre joue, elle avait les bras autour du cou d'Adam qui enlaçait sa taille. Il y avait une progression. On aurait dit des clichés choisis dans une séquence de film. Une scène intitulée : « Extérieur – Jour – Couple heureux bati-folant à la terrasse d'un café parisien. »

— Non. En revanche, je sais qui c'est.

Sophie prit sa tasse, une de ces tasses faites main, d'un bleu terne, dont la texture grossière et grume-leuse l'emporte d'ordinaire dans la bouche sur le goût des tisanes qu'elle contient. Heureusement, elle était remplie d'un café au lait délicieux. Ebranlée et blessée après avoir pleuré, Sophie trouvait rassurant de se concentrer sur des détails concrets.

— Qui est-ce ?

— Ils travaillent ensemble. C'est une nouvelle recrue. Je crois qu'elle est arrivée il y a environ six mois. Je l'ai vue une fois... au bureau d'Adam. Nous n'avons pas échangé un mot.

— De quand datent ces photos ? Quand Adam est-il allé à Paris ?

— En mai.

— Il y a quatre mois. Ils n'ont pas perdu de temps !

— C'est la chemise que je lui ai offerte pour son anniversaire, fit remarquer Sophie avec un soupir à fendre l'âme. Il a l'air heureux.

Baissant la tête, elle ne chercha pas à refouler les larmes qui recommençaient à couler sur ses joues.

— Allons, allons.

Marion ramassa les photos qu'elle mit de côté. Elle sortit d'un placard un flacon de comprimés, le genre de prescription portant une étiquette tapée à la machine.

— Aussi étrange que cela puisse te paraître en ce moment, il n'y a pas de quoi s'affoler. Tu as l'impression que c'est la fin du monde, je m'en doute. Il n'en est rien. Ça arrive à tous les hommes, Sophie. La crise classique des sept ans de mariage, tellement banale que c'en est devenu un cliché. Même Gerald est passé par là, tu te rends compte ! Tiens, prends ça.

Elle tendit un comprimé ainsi qu'un verre d'eau à Sophie, qui les accepta comme une enfant, sans poser de question, et avala, les yeux fixés sur le verre.

— Tu te sentiras mieux dans une minute. Garde ça, c'est exactement ce qu'il te faut.

Marion fourra le flacon dans le sac de Sophie, ouvert, sur la table.

— Adam a fait une bêtise. Il n'en reste pas moins, au fond de lui, un homme responsable et raisonnable. Il vous aime, les garçons et toi. Vous êtes sa vie, sûrement pas...

D'un geste dédaigneux, elle désigna les photos.

— ... pas ça. Voici ce que tu vas faire.

S'agenouillant, elle serra les mains de Sophie.

— Tu vas remettre les photos où tu les as trouvées et faire comme si tu ne savais rien.

Sophie retira ses mains et dévisagea Marion.

— C'est la meilleure solution. Je comprends que tu sois sous le choc, mais c'est l'instant clé. Tu dois te ressaisir. Le bonheur de tes enfants dépend de ta réaction.

Sophie déglutit.

— Je ne peux pas faire comme si je ne savais pas.

— Bien sûr que si. Qu'il ait laissé les photos pour que tu les découvres est révélateur. D'accord, il a eu une aventure comme n'importe quel quadra. Rien de plus. Si c'était sérieux, il te l'aurait avoué. Il a mis les photos tel un gamin coupable, une façon de soulager sa conscience et de te demander pardon, de se disculper. Il a eu tort de vouloir que tu l'apprennes, c'est très égoïste de sa part. Quoi qu'il en soit, ce qui est fait est fait. C'est déjà de l'histoire ancienne et ça ne rime à rien de s'appesantir dessus puisque le passé est par définition irréversible.

Marion était psychologue-conseil, ce qui se sentait parfois.

— Rien d'autre ne compte que le présent, reprit-elle. Que faire maintenant ? Rien. Si tu laisses couler, tout rentrera dans l'ordre.

— Couler, répéta Sophie d'un ton morose.

— Remets les photos en place. Il croira que tu ne les as pas trouvées. Il sera tellement soulagé qu'il les brûlera, rompra cette liaison grotesque et estimera l'avoir échappé belle. Ainsi, l'affaire sera réglée.

— C'est ce que tu penses ?

Les lèvres de Sophie remuèrent à peine. Elle avait le vertige et l'impression que tout fonctionnait au ralenti. Ces comprimés… c'était quoi ? Tournant lentement sa tête perchée sur un cou incroyablement long, elle sentit la pièce tanguer comme si elle était en suspension dans la nacelle d'une espèce de manège de fête foraine. Voyons, comment ça s'appelait ? La grande roue… le grand huit ?

— Je ne le pense pas, Sophie, répondit Marion, penchant la tête d'un côté et le sourire aux lèves. Je le sais.

— Oh là là, quelle heure est-il ?

Sophie parcourut vaguement la pièce du regard sans réel espoir de trouver une pendule.

— Je dois filer chercher les garçons à l'école.

Elle se leva, se pencha pour attraper son sac sur la table puis s'agrippa au dossier de la chaise pour garder son équilibre. C'était difficile de se rappeler qu'il s'agissait d'un jour comme les autres, où il fallait récupérer les enfants à quatorze heures trente. La découverte des photos lui avait coupé le souffle, comme un coup au plexus. Sa journée en avait été fendue en deux à la manière d'un melon dont les deux moitiés dégoulinantes ballottaient encore, désormais étrangères l'une à l'autre, telles des séquences d'existences incompatibles. Elle ne serait plus jamais dans le même état d'esprit que ce matin. Sans les photos, elle aurait pu vivre des centaines, voire des milliers, de jours semblables. A présent, c'était inconcevable. En revanche, à l'autre bout de la ville, rien n'avait changé pour ses fils. La sonnerie retentirait à quatorze heures trente. Les portes de l'école s'ouvriraient comme à l'ordinaire, indifférentes au récent chambardement de son existence qui agitait ses petites pattes comme un scarabée

75

réduit à l'impuissance. Les portes de l'école s'en moquent, pensa-t-elle avec une lucidité impitoyable.

— Ne t'inquiète pas pour les garçons, déclara Marion. Je vais aller les chercher et je les garderai ici. Comme ça, tu pourras rentrer chez toi et reprendre tes esprits avant le retour d'Adam. Tu as l'air lessivée. Laisse-moi te maquiller un peu.

Marion s'approcha de son amie, du fard à joues dans une main, une houppette dans l'autre, plissant les yeux à la manière d'une artiste.

— Non, pas question. Je ne me maquille jamais, protesta Sophie, qui fit tomber la houppette par terre et éclata d'un rire dont elle fut la première étonnée. Si je rentre grimée comme un clown, Adam se doutera de quelque chose. Au fond, pourquoi pas ? Fais des ronds rouges sur mes joues, étire mes lèvres en un sourire radieux, aide-moi à entrer dans le rôle.

A peine son sac en bandoulière, elle passa du rire aux larmes.

— Qu'est-ce qui m'arrive, Marion ?

Son amie l'étreignit de toutes ses forces.

Au Meritage, le restaurant du Boston Harbor Hotel, Agatha et Valerie prolongeaient leur déjeuner de célébration et vidaient leur deuxième bouteille de champagne plus lentement que la première. Agatha parlait tout en traçant des motifs sur la nappe avec une croûte de pain.

— J'avais peur qu'il ne t'abandonne, voilà tout. Merde, regarde Howard et moi. Trois ans de ma vie gâchés. Ce qui avait commencé par « tu es la seule qui me comprenne » s'est terminé par « c'est ma femme, est-ce si difficile à comprendre ? ».

Valerie s'esclaffa et leva sa coupe pour remercier son amie, trop adoucie par l'alcool et sa victoire pour que l'évocation de ce nullard de Howard et de l'aventure sordide d'Agatha l'énerve.

— A propos de femme, elle a pris ça comment ? demanda Agatha, avec un intérêt non dissimulé.

— Je ne connais pas les détails. Il ne s'est pas répandu parce qu'il était au bureau. Il me racontera tout ce soir, on dîne ensemble. N'empêche que je suis sûre qu'elle était au courant ou se doutait de quelque chose. Elle devait s'y attendre un peu sauf si elle faisait l'autruche.

— Finalement, tu lui as rendu service. Il aurait continué à mener sa double vie le plus longtemps possible. Elle sait à quoi s'en tenir maintenant : son mari n'est qu'un salaud infidèle.

Le haussement de sourcils de Valerie n'empêcha pas Agatha d'enfoncer le clou :

— De son point de vue. Du tien, c'est l'homme le plus merveilleux de la terre. Pour elle, c'est évidemment un salaud. Il commence par la tromper, lui mentir pendant des mois, trahir son serment de fidélité conjugale, et maintenant il se dégonfle, renonce à ses devoirs de père, l'abandonne avec deux mômes sur les bras. Ils ont quel âge déjà ?

Valerie cacha son agacement en feignant d'étouffer un bâillement.

— Aucune idée, tu poses toujours cette question. Ils sont petits, trois et quatre ans ou quatre et cinq ? Quelle importance ? Seigneur, le champagne me donne sommeil.

— Maintenant, elle est libre de trouver un homme qui l'aime vraiment. Elle te remerciera peut-être un jour. Je veux dire par là que tu n'as aucune raison de te sentir coupable.

— Ce n'est pas le cas.

— En effet, pourquoi le serais-tu ?

Valerie menaça Agatha du doigt.

— Attention. Pas d'aigreur.

— Tout de même, Vee, c'est injuste.

Valerie bâilla de nouveau, pour de bon cette fois, fit bouffer ses cheveux courts et sourit.

— Il vaut mieux que je rentre me reposer pour être en forme. Ce serait dommage qu'Adam regrette son choix. Pas de dessert pour moi, et toi ? fit-elle en s'étirant.

— Oh que non.

Valerie accrocha le regard du serveur.

Agatha se dit avec mauvaise humeur qu'il aurait mis des plombes à la remarquer. Le déjeuner et la conclusion de Valerie sur le chat qui avait mangé le canari la laissaient sur sa faim. Son triomphe était naturel, mais Agatha aurait souhaité davantage de remerciements pour son rôle essentiel dans la partie. Sans la bonne vieille Agatha, rien ne serait arrivé. Même si elle ne voulait pas s'attribuer tout le mérite, quel choix s'offrait à elle si Valerie refusait de le reconnaître ? Et elle dans tout ça ? Elle avait résolu le problème de la vie amoureuse de Valerie, ce qui n'était pas rien ! Et après ? Elle aurait bien aimé entendre son amie prononcer la phrase rituelle : *Tout va bien pour moi, à ton tour de faire une rencontre. Si on en parlait* ? Agatha décida d'orienter la conversation sur la bonne voie.

— Maintenant que tu es casée et que tu vas couler des jours heureux avec l'homme de tes rêves... grâce à un petit coup de main de tes amis, c'est à mon tour, non ?

Voilà qui devrait les embarquer dans une croustillante parlotte de nanas, le genre où on se déchausse, où on tend un bras languissant vers la bouteille pour remplir les verres, où les volutes de fumée s'accompagnent d'un rire rauque, tandis qu'on ferme le restaurant (avant de vous jeter en prison pour avoir fumé dans un lieu public).

— Ouais, fit Valerie, qui s'adressa au serveur. L'addition, s'il vous plaît.

Elle se leva, s'étira à nouveau et sourit.

— C'était super, hein ?

Adam ouvrit la porte, écouta quelques secondes avant d'entrer. La maison était plongée dans un étrange silence. Sophie ne l'avait pas appelé de la journée. Du coup, il n'avait pu jauger la situation ni adapter ses adieux à l'atmosphère, ainsi qu'il l'espérait. Et maintenant ce silence de mauvais augure... Puis Sophie l'appela de la cuisine, gaiement comme à son habitude.

— Je suis ici. Comment ça s'est passé au bureau ?

Il avait la gorge nouée au point qu'il dut s'éclaircir la voix plusieurs fois avant de répondre prudemment :

— Bien.

Il posa doucement son attaché-case, comme si le moindre bruit pouvait être dangereux, et rejoignit Sophie, tendu, sur le qui-vive et prêt à l'esquive, s'aperçut-il à son grand dam. Furieux contre lui-même, contre cette existence grotesque qui l'avait réduit à ce rôle de bouffon, et par ricochet d'autant plus content de mettre un terme à cette farce de vie familiale et de recouvrer un peu de dignité.

Debout devant l'évier, Sophie lui tournait le dos.

— Le dîner est presque prêt. Tu as envie d'un apéro ?

— Je m'en occupe. Je t'en sers un aussi.

— Merci.

Quand il revint avec les verres, au lieu de pivoter sur ses talons elle lui désigna du menton le plan de travail.

— Pose-le là.

Adam avala une gorgée tout en l'observant : long cou, queue de cheval soyeuse, tee-shirt, cordons de tablier pendillant sur son jean, taille fine, fesses rondes, sandales noires. En temps ordinaire, il aurait pu se serrer contre elle, lui embrasser la nuque, la chatouiller et la faire rire. Aujourd'hui, il s'apprêtait à la quitter ; il ne ressentait aucun regret, cela lui traversa simplement l'esprit. C'était un fait. Son détachement le surprit tandis qu'il prenait conscience d'être à un carrefour de sa vie : les prochaines secondes le propulseraient dans une nouvelle direction. Sans cesser de la regarder, il retourna cette pensée dans sa tête avant de demander :

— Et toi, comment... s'est passée ta journée ?

— Oh, tu sais... des tas de petites choses.

Si seulement elle cessait de jouer la comédie, de s'agiter devant l'évier et lui faisait face pour l'écouter ! Bon Dieu... et si Sophie ne se bornait pas à atermoyer ? Si elle n'avait pas trouvé les photos ?

80

Son pouls s'accéléra à la perspective de lui faire son discours d'adieu de but en blanc. Il hésita. Pour en avoir le cœur net, il devait vérifier si les photos étaient toujours à leur place. Si ce n'était pas le cas, il saurait qu'elle savait, sinon... eh bien, il y penserait plus tard.

— Je reviens tout de suite, marmonna-t-il à l'intention de son visage détourné, avant de foncer dans l'escalier.

Une fois seule, Sophie s'affaissa sur l'évier, épuisée par l'effort fourni pour garder un ton enjoué et parler de la pluie et du beau temps. Elle ne se doutait pas que mentir pouvait être physiquement fatigant. La spectatrice qui subsistait en elle, même en un instant aussi éprouvant et chargé d'émotion, en prit note pour y réfléchir ultérieurement. Sans aide chimique, elle ne tiendrait pas le coup toute la soirée. Bon sang, où avait-elle fourré le flacon de Marion ?

Adam descendit doucement l'escalier, les photos plaquées à l'envers sur sa cuisse, ne sachant trop comment s'y prendre. Lorsqu'il pénétra dans la cuisine, il surprit Sophie en train d'avaler furtivement un comprimé. D'un air coupable, elle virevolta pour cacher le flacon, tandis qu'Adam relevait deux faits : Sophie prenait un médicament – une première – et son visage était pâle et boursouflé. Ainsi, elle les avait trouvées. Jusque-là, il n'en était pas sûr. Quant à Sophie, elle avait aperçu ce qu'il tenait contre sa cuisse. Comprimés, larmes, photos : la comédie était terminée.

— Où sont les garçons ? demanda-t-il avec calme.

— Chez Marion, souffla-t-elle puis, après avoir dégluti, elle éleva la voix : Ils ne vont pas tarder à rentrer.

81

Les yeux rivés sur le sol, elle remarqua pour la première fois la complexité de ses motifs géométriques. Quelle tristesse... cette aspiration d'un bout de lino à être l'Alhambra.

Adam se racla la gorge et, tel un plongeur qui se jette dans le vide en espérant que la piscine soit pleine, il se lança :

— Sophie, notre vie ne correspond pas à celle que nous voulions. Je ne comprends pas pourquoi, mais tout a dérapé. Nous n'avons plus rien à nous dire, plus rien en commun. Nous sommes dans une impasse. Il ne nous reste plus qu'à essayer de limiter les dégâts. J'ai... j'ai beau regretter infiniment que cela se termine ainsi, nous n'avons pas le choix.

Malgré ses efforts pour l'éviter, son laïus avait la tonalité compassée d'un texte appris par cœur. Sophie leva la tête et le fixa sans avoir l'air de comprendre ce flot de banalités.

— Je veillerai à ce que les enfants ne... n'en souffrent pas trop. Je passerai le plus de temps possible avec eux. Naturellement, je subviendrai à leurs besoins ainsi qu'aux tiens. Tu n'as pas à t'inquiéter à ce sujet.

Livide, bouleversée, Sophie avait néanmoins les yeux secs.

Sa réaction encouragea Adam qui poursuivit avec davantage d'assurance :

— Il faut nous préoccuper des garçons maintenant. En tant qu'adultes responsables, nous pouvons – nous devons – mettre de côté nos déceptions et nous concentrer sur leur bien-être. Il est essentiel de chambouler leur vie le moins possible. Ils ont besoin de stabilité, c'est à nous d'y veiller. Je te laisse la maison et tout ce qu'elle contient, cela va sans dire, afin qu'ils restent dans la même école, le même environnement et gardent leurs amis. Je ne prendrai que mes affaires et la moitié de nos économies.

Il marqua une pause avant de conclure :

— Eh bien... s'éterniser ne sert à rien, je m'en vais. Je reviendrai plus tard emballer quelques affaires que je prendrai demain après le travail. Le mieux, à mon avis, c'est de dire aux garçons – pour l'instant – que je pars pour des petites vacances.

L'incrédulité poussa Sophie à rompre son silence :

— Des petites vacances ?

Mal à l'aise, Adam détourna le regard.

— Inutile de les perturber plus que nécessaire. Nous les mettrons au courant au fil du temps. C'est pour leur bien, Sophie, insista-t-il avec un regain de vigueur.

— Tu dois être très amoureux d'elle.

— Elle n'a rien à voir avec ça. Si notre mariage avait été réussi, il n'y aurait pas eu d'autre femme. Le problème, c'est nous, Sophie : toi et moi et cette horrible vie de robots qui est la nôtre. Ne cherchons pas de bouc émissaire, tu veux ?

Sophie, qui tentait de le comprendre, formula sa question avec lenteur :

— Pourquoi laisser des photos d'elle en évidence, alors ?

Heureusement pour Adam, la porte d'entrée s'ouvrit et les garçons déboulèrent dans la pièce. Matthew, tout excité, claironna :

— Marion a un nouveau chat, papa. Il s'appelle Trudy. Il a des pattes râpeuses.

Pour illustrer la description de son frère, Hugo replia ses doigts comme des griffes. Adam posa une main sur la tête de chacun de ses fils.

— C'est formidable, les garçons, dit-il, avant de s'adresser à Sophie. Il vaut mieux que j'y aille. Ne m'attends pas. Je... rentrerai tard.

Hébétée, elle le regarda sortir puis se laissa tomber sur une chaise de la cuisine. Matthew grimpa aussitôt sur ses genoux et continua à parler du chat avec insouciance, tandis qu'elle s'efforçait d'assimiler qu'Adam, son mari, venait de partir pour retrouver sa maîtresse, qu'elle, sa femme, le savait, et qu'elle ne pouvait rien pour l'en empêcher. Elle était réduite à l'impuissance parce que les règles avaient subitement changé. Désormais, Adam était libre de quitter la maison, d'avoir des relations sexuelles avec une autre ; à charge pour elle de préparer le dîner des enfants qu'ils avaient décidé d'avoir ensemble. En un sens, c'était normal : le pacte était rompu. De fait, Adam n'avait cessé de croiser les doigts derrière son dos.

— J'ai faim, maman. Qu'est-ce qu'on mange ? demanda Hugo.

Le train-train du soir, incontournable. Dîner, bain, pyjama, livres (une demi-heure de lecture) puis au dodo (baisers, porte entrebâillée, veilleuse allumée). La vie d'Adam changerait presque du tout au tout. En revanche, la sienne – aussi incroyable que cela puisse paraître – serait quasiment la même.

Sauf qu'elle serait seule.

Chaque fois qu'il pénétrait dans l'appartement de Valerie, Adam avait l'impression d'être un autre homme, un homme qu'il préférait nettement : subtil, séduisant, intelligent et ardent. Avec Valerie, il se sentait génial, prêt à saisir à bras-le-corps tout nouveau boulot, capable de grandes choses. L'ambition de la jeune femme était contagieuse, de même que la joie que lui donnait la réussite couronnant ses efforts. Travail et plaisir, rien d'autre n'existait avec Valerie. Un mode de vie extraordinairement stimulant, exigeant et captivant.

Alors que chez lui... Seigneur, avec Sophie il se sentait stressé et incompétent. Pour Valerie, le travail était seulement synonyme de projets d'architecture. Alors que chez les Dean, cela englobait l'entretien de la maison et les soins à donner aux enfants – autant de corvées qui accablaient Adam, qu'il s'y attelle ou pas. Si exécuter ce genre de tâches était déplaisant, s'y dérober lui procurait un sentiment de culpabilité insupportable. Quoi de plus démoralisant que de ne pouvoir savourer un verre à la fin d'une journée parce qu'on se sentait obligé de fabriquer un cerf-volant ? Et moins Sophie se plaignait de se taper presque tout, plus il se faisait l'effet d'être un salaud. Or, s'il est vrai que nous aimons les autres pour l'image qu'ils nous renvoient de nous-mêmes – comme certains l'affirment –, ce n'était pas à l'actif de Sophie. Sa bonne volonté et sa gaieté tournaient à son désavantage. Oui, le travail à la maison était sans fin et ingrat, quant au plaisir... Ils n'allaient jamais se promener sans les enfants, les excursions n'étaient prévues qu'en fonction d'eux. On mettait des heures à partir : préparation interminable de sacs pour parer à toute éventualité, verres d'eau et pipis de dernière minute, et à peine avait-on enfin démarré qu'il fallait s'arrêter pour un nouveau verre d'eau et un nouveau pipi. On avançait lentement, on parcourait une petite distance et, quand on faisait le point au terme d'une journée harassante, on évaluait le succès de la balade à « l'expression de Matthew » ou autres critères du même acabit, bien éphémères du point de vue d'Adam, mais dont Sophie semblait se contenter. Au retour, Adam était accablé de cette fatigue particulière suscitée par une trop grande lenteur à se mouvoir, celle qu'on éprouve lorsqu'on est piégé par un troupeau de vieilles dames qui traînent les pieds dans un musée. La journée était-elle terminée ? Non ! Il fallait encore attraper les enfants, les nourrir, les laver, les mettre en pyjama, leur lire une histoire et les coucher : l'inexorable routine, le boulet des parents.

Adam s'affala sur le canapé de Valerie, remarquant avec satisfaction le nombre d'objets fragiles ou potentiellement dangereux à hauteur d'enfant dans cette maison d'adultes. Il avait envie d'écouter du Bach en sirotant un whisky, mais l'idée qu'il pouvait si ça lui chantait se précipiter dans un lieu tel que l'Opéra, interdit aux enfants, insufflait des possibilités excitantes à la perspective d'une soirée tranquille, inconcevable chez lui. Quand on a de très jeunes enfants, faire quelque chose ou ne rien faire est exclu ; il est tout aussi impossible d'entreprendre quoi que ce soit que de se détendre. Les journées sont remplies d'activités inintéressantes. L'esprit occupé par ces pensées, Adam, qui comparait ses deux existences, se rassurait sur le bien-fondé, le côté inéluctable, de sa décision, non sans ressentir un trouble et une colère inexplicables. Il observa

Valerie en train d'examiner des planches d'architecture étalées sur la table. Elle coinça une boucle de cheveux derrière son oreille, plissant les yeux sous l'effet de la concentration. Elle n'avait pas ôté la robe noire et les bas qu'elle portait au bureau, mais elle s'était déchaussée – son unique concession au fait d'être chez elle, outre celle de tripoter ses cheveux en réfléchissant. Adam appréciait beaucoup, entre autres qualités, qu'elle ne se change pas après le travail. Valerie, très à l'aise dans ses vêtements élégants, sexy, s'habillait naturellement d'une manière qui, pour Sophie, aurait été « se mettre sur son trente et un » en vue d'un dîner ou d'une de leurs rares soirées à l'extérieur. Pauvre Sophie avec ses tee-shirts et ses jeans, ses jupes et ses pulls. Jolie, bien sûr. Adam se versa un autre verre en soupirant. Pragmatique. Proprette. Tandis que Valerie... Chic, pleine d'assurance, conquérante. Bien que très séduisante, elle avait un côté masculin plaisant qui s'exprimait par son agressivité, son goût du risque, son aptitude à prendre des décisions sous le coup d'une impulsion et à en assumer les conséquences. Son audace attirait Adam, qui n'en était pas moins ému par sa vulnérabilité, l'enfant effrayée toujours lovée en elle, en mal de protection et de réconfort. Un mélange explosif de dureté et de douceur incroyablement envoûtant. Valerie avait une part d'ombre, une personnalité riche, paradoxale, pétrie de contradictions. Contrairement à Sophie, sans mystère, cohérente, saine jusqu'au bout des ongles, efficace, prévenante, gentille. Posant à nouveau le regard sur Valerie, Adam s'émerveilla que cette femme complexe lui appartienne. Malgré tout, il éprouvait un certain...

malaise. Il n'y avait pas d'autre mot. Son autosatis-faction ne l'empêchait pas de broyer du noir.

Valerie leva les yeux de son travail pour contem-pler Adam, son trophée, installé sur son canapé comme s'il se trouvait chez lui, ce qui, bien sûr, était le cas désormais. Elle scruta son visage familier – pommettes saillantes, grande bouche, front ridé, cheveux ondulés légèrement grisonnants – avec une possessivité inédite. Il avait l'air triste et pensif, le pauvre chéri, fronçant les sourcils dans son verre de whisky, quoi de plus normal le soir où il avait quitté femme et enfants. S'il avait eu envie de fêter ça, il n'aurait pas été l'homme qu'elle aimait. Valerie se gardait bien de chercher à lui remonter le moral ; elle le rejoindrait dans un instant et ils discuteraient cal-mement des événements graves survenus dans leurs vies. D'ici là, elle le laisserait réfléchir et admirer son profil. Elle savait être plutôt à son avantage, concen-trée sur ses dessins, mordillant de temps à autre son crayon comme une écolière. Ce n'était pas le moment d'interrompre le cours des pensées d'Adam, d'autant qu'elle mettait la dernière main à un projet qui lui tenait à cœur depuis plusieurs mois.

La jeune femme s'y était attelée quelques semaines après le début de leur liaison, un jour de solitude où elle avait ressenti les premiers tiraillements du syn-drome de la deuxième femme : jalousie, apitoiement sur soi, rancœur. A ce rythme, elle ne tarderait pas à se morfondre à l'idée de son Noël solitaire, la plainte classique des maîtresses. Valerie ne souhaitait pas laver les chaussettes d'Adam, tant s'en fallait. Elle avait une conscience aiguë des dangers du train-train quotidien dont elle avait vu les effets sur le mariage de ses parents. Loin de reprocher à son père de les avoir abandonnées, Valerie méprisait sa mère, quelconque et ringarde au point d'avoir été incapable de retenir l'homme dont elle avait tant besoin. Et elle n'en voulait pas davantage à la maîtresse de son père : une célibataire avait le droit de mettre à l'épreuve la fidélité des hommes mariés séduisants de son entourage. Si les liens conjugaux étaient solides, elle se casserait les dents, dans le cas contraire ils méritaient d'être brisés. Adam était tombé dans ses bras, leur liaison était prédestinée. Ni la culpabilité ni le désir d'une vie de famille douillette ne tourmentaient Valerie. Elle voulait davantage, tout simplement.

Davantage d'attention, davantage de temps ensemble. La clandestinité avait été excitante au début, mais elle avait quelque chose d'avilissant, sans compter les désagréments. Le déséquilibre de leur relation la taraudait : Adam avait une autre vie, dont elle ne faisait pas partie, tandis que rien dans la sienne ne l'excluait ; elle donnait tout, lui une parcelle. Pour éviter de sombrer dans le rôle de la maîtresse boudeuse, elle s'était lancée dans un projet : la conception d'un appartement idéal, libre de toutes considérations de coût ou d'espace, qu'elle occuperait un jour avec Adam. Du délire, elle le savait, extraordinairement réparateur néanmoins, d'autant que les dessins servaient de tremplin à des fantasmes sur leur future vie commune. Le travail la réconfortait toujours et, à mesure que les plans de sol prenaient forme, son enthousiasme et sa détermination allaient en grandissant. Elle en vint même à penser que cela susciterait peut-être un phénomène de magie blanche : si l'appartement qu'elle concevait était génial, Adam quitterait sa femme pour y habiter. L'impression de faire avancer les choses, serait-ce en ayant recours au vaudou, la soulageait. Et si elle pouvait s'adonner à la magie blanche, pourquoi pas à la noire ? Un soir, elle imagina que chaque fois qu'elle traçait un trait, Adam, déçu par Sophie, pensait amoureusement à elle. Grâce aux plans de la demeure magique, elle parviendrait à le délivrer et à l'attirer, lentement mais irrésistiblement, à elle.

Aussi lors de la première soirée qu'Adam, devenu son homme à part entière, passait chez elle était-il normal que Valerie attribue sa victoire aux plans de l'appartement – à présent achevés dans le moindre détail ou presque. Pendant tous ces mois, elle n'en avait pas parlé à son amant, à la fois par gêne et par crainte superstitieuse que leur évocation ne dissipe leur pouvoir.

En proie à une timidité soudaine, elle lança un ultime regard aux feuilles. De longues heures de rêverie avaient été nécessaires pour faire durer son travail sur l'appartement, d'une grande simplicité. Clair et spacieux, pratiquement sans cloisons, il occupait les deux derniers étages d'un charmant immeuble de Back Bay. En bas, un grand espace ouvert comprenait un lieu de vie, un coin salle à manger et une cuisine ; un autre plus petit était composé d'une chambre, d'un dressing et d'une salle de bains. Celle-ci, Valerie en était convaincue, devait avoir une taille convenable et être une pièce agréable, décorée de tableaux, où passer une soirée, seule ou à deux, en musique, avec de la place autour d'une grande baignoire pour poser livres et boissons. Un escalier partait du lieu de vie et menait à un immense atelier d'architecture pourvu de baies vitrées sur quatre côtés et de lucarnes. Installés sur le toit du monde, jouissant d'une vue panoramique, ils auraient le sentiment d'être des dieux si bien que la création irait de soi. Ils travailleraient chacun à un bout, suffisamment proches l'un de l'autre pour être complices, tout en étant assez éloignés pour que leur créativité respective soit respectée. L'atelier ouvrait sur un grand balcon surplombant une terrasse accessible par le lieu de vie ; l'un et l'autre dominaient les toits du quartier. Pour Valerie, l'appartement frisait la perfection en matière de raffinement et d'élégance, ainsi que d'un point de vue pratique : il y avait des placards de part et d'autre de l'unique mur intérieur, sur toute sa longueur. Comme Adam, en tant qu'architecte, souhaiterait naturellement apporter sa contribution, elle comptait s'en remettre à lui pour deux ou trois problèmes aux solutions évidentes. Une question de tact, bien sûr,

— Adam, que penses-tu d'un grand escalier courbe sans contremarches ? A mon avis, ça produit un effet élégant, aérien. De toute façon, ce doit être un point de convergence, tu ne trouves pas ? La colonne vertébrale d'une maison. A moins que tu ne préfères un colimaçon étroit et sombre ? termina-t-elle en souriant.

— De quoi parles-tu ?

— Viens voir ça, mon chéri.

Et voilà. Pas de quoi fouetter un chat. Debout derrière elle, il regarda les planches.

— Qu'est-ce que c'est ?

Elle tenait tellement à son approbation qu'il lui fut difficile de garder un ton désinvolte.

— L'appartement de nos rêves.

— Quoi ?

— Notre appartement. Celui où nous habiterons un jour, toi et moi.

Elle agrémenta d'un petit rire sa réponse un peu acerbe. Le front plissé, Adam examina les plans de plus près tandis qu'elle retenait son souffle. Mais il s'écarta bien trop rapidement, lançant par-dessus son épaule :

— Il faudra une chambre pour les garçons. Ils séjourneront souvent chez nous, tu sais.

Valerie s'efforça de dissimuler sa consternation.

— Bien sûr. Je voulais... que tu me donnes ton avis.

— Beaucoup de place perdue dans la salle de bains. On pourrait la caser là.

C'est ça, fiche la salle de bains en l'air, la circulation de la lumière et la liberté de mouvement, sans parler de l'intimité. A quoi ressemble une chambre de garçons ? Lits superposés, draps à carreaux, posters de dinosaures, c'est ça ? Bon... ce n'est pas le moment de le contredire.

— Hmm, fit-elle sur un ton conciliant qui aurait pu signifier *absolument, nous pourrions la mettre là*, ou n'importe quoi d'autre.

Sophie, en état de catatonie, n'avait pas quitté sa place à la cuisine. Les enfants étaient partis jouer, revenus, à l'affût de signes d'un dîner, et repartis parce qu'ils n'en voyaient aucun. L'idée du repas à préparer lui trottait dans la tête sans la pousser à l'action pour autant. Les yeux rivés sur la table vide, elle n'en revenait pas de sa léthargie. Pour la première fois depuis qu'elle était mère, elle se permettait de ne pas s'atteler à la tâche qui lui incombait. Peu à peu, elle se rendait compte qu'elle en était incapable. Pour couronner le tout, et c'était encore plus stupéfiant, elle ne parvenait pas à se sentir concernée. Les enfants, mes enfants, ont faim, s'exhorta-t-elle, tentant de s'insuffler un sentiment d'urgence afin de surmonter son inertie. Au lieu de quoi, elle éclata de rire. Cette bizarre hilarité suscita l'appréhension de Matthew. Plantés devant la porte depuis un bon moment, les deux frères l'observaient.

— Hugo a faim, finit-il par déclarer.

— Alors, à table, répondit Sophie d'un ton enjoué. Nous allons manger.

Ils obéirent et attendirent.

— Quoi ? demanda Matthew. Qu'est-ce qu'on va manger ?

— Eh bien... on n'a qu'à...

Sophie s'interrompit, cherchant une idée, qui finit par jaillir :

— ... pique-niquer. Voici ce que je vous propose : chacun prend à tour de rôle ce qui lui fait envie dans le frigo. Hugo, tu commences. Tout ce que tu veux, mais une chose à la fois.

D'abord hésitants, ils prirent vite goût à ce nouveau jeu passionnant. Au bout de quelques minutes, la table se retrouva encombrée de nourriture pour leur plus grand plaisir.

— Parfait. Mangeons à présent, dit Sophie.

— On n'a pas d'assiettes.

— On n'a pas de fourchettes.

— Aucune importance pour un pique-nique. Regardez.

Pêchant un cornichon avec les doigts dans un pot, elle le croqua.

Ils comprirent et s'empressèrent de confectionner des sandwichs sous le regard de leur mère, qui affichait un sourire rêveur.

Au moment du bain, elle s'agenouilla près de la baignoire pour les asperger à deux mains. Elle riait aux éclats. Médusés par cette infraction au règlement, ils l'éclaboussèrent à leur tour jusqu'à ce qu'elle soit trempée. Une fois le shampooing en route, Sophie, sacrifiant à la tradition, façonna des petites cornes avec leurs cheveux couverts de mousse avant de tendre un miroir aux diablotins afin qu'ils s'y admirent – la condition pour qu'ils acceptent qu'elle leur lave les cheveux. Il fallut ensuite les rincer, l'étape anxiogène ; craintifs mais dociles, ils renversèrent la tête en arrière pendant qu'elle versait de l'eau d'un broc. Si une goutte tombait dans leurs yeux, ils devaient crier « œil, œil ! », et Sophie poussait un cri perçant, cherchait à la hâte une serviette, mimant une panique qui les faisait toujours rire. Ce soir-là, comme tous les autres, le rituel se termina par la déclaration solennelle de Hugo : « Le bain est fini. » Le signal pour qu'elle emmitoufle leurs corps fermes, mouillés, glissants, dans des serviettes et les serre dans ses bras.

Valerie mit *Don Juan* avant de se servir un autre verre de vin. Adam tenait son whisky, oublié, à la main. Elle se percha sur le bras du canapé, l'air grave. L'heure de parler avait sonné.

— Tu as pris la bonne décision, mon chéri. J'ai fait des recherches : d'après les experts, les enfants souffrent moins d'un divorce avant l'âge de cinq ans. Les tiens sont encore assez petits pour trouver ça normal. C'est donc plus gentil de le faire maintenant.

Il consulta sa montre.

— Il faut que je rentre.

Valerie l'enlaça.

— Tu es sûr ? Je t'en prie, reste ici ce soir. J'ai l'impression que quelque chose d'affreux arrivera si je te laisse partir. Ça m'angoisse.

— Ne sois pas ridicule, la morigéna-t-il doucement.

Il lui donna un baiser qu'il n'avait pas l'intention de prolonger, mais elle s'accrocha à lui si bien que cela se transforma en ébats maladroits et frénétiques sur les coussins du canapé. Avant de le lâcher, Valerie murmura :

— N'oublie pas que tu es à moi à présent.

Baissant les yeux sur le visage de la jeune femme où la provocation le disputait à la peur, il fut soulagé de l'élan d'amour qui le traversa. Venant de rompre avec sa famille pour cette femme, il désirait être transporté par un sentiment plein d'ardeur pour elle qui l'avait fui toute la soirée jusqu'à cet instant. Il attisa les flammes avec jubilation, se rappelant qu'elle avait grandi dans la pauvreté – enfin presque –, abandonnée par son père, et que derrière le masque de dureté, elle restait une petite fille vulnérable, en mal d'attention. La différence essentielle entre sa femme et sa maîtresse se situait là. Sophie pouvait avoir des hauts et des bas, mais le tréfonds de son être ne se déliterait jamais. Contrairement à Valerie, elle n'avait pas besoin d'Adam. Par conséquent, il avait fait le bon choix. Il avait été juste.

Un peu plus tard, Adam sortit de sa voiture et contempla sa maison – haïssable temple de la médiocrité, fruit d'un millier de compromis avilissants. Heureusement, ce n'était plus chez lui. Qu'il se soit senti diminué d'y vivre, en tant que créateur et en tant qu'homme, étouffé par la banalité de cet environnement, n'avait rien d'étonnant. La maison était plongée dans le noir. Parfait. Ainsi, il n'y aurait pas de scène au cœur de la nuit, pas de lancer de porcelaine. Non qu'il se soit attendu à ce que Sophie se comporte de la sorte, elle était au-dessus de ça – faute de passion. Son départ l'attristerait, sans aucun doute, la mettrait en colère, mais elle ne tarderait pas à l'accepter et à tourner la page. On pouvait compter sur Sophie la raisonnable pour réagir en fonction du long terme, ce qui excluait de se morfondre et de se lamenter. Son tempérament de bonne vivante l'empêcherait d'être malheureuse longtemps. La force de Sophie, la résilience des enfants encore petits, autant de motifs pour Adam de se féliciter de sa chance. Tous les hommes n'avaient pas la possibilité de revenir sur un mauvais choix sans faire de victimes. Lui, en revanche, il saisissait son bonheur sans compromettre celui de qui que ce soit – un petit miracle dans cet univers de vies enchevêtrées.

Adam jeta un coup d'œil dans leur chambre où tout était éteint : Sophie ne s'y trouvait pas. Un rai de lumière filtrait sous la porte de la chambre d'amis. Après un instant d'hésitation, il décida de ne pas frapper. Il était encore trop tôt pour reprendre leur discussion, elle avait besoin de davantage de solitude pour... se ressaisir. Il entra dans la chambre conjugale sur la pointe des pieds, alluma la lampe de chevet de son côté du lit et remplit à la hâte deux valises.

Dans l'obscurité, assise sur une marche de l'escalier menant au grenier, Sophie l'observait. Par la porte entrouverte, elle apercevait l'homme, son mari jusqu'à aujourd'hui, qui allait de la penderie à la commode et aux valises sur le lit, les bras chargés d'abord de pulls, puis de chaussures, enfin d'une pile des chemises qu'elle avait repassées pas plus tard que le matin même, dans une vie antérieure. Méthodique et organisé, il procédait avec les gestes vifs d'un voyageur de commerce emballant ses affaires pour une autre tournée. Il tria les objets disposés sur la commode, qui avaient cohabité paisiblement pendant si longtemps, avec une impatience et une indifférence qui coupèrent le souffle de Sophie. Il attrapa boutons de manchette, monnaie, peigne, renversant dans sa précipitation le Chanel N° 19 qu'il lui avait offert pour Noël l'année précédente sans se soucier de le redresser, ce qui ajouta l'insulte à l'outrage. Et si le bouchon s'était desserré et que le précieux liquide coulait du flacon ? Tel un cambrioleur chevronné, il séparait les objets de valeur de la camelote, les siens de ceux de Sophie, rangeait soigneusement les premiers et laissait les seconds – le parfum renversé, une chaîne en or, un coquillage extraordinaire – sur la commode, qui semblait couverte de poussière à présent qu'elle était à moitié dégarnie. Deux bruits secs – clic, clac – et la première valise fut fermée. Puis l'autre, et Adam apparut, chargé du butin razzié dans le lieu où ils avaient dormi, fait l'amour et des projets, où ils s'étaient caressés, où ils avaient ri et câliné leurs enfants au cours des cinq dernières années. Posant les valises, il retourna dans la chambre pour éteindre la lampe – il avait toujours évité de gaspiller l'électricité –, revint sur ses pas, reprit les valises en poussant un léger grognement et les porta dans l'escalier qui grinça sous son poids. Sophie attendit qu'il s'affaire dans son cabinet de travail pour descendre à pas de loup et entrer dans le salon noyé d'ombre de l'autre côté du couloir, d'où elle le regarda, invisible, sélectionner les meilleurs livres de sa bibliothèque. Comme les chambres étaient éloignées, il faisait plus de bruit, en balançait dans des cartons, en feuilletait d'autres qu'il hésitait à emporter, s'absorbait dans la lecture de l'un d'entre eux. De nombreuses minutes s'écoulèrent avant qu'il le referme et revienne à ses moutons : l'abandon de Sophie Dean, son épouse. De sa cachette, celle-ci fut abasourdie qu'il puisse faire abstraction de tout, ne serait-ce qu'un instant. Les hommes ne fonctionnaient pas comme les femmes ; dans la même situation, elle ne se serait jamais laissé distraire par un texte. Si elle avait plié bagage, le moindre objet aurait réveillé des souvenirs et, quelle qu'ait été sa détermination, la nostalgie et les regrets l'auraient dévastée et se seraient exprimés sur son visage, dans chacun de ses gestes. Le cerveau des hommes devait être cloisonné, composé de compartiments où pensées et émotions ne se côtoyaient pas, tandis que dans celui plus intégré des femmes les idées ne se dissociaient pas des sentiments. Quel repos ce devait être de trouver refuge dans les sphères de l'intellect où l'émotion n'avait pas droit de cité ! A présent, Adam vidait les tiroirs de son bureau, un par un, rangeait le contenu dans des cartons avec une telle adresse qu'on aurait dit qu'il s'était exercé. Avait-il projeté ce moment, en avait-il rêvé ? Cachée dans l'ombre, le visage pensif, empreint de gravité, Sophie continua à l'observer comme un fantôme. Elle était à la fois envoûtée de le voir scinder leurs vies et pétrifiée par la rapidité et la facilité avec lesquelles il démantelait ce qui avait pris des années d'efforts communs à construire. D'un revers de main, il jetait bas leur tour.

— Tu dois combattre le feu par le feu, asséna Marion le lendemain.

Les mains sur les hanches, la taille ceinte d'un tablier de Sophie, elle était plantée devant la cuisinière, vigoureuse et corpulente. Ayant insisté pour confectionner le déjeuner, elle avait bombardé son amie de questions pour trouver les ustensiles et réussi à préparer un plat qui mijotait dans une cocotte.

— Achète-toi de nouvelles fringues, plus seyantes. Laisse-moi prendre rendez-vous pour toi chez mon coiffeur, je te l'offre. Il est formidable.

— Serais-tu en train de sous-entendre qu'Adam m'a plaquée parce que ma coiffure lui déplaisait ?

— Voyons, Sophie...

— Ou qu'il reviendra si j'ai une nouvelle coupe ? De ta part, cela me surprend ! A quoi rime ton baratin sur le maquillage et... et les tranquillisants ? Tu ne crois pas plus aux antidépresseurs que moi. Que devient la médecine holistique ? Tu es thérapeute, Marion, où est passée ta conviction que les problèmes se règlent par la parole ? Au premier accroc, tu t'empresses de conseiller médicaments et salon de beauté.

Spécialisée dans le traitement des enfants, Marion soutenait que sa stérilité n'était pas un handicap. *Ce n'est pas la peine d'en avoir un, il suffit de l'avoir été,* se plaisait-elle à répéter.

— La psychologie et le fer à friser ne sont pas incompatibles, réfuta-t-elle. Tu te trouves dans une situation extrêmement délicate. Ton mari t'a quittée, te laissant avec deux enfants que tu devras peut-être élever seule. Le pire des scénarios, même si je ne crois pas une seconde qu'il se concrétisera. N'empêche que tu dois accepter la réalité : tu as une rivale, séduisante et superbe. Adam...

— Je m'en fiche ! Il n'est pas question que je joue à la Barbie pour le récupérer.

— Ecoute-moi. Adam reviendra à la raison et auprès de toi, mais tu dois l'aider, en gardant ton calme, en évitant de dramatiser, en t'efforçant d'être attirante. C'est difficile, alors recours à tous les moyens à ta disposition, prière, eye-liner ou médicaments. Il s'agit d'une crise, Sophie, il faut faire feu de tout bois.

S'enfouissant le visage dans les mains, Sophie se massa les sourcils du bout des doigts. Elle avait passé une mauvaise nuit, malgré le sédatif, ou plutôt à cause de lui. Elle détestait ne pas faire de rêves, cela lui donnait la sensation d'avoir été dévalisée. Ni Adam ni elle n'avaient occupé le lit conjugal. Elle avait dormi dans la chambre d'amis et Adam, d'un sommeil agité, sur le canapé, enroulé dans une mince couverture qu'il avait laissée en évidence, comme preuve de son martyre. Il était parti avant le petit déjeuner, ses valises et cartons soigneusement rangés dans son bureau, où il avait écrit un petit mot pour la prévenir qu'il passerait prendre « ses dernières affaires » au sortir du bureau.

— Il reviendra, répéta Marion. Si tu te montres compréhensive et indulgente, si tu lui facilites les choses. Au fond de lui, c'est ce qu'il veut.

Sophie releva la tête et plissa le front. Deux mots avaient retenu son attention, précipitant ses pensées dans des confins surréalistes. (Lui conseillait-on d'être compréhensive et indulgente envers Adam ? Non, sûrement pas.)

— J'ai besoin de réfléchir, dit-elle lentement, à voix haute, mais pour elle-même.

— Tu vas t'en sortir. J'en suis persuadée, affirma Marion en lui serrant la main. Tu feras ce qu'il y a de mieux pour tout le monde.

Sur ces mots, elle se leva pour remuer des casseroles, soulever des couvercles, bref pour vérifier la cuisson du déjeuner.

— C'est dur de grandir sans père pour des garçons. Quels que soient les moyens à ta portée, sers-t-en. Pour eux.

Coudes sur la table, yeux rivés sur le mur d'en face qu'elle ne voyait pas, Sophie finit par répondre :

— Je ne sais pas quoi faire. J'ai simplement besoin de réfléchir.

Marion posa une assiette fumante devant elle.

— Bien sûr, mon chou. Commence par te nourrir.

— Le montant des factures d'eau, d'électricité et de gaz est directement prélevé sur le compte, mais la banque peut commettre des erreurs. Je l'ai prise sur le fait plus d'une fois. Je te suggère de classer les factures dans un endroit pratique pour ne pas avoir à les chercher à l'arrivée des relevés de compte. Tiens. Range ça.

Adam tendit une liasse de papiers à Sophie. N'esquissant pas un geste pour les prendre, elle se contenta d'y lancer un regard avant de le poser à nouveau sur son mari.

— Si tu ne te sens pas capable de t'en occuper, je peux te recommander un comptable fiable, même si je pense que tu devrais t'y mettre, poursuivit-il.

Le visage inexpressif, elle continua à le fixer.

— Pour l'amour du ciel, Sophie, j'essaie de t'aider ! Ressaisis-toi, ne serait-ce que pour les garçons.

— Ta décision, c'est pour eux ?

— Absolument. Tu ignores peut-être que les enfants de moins de cinq ans ne souffrent pas autant d'un divorce que les plus grands. Ils sont encore assez jeunes pour l'accepter comme quelque chose de naturel. Voilà pourquoi nous devons nous séparer maintenant.

Une vive douleur perfora le cœur de Sophie, persuadée que l'information provenait d'une source étrangère, malfaisante – de l'autre. Adam n'y connaissait rien ; l'autre l'avait exhumée pour le convaincre de se mettre avec elle. Avec quel sentiment de triomphe elle avait dû sauter sur cette « preuve » que l'abandon de ses enfants en bas âge était un témoignage d'amour ! Sophie fut submergée d'une telle colère qu'elle se sentit faible, comme si elle était prise d'un vertige ou d'un haut-le-cœur. Elle dut serrer les genoux et fermer les yeux.

Adam parlait de nouveau avec une patience exagérée. On aurait dit qu'il s'adressait à une enfant demeurée.

— Le bien des garçons passe avant tout pour moi – comme il se doit. Nos problèmes sont secondaires, c'est si difficile à comprendre ?

Sophie ouvrit les yeux.

— Adam...

— Il est essentiel que leur vie poursuive son cours sans perturbations ni heurts, martela-t-il. La même maison, la même école, le même quotidien.

S'arrêtant pour consulter sa montre, il s'empressa de conclure :

— Comportons-nous en adultes, Sophie, efforçons-nous de leur rendre cette transition le plus harmonieuse possible. Ainsi...

Si Adam n'avait pas vérifié l'heure, leur histoire aurait peut-être évolué différemment. Sauf que l'implication de son geste blessa Sophie : le temps qu'il avait imparti à leurs adieux était limité par un rendez-vous important avec l'autre. C'est alors que, tel un rayon de soleil transperçant une couche de nuages gris, elle eut une révélation extraordinaire. En cet instant d'illumination, elle perçut la marche à suivre. Elle s'exprima sur un ton qu'une oreille profane aurait qualifié d'enjoué, à tout le moins de résigné :

— En fait, tu as raison.

Adam eut l'air stupéfait, puis satisfait.

— Ce n'est pas la première fois que tu me dis ça sur les enfants, j'y ai réfléchi et j'ai décidé que tu avais raison.

Adam eut le haussement d'épaules poli et modeste du vainqueur.

— Dans ce cas, tu comprends à quel...

— Voilà pourquoi, le coupa Sophie, enchaînant sans hausser le ton, mais en articulant distinctement : Voilà pourquoi... je pars. Pas toi. Moi.

Ce fut au tour d'Adam de la dévisager.

Valerie n'entendit pas aussitôt la sonnerie du téléphone, noyée par la musique dont elle fredonnait des passages, en mettant la dernière main à son délicieux dîner en tête à tête.

— Ah, le téléphone, dit-elle tout haut tant elle jubilait. C'est sûrement Adam, qui se demande s'il doit acheter du vin. Allôôô, roucoula-t-elle dans le combiné.

Hélas, la voix d'Agatha susurra avec un accent empreint de sincérité :

— Je voulais juste que tu saches que je suis là pour toi.

— Quoi ?

— Si tu as envie de m'appeler plus tard, si tu as besoin de parler, je serai là. Je sors, mais je ne veux pas que tu aies l'impression de me déranger. N'hésite surtout pas à m'appeler.

— Qu'est-ce que tu racontes ? Adam s'installe chez moi ce soir. Je suis en train de préparer notre premier dîner de couple officiel. *Ris d'agneau et artichauts farcis**, accompagnés d'un petit saint-émilion sublime.

— Super. Valerie, je n'ai pas voulu jouer les trouble-fête au déjeuner...

— Mais tu ne vas pas t'en priver maintenant ?

— En réalité, tu es toujours sur un terrain glissant. Les premiers jours après l'explosion de la bombe... le danger de réconciliation est indéniable.

— C'est ridicule.

— Pas du tout, Vee. Je serais ravie que les choses s'arrangent, et je l'espère. Dans le cas contraire, tu as une amie au bout du fil. J'ai beau sortir ce soir, comme je viens de te le dire, te soutenir si tu en as besoin ne m'ennuie pas du tout. Mon portable sera allumé.

— Oh, je t'en prie ! Adam ne retournera pas chez sa femme. Il arrive avec ses affaires. Nous allons vivre ensemble.

— En théorie. Sauf qu'il n'est pas encore là.

— Va retrouver l'homme avec qui tu as rendez-vous, Agatha !

Raccrochant brutalement, Valerie alluma une cigarette. Un rendez-vous, mon œil ! On pouvait compter sur cette garce envieuse pour chercher à lui gâcher sa soirée à coups de perfidies. Eh bien, c'était raté. Les peurs ne s'insinueraient pas dans sa tête pour la torturer... scènes d'Adam et de sa femme enlacés, en larmes... inquiets pour les enfants... Sophie en profitant pour le culpabiliser sans vergogne avant de promettre de lui donner une seconde chance... le pardon... un nouveau départ... Valerie se versa un peu de vin qu'elle avala d'un trait. Ah non ! Pas question de laisser libre cours à son imagination.

Adam dévisageait toujours Sophie, lancée dans ses explications. Celles-ci n'avaient pas le côté récitation du petit discours guindé d'Adam, puisqu'elle les formulait pour la première fois. Les mots jaillissaient et s'égrenaient en un débit tantôt rapide tantôt lent à mesure que sa pensée s'élaborait, tandis que sa voix s'affermissait. L'instant de la révélation avait été exaltant, mais cette incursion dans les raisons qui la sous-tendaient lui plaisait tout autant, ainsi que la découverte que sa solution s'imbriquait dans d'autres, aussi harmonieusement que des pétales de rose. Tous les chemins, toutes les considérations menaient à cette conclusion ; chaque élément de son raisonnement venait étayer davantage sa décision.

Au début, elle avait hésité, cherchant sa voie.

— Tu viens de mettre un terme à notre vie de famille, la seule que j'avais. Le moins que tu puisses faire, c'est d'assumer la responsabilité des enfants le temps que je retombe sur mes pieds.

— Bien entendu ! Je t'ai dit que je verserais une généreuse pension pour les enfants.

— L'argent ne suffit pas, il s'agit de véritable responsabilité. J'ai ma vie à reconstruire. Je dois recommencer à travailler. C'est le moment idéal pour changer d'orientation, j'en ai envie depuis longtemps. Tu sais que le shiatsu m'intéresse.

Adam acquiesça. Malgré son impatience manifeste, elle poursuivit, impassible :

— On ne devient pas professeur du jour au lendemain, je vais devoir suivre une formation. Sans compter le temps de me constituer une clientèle. Bref, j'ai du pain sur la planche et je ne peux pas m'occuper des enfants en même temps. A toi de t'en charger jusqu'à ce que je sois opérationnelle.

— N'exagère pas, ils vont à l'école. Tu peux suivre des cours pendant qu'ils y sont et étudier quand ils dorment. C'est possible, des tas de femmes le font.

Sophie secoua calmement la tête.

— Crois-moi, je n'ai pas plus envie que toi que cette période transitoire se prolonge indéfiniment. Je veux me stabiliser. S'il existe des formations accélérées, tant mieux. Je prendrai des cours tous les matins si c'est possible, mais il y aura sûrement des séminaires le week-end, des retraites, des cours du soir. Autant de moments où je ne pourrai pas m'occuper des enfants. Non, Adam, il est hors de question que je les garde.

— Qu'est-ce que tu proposes ? Que je les prenne avec moi ?

— Pas du tout. Les enfants passent en premier, je suis de ton avis. Il ne faut pas chambouler leur quotidien. Nous sommes d'accord sur le fait qu'ils ne doivent pas déménager. Je n'ai pas les moyens de payer les traites de la maison. Toi, si. Donc, tu restes avec eux.

Adam partit d'un petit rire contraint.

— Ah ça, non. C'est exclu, j'en ai peur.

— Tu ne comprends pas. Je ne te demande pas la permission. Tu dois assumer les conséquences de tes actes.

Un regain d'assurance l'envahit tant son propos était juste.

— Sois raisonnable, je t'en prie ! protesta Adam. Je réglerai les traites. Je mettrai la maison à ton nom. J'engagerai une nounou pour veiller sur eux pendant tes absences... pour ces séminaires ou autres.

— Une nounou ? Tu n'y penses pas, ça les perturberait profondément ! Un visage inconnu, de nouvelles habitudes... exactement ce que tu as affirmé vouloir leur épargner. De toute façon, je refuse de vivre dans une baraque dont tu payes les mensualités. Tu contribueras à l'entretien des enfants, pas au mien. Essaie de comprendre – c'est difficile, je m'en doute –, tu viens de dissocier ta vie de la mienne, ça n'aurait aucun sens que tu subviennes à mes besoins. Pour l'instant, j'ai l'intention de louer un petit appartement. Plus tard, j'en trouverai un plus grand où m'installer avec eux. En attendant, ils habiteront ici avec toi.

— Je n'en reviens pas ! Tu n'abandonnerais pas tes enfants, je n'y crois pas.

La tête rejetée en arrière, Sophie éclata de rire. C'était le bouquet !

— Ils me verront beaucoup plus qu'ils ne t'auraient vu, Adam. J'irai les chercher à l'école chaque fois que ça me sera possible et ils passeront l'après-midi avec moi. Je demanderai à Milagros de les déposer chez toi à l'heure du dîner. Je vais lui parler – je suis sûre qu'elle acceptera de faire des heures sup pour te donner un coup de main. Quant au week-end, nous les prendrons à tour de rôle. Ils viendront vivre avec moi dès que je serai installée pour de bon. Voilà, pour l'instant, c'est la seule organisation possible.

— Les enfants en bas âge ont besoin de leur mère.

— Ils l'auront tous les jours ! C'est ça le plus formidable – le parent absent se doit d'être consciencieux. Celui avec qui ils vivent fait partie des meubles. Quoi qu'il en soit, Adam, les garçons t'aiment autant qu'ils m'aiment. Ils seront heureux avec toi. Tu t'en occuperas à merveille, j'en suis convaincue.

— Sophie, c'est de la colère qui s'exprime. Une colère compréhensible, justifiée...

— Je te laisse la maison et tout ce qu'elle contient, cela va sans dire, l'interrompit-elle, répétant la phrase qu'il avait prononcée la veille. Je ne prendrai que mes affaires et la moitié de nos économies.

— Nous avons besoin de plus de temps pour en discuter, Sophie. S'il te plaît.

— Ah bon ? C'est nécessaire tout à coup ? S'il n'avait tenu qu'à toi, tu aurais filé il y a une heure ! Non, Adam, pour reprendre ce que tu as dit si justement hier – voyons, c'était quoi déjà ? –, ah oui : « Nous devons faire passer les enfants en premier. Nos problèmes sont secondaires. » Je te prends au mot. On verra de quoi tu es capable. Les garçons sont ton premier sujet de préoccupation ? Parfait. Alors commence par monter leur annoncer que tu ne veux plus vivre avec leur mère, sans oublier de leur expliquer pourquoi. Moi je ne saurais pas quoi leur dire, puisque je n'en sais rien. Tu n'as pas jugé utile de me donner les raisons de ta décision, mais je suis sûre que tu t'en sortiras magnifiquement avec eux.

Et Sophie d'entrer dans la salle à manger d'où elle réapparut avec manteau et sac à main.

— Je passerai chercher mes affaires demain pendant que tu seras au bureau. Salut.

— Sophie, c'est ridicule. Attends ! Merde, qu'est-ce que je vais dire aux garçons ? La situation est grave, nous devons mettre ça au point ensemble.

— C'est ton problème, Adam. Tu as brisé la famille, à toi de recoller les morceaux.

Sur ce, elle s'en alla.

Valerie avait débarrassé depuis des heures. Elle ne supportait plus de voir sa jolie table dressée devant deux chaises vides, symbole de la pitoyable tentative d'un dîner de fête de la maîtresse éconduite. Ayant descendu une bouteille de vin et la moitié d'une autre, fumé un paquet de cigarettes et la moitié d'un autre, elle était assise par terre, dans le noir. Elle avait même appelé Agatha en quête de réconfort puis raccroché en se rappelant que son amie était sortie. (Agatha, un rendez-vous ? Les poules auraient-elles des dents ?) Non qu'elle refusât de s'imposer – c'était le cadet de ses soucis – mais elle ne voulait pas qu'un autre soit témoin de son humiliation, un imbécile écoutant plus ou moins leur conversation, avec qui Agatha en discuterait après coup : *Pauvre Valerie*. Son mascara avait coulé si bien qu'il s'étala lorsqu'elle essuya ses larmes, lui donnant des yeux de raton laveur, un maquillage rétro des années 1960. Le retard d'Adam, énorme à présent, ne s'expliquait que par une catastrophe. Quand il l'appela enfin, Valerie en fut tellement heureuse qu'elle en oublia le chapelet d'injures dont elle comptait l'abreuver.

— Je suis vraiment désolé pour ce soir, ma chérie. Je ne peux pas venir. Sophie est partie. Il est trop tard pour faire appel à une baby-sitter, je dois donc rester avec les garçons. J'ai bien peur d'être coincé ici. Tu t'es donné beaucoup de mal ?

— Alors... tu ne t'es pas réconcilié avec elle ?

— Pardon ? Seigneur, non, absolument pas. Je t'ai dit qu'elle était partie. Elle m'a laissé ! Seul, avec les enfants !

— Et qu'est-ce qui va se passer maintenant ?

Valerie était déboussolée. Son soulagement l'empêcha toutefois d'accorder beaucoup d'importance à la suite des événements.

— Je n'en sais trop rien. Sophie va retrouver la raison, j'imagine. C'est le choc. Rien d'inquiétant. Je ne peux pas parler, Valerie, les garçons dorment près de moi. A demain, au bureau. Bonne nuit, mon amour.

Adam raccrocha et se renversa sur le canapé entre ses deux fils endormis. Il était seul dans sa spacieuse maison de banlieue.

— Une minute, tu veux. Que je comprenne bien. Non seulement tu perds ton mari, mais tu renonces à ta maison et à tes gosses par-dessus le marché, c'est bien ça ?

Pour échapper à un sermon en pleine nuit, Sophie n'avait parlé à Marion de sa décision et de ses motivations que le lendemain matin. Après une explication aussi succincte que possible, elle s'était calée sur son siège, son café à la main, supportant patiemment la logorrhée indignée de Marion, non sans jeter des coups d'œil aux annonces du journal du matin pour y trouver un appartement à louer. Elle en entoura furtivement une : *Recherche locataire sérieux, avec la main verte de préférence.*

— La maison ne m'intéresse pas, répondit-elle. Et je ne perds pas mes enfants. C'est une question de logistique, il n'y a rien de mélodramatique là-dedans. Je n'ai pas pris l'initiative de la rupture, comme tu le sais, je me débrouille du mieux que je peux.

— Qu'est-ce que tu as dit aux garçons ?

— Rien. J'ai exigé qu'Adam s'en charge.

— Sophie !

— Il leur a raconté que je rendais visite à ma mère. Pour gagner du temps. Il m'a envoyé un SMS hier soir.

— C'est à toi de leur parler ! Tu ne peux…

— Je sais, je sais. J'ai eu tort, mais je n'avais pas le choix. Il fallait que je me taille de cette baraque. Je vais le faire.

— Mets-toi à leur place. Ils ne comprendront pas les raisons complexes de ton départ, provoqué par leur papa qui a une liaison. Ils ne se souviendront leur vie durant que de l'abandon de leur maman. Pourquoi leur donner l'impression que tu les rejettes alors que c'est Adam le coupable ?

— Voilà pourquoi des deux, c'est moi qui dois partir, insista Sophie. Je veillerai à qu'ils ne se sentent pas rejetés. Je ferai tout pour qu'ils restent au centre de ma nouvelle vie. Je ne suis pas persuadée qu'Adam se serait soucié de les associer à la sienne – à tout le moins qu'il aurait su comment s'y prendre. Avec lui, ça se serait résumé à : « Papa est parti. » Avec moi, ce sera : « Maintenant, vous avez deux maisons. » Et je réussirai à faire que ce soit… amu-

112

sant, affirma-t-elle avec un sourire, tandis que ses yeux se remplissaient de larmes. Oui, absolument. D'ailleurs, pour qu'ils se sentent chez eux dans mon nouveau logement, j'ai l'intention de leur offrir un animal de compagnie. De cette façon, quelque chose qui leur appartiendra restera toujours avec moi. Un petit... hamster, peut-être ? Il me semble...

— C'est normal que tu sois blessée et bouleversée, l'interrompit Marion. Mais c'est une erreur monumentale de déménager. En tant que meilleure amie, je ne peux pas te laisser foutre ta vie en l'air comme ça. Finis ton café et rentre chez toi avant qu'il ne soit trop tard. Un jour, tu me remercieras.

— C'est Adam qui a fichu ma vie en l'air.

— Oh, Sophie.

— Et puisque tu es ma meilleure amie, tu devrais m'aider à en construire une nouvelle.

Appeler Marion de la sorte la gênait un peu, même si elle l'était sans doute devenue au fil du temps ; elles se connaissaient depuis trois ou quatre ans. De toute façon, personne d'autre ne remplissait ce rôle auprès d'elle.

Marion croisa les bras en soupirant.

— Très bien. C'est une grossière erreur, mais tant pis. Peut-être que ça donnera à Adam le coup de pied aux fesses qu'il mérite. Ton absence va lui faire prendre conscience de sa bêtise ; ce sera peut-être le moyen le plus rapide de le récupérer.

Sophie, perdue dans ses pensées, ne l'écoutait que d'une oreille. Irritée, Marion laissa échapper un petit rire puis plaqua une main sur sa bouche.

Au bout d'un instant, Sophie lui demanda gentiment :

— Qu'est-ce qu'il y a de drôle ?

— Rien...

Quand il fut évident que Sophie n'insisterait pas, Marion reprit :

— C'est juste que je pensais que tout ça paraîtra tellement stupide quand tu seras sagement rentrée chez toi.

Sophie joignit les mains sur la table et les contempla.

— La garce ! s'exclama Agatha d'une voix perçante, gobant le foie gras destiné à Adam. Quelle salope, et calculatrice en plus ! Il ne pige pas ce qu'elle mijote ? Oh là là, c'est délicieux !

Valerie avait convoqué son amie chez elle au sortir du bureau pour discuter – une urgence – du dernier rebondissement.

C'était en même temps l'occasion de se débarrasser des canapés si laborieusement préparés la veille au soir ; mieux valait que les calories engraissent Agatha plutôt qu'elle.

— Quel genre de femme abandonne ses enfants ? renchérit-elle.

— Une peau de vache lucide, jubila Agatha en se léchant les doigts. Une Machiavel de banlieue en jupons. Tu vois une meilleure manœuvre pour faire foirer le projet d'Adam ? C'est brutal... mais astucieux.

— Tu l'admires ?

— Bien sûr. Pas toi ? Si elle n'était pas ton ennemie, tu trouverais ça génial. Passe-moi le brie, tu veux bien ? Mmm, coulant à souhait. N'oublie pas, Valerie, la moralité n'entre pas en ligne de compte dans ces histoires de maîtresses et d'épouses, on prend le parti de celle qui est son amie. Je n'en reviens pas qu'elle ait réagi comme ça. Imagine la tête d'Adam ! « Tu m'as trompée ? lui a-t-elle lancé. Eh bien, va te faire foutre, je me casse ! » Hi, hi, j'aurais adoré être là !

— Agatha ?

— Oui ?

— Ferme-la.

— Je me borne à faire un zoom arrière. C'est essentiel pour évaluer une situation.

— Elle n'a rien de compliqué : une femme s'est enfuie en abandonnant ses pauvres gosses. Il s'agit de vengeance, et pis que tout, de cruauté.

Valerie marqua une pause. Peine perdue, Agatha se concentrait sur les canapés.

— Elle n'en a rien à battre de leur souffrance, du moment qu'elle peut se servir d'eux pour creuser un fossé entre Adam et moi. S'il est banal que les femmes mariées utilisent leurs gosses comme moyen de pression, aucune n'est allée aussi loin à ma connaissance.

Agatha avala avant d'opiner du chef.

— C'est son attitude à lui que je ne pige pas. Pourquoi il ne se défend pas ? Quelle poule mouillée !

— Qu'est-ce que tu racontes ? Il est furieux.

— N'empêche qu'il la laisse faire, non ? Elle est partie quand ?

— Hier.

— Ah ! Elle est sûrement terrée chez une copine, à se marrer comme un bossu et à se bourrer de feuilletés aux fruits, en attendant qu'il la supplie de revenir.

— De feuilletés ?

— Les femmes au foyer s'en gobergent et sucrent leur café avec un édulcorant pour compenser. Tu débarques ou quoi ?

— Il ne sait pas où elle se trouve. D'ailleurs, il ne l'a pas cherchée.

— Il n'y manquera pas. Très bientôt. Et là, ce sera : « Reviens à la maison, trésor. Je ne m'en sors pas tout seul, les gamins me rendent fou, tu as toujours été la seule, je m'en rends compte à présent. » En tout cas, elle a marqué un point.

Les doigts d'Agatha voletaient au-dessus des hors-d'œuvre, qu'elle examinait avec convoitise, hésitant entre le saumon fumé et les crevettes.

Valerie déplaça le plateau.

— Je n'ai pas l'intention de renoncer à Adam. Peu importent les embrouilles de sa femme, il m'appartient. Je dois lui dessiller les yeux, voilà tout.

— Ça m'étonnerait que tu réussisses. S'il avait du cran, elle n'aurait jamais franchi la porte. N'y compte pas, Vee, elle a gagné. Au fait, tu connais l'expression danoise pour un homme que sa femme mène par le bout du nez ? « Pantouflard. » C'est bizarre, non ?

Ecarquillant les yeux, Agatha dodelina de la tête et susurra en imitant l'accent danois.

— Adam, il est pantouflard, *ja* ?

Valerie lui lança un regard torve.

— Bon, soupira Agatha, ça me rappelle Howard. A propos, n'oublie pas le vernissage de la semaine prochaine. Il y sera peut-être : le peintre est un ami de sa femme ; j'ai besoin de ton soutien pour affronter l'épreuve.

— Je ne suis pas sûre de venir.

— Allez, ça fait des lustres que tu me l'as promis. Et ce sera marrant. J'ai entendu dire que ce sont des croûtes impayables.

— La nullité ne me passionne pas autant que toi.

— Normal... moi, c'est mon gagne-pain. Je commence par regarder les merdes des autres, puis je rentre chez moi pour pondre la mienne. Je nage dans la merde. Sauf que tu es mon amie, alors tu m'accompagneras. Je ne tiens pas à me retrouver seule en face de Howard et de sa femme, deux contre un. En fait, je m'en contrefous, sans m'en contrefoutre, tu comprends. Allez, j'ai besoin de toi.

Valerie acquiesça vaguement, même si, comme chaque fois que le nom de Howard surgissait, ses pensées avaient dérivé vers d'autres sujets.

L'atmosphère du cabinet d'architectes de Masterson, Di Conti et Blunt devenait de plus en plus tendue en raison des rumeurs de démarrage de la nouvelle campagne « la promotion ou la porte ». Vrai ou pas, cela rendait la concurrence entre les employés plus acharnée de sorte que, vers dix-huit heures, ils n'en pouvaient plus d'être à couteaux tirés. Avant de sortir de l'immeuble, James fit un saut dans le bureau vide d'Adam pour utiliser les toilettes. A peine fut-il à son affaire qu'il entendit un bruit à la porte puis une voix féminine furieuse : « ... un coup bas classique, de la manipulation ! » Se courbant instinctivement vers sa braguette ouverte, il tourna en même temps la tête pour voir ce qui se passait : Valerie et Adam, elle le plaquait au mur.

James secoua précipitamment son sexe, le remit en place et remonta la fermeture éclair.

— Tu n'as même pas le cran – ou les couilles – de la mettre au pied du mur.

James ne fut pas assez rapide. Une fois qu'un homme dissimulé a entendu une femme reprocher à un autre de ne pas avoir de couilles, il est trop tard pour sortir de sa cachette et saluer le couple.

— Ne sois pas vulgaire, riposta Adam. C'est indigne de toi et pas franchement séduisant, crois-moi.

Calmée, elle reprit :

— Il te suffit de refuser d'entrer dans son jeu.

— Elle est partie, Valerie, c'est un *fait accompli**. J'ai cru qu'elle changerait d'avis. Peine perdue. Ce n'est pas définitif, et c'est le principal. Juste le temps qu'elle retombe sur ses pieds. De toute façon, elle ne pense qu'au bien des enfants.

— Comment peux-tu être aussi naïf ? Tu ne comprends pas qu'elle te fourre les mioches dans les pattes pour nous séparer ?

— La question n'est pas là, Valerie. Je quitte ma femme, pas mes enfants. Ils seront toujours les bienvenus chez moi, où que j'habite.

— Epargne-moi ton prêchi-prêcha. Ils t'ennuient, nous le savons tous les deux.

La remarque, qui contenait une parcelle de vérité, exaspéra davantage Adam que tout ce qu'elle avait proféré jusqu'à présent. Livide, il s'exprima sur un ton glacial, vibrant d'une colère contenue :

— Laissons tomber, Valerie. De toute évidence, c'est une grave erreur.

Comme il se détournait, elle jeta les bras autour de son cou avec un cri :

— Non, Adam !

Il se dégagea.

— Même si je reconnais m'être plaint des enfants de temps à autre, même s'il leur arrive de m'agacer, voire de m'assommer, je les aime et les aimerai toujours. Mais j'imagine que tu es incapable de le comprendre.

Là, Valerie fondit en larmes.

— Adam, je suis désolée, vraiment désolée. Ne t'en va pas, je t'en prie.

Elle s'accrocha à lui jusqu'à ce que, submergé par l'habituel mélange de compassion, de tendresse et de désir, il capitule et l'étreigne.

— Ce n'est pas mon intention d'être méchante, murmura-t-elle, pressant sa joue mouillée contre celle d'Adam. J'ai simplement très peur de te perdre et je suis... jalouse de tes enfants. J'ai peur qu'ils ne t'éloignent de moi.

Il lui caressa les cheveux.

— Calme-toi. Tout va bien. Chuut.

— Emmène-moi en Angleterre, Adam. J'ai envie de tout savoir de toi. J'ai envie de visiter ton pensionnat, de voir où tu jouais, de rencontrer ta mère, de découvrir ta chambre d'enfant. J'ai envie...

Elle voulait s'immerger dans son passé et se dépouiller du sien.

— ... de m'asseoir avec toi dans un pub à la campagne, manger et boire ce que tu préfères.

Son plus profond désir était d'acquérir les goûts d'Adam, son accent. De respirer le même air que lui. D'être en sécurité ailleurs. De lui appartenir.

Naturellement, il était déjà passé par là. Il avait fait ce voyage avec Sophie, un an après leur

119

rencontre. Un souvenir très précis lui remonta soudain en mémoire : sa femme au coin du feu dans un pub du Yorkshire par un jour de grand vent, le couvant d'un regard amoureux tandis que la lueur des flammes dansait sur son visage, plus jeune, plus lisse.

— Nous irons, bien sûr, promit-il avec tristesse.

Rassurée, Valerie se blottit contre son torse, sans lui lâcher le cou. Les bras autour de sa taille, il l'entraîna dans le couloir qu'ils longèrent à pas incertains.

A peine la voie fut-elle libre que James sortit de sa cachette, se contentant de pousser un « Ouf ! ».

3

Allongée dans la baignoire, Sophie essorait une grosse éponge, laissant couler sur ses épaules l'eau chaude, parfumée à la lavande. La salle de bains était éclairée par des bougies ; quelqu'un – sans doute le propriétaire de l'appartement, dont elle était devenue la « locataire sérieuse, à la main verte » – avait eu la bonne idée d'encastrer des bougeoirs en céramique dans les murs carrelés. Sophie, qui avait tout négocié par l'intermédiaire d'un agent immobilier, n'avait jamais rencontré le propriétaire. Le nom figurant sur le bail, Clement, pouvait être celui d'un homme ou d'une femme, et l'appartement contenait quelques indices sur la personnalité de cet être mystérieux : un sens pratique (étagères bien faites aux endroits appropriés), l'amour du jardinage (douzaines de plantes en pots épanouies sur la véranda), un tempérament d'esthète (les vitres colorées de la baie orientée à l'ouest s'embrasaient comme si elles étaient en feu).

Lors de sa première soirée, Sophie s'était attachée à animer les lieux. Bougies allumées pour la danse et la chaleur des flammes. Plantes en pots de la terrasse qu'elle avait rentrées deux par deux. L'effet produit ne pouvait certes pas se comparer à la respiration de deux enfants endormis, il suffisait néanmoins à lui garantir une nuit de sommeil. Clement, avait-elle décidé avant de sombrer, était un être sensible qui avait maîtrisé l'art d'être heureux dans la solitude, et il lui serait transmis peu à peu.

Le premier matin que Sophie avait passé dans l'appartement toujours plein d'échos, Milagros était arrivée en voiture avec un carton rempli d'affaires qu'elle avait prises, indignée, chez Adam. Sophie en avait choisi quelques-unes et demandé à Milagros de remporter le reste. Celle-ci avait accepté à contrecœur, et uniquement après s'être répandue sur les innombrables défauts d'Adam. Une fois seule, Sophie avait disposé des livres sur les étagères et déballé quelques vêtements. Perdues dans le placard au lieu d'être coincées entre des costumes sombres, ses petites robes aux couleurs vives semblaient sans défense sur la tringle presque vide.

Au fil des jours, les aspects de sa situation douloureuse se projetèrent dans l'esprit de Sophie à la manière de vêtements contre le hublot d'un lave-linge, qui se détachent l'espace d'un instant avant d'être de nouveau happés dans le méli-mélo.

Un jour, à la sortie de l'école, Sophie emmena ses fils dans une animalerie où ils choisirent deux poissons rouges – « Non, pas celui-là, celui-ci. » Ils les installèrent devant la fenêtre de la cuisine, mélangeant des billes de couleur au gravier du bocal pour qu'elles reflètent la lumière, ajoutant une plante aquatique à l'aspect de fougère pour son apport en vitamines. Les poissons nageaient en lançant des éclairs, argentés (Nuage) et orangés (Vignette), créant un surcroît de vie dans le nouveau domicile de Sophie.

Les enfants s'adaptèrent vite. Sophie continuait à aller les chercher à l'école tous les jours, à les faire goûter et à jouer avec eux. Milagros les ramenait chez Adam pour le bain et le dîner. Adam les couchait et leur lisait une histoire. Leur vie n'avait pas beaucoup changé, si ce n'était en mieux, constatait Sophie : deux maisons où jouer, sans compter la fête avec papa racontant une histoire tous les soirs. Apparemment, ils ne se rendaient pas compte que les chemins de leurs parents ne se croisaient plus. C'était si simple, les enfants semblaient si peu perturbés par son départ que Sophie en était presque attristée. En revanche, elle était galvanisée par cette preuve qu'Adam et elle... non, qu'elle avait géré correctement la situation. De quoi lui remonter le moral aux heures de déprime.

Les premiers jours, elle jetait un coup d'œil à la pendule et, mue par la force de l'habitude, se levait à moitié de son siège, avant de s'apercevoir, stupéfaite, qu'elle n'avait rien à faire. Son seul devoir : se trouver devant les portes de l'école à quatorze heures trente. Aucune question à laquelle répondre. Aucune tâche à exécuter.

Sophie bougea la tête, ridant l'eau du bain, pour regarder à travers la buée les fougères posées sur l'appui de la fenêtre ; elles oscillaient à la lueur vacillante des bougies. Pourquoi Clement a-t-il laissé toutes ses merveilleuses plantes, se demanda-t-elle pour la énième fois. Et à quoi correspond A. R. ? Anthea Rose... Albert René... A. R. Clement, voilà ce qui figurait sur la boîte aux lettres ; elle avait retourné la carte pour y écrire son nom et l'avait remise en place. Elle n'avait pas eu envie de la jeter ;

l'idée de leurs patronymes dos à dos lui plaisait. N'était-ce pas malsain de penser autant à Clement ? Une femme solitaire, plaquée, obnubilée par le même sujet pendant les heures creuses de ses journées vides... « Ça m'est égal », dit-elle tout haut. Sa voix retentit dans la pièce carrelée, empreinte d'une sévérité surprenante. Depuis peu, elle parlait tout haut quand elle était seule. Rien d'exceptionnel, sauf que ce n'était pas délibéré. Aussi était-elle toujours surprise de s'entendre et de formuler des phrases souvent assez dures. S'agissait-il de signes précurseurs d'une dépression nerveuse ? D'abord cette obsession avec Clement, puis cette façon de se prendre de court en exprimant des pensées qu'elle ne reconnaissait pas comme siennes. Elle essaya de trouver ça inquiétant, sans y parvenir mieux que de serrer le poing au sortir du sommeil. Au fond, ce n'était pas grave. Se concentrer sur Clement était agréable, sécurisant, elle n'avait que trop conscience des pensées plus sombres, tapies dans un coin de sa tête, qui attendaient leur heure pour attaquer. La nuit, elle se réveillait en sursaut, incapable de bouger, pétrifiée de terreur, écrasée par un énorme poids qui l'empêchait de respirer. Immobile, piégée, elle luttait pour rompre le charme maléfique et ne pas suffoquer. Quand elle trouvait la force psychique de remuer, elle se pelotonnait en chien de fusil et appuyait les paumes sur ses yeux pour se protéger des idées noires qui cognaient contre ses paupières comme autant de chauves-souris cherchant une entrée. Elle se promettait de se livrer à une introspection en temps utile. Pas tout de suite. Pour l'instant, elle devait les refouler, continuer à vivre. C'était risquer l'effondrement que de réfléchir, et elle ne pouvait se le permettre. Pas encore.

Sophie s'enfonça dans le bain et plia les genoux, qui surgirent des remous ; des gouttes giclèrent dans ses oreilles, occultant tous les bruits hormis ceux produits sous l'eau qui s'amplifièrent. La lueur dansante des bougies se reflétait sur le plafond. Sophie compta lentement : elle habitait l'appartement de Clement depuis six... sept... huit jours.

Il régnait un silence de cathédrale dans la salle qui en avait aussi la hauteur sous plafond, l'odeur d'encens et la lumière douce s'infiltrant par les hautes fenêtres. Les murs couleur crème n'étaient décorés que de la grande reproduction d'une gravure du XVIᵉ intitulée : *Centres de la grande circulation céleste, plans de face et de dos*, représentant un homme assis en tailleur, dont les centres de circulation étaient indiqués par des idéogrammes chinois. Le professeur, un grand type au teint pâle – Malcolm –, faisait sa présentation à une douzaine d'élèves installés par terre sur des nattes.

— Le qi, l'énergie vitale, pénètre notre corps de deux façons : il monte de la terre sous sa forme yin et descend du ciel sous sa forme yang. Quand nous sommes en bonne santé, le qi circule librement le long des méridiens où sont situés des points particuliers, appelés *tsubos*[1], où il est possible de le sentir.

1. Point de pression pour harmoniser la circulation de l'énergie, le qi, dans les méridiens. Ces points se trouvent à des endroits précis sur chacun des douze méridiens.

Un qi déséquilibré ou stagnant peut provoquer douleurs ou maladies, aussi notre tâche est-elle de débloquer et de régulariser la circulation afin que les capacités naturelles de guérison du patient fonctionnent plus efficacement.

Ces paroles suscitèrent chez Sophie une exaltation extraordinaire : elle eut la certitude d'être à sa place, d'avoir trouvé sa vocation. En ces lieu et moment précis, le destin lui avait donné rendez-vous. Euphorique, elle parcourut la salle du regard pour voir si l'un de ses camarades ressentait la même chose. Le groupe était essentiellement composé de femmes d'une trentaine d'années ; certaines échevelées à l'allure hippie, d'autres plus classiques. Parmi la poignée d'hommes, l'un avait un genre qui sévissait lorsqu'elle était à la fac : celui de père nourricier à longue crinière blanche, cultivant l'image du sage bienveillant, revenu de tout. Il fixa Sophie pour attirer son attention, la gratifiant d'un sourire nonchalant quand elle obtempéra enfin. Elle détourna les yeux.

Les présentations s'ensuivirent. Parmi la débauche de noms et d'histoires, Sophie retint le nom du père nourricier : Jacob. « Jake-O pour vous », insista-t-il néanmoins. Elle remarqua également Anthony, un type maigre, à l'air sérieux, qui ponctuait ses propos en levant l'index, Rose, rieuse, aux cheveux noirs et frisottés, et une jeune femme assez grande, langoureuse, singulièrement réservée. Tout le monde crut d'abord qu'elle s'appelait El ou Elle, jusqu'à ce qu'elle explique d'une voix traînante :

— Non, simplement la lettre L.

Un autre participant assis en tailleur sur sa natte, un sourire serein aux lèvres, ne produisit aucune impression particulière sur Sophie ce matin-là.

Marion arriva l'après-midi, chargée d'un gros cactus velu en guise de cadeau de crémaillère.

— Tu en avais un, pas vrai ? grommela-t-elle en le lui tendant.

— Il est magnifique. En effet, mais Adam le détestait, alors je l'ai donné. Il me semble récupérer un vestige de ma vie antérieure. Tu n'aurais pu mieux choisir, merci infiniment.

— C'est très joli ici, reprit Marion, jetant un coup d'œil circulaire. Et très bien rangé, évidemment.

Son rire n'empêcha pas Sophie de percevoir la critique de son amie pour qui l'ordre était suspect, de même que la minceur.

— Tu payes combien ?

Marion haussa les sourcils devant le montant que lui précisa Sophie.

— Tant que ça ! A Jamaica Plain ?

Il est vrai que cela dépassait la somme qu'elle avait prévu de débourser, d'autant que l'appartement n'était pas assez grand et que la deuxième chambre serait difficile à aménager en salle de soins. Qu'importe, il lui avait plu et c'était l'essentiel. Même dans l'égarement des premiers jours, elle avait conservé assez de lucidité pour se rendre compte qu'il ne fallait surtout pas mégoter ou vivre à la dure dans un environnement sinistre.

— C'est plus ou moins ce que ça vaut. N'oublie pas que JP est un quartier plein d'avenir. J'aime sa diversité. Des gens du monde entier, des familles de tous les genres... En plus, je n'y ai aucun souvenir, c'est important pour un nouveau départ. Et il y a un square de l'autre côté de la rue, ajouta-t-elle tout en préparant le thé. Un élément décisif.

Poussant du pied la porte vitrée ouvrant sur la terrasse, elle sortit en portant le plateau.

— Viens voir le plus merveilleux, ajouta-t-elle. On va prendre le thé dehors, s'il ne fait pas trop froid pour toi.

De la taille de la cuisine et garnie de plantes sur trois côtés, la terrasse offrait une vue sur des toits gris, tandis que les cimes des arbres du petit parc formaient une frondaison verte parmi le fouillis de cheminées et d'antennes. Des oiseaux plongeaient en piqué dans le ciel. Sophie servit le thé, bavardant sur le ou la propriétaire et sur sa chance d'avoir eu une place au cours de shiatsu grâce à un désistement de dernière minute. Ni les conjectures sur le mystère Clement ni la critique des camarades de Sophie n'eurent l'air de passionner Marion.

— Et toi, comment vas-tu ? lança-t-elle dès qu'elle en eut la possibilité.

Voilà qui démonta Sophie, l'effet recherché.

— Les garçons me manquent, surtout le soir, à l'heure de l'histoire. J'adore les border dans leurs lits. En revanche, continua-t-elle, alors que Marion fermait les yeux en signe d'empathie, beaucoup de choses ne me manquent pas. La cuisine, le ménage ou... aider Lydia à la garderie. Mon Dieu, je n'en pouvais plus ! A un point dont je ne m'aperçois que maintenant.

— Tu n'y vas plus ?

— Non, j'ai appelé Lydia pour la prévenir que j'étais trop occupée.

— Elle a dû être déçue, fit Marion avant d'ajouter devant le haussement d'épaules de Sophie : Pourtant, ça te plaisait !

— En effet. Mais il y a un temps pour tout et ma phase de femme au foyer banlieusarde exemplaire est terminée.

Etonnée par son amertume, Sophie but une gorgée de thé.

— Voyons, c'est de la bravade... ou plutôt ta façon d'être courageuse.

Marion garda le silence un instant avant de poser une autre question :

— Des nouvelles d'Adam ?

— Il téléphone quand il ne trouve pas quelque chose. Hier, c'était les carnets de vaccination des garçons. Un des éléments de la vie conjugale que j'exécrais – je ne dis pas ça avec rancœur, je détestais vraiment ça –, c'était sa façon de toujours me demander où se trouvait ceci ou cela. Il a beau m'avoir plaquée, il continue.

— Un prétexte pour te parler.

— Je ne crois pas. Il charrie, rien de plus. Je lui ai interdit de me rappeler. Milagros peut transmettre les messages. Il n'a qu'à m'envoyer des e-mails ou des SMS. Je ne veux plus entendre sa voix, ça me perturbe trop.

— Rien de plus normal. Enfin, j'espère pour vous deux – pour Adam aussi – que cette crise servira de tremplin à une relation plus équilibrée. Si vous relevez ce défi, vous en sortirez plus unis que jamais.

Sophie dévisagea son amie.

— Ah oui ? Une intuition, c'est ça ? Ecoute-moi bien, Marion. Personne, toi pas plus que moi, n'est capable d'imaginer l'avenir. Alors, fais-moi le plaisir de remballer ta boule de cristal...

Marion prit un air tellement offensé que Sophie éclata de rire.

— ... et de la ranger soigneusement, conclut-elle. Bon, oublions ça. Ça te dit d'aller au cinéma ce soir ? On passe un nouveau film français à Kendall Square. Agnès Jaoui.

— Non, je sors avec Gerald. On se retrouve tous les premiers jeudis du mois. Avec nos horaires de fou, on doit fixer une date pour se voir ! expliqua Marion, souriante, avant de reprendre d'un ton sérieux : Passer ce moment ensemble est vital, alors on s'est débrouillés pour se trouver un créneau et s'y tenir.

Sophie était au courant des efforts que Marion et Gerald fournissaient pour que leur relation soit harmonieuse. Marion était convaincue que c'était nécessaire, contrairement à Sophie pour qui c'était un signe d'incompatibilité fondamentale. Son amie estimait que l'entente avec un être de la même sensibilité était inférieure d'un point de vue moral à celle qui ne coulait pas de source. Ses rapports compliqués avec ses parents et ses frères et sœurs étaient également le fruit d'un dur travail. Sa difficulté à nouer des liens était sans doute à l'origine du métier qu'elle exerçait.

— Désolée, s'excusa Marion. Ça t'aurait fait du bien.

— Tant pis, j'irai seule. Une habitude à reprendre, et le cinéma est l'endroit idéal. Personne ne vous remarque dans une salle obscure, de toute façon on ne peut pas parler. A moins que... j'ai vu une exposition de peinture au Phœnix, ce serait plus audacieux – ou faut-il que je m'y prépare ? J'aimais beaucoup ça, tu sais. Au début, sortir avec Adam me donnait l'impression d'être dans une bulle. Nous emportions notre petit univers où que nous allions. La solitude rend réceptif au monde et, même si c'est effrayant, cela peut être enrichissant.

— Sans doute, reconnut Marion en riant. Encore que, si elles avaient le choix, la plupart des femmes préféreraient être accompagnées par un homme attentionné.

Comme elle se levait pour partir, Marion découvrit le coffre à jouets et le montra du doigt.

— Quelle bonne idée ! Comme ça, ils se sentent plus chez eux.

— Ils sont chez eux, rectifia Sophie avec fermeté.

C'est la première fois que je rembarre Marion, se dit-elle en refermant la porte. Quelle délivrance ! Exprimer sa pensée était nouveau pour elle, on lui avait appris qu'il fallait éviter à tout prix de blesser les gens. Certes, Marion ne s'était jamais montrée si autoritaire, mais elle avait peut-être été injuste envers cette femme de bien, membre de Greenpeace et d'Amnesty International. Elles s'étaient rencontrées à une réunion de mères du quartier, intéressées par la création d'une garderie. Sophie ne comptait pas s'engager, sauf que Marion, l'organisatrice (*Ce n'est pas la peine d'avoir un enfant, il suffit de l'avoir été*), l'avait convaincue de faire équipe avec Lydia. Si bien qu'elle s'était retrouvée avec un surcroît de travail, ce qui ne lui avait pas déplu en un sens. Mère épuisée et parfois dépassée à cette époque-là, elle se sentait réconfortée par l'énergie et l'assurance de Marion. Les termes peu flatteurs tels que « rouleau compresseur » ne lui effleuraient l'esprit que maintenant. Se reprochant son manque de gratitude, elle se dit que la détermination de Marion à la rabibocher avec Adam découlait de son zèle professionnel et non de… eh bien, son envie face à la liberté toute neuve de Sophie, ainsi qu'elle en donnait parfois l'impression. Non, c'était ridicule. Sophie n'était libre que parce qu'on l'avait larguée.

« Larguée » : un des mots qui la torturaient la nuit, lorsqu'elle n'arrivait plus à bouger dans son lit.

C'était hors de question de laisser ses pensées suivre ce cours. Comme elle le faisait plusieurs fois par jour, par un acte de volonté exigeant un véritable effort physique, elle les orienta vers des sujets plus agréables. Il était presque quatorze heures trente, l'heure magique, son unique point d'ancrage, l'heure de s'occuper des enfants. Attrapant sa veste, elle dévala l'escalier et se rappela sa promesse de les emmener voir les phoques à l'aquarium. Ce soir, elle avait une pile de documents à lire pour le cours ; elle n'aurait donc pas le temps de broyer du noir ; peut-être parviendrait-elle au terme d'une autre journée, sans perdre pied avant la montée des eaux. Bien sûr, elle ne pourrait continuer à refouler ses émotions ainsi, les vannes s'ouvriraient sous peu et la souffrance, la fureur, qu'elle occultait depuis le matin de sa découverte des photos, déferleraient. Consciente de l'inéluctabilité du déluge, elle en redoutait la violence et se rassurait avec l'idée que tant que rien n'arrivait aujourd'hui – elle apprenait à ne se préoccuper que du présent – elle s'en sortirait.

A genoux dans son cabinet de travail, Adam déballait ses livres qu'il remettait dans sa bibliothèque à la fois par ordre alphabétique et en fonction du sujet. Il essuyait d'abord l'étagère puis le volume avec un chiffon doux, déniché dans un sac en plastique sous l'évier. (Appeler Sophie pour lui demander où elle rangeait ses chiffons était exclu !) Tout était d'une crasse innommable – à quoi servait de payer Milagros ? Il avait différé cette corvée démoralisante et... humiliante tant qu'il s'était accroché à l'espoir de plus en plus mince du retour de Sophie. Les garçons dormaient, c'était déjà ça ; ils ne l'interrompraient pas avec un feu roulant de questions, ne détaleraient pas avec des livres. Et il coupait au pire : leur aide. Impossible, en effet, avait-il appris, de s'atteler à la moindre tâche en présence de ses fils. Tout en époussetant un manuel sur les temples grecs, il songea avec regret à l'insouciance avec laquelle il avait balancé ses bouquins dans les mêmes cartons seulement – voyons, quand ? – neuf, dix, onze jours auparavant. Sa vie pouvait-elle avoir été chamboulée à ce point en un si bref laps de temps ?

D'autres hommes quittaient leur famille. D'autres hommes bouclaient leurs valises. Comment se faisait-il que lui, Adam Dean, se retrouve prisonnier d'une banlieue et enchaîné à ses enfants onze jours après sa pseudo-tentative d'évasion à la poursuite du bonheur ?

Pour couronner le tout, Sophie avait emménagé dans un appartement. Les descriptions embrouillées des garçons ne lui permettaient pas de se le représenter. En tout cas, ils débordaient d'enthousiasme.

Parfait. Ils y passeraient le week-end, voilà qui lui donnerait une chance de rattraper le travail s'accumulant depuis le départ de Sophie, qui l'empêchait de s'attarder au bureau. Un week-end tranquille chez lui, sans les garçons, quelle aubaine ! Il en aurait presque gémi d'aise. Sauf qu'il y avait Valerie, laquelle ne serait sûrement pas enchantée, car ils se voyaient à peine depuis le départ de Sophie – c'était devenu son unique point de repère, à en être exaspérant. Ils avaient volé quelques déjeuners, plutôt ratés. Valerie ne décolérait pas à ce propos. C'en était lassant. Valerie, sa fougueuse guerrière. Un point digne d'intérêt : les qualités qui attirent de prime abord deviennent celles-là même qui... Peu importe, il l'aimait, il était parvenu à faire d'elle la femme de sa vie, de quoi lui réchauffer le cœur. Qu'il soit obligé de vivre dans cette maison plus longtemps que prévu n'entrait pas en ligne de compte. L'essentiel, c'était de persévérer sans perdre son calme.

La réaction de Sophie lui restait cependant en travers de la gorge. Tellement excessive. Rétrospectivement, il trouvait douteux l'empressement – il n'y avait pas d'autre mot, impatience serait exagéré – avec lequel elle était partie. Comme si elle avait sauté sur le premier prétexte. Le manipulant. Se servant de lui.

Adam se releva, épousseta ses mains et, la mine sombre, examina le résultat de ses efforts. Il empila les cartons vides, les emporta et se mit en quête de l'aspirateur.

Sophie, courageuse, opta pour le vernissage, renonçant à la sécurité offerte par l'obscurité d'une salle de cinéma. Elle découvrit toutefois que c'était aussi un lieu à fréquenter en solitaire car personne ne vous y regardait. Non par intérêt pour les toiles, mais parce que chacun ne songeait qu'à peaufiner l'image qu'il donnait de lui-même. Un gobelet de vin blanc tiède à la main, Sophie se faufila dans la galerie, passant en revue la foule. Outre les sempiternelles barbes, tenues noires, longues boucles d'oreilles, le plus digne d'intérêt était l'expression de suffisance harassée de ces gens. On aurait dit que chacun d'eux redoutait d'être traqué par un paparazzi, s'imaginant être le point de mire. Et comme ni les uns ni les autres n'échangeaient le moindre regard, feignant d'être occupés ou perdus dans leurs pensées, rien ne les détrompait. Il était par conséquent impossible de repérer le peintre, la vedette du jour. Au fond, ce n'est pas plus mal, décida Sophie. Ainsi, la gloire est partagée à force de narcissisme et d'indifférence mutuelle, et ils sont tous la star d'un soir. Quant aux peintures, c'étaient les immenses toiles grises habituelles, striées de noir et de marron, éclaboussées de rouge.

Agatha avait beau s'être doutée qu'aucun ami de la femme de Howard ne produirait mieux que des sacs en papier, l'extrême banalité des œuvres lui restait sur le cœur, moins toutefois que le désistement de dernière minute de Valerie, sous prétexte d'une surcharge de boulot. « Quelqu'un va se faire virer et ce ne sera pas moi », avait assuré la traîtresse. Aussi Agatha se retrouvait-elle seule pour rencontrer éventuellement son ex-amant et son épouse. Quoi de plus épuisant que de scruter la foule à la recherche de la silhouette autrefois adorée et à présent honnie de Howard, tout en s'efforçant d'adopter un air insouciant au cas où il la repérerait en premier et de se donner du courage en buvant du vin ! Au bout d'une heure d'angoisse, il fut évident qu'il ne viendrait pas, mais il était trop tard pour se détendre ou rester sobre. Agatha, calée près du buffet, engagée dans une conversation décousue avec un galeriste aux yeux de lynx, constata avec aigreur que Howard lui gâchait toujours la vie malgré le temps écoulé depuis leur rupture.

— Mon Dieu, je suis désolée !

Se retournant pour présenter ses excuses à celle qu'elle venait de bousculer, Sophie vit une femme aux cheveux d'un noir de jais coupés à la Cléopâtre ; une frange sévère au-dessus de sourcils épilés, les yeux lourdement maquillés, elle portait une robe constituée de petites plaques brillantes à la manière d'une armure. A la réflexion, elle ressemblait plutôt à une figurante d'un film des années 1960 sur l'Egypte des pharaons qu'à une reine de l'Antiquité.

— Il n'y a pas de mal, assura Agatha.

Remarquant que la blonde s'apprêtait à se resservir du chardonnay tiède, elle s'exclama :

— Hep ! Ne buvez pas ce pipi de chat !

Elle sortit une bouteille de champagne frappé de sous la table et remplit leurs deux verres.

— Une réserve secrète, merci, fit Sophie.

— Quand on est une habituée de ce genre de sauteries, on connaît les ficelles. A la vôtre.

Agatha vida son verre d'un trait ; Sophie hésita un instant puis l'imita. Derrière elles, une voix de stentor pontifia :

— A mon avis, il est son propre maître.

Agatha lança un regard moqueur à Sophie, qui lui sourit.

— Je ne suis pas d'accord, riposta une autre voix. Même si je pense qu'il est peut-être davantage de son temps – ou du nôtre, d'ailleurs – que d'autres artistes contemporains.

Hochant gravement la tête, les hommes portèrent leur verre à des lèvres pincées. Les deux femmes pouffèrent et Agatha prit appui sur le bras de Sophie. Ce fut à cet instant qu'elle vit Howard et son épouse venir dans sa direction en se frayant un chemin dans la foule. Le crâne dégarni du premier luisait, tandis que la deuxième formait un cri silencieux avec sa bouche écarlate, son sourire de commande. Agatha se baissa derrière Sophie.

— Mon Dieu, cachez-moi ! Soyez mon bouclier humain.

— Qui est-ce ?

— Mon ex-amant et sa femme.

— Elle est au courant de votre existence ?

— Oui.

— Elle va vous arracher les yeux ?

— Pire, elle sera condescendante !

Sophie fit face à la foule et se planta une main sur la hanche, afin de donner à Agatha le plus de place possible pour s'accroupir. Lorsque le couple les croisa, elle pivota lentement pour la protéger. Dès qu'ils furent passés, Agatha se releva avec un soupir.

— Elle rebat les oreilles de tout le monde avec son indulgence à propos de notre liaison. Cette peau de vache donnerait n'importe quoi pour avoir une autre occasion d'être gentille avec moi.

Sophie éclata de rire.

— Ne me dites pas que « la crise a servi de tremplin pour une relation plus équilibrée » ?

— Et si, je le crains, répondit Agatha avec amertume. Vous avez été très sympa. Merci.

Et elle but avidement.

Dévisageant l'ex-maîtresse, Cléopâtre de série B affolée, qui sifflait du champagne, Sophie sourit – sa collaboration avec le camp ennemi valait son pesant d'or.

— Un plaisir, assura-t-elle, levant son verre.

C'était vrai, constata-t-elle à sa grande surprise, tandis qu'elle s'éloignait.

Le galeriste aux yeux de lynx toucha le bras d'Agatha et désigna du menton le dos de Sophie.

— Qui est ce sosie de Romy Schneider ?

Agatha regarda la queue de cheval blonde battre en retraite dans la foule.

— Aucune idée.

Au cours de shiatsu du lendemain, Malcolm mit Sophie avec Henry, un petit homme au teint sombre, pour qu'ils s'exercent sur le canal du cœur (un canal du feu, yin). Elle plaça sa « main mère » sur son torse, tandis que sa « main enfant » descendait le long du méridien ; une main inactive, l'autre active. Elle commença par l'aisselle, continua par le bras, le coude, l'intérieur de l'avant-bras, la main et termina par l'ongle du petit doigt. Elle se concentra afin de trouver les points de pression du cœur, faisant porter son poids sur son pouce au lieu de l'appuyer. Au point du poignet appelé « porte de l'esprit », il eut un murmure appréciateur ; quand il travailla sur elle, Sophie constata que la pression faisait un bien fou à cet endroit. Henry avait des mains vigoureuses et après qu'il eut fini, elle resta immobile à savourer les picotements sur ses bras. Lorsqu'elle ouvrit les yeux, il lui souriait de toutes ses dents à la blancheur rehaussée par son teint mat. Il lui proposa de déjeuner avec lui.

— Tu n'étais pas au cours les premiers jours ? lui demanda Sophie.

Ils étaient entrés dans le restaurant végétarien du coin de la rue, où ils installaient deux chaises devant une table branlante.

— Si. Et je t'ai remarquée.

— C'est curieux, je ne me souviens pas de t'avoir vu.

— Je le fais exprès. Ça me déplaît de jeter mon charme à la tête des gens, je préfère qu'il s'insinue en eux.

Ils commandèrent des salades. Henry dévora la sienne et lui parla de son enfance (il avait été élevé par sa mère, en France essentiellement, sans son père pakistanais, qui avait rejoint son épouse au Pakistan – un mariage arrangé – peu après la naissance de Henry), de ses voyages (en Asie et en Malaisie), ne s'interrompant que pour échanger la décoration florale de leur table contre une autre. Quand il eut terminé, il repoussa son assiette.

— C'était délicieux. Je me sens bien maintenant.

— Tant mieux.

Sophie, elle, n'avait aucun appétit.

— Mange les olives, c'est bon pour la peau.

Il tapota sous son menton, faisant mine de le raffermir.

Docile, elle en piqua une avec sa fourchette. Comme elle la grignotait, elle fut sidérée de le voir écarter les bras.

— Je me sens bien, répéta-t-il. Merveilleusement bien. Pas toi ?

— Ah... sans doute pas autant que toi.

— J'en suis désolé. La salade n'est pas bonne ?

— Non, elle est...

Sophie se tut brusquement, les yeux rivés sur les feuilles de laitue, dans l'impossibilité d'articuler un mot de plus. La gorge nouée, elle avait le cœur qui battait la chamade. Le raz-de-marée menaçait, approchait...

— Qu'est-ce qui ne va pas ? Un noyau d'olive ?

— Non, chuchota-t-elle, exhalant ce qui lui sembla être son dernier souffle.

Le front plissé par l'inquiétude, il se pencha vers elle.

— Je peux t'apporter quelque chose ? Un verre d'eau ?

Sophie agita la main, un geste qui signifiait : *Pas de compassion ! Ne me témoigne pas de compassion !* Car elle savait que cela provoquerait le raz-de-marée. Incapable de parler, elle ferma les yeux.

Il scruta son visage livide et lui effleura la main.

— Tu aimerais que j'appelle quelqu'un ? Ton mari ?

Voilà qui ouvrit les vannes. Relevant les paupières, Sophie fixa d'un regard vide le tsunami qui s'approchait et répondit d'une voix blanche :

— Je n'en ai pas. Mon mari m'a quittée il y a quelques jours pour une autre femme.

C'était la première fois, se rendit-elle compte avec une sorte de détachement, qu'elle prononçait ces mots tout haut. Puis le gigantesque mur d'eau déferla, s'abattit sur elle, la précipitant au fin fond de la mer, la plaquant dans des tourbillons de sable.

De tous les lieux, pensa-t-elle, entre deux sanglots, pourquoi celui-ci ? Pourquoi maintenant ? Elle fouilla dans son sac, trop aveuglée par les larmes pour y trouver un mouchoir en papier.

— Laisse-moi faire, dit Henry.

Il en sortit un du sac qu'il lui avait pris et le lui donna.

Elle pleurait avec la même violence que Matthew lorsqu'il tombait dans l'escalier. On devait la regarder. Tant pis. Le mouchoir trempé collé sur son visage, elle sanglota, se balançant d'avant en arrière. Au bout d'un moment, ses mouvements se firent plus lents, puis s'arrêtèrent. Ouvrant des yeux larmoyants, elle s'aperçut que Henry la couvait d'un gentil regard, un petit sourire aux lèvres. Apparemment parfaitement à l'aise.

— Tu pleures avec ton corps. J'aimerais faire pareil. La prochaine fois, j'essaierai.

— Merci, murmura Sophie avec un sourire mouillé.

Elle se racla la gorge, se moucha, reprit péniblement son souffle, s'essuya les yeux et regarda par la fenêtre jusqu'à ce que sa vue soit moins brouillée. Elle se sentit calme malgré sa fragilité.

— J'ai mal au ventre. Comme si on m'avait rouée de coups de pied, ajouta-t-elle avec un rire à peine audible. Ouille.

— On t'a rouée de coups et chié dessus. Ton mari, en l'occurrence.

Abasourdie, elle leva une main en signe de protestation, mais il poursuivit :

— Il a fait tout son possible pour te rendre mal-heureuse et il a réussi. La bonne nouvelle, c'est que ça ne durera pas éternellement. Un événement sur-viendra et ça sera le déclic, affirma-t-il en claquant des doigts. Comme ça, tu comprends ? Et tu iras bien.

Sophie chercha de la consolation dans ses paroles. En proie à un certain désarroi, elle se sentait obligée de le remercier ou de s'excuser, sans savoir de quoi.

— Le déclic ? parvint-elle à répéter.

— Absolument, opina-t-il, claquant de nouveau les doigts, un geste manifestement nécessaire. Le déclic, ça peut être n'importe quoi ; il te projette dans un nouveau sillon, te propulse sur un autre rail. D'ailleurs, je vais faire en sorte que tu en aies un tout de suite. Pas un grand, un petit. Allez, viens avec moi.

Il lui tendit la main. Sophie se leva sur des jambes flageolantes.

— Où allons-nous ?

— Nager, répondit Henry.

— Oh, non...

— C'est l'endroit idéal. Réfléchis. Tu peux remplir la piscine de larmes. Plus tu pleures, plus l'eau devient salée et mieux tu flottes. Si bien que c'est ta tristesse qui finit par te porter. Allez, on y va.

— Impossible. Je dois récupérer mes enfants à l'école à quatorze heures trente. Ils passent tous les après-midi avec moi. Mais... je...

Sophie voulait lui dire que ce serait pour une autre fois, sauf qu'elle n'était pas sûre d'en avoir envie. De toute façon, ses larmes s'étaient remises à couler et l'en empêchèrent.

— Pleure. Ne te retiens surtout pas, lui recommanda Henry, qui, lui tenant toujours la main, la guida hors du restaurant.

Les premières années avec Adam ne remontèrent à la surface qu'après cette crise de larmes ; avec la lucidité que procure le recul, ces souvenirs heureux lui parurent assombris par le présage d'un échec. La rencontre d'Adam Dean, le bel Anglais, étudiant en architecture à Harvard, et de Sophie Szabo, en maîtrise de littérature anglaise, à une réception à Cambridge... Timides et réservés l'un comme l'autre, ils s'étaient embarqués dans une relation amoureuse caractérisée par le silence – si Sophie l'avait pris comme une preuve de leur profonde compatibilité à l'époque, il lui semblait désormais de mauvais augure. Sa simplicité et sa gentillesse ravissaient Adam, qui la considérait comme l'antithèse de sa mère, une buveuse de gin sarcastique. A ses yeux, Sophie était l'archétype de l'Américaine, une sorte de femme de la Prairie : sage, capable, forte, d'une grande pureté. Sophie, elle, trouvait la discrétion d'Adam apaisante et fascinante. Sa déclaration d'amour l'avait enchantée : il lui avait offert un recueil ancien des poésies de John Donne, où il avait glissé un signet en soie blanche à la page du poème intitulé *Infini des amants*. La présence d'un autre soupirant à la périphérie de la vie de Sophie l'inquiétait ; il n'avait pourtant rien à craindre de cet homme, certes un de ses fervents admirateurs, mais le genre d'homme que tout le monde adore et que personne n'épouse. Sophie pouvait encore réciter le poème par cœur. Il se terminait ainsi :

C'est énigme de l'amour que, me l'ayant donné,
Tu conserves ton cœur qui, perdu, se restaure.
Soyons plus généreux : n'allons point échanger
Nos deux cœurs, joignons-les : nous serons l'Unité,
Et l'un à l'autre tout entiers[1].

A première vue, on aurait dit que Valerie et Agatha planaient : deux taches de couleur défiant la pesanteur, qui se détachaient sur une toile de fond d'une blancheur éblouissante. En réalité, elles étaient assises sur un canapé blanc dans le salon blanc d'Agatha, près d'une fenêtre au store en papier de riz blanc déroulé, et entourées par... rien.

— Je ne peux pas te laisser faire ça, martelait Agatha. En aucun cas.

— Je ne te demande pas ta permission.

Une fois sa cigarette allumée, Valerie chercha, les yeux étrécis à cause de l'éclat aveuglant, un endroit où poser paquet et briquet. Une table, une chaise... une surface quelconque, merde ! Peine perdue. Exaspérée, elle les jeta par terre.

Agatha observa le briquet qui ricochait puis s'immobilisait avant de continuer :

— Toi, coincée à Milton ? Tu vas tenir combien de temps ? Un jour, à tout casser. Après quoi, tu arracheras le papier peint – ocre et fibreux à n'en pas douter. A propos, ça s'appelle « balle d'avoine ».

---

1. Traduction de Jean Fuzier, éditions Gallimard, 1962.

— Il n'est pas question que cette femme déjoue mes plans.

— A moins que tu ne tiennes à renouer avec tes racines de banlieusarde ? Burlington te manque ? Pose-toi les vraies questions, Valerie. Tu as la force de cohabiter avec des rideaux en tissu écossais ? Faisons un effort de visualisation : au retour d'une journée de travail acharné, tu avances avec précaution parmi des jouets éparpillés sur le tapis – du style lavable, en nylon. Un peu gluant ?

— Si Adam refuse de se battre, je le ferai à sa place !

— Dans la cuisine, les murs tapissés à mi-hauteur de carreaux à motifs en alternance, une rangée de théières, une autre de poivriers, et ainsi de suite, tu vois le tableau ?

— Elle compte nous séparer le plus longtemps possible. Tu avais raison, tout son plan dépend d'Adam seul avec les enfants qui vont lui donner tellement de fil à retordre qu'il capitulera et l'appellera au secours. C'est pour ça que je ne vais pas entrer dans son jeu.

— Des pots-pourris, enchaîna Agatha, détaillant toujours sa vision. Des bols en bois pleins de fleurs séchées disséminés partout. Sans oublier les coquillages dans la salle de bains. Des pommes de pin ? suggéra-t-elle, avant de mimer l'affolement. Des canards ?

— Quand elle me découvrira installée dans la maison de ses rêves, participant aux tâches ménagères, aidant Adam à élever ses petits blondinets, elle accourra en glapissant comme une mégère, pour récupérer sa baraque et ses mioches. Ça va marcher. J'en suis certaine.

— Ah, les gosses ! Ma parole, je les avais oubliés. C'est suicidaire. Valerie, ma belle, tu vas être écrasée par la vie de banlieue comme une crotte par une roue de char à bœufs.

La main en conque sous la cendre de sa cigarette depuis belle lurette, Valerie se dévissait le cou pour trouver un cendrier.

— J'en ai marre de ton décor minimaliste ! Je parie que tu as une pièce secrète bourrée de merdouilles. Qu'est-ce que je fais de la cendre, je la bouffe ?

Essayant de la balancer vers la fenêtre, elle rata son coup de peu. Avec un juron, elle se ficha la cigarette dans la bouche le temps de secouer sa robe à deux mains, si bien que la fumée lui piqua les yeux. Elle poussa un cri d'exaspération, se leva d'un bond et tripota le store blanc jusqu'au moment où elle réussit à ouvrir la fenêtre. Elle jeta le mégot, la referma violemment et maugréa :

— Je souffre de cécité des neiges.

Imperturbable, Agatha continua sur sa lancée :

— Note sur tes tablettes que je suis persuadée que tu ne tiendras pas une semaine. Tu finiras par t'ouvrir les veines avec les fourchettes à fondue.

— Tu sais combien de fois nous avons fait l'amour depuis le départ de sa femme ? C'est tout juste si on se voit et on s'engueule quand ça arrive. Notre relation se délite. Son satané plan est en passe de réussir. Il ne s'agit pas de conjectures, mais de faits. Je suis en train de perdre Adam, tu m'entends ! Il faut prendre des mesures au plus vite.

Agatha regarda le visage crispé et livide de son amie.

— La salope, se lamenta-t-elle. Quand je pense qu'elle t'a fait tomber si bas !

Valerie attendit.

Et Agatha se redressa ; incarnation du dynamisme et de l'efficacité, elle se frotta les mains.

— Bien. Si les choses en sont à ce stade, les dés sont jetés. La première mesure à prendre, c'est de recruter une bonne nounou. Quelqu'un doit s'occuper de ces gosses, ne serait-ce que vingt-quatre ou quarante-huit heures, le temps que l'épouse revienne au pas de charge. En plus, ça montrera à Adam que tu ne plaisantes pas.

— Tu crois que ça marchera ? Que si je m'installe là-bas, elle reviendra ?

— Bien sûr. Quelle femme ne deviendrait pas dingue de savoir celle qui lui a piqué son mari dans son lit ? Est-ce que tu survivras jusque-là, c'est la grande question. Voilà pourquoi une nounou s'impose. Attends.

Agatha disparut et revint avec son ordinateur portable, un sourire narquois aux lèvres.

— Voyons, on cherche quoi – des dompteurs ?

Après l'avoir longuement jaugée, Valerie s'exprima calmement :

— Je me demande si tu seras un jour assez mûre pour ne plus tourner en dérision mes problèmes personnels… Je risque de perdre l'homme que j'aime, c'est d'une extrême gravité pour moi.

— Oh là là, je m'en doute.

— Dans ce cas, grandis s'il te plaît.

— Je t'aide, non ? Merde, je ne fais que ça. On ne parle que de toi.

— Agatha, tu cherches à dissimuler le vide de ta vie affective sous un masque de frivolité, mais ça ne prend pas avec moi.

147

— Parce que tu sais quoi de moi ? Je pourrais très bien vivre une passion torride en ce moment même. Et comment tu serais au courant ? Tu ne me demandes jamais comment je vais ! Il s'agit toujours des épisodes du feuilleton de Valerie, lequel, je suis navrée de le préciser, tient plutôt de la farce que du drame.

Pendant le silence qui s'ensuivit, Agatha ne quitta pas son écran des yeux tandis que Valerie, glaciale, regardait par la fenêtre, enfin la fenêtre, puisque le store masquait la vue. Les joutes verbales, inhérentes à leur amitié, les stimulaient ; d'ailleurs, elles se moquaient l'une de l'autre pour amuser la galerie depuis le lycée. En l'occurrence, il n'y avait pas de public et leur irritation, réelle, n'avait rien d'excessif. Ni l'une ni l'autre ne souhaitait que les choses s'enveniment. Comment rétropédaler sans perdre la face, toute la question était là.

Ce fut Valerie qui fit la paix. A juste titre, puisqu'elle avait engagé le combat.

— Si on cherchait des dompteurs, proposa-t-elle.

Agatha accepta en souriant. Dresser une liste de nounous, allongées sur le tapis, amusa et captiva les deux jeunes femmes sans enfants d'une manière inédite.

— On ne s'est pas autant marrées depuis la fête du lycée, pas vrai, Vee ? lança Agatha en pouffant.

Valerie acquiesça d'un air distrait.

Ce bal avait inauguré leur admission dans le groupe des lycéens, le passage de l'anonymat au statut de rebelles, admirées par quelques-unes, haïes par beaucoup ; une haine qui ne les perturbait pas : comme toute adolescente désireuse d'attirer l'atten-

148

tion, c'était l'indifférence qu'elles ne supportaient pas. Personne n'avait invité Agatha, ce qui la plongeait dans le désespoir et une humiliation cuisante, bien que ça lui soit au fond égal. Le problème, au lycée, c'est que ce genre de choses a de l'importance, même si on est conscient du contraire. Agatha avait geint, fulminé, pleuré jusqu'à ce que Valerie prenne les choses en main. Après s'être procuré un smoking à l'Armée du Salut, elle avait contraint sa mère à faire des retouches avec sa vieille machine à coudre. Pour une fois, elles étaient correctes. Ensuite, les cheveux coupés à la James Dean, le visage dissimulé par des lunettes noires, elle avait servi de cavalier à Agatha, sous le nom d'Angelo. Clou de la soirée, elles avaient dansé un tango à la limite de la pornographie – elles s'étaient beaucoup entraînées dans la chambre d'Agatha –, jusqu'à ce que la découverte de leur identité déclenche une indignation homophobe, à tel point qu'on les avait priées de vider les lieux, un honneur sans précédent. Leur réputation était faite. Certains considéraient leur facétie comme un signe de liberté d'esprit, d'autres de dépravation. Quoi qu'il en soit, « Val et Ag » n'avaient plus eu à souffrir l'infamie de l'anonymat. Ce premier exploit les avait rapidement menées à tricher sur leur âge afin qu'on les laisse entrer, le samedi soir, au club The Rat de Kenmore Square, pour voir Lou Miami, le musicien punk, et son groupe les Kozmetix – le summum de la grande vie. Autant de choses pour lesquelles Agatha avait voué une profonde reconnaissance à Valerie. Qui perdurait.

— Tu te rappelles Lou Miami, Vee ? J'adore Boston. Pourquoi est-ce que les Bostoniens ressentent toujours le besoin de se justifier de ne pas aller à New York ? Tu savais que le pourcentage des femmes célibataires par rapport aux hommes y est de l'ordre de 12,3 pour cent ? Tu imagines ? Je suis contente d'être restée ici. Et je sais pourquoi tu n'es pas partie.

— Parce que je suis une fan des Red Sox, l'équipe de base-ball ? lança Valerie sans détacher les yeux de l'écran. Tiens, en voici une. Tu notes le numéro ?

— Parce que au pays des aveugles les borgnes sont rois, et tu préfères nettement ça.

— Elle s'appelle Amelia Eldridge, un nom tellement anglais que c'est trop beau pour être vrai.

— C'est peut-être un pseudonyme, dit Agatha, en tendant le bras vers son téléphone. On va bien voir.

Pendant quelques jours, Sophie, l'âme en détresse, se calfeutra dans l'appartement. Elle réduisit ses activités à l'essentiel : ses cours et les jeux avec ses enfants. Le reste de la journée, elle le passait au lit à boire de la tisane, à dévorer des romans et, surtout, à pleurer comme jamais auparavant. Même quand elle lisait, ses yeux se remplissaient de larmes à lui brouiller la vue ; incapable de les refouler, elle les laissait couler, leur attribuant le pouvoir de la purger de sa colère et de sa tristesse. Je fais une cure thermale en quelque sorte, se disait-elle.

Fidèle à sa parole, Henry l'emmena nager dans la piscine d'une salle de sport située à proximité du centre de shiatsu. Elle s'y rendit à contrecœur, persuadée de se retrouver dans un bassin glacial, puant le chlore comme à l'ordinaire, mais elle découvrit une eau chaude et limpide, un mur en verre à travers lequel on voyait un grand peuplier, et un dôme vitré. La nage l'apaisa tellement qu'il fut inutile de remplir la piscine de larmes salées pour une meilleure flottaison. Elle fit lentement des longueurs, se concentrant sur les mouvements cadencés de ses bras et de ses jambes et la douceur soyeuse de l'eau. Quand elle fut fatiguée, elle barbota en regardant le soleil ricocher à la surface de la piscine, l'esprit vide.

Chez elle, Sophie ne décrochait pas le téléphone, n'ouvrait ni lettres ni e-mails et se couchait dès que Milagros venait chercher les enfants, à dix-huit heures. Là, elle se remettait à pleurer, se rappelant que c'était sa cure de larmes et qu'elle se purgeait goutte à goutte du poison inoculé par Adam.

Les messages s'accumulaient sur son répondeur. Le clignotant menaçait son équilibre précaire si bien qu'un après-midi, n'en pouvant plus de ce harcèlement, elle décida de les écouter, le doigt posé sur la touche requise, prête à effacer ce qui la perturberait.

Sophie, c'est Marion. Comment vas-tu, mon chou ? Je...

Cette voix à la bienveillance professionnelle... Supprimée.

Un appel raccroché. Adam ? Supprimé.

Sophie, au nom du ciel, qu'est-ce...

La voix tendue de sa mère. L'inquiétude ou la rancœur ? Supprimée.

Allôôô, ici Patricia. Ecoute, chérie, je viens de parler à Adam et...

La voix rauque et traînante à l'accent anglais de la mère d'Adam. Qu'il s'en occupe, maintenant et à jamais. Supprimée.

Un autre appel sans message. Adam de nouveau ? Il lui téléphonait pour implorer son pardon ou parce qu'il ne trouvait pas la balayette des toilettes.

Sophie, c'est Lydia. Mon Dieu, je viens… Supprimé.

On aurait dit que ces messages d'amis ou de voisins, inquiets, réprobateurs ou simplement curieux, ne s'arrêteraient jamais.

Sophie ?

Sophie !

Soph…

Chaque fois qu'elle entendait son nom, elle appuyait sur la touche pour l'effacer. Sa mère était la seule à qui il fallait répondre. Elle avait dû téléphoner chez Adam et Dieu sait ce qu'il lui avait raconté, mais lui parler exigeait d'adopter un ton enjoué et rassurant dont elle se sentait incapable. Heureusement, c'était un mercredi, le jour où sa mère faisait du bénévolat. Sophie se sentit la force de laisser un court message. Elle composa le numéro, se préparant à mentir, et quand elle entendit le bip du répondeur, ses sourcils se haussèrent, ses yeux s'écarquillèrent tandis qu'elle parlait avec une gaieté de commande : « Bonjour, c'est Sophie. Les enfants et moi allons bien, ne vous inquiétez surtout pas. Je vous rappellerai dans quelques jours. En attendant, prenez soin de vous ! Je vous aime tous les deux. Au revoir. » Son visage se rembrunit dès qu'elle raccrocha, le devoir accompli. Les yeux rivés sur le téléphone, le point vulnérable de sa forteresse, elle remarqua le bouton pour couper la sonnerie. Elle l'actionna, mais cela ne lui suffit pas. Du coup, elle se baissa pour débrancher la prise, décrocha et sourit lorsqu'elle n'entendit rien. Parfait. Dans la foulée, elle éteignit son portable. Dorénavant, elle était injoignable. Après tout, que pouvait-il arriver de grave ? Que l'un des garçons ait un accident mortel et l'appelle en vain en rendant son dernier souffle ? Elle rebrancha l'appareil, remit la sonnerie et fila sangloter dans sa chambre.

Le vendredi matin, au bout de cinq jours et demi de cure de larmes, Sophie se sentait dans le même état qu'après un accès de fièvre : étourdie et faible, mais merveilleusement calme. Les enfants venaient pour le week-end. Tout ira bien, se persuada-t-elle. Je me déplacerai doucement et lentement, et tout ira bien. Bon, que dois-je faire ? Acheter de quoi manger pour les garçons. Prête à sortir, elle s'arrêta, indécise, sur le pas de la porte, les mains plaquées sur les poches de sa veste le temps de vérifier si elle avait tout, convaincue d'oublier quelque chose. Non. Elle n'avait besoin que d'argent, de ses clés et de son portable, et le tout tenait dans ses poches. Un sac était superflu. Comme c'était curieux de pouvoir sortir aussi simplement. Le propre des célibataires, ce qu'elle était redevenue. Elle ferma la porte et descendit vaillamment l'escalier.

Le courage, Valerie priait à voix haute pour en avoir lorsque Adam freina devant sa maison, lui donnant un premier aperçu de son nouveau nid d'amour. Elle la contempla avec un désarroi comique, tandis que son amant sortait sa valise du coffre.

— C'est vraiment gentil de ta part de t'installer ici, lui dit-il, en la pilotant dans l'allée. J'espère que tu admires l'absurde dallage.

— Le quoi ?

— Tu sais... des dalles irrégulières disposées au petit bonheur, le symbole de la banlieue à mon sens. Comment appelle-t-on cela ici ?

— Aucune idée.

Il batailla avec la clé avant de parvenir à l'insérer dans la serrure de la porte d'entrée.

— Si tu avais besoin d'une preuve de mon amour, la voici, déclara Valerie avec un rire contraint lorsqu'elle franchit le seuil.

Eh bien... pas de pots-pourris en vue ni de rideaux à carreaux. C'était un peu mieux que ce qu'Agatha avait prédit, mais tout juste : gribouillis et éraflures constellaient le bas des murs jaune banane.

— Ce n'est que provisoire, tu me le promets ?

— Bien sûr, bien sûr, affirma Adam, suivant le regard qu'elle jetait aux murs dégradés. Nous avions autre chose en tête, ma chérie, j'en suis conscient, mais nous ne serons pas trop mal ici pendant quelques mois. Viens faire le tour du propriétaire. Les garçons passent le week-end chez Sophie, j'ai pensé qu'il vaudrait mieux t'installer en leur absence. Naturellement, je les ai prévenus de ton arrivée pour leur éviter un choc.

— Ah oui ? La marâtre, c'est ça ? Ils ont hurlé comme des putois ?

— Pas du tout, ils n'ont même pas eu l'air intéressés. J'ignore ce que ça signifie pour eux, à leur âge. Vas-y, familiarise-toi avec la maison... telle qu'elle est.

Adam avait beau s'y être habitué au fil du temps, il redoutait l'image qu'elle lui en renverrait. Valerie passa d'une pièce à l'autre. Bon, il n'y avait pas de canards ni de carreaux à motifs de théière dans la cuisine. En revanche, un bol rempli de coquillages trônait dans la salle de bains – bravo, Agatha. Au moins l'ordre régnait ; les jouets étaient rangés dans des paniers ; pas le moindre tapis en nylon collant. Il n'empêche que c'était un peu comme vivre dans une maternelle.

— Pour moi, le phénomène de banlieue reste un mystère. Pourquoi choisit-on d'y vivre ?

Adam se racla la gorge.

— Il y a certains avantages pour les enfants.

— Ah, c'est vrai, j'oubliais. De charmantes rues tranquilles que les gosses sillonnent en bicyclette, fit Valerie en riant, une expression moqueuse sur le visage.

— Exactement.

Au bout d'un petit silence, elle reprit :

— Je ne comprends que maintenant à quel point tu as été malheureux, mon chéri. Cela me brise le cœur de t'imaginer dans un tel cadre.

Elle le prit dans ses bras.

— Et tu es venue partager mon calvaire. Un seul sac ? Tu voyages léger, constata Adam.

— Toujours. Je pourrai apporter des affaires si nécessaire.

Valerie se garda de lui préciser qu'ils habiteraient chez elle avant la fin de la semaine, si tout se déroulait comme prévu. Loin de lui révéler toutes les facettes de son plan – notamment que son arrivée précipiterait le retour de Sophie –, elle lui avait juste fait remarquer que c'était le seul moyen d'être ensemble jusqu'à ce que Sophie se stabilise. Un sacrifice de sa part, auquel elle consentait volontiers, et il s'était montré suffisamment reconnaissant.

155

— A propos, comment Sophie a-t-elle réagi ? demanda-t-elle avec le plus de désinvolture possible, laissant courir un doigt sur un meuble de cuisine.

Du pin stratifié. Il faudra le signaler à Agatha.

Adam fronça les sourcils. Cela pesait sur sa conscience, il aurait mieux valu avertir Sophie, ne pouvait-il s'empêcher de penser. Mais les choses s'étaient précipitées d'un coup. Valerie n'avait eu cette idée que la veille, elle s'était montrée si enthousiaste, si gentille, et cela tombait tellement à pic... Peut-être les garçons annonceraient-ils la nouvelle à leur mère. Oui, c'était sans doute la solution idéale. Il s'éclaircit de nouveau la voix.

— En fait, je ne lui en ai pas parlé.

— Oh, Adam !

— Sophie n'aime pas que je lui téléphone, elle préfère que je lui écrive. Et puis le temps m'a manqué. Le soir, je suis débordé. Milagros me met au courant pour les garçons, et ce n'est pas une mince affaire. Le bain. A peine ont-ils du savon dans les yeux qu'ils s'écrient : « Œil ! Œil ! » expliqua-t-il en soupirant. L'histoire à raconter, puis les verres d'eau et que sais-je encore.

— Appelle-la maintenant. Qu'elle aille au diable... elle fait de l'obstruction. Tu le lui dois, Adam. Elle a le droit de savoir.

— Tu crois ? J'ai l'impression que ce qui se passe ici lui est égal.

Ce serait catastrophique si cela s'avérait. Valerie comprit cependant qu'un homme taraudé par la culpabilité ou en proie à l'apitoiement sur lui-même ne pouvait que ressasser ce genre de pensées.

— Bien sûr que non ! protesta-t-elle. C'est sa maison, ses meubles, ses... ses rideaux... ses... (quelque

chose d'autre lui appartenait, mais quoi ? ah oui)...
ses enfants !

— Quelle importance, de toute façon ? s'emporta
Adam, son sentiment de culpabilité cédant soudain
la place à un sursaut d'indignation. Elle est partie
sans le moindre regard en arrière, m'obligeant à rester ici. Alors, j'ai bien le droit de vivre avec la personne de mon choix.

La question était réglée, il se sentit mieux,
d'autant que c'était un argument à servir à Sophie en
cas de besoin, et sourit à Valerie.

— Elle ne peut pas te jeter dehors, chérie. Si c'est
ça qui te turlupine.

Valerie ne lui rendit pas son sourire.

— Non, simplement... je serais mal à l'aise de
vivre ici... clandestinement. Je veux que tout se passe
dans les règles. Ce n'est que justice, tant pour elle
que pour moi.

Adam l'enlaça.

— C'est très gentil à toi. Tu sais quoi, je lui enver-
rai un e-mail ce soir, ça te va ?

Valerie fit signe que oui, puis le suivit dans l'escalier. A l'étage, il ouvrit la porte de la chambre d'amis.

— J'ai pensé qu'on pourrait dormir ici.

Tendant le cou, elle parcourut la pièce du regard.

— Elle a autant de charme qu'une chambre de
motel. Il n'y en a pas une plus jolie ?

Valerie s'avança dans le couloir, ouvrant les portes
de celle des garçons, de la salle de bains, et s'immobilisa devant celle d'Adam et Sophie.

— Eh bien, voilà !

L'air appréciateur, elle l'inspecta, écarta les
rideaux, tripota les bibelots disposés sur la commode

– il ne restait plus que ceux d'Adam – et fit glisser la porte d'un placard rempli de vêtements féminins. Elle se laissa tomber sur le lit en rebondissant pour tester les ressorts. Adam restait sur le seuil, la tête basse.

— Qu'est-ce qu'il y a ?

— Pas ici, répondit-il.

— Et pourquoi non ? Pourquoi ne devrions-nous pas occuper la plus belle chambre ? s'énerva Valerie. Viens là, ajouta-t-elle, d'un ton plus doux, s'allongeant et lui tendant les bras. Je n'ai pas l'intention d'habiter une maison hantée, Adam, nous devons chasser ce fantôme. Je suis à toi maintenant. Fais-moi l'amour.

Le désir eut raison de la réticence d'Adam. Au cours de leurs ébats, les cheveux courts et sombres éparpillés sur l'oreiller de Sophie le frappèrent fugacement par leur étrangeté. Après, ils se rendirent dans la cuisine. En guise de robe de chambre, Valerie portait une de ses chemises, ceinturée par une de ses cravates, et son aspect exotique, qui détonnait avec le cadre, l'émerveilla une fois de plus, tandis qu'elle se prélassait, un genou nu appuyé sur un bord de la table en pin impeccable de Sophie. Sauf que...

— Valerie, je ne veux plus qu'on se serve de cette chambre. Non parce qu'elle est hantée, mais parce que j'ai envie d'un nouveau départ avec toi, dans une chambre qui soit la nôtre. Nous ne méritons pas moins.

Elle but son café et fit la grimace.

— Rappelle-moi d'apporter ma machine à expressos.

— Nous avons le week-end à nous, dit-il. J'ai du travail à rattraper, ça ne t'ennuie pas ?

— Non, j'en ai aussi. Au fond, c'est marrant de jouer au papa et à la maman, non ? Même ici. A propos, j'ai une surprise pour toi.

Baissant le genou, elle se pencha en avant, très excitée.

— J'ai dégoté une nounou anglaise, absolument fantastique, qui accepte de vivre ici. Ça n'a pas été facile de trouver à la dernière minute, je te le garantis. Pour couronner le tout, elle s'appelle Amelia Eldridge. Parole d'honneur ! C'est génial, non ? Ça te ramènera à ton enfance.

— Non, Valerie, c'est gentil à toi mais tu t'es donné du mal pour rien. Milagros fera l'affaire pour l'instant.

— C'est une professionnelle tout ce qu'il y a de qualifié, recommandée par une excellente agence. Milagros n'est qu'une femme de ménage, non ?

— Les enfants l'adorent. Elle est très gentille. Nous l'aimons beaucoup.

— Nous avons besoin de quelqu'un le soir et le week-end.

— Milagros peut les garder de temps en temps, et Sophie les prend un week-end sur deux. Non, c'est hors de question. Nous sommes convenus – Sophie et moi s'entend – de chambouler leur routine le moins possible. Une nounou les perturberait. Pour l'heure, s'adapter à ta présence leur suffira amplement. Crois-moi, ça va aller. Plus tard, peut-être...

A ce moment-là, on ne verra plus assez ses gosses pour justifier le recours à une nounou, se dit Valerie, qui enchaîna à voix haute :

— Pourquoi cette Milagros ne s'installerait-elle pas ici ?

— Elle a sa propre famille. Ne t'inquiète pas, on s'en sortira.

— Que les choses soient claires, Adam, je n'ai pas l'intention de moucher un seul nez, ça ne fait pas partie de notre accord. Je suis venue dans ce coin paumé de banlieue pour te dépanner, mais je ne torche pas les gosses – ni leur nez, ni leurs fesses, ni leur menton. De même que certaines femmes de ménage ne font pas les vitres, moi je ne torche pas.

— Ce ne sera pas nécessaire. Je suis tout à fait capable de m'occuper de mes fils.

Ils se regardèrent en chiens de faïence l'espace d'un instant, puis Valerie détendit l'atmosphère par un rire.

— Tu ne te rends pas compte de la situation dans laquelle tu te fourres. Enfin, j'imagine que Papa sait ce qui est le mieux, concéda-t-elle, lui serrant la main car il ne semblait pas calmé. D'accord, tu as gagné. N'empêche que je ne jetterai pas le numéro de Mlle Eldridge, je vais même le garder sous mon oreiller au cas où nous en aurions besoin au cœur de la nuit.

Un sourire forcé se dessina sur les lèvres d'Adam. Elle se leva et s'étira.

— Où est le téléphone ? Je vais commander des plats japonais. Ensuite, on se mettra au boulot.

— Hum... répondit Adam en toussotant. J'ai bien peur qu'ils ne livrent pas ici, c'est trop loin.

Se couvrant le visage d'une main, Valerie poussa un grognement avant de se mettre à rire.

— Qu'à cela ne tienne. On joue au papa et à la maman, alors je vais nous préparer un petit plat. De toute façon, mon amour, être ici avec toi me comble.

160

Tu es ce qui m'est arrivé de mieux, affirma-t-elle, le prenant dans ses bras.

Ainsi Adam eut-il droit à un avant-goût de sa nouvelle vie. Les longues heures de travail fructueux du week-end furent entrecoupées d'ébats passionnés. Il mena l'existence d'un homme raffiné, exerçant une profession libérale. Enfin.

Son e-mail à Sophie ne fut pas écrit.

— On peut donner à manger aux poissons ?

— D'accord. Une minute.

Les bras chargés des ballons, battes, patins qu'ils avaient emportés au square, Sophie suivit ses fils dans la cuisine. Après avoir déposé le tout, elle prit la boîte d'aliments pour poissons.

— Voilà... on l'ouvre... et...

Agenouillée par terre, elle se préparait à distribuer des portions égales lorsque le téléphone sonna.

— Oh, non... maugréa-t-elle.

— On peut le faire, maman, s'empressa de proposer Matthew. Vas-y.

Non sans méfiance, elle lui tendit la boîte.

— Rappelle-toi, une petite pincée pour chaque poisson. Sinon ils tomberont malades.

Se débarrassant de son manteau, elle décrocha.

— Allô ?

— Sophie, enfin ! s'exclama sa mère. Au nom du ciel, qu'est-ce qui se passe ? J'ai parlé à Adam qui m'a donné ce numéro. Rassure-moi, tu n'as pas déménagé pour de bon ?

— Bonjour, maman. Les garçons, c'est granny. Les enfants sont chez moi ce week-end. On nour-

rissait les poissons. Attention, les garçons, pas trop !
Vous voulez dire un mot à votre grand-mère ?

Non.

— Nous nous sommes beaucoup inquiétés, ton
père et moi.

— J'en suis désolée. Ce n'est vraiment pas la
peine. Tout va bien. J'aurais dû vous joindre plus
tôt, mais j'ai été débordée et je voulais être installée
avant de le faire.

— Tu n'as pas quitté Adam, n'est-ce pas ?

— Si. En fait, non. C'est lui qui... Ecoute,
maman, je ne peux pas parler. Les garçons, tu comprends ?

— Je comprends très bien que tu ne veuilles pas
parler devant eux.

— Exactement. Je te rappelle dès que...

— Alors, tu es priée de m'écouter. Quel que soit
votre différend, ma chérie, n'oublie pas que la communication est fondamentale dans la vie conjugale.

Sophie soupira et tourna le dos à ses fils. Ceux-ci
consacraient toute leur attention à la tâche compli-
quée de ne pas gaver les poissons. Chacun saupou-
dra une pincée de daphnies, sauf que...

— Ils ont l'air d'avoir encore faim, déclara Hugo
après les avoir examinés.

Il essaya d'en verser juste un peu de la boîte, sauf
que...

— Oh là là ! s'inquiéta-t-il avec un regard affolé à
son frère aîné, qui le rassura.

— Ça sera leur déjeuner et leur dîner.

Hugo remua l'eau avec un doigt pour tenter de
disperser la pellicule révélatrice, mais les paillettes
tourbillonnèrent à la manière de flocons dans une

boule à neige. Déconcertés par une telle manne, Nuage et Vignette nageaient dans tous les sens. Hugo jeta un coup d'œil contrit à Sophie, qui, ayant raccroché, regardait par la fenêtre, les sourcils froncés, remuant les lèvres. Il descendit de la chaise, s'approcha d'elle et lui prit la main.

— Pourquoi tu as ces chenilles, maman ?

— Pardon ?

Hugo tourna la tête vers le bocal dont l'eau était toujours troublée par l'excès de paillettes.

— On va arroser les plantes, suggéra-t-il, l'emmenant sur la terrasse.

Matthew les rejoignit. Sophie remplit leurs arrosoirs avec le tuyau, et ils firent le tour des plantes, fiers comme des paons, renversant un peu d'eau à chaque pas. Plus tard, ils s'attablèrent pour manger des sandwichs et boire du jus de fruits dans un silence satisfait. Le week-end qui se terminait leur avait plu.

— Maman, j'aime ta maison, finit par dire Hugo.

— J'en suis ravie, mon poussin. C'est aussi la tienne, tu sais.

— Nous avons deux maisons, expliqua patiemment Matthew à son frère. Celle de maman et celle de papa.

Il chercha des yeux sa mère pour qu'elle le félicite. Sophie lui sourit.

Hugo avala une gorgée de jus de fruits avant d'annoncer :

— La petite amie de papa vient habiter dans la maison de papa. Elle s'appelle Valerie.

Sophie le dévisagea.

— Tu veux dire qu'elle vous rend visite, c'est ça, chéri ?

— Non, répliqua Matthew à la place de son frère. Elle vient vivre avec nous, c'est ce que papa a dit. Elle est gentille, maman ? demanda-t-il, prenant un autre sandwich.

Le cœur de Sophie s'emballa.

— Je... je ne sais pas. Tu peux être sûr que si ton papa l'aime bien... c'est qu'elle doit être... très sympathique.

Le numéro manquait d'inspiration, mais c'était une improvisation et elle faisait de son mieux. Puis elle se persuada que ses fils avaient mal compris. C'était inconcevable. Adam ne pouvait avoir pris cette décision lourde de conséquences sans lui en parler. Ils avaient interprété de travers des paroles entendues par hasard. De toute évidence.

— J'ai une idée, reprit Matthew en détachant les syllabes. On pourrait jouer...

Il ménagea un suspense. La tactique marcha à merveille sur Hugo qui le fixait, les yeux écarquillés par l'attente.

— ... à cache-cache.

— Oui ! s'écria Hugo en sautant en l'air. Maman, c'est toi le chat.

Une preuve de plus si besoin était. La main sur les yeux, Sophie compta tout haut. Si une étrangère s'installait vraiment chez eux, les garçons penseraient à autre chose qu'à cache-cache.

— ... dix-sept, dix-huit, dix-neuf...

Elle était presque capable de rire à présent de la nouvelle qui lui avait causé un choc, coupé le souffle, comme si elle avait reçu un coup. Presque, mais pas tout à fait.

La confirmation de l'emménagement de Valerie arriva au petit déjeuner le lundi matin quand, après avoir sonné longtemps et avec insistance à la porte, Milagros se précipita dans l'appartement de Sophie, pantelante sous l'effet de l'indignation et de la montée de l'escalier, pour annoncer qu'elle avait rendu son tablier.

— Je suis désolée pour vous et pour les garçons, assura-t-elle, acceptant une tasse de café. Mais je refuse de travailler dans cette maison. Je l'ai dit à monsieur. Je lui ai dit que je ne travaillerais pas pour une *fulana* !

Malgré son ton triomphant, ses mains tremblaient quand elle porta la tasse à ses lèvres.

— Et c'est tout ? Il vous a laissée partir ? souffla Sophie.

— Qu'est-ce qu'il pouvait faire ? *Qué poca vergüenza !* Ces pauvres garçons ! Je ne retourne pas là-bas. Je refuse de travailler...

Un fracas l'interrompit, Sophie avait jeté sa tasse par terre.

— Espèce de salaud d'hypocrite ! éructa Sophie. Ne pas perturber les enfants, hein ? Ne pas changer leur train-train, hein ? A moins que me remplacer ne change rien à leur vie ?

Ce n'était plus Milagros qu'elle avait devant elle, c'était Adam, livide et muet. Elle avait bousculé sa secrétaire pour se ruer dans son bureau où, à moitié levé de son fauteuil, il regardait, sous le choc, une femme à ce point défigurée par la fureur qu'il la reconnaissait à peine.

— Que devient le foutu bien de nos foutus enfants ?

Ses mots se répercutèrent dans le couloir.

Il y a une erreur, se dit-il. Sophie ne jure pas. Du coin de l'œil, il vit Odette s'approcher sur la pointe des pieds pour fermer la porte. Il lui en fut reconnaissant. D'une voix éraillée par la colère, Sophie poursuivit :

— Malgré ta lâcheté et ton infidélité, je croyais que même si tu étais, hélas, un être sans consistance, un mari de merde, le sort de nos enfants te préoccupait réellement — une idée qui me réconfortait. Désormais, il est évident que tu ne penses qu'à sauter cette femme, dans notre lit si c'est plus pratique, et merde pour les gosses et ton prêchi-prêcha de chiotte sur ta volonté de ne pas les perturber. Comment oses-tu introduire cette femme dans leur vie sans me consulter au préalable ?

Il n'y avait plus aucun doute : Sophie avait oublié qu'elle ne jurait pas. Adam retrouva sa voix.

— C'est précisément pour ça que je n'ai pas engagé de nounou ! Je pensais à eux. ·

— Une nounou ? Je parle de la femme dans notre lit ! A moins que tu ne t'imagines qu'ils n'ont pas remarqué que ce n'était pas moi ?

— Sophie, je n'ai jamais...

Elle tendit un doigt menaçant vers son visage.

— La première chose à faire, espèce de fils de pute, c'est de supplier à genoux Milagros de revenir.

— Je vais lui parler.

— Tu ramperas à ses pieds si nécessaire ! Tu es prié de la récupérer quelles que soient ses conditions.

Le staccato de leurs voix, l'une aiguë, l'autre grave, continua à retentir à travers la porte fermée, tandis qu'Odette ne cessait de classer fébrilement les papiers de son bureau, essayant de capter ce qui se disait à l'intérieur sans pour autant tendre l'oreille. Le bruit de la dispute s'était répandu, si bien que plus d'un collègue d'Adam avait trouvé une bonne raison de traîner dans le couloir, où s'échangeaient regards inquiets et sourires nerveux. Soudain, la porte d'Adam s'ouvrit à toute volée ; Odette se baissa instinctivement lorsque Sophie sortit en coup de vent. James se plaqua contre le mur et tenta d'exprimer son empathie par un coup d'œil, mais elle le bouscula, essuyant à la hâte une larme sur sa joue, et claqua la porte. Deux feuilles de papier voltigèrent, victimes muettes du courroux d'une épouse. James se pencha pour les ramasser.

A peine l'ombre vacillante de Sophie fut-elle passée devant sa porte vitrée que Valerie sauta sur son téléphone.

— Notre plan fonctionne, roucoula-t-elle à l'intention d'Agatha. Devine qui vient de décamper en courant comme une dératée ? La petite épouse furibarde en personne ! Elle va sûrement filer récupérer tabliers et maniques. Sous peu, elle débarquera pour réclamer son nid et ses poussins, à cor et à cri, à coups de griffes et de bec. Eh bien, tant mieux !

Valerie se balança d'avant en arrière sur son siège comme une gamine.

— Il vaut mieux que j'aille consoler Adam, qui doit être en piteux état. Salut.

Valerie raccrocha avec un gloussement. Jubilante, elle tournoya une fois dans son fauteuil pivotant avant de se lever, de lisser sa jupe et de se composer une expression compatissante pour Adam. « ... Quel manque de dignité... c'est horrible pour toi... » Elle réprima un nouveau rire.

Si Valerie et Agatha avaient eu raison de supposer qu'elles pousseraient Sophie à l'action, elles s'étaient trompées quant à son mode. Au lieu de récupérer ses maniques, Sophie entama une procédure de divorce. Assise dans un fauteuil en cuir du cabinet de l'avocat, elle prêta poliment l'oreille aux propos juridiques qu'il énonçait tout en songeant que ce lieu était le tombeau de bien des espérances et aspirations humaines. Mariages, associations professionnelles, autant de rêves et de projets initiés dans l'enthousiasme et la confiance mutuelle qui se brisaient ici. Lorsque la communication et la capacité de résoudre les problèmes tournaient court, les vaincus échouaient dans ces bureaux tout de chrome et de cuir où ils écoutaient des déclarations semblables à celle-ci : « Le divorce par consentement mutuel prévaut dans l'Etat du Massachusetts. L'un ou l'autre des époux peut entamer la procédure dès qu'elle ou il estime qu'il y a eu rupture irrémédiable de la vie commune. Les prétendus motifs de divorce, tels que l'adultère, la cruauté mentale, l'abandon, etc., ne figurent pas dans la loi qui régit la dissolution du mariage dans cette juridiction. »

Sophie descendit dans l'ascenseur cliquetant à chaque étage, se répétant les expressions « rupture irrémédiable » et « divorce par consentement mutuel ». Tout se réduisait donc à ça : c'était fini sans que ce soit la faute de personne. Une évidence ? Décrétée par cet inconnu ? Lorsqu'elle était montée,

Sophie était toujours mariée. A présent, elle ne l'était plus, pas encore divorcée, mais à la dérive dans la zone grise de dossiers en souffrance. L'idée la déprima. En outre, être toujours unie à Adam par un lien légal lui donnait un sentiment de vulnérabilité, comme s'il pouvait continuer à la blesser par ce canal – une sorte de cordon ombilical dispensateur de souffrances, non de nutriments. Il suffirait qu'il soit coupé sur-le-champ pour qu'elle soit sauvée. « Je ne suis plus mariée », proféra-t-elle à voix haute lorsque les portes de l'ascenseur s'ouvrirent. Elle sortit et traversa le hall au sol rutilant. « Je ne suis plus mariée », redit-elle plus bas, soucieuse des passants qu'elle croisait. Une fois dehors, elle se planta en haut du grand escalier de pierre et répéta la phrase d'un ton ferme mais neutre, l'écoutant attentivement. Non, cela manquait de conviction. Elle descendit les marches en triturant machinalement son alliance, désemparée. Comment continuer la journée ? Quelle heure était-il ? Onze heures trente. Seulement ? Il était aussi inconcevable de rentrer à la maison que de se rendre au cours ou de déjeuner. Devant et derrière Sophie, les gens s'entrecroisaient, créant un îlot d'indécision en forme de diamant dans un réseau d'effervescence. Elle scruta leur physionomie, à l'affût d'un signe susceptible de lui indiquer où aller, que faire, mais, le visage fermé, ils marchaient à pas vifs, déterminés, comme pour lui rappeler que le train du monde ne s'arrête pas parce qu'un homme a quitté une femme. Il n'était que onze heures trente et elle se tenait sur un trottoir battu par les vents, dans un état de solitude absolue, sans but. Elle s'avança de trois pas hésitants, puis s'immobilisa brusquement et recula de trois pas. Un homme la bouscula en ronchonnant. Elle lui barrait la route, comme à tout le monde. Baissant les yeux, elle entrevit un papier de bonbon dans une fissure. Dans l'impossibilité d'en détacher le regard, elle se rendit compte, prise de panique, qu'elle n'avait rien à faire et nulle part où aller. Toute direction, quelle qu'elle soit, était absurde, ne rimait à rien. Un adolescent dégingandé lui rentra dedans si bien que son sac glissa de son épaule. Après avoir coincé la bandoulière au creux de son bras, elle se réfugia devant un magasin, à l'écart du flot humain, et regarda la vitrine. Soulagée, elle remarqua une femme en train d'examiner la devanture d'un œil critique ; à en juger par le mouvement de ses lèvres, elle effectuait des calculs. Sophie s'en approcha, mue par l'espoir qu'elle prendrait la parole, commenterait l'étalage, l'engloberait dans sa vie ne serait-ce qu'un instant, lui reconnaîtrait le droit de se trouver sur le trottoir. Prête à rompre le silence la première, Sophie releva timidement les paupières – la femme avait disparu. Jetant un coup d'œil à la grande vitrine du magasin, Sophie n'y vit que les contours de son reflet, ses cheveux balayant l'ovale sombre qui aurait dû être sa figure.

Elle eut alors la certitude d'être incapable de venir à bout de la journée comme si rien d'exceptionnel n'était arrivé. Récupérer les enfants à l'école, sourire alors qu'ils babilleraient sur « la petite amie de papa », c'était exclu. L'ère de la brave Sophie, femme forte, mère modèle accomplissant son devoir envers et contre tout, était révolue. « Ma journée est épouvantable », murmura-t-elle à son image dépourvue de traits. C'est alors qu'elle distingua le reflet d'une enseigne au néon Budweiser dans la vitrine. Se retournant, elle aperçut un bar minable de l'autre côté de la rue. Un endroit où aller. Son sac serré sur sa poitrine, elle traversa à toute allure et poussa la lourde porte.

Obscurité, relents de bière, musique country geignarde : une erreur. Tant pis, repars. Sur le point de sortir, elle s'arrêta net. Dans ce cas, elle se retrouverait avec le papier de bonbon pour unique compagnie.

Le barman leva les yeux. Ses paupières tombantes de saint-bernard étaient ourlées de rouge.

— Oui ? demanda-t-il.

Zut. On l'avait repérée. A présent, ce serait grossier de filer.

— Hum, bonjour. Je... je prendrai une...

Elle n'ajouta rien. Aucun autre mot ne lui vint à l'esprit.

— Vous voulez du temps pour décider ? reprit le barman.

On aurait dit qu'elle vacillait avant de plonger tête la première dans un flot d'alcool.

— Une bière ! glapit une voix stridente à l'autre bout du bar.

Sophie discerna dans la pénombre une rousse d'une soixantaine d'années qui, après s'être laissée glisser de son tabouret, s'approcha d'elle sans se presser.

— Je crois que c'est le mot que vous cherchiez, enchaîna-t-elle avec un sourire qui révéla des dents d'alcoolique. Ça ne vous ennuie pas que je m'asseye ici ?

Sophie esquissa un geste poli. Elles se retrouvèrent perchées sur des tabourets, côte à côte. Après avoir passé un petit moment à fredonner la chanson country diffusée par le juke-box, la rousse rompit le silence :

— Vous n'avez pas l'air dans votre assiette, je ne m'avance pas trop ?

— Non, pas du tout, répondit Sophie avec circonspection.

— Vous avez envie d'en parler ?

— Pas vraiment.

— Bien.

Elle se remit à chantonner : *You picked a fine time to leave me, Lucille.*

Au fond, pourquoi pas ?

— En fin de compte, commença Sophie, ce qui coupa le sifflet à la rousse, ça ne me dérange pas. Il y a trois semaines, mon mari m'a quittée pour une autre femme. Elle s'est installée dans notre maison et va vivre avec mes enfants. Voilà. Je suis folle de rage.

La rousse se pencha vers Sophie.

— Vous savez quoi ?

— Quoi ?

La femme s'approcha davantage.

— Ça... n'a... aucune importance, martela-t-elle, lentement.

— Ah.

Sans doute plus ivre qu'elle ne le paraissait, la rousse s'expliqua :

— Ça a beau être nul, dégueulasse et tout et tout, et vous avez beau être en colère, blessée, angoissée, il reste un petit coin en vous qui n'en a rien à battre. Absolument rien.

— Je reconnais avoir... du mal à trouver ce coin.

— Il est bel et bien là pourtant ! Quelquefois, rien que pour prendre un peu de repos, vous avez besoin d'y passer un petit moment. Vous pigez ? C'est un enfoiré, pour sûr, mais ça... n'a... aucune... importance.

— Hum, fit Sophie d'un ton neutre.

— Installez-vous dans ce coin et, si ça ne vous ennuie pas, je vais vous y rejoindre. Il est douillet. Il y fait chaud et sec. En avril ne te découvre pas d'un fil ! s'écria la femme, tendant la main à Sophie qui souriait vaguement. Je m'appelle Liz, ça me ferait plaisir de vous offrir une bière.

— Moi, c'est Sophie. Eh bien... volontiers, merci.

— Billy ! lança Liz.

A l'évidence, leur relation se passait de préambules.

Dès que le barman eut apporté les bières, Liz leva son verre.

— A ce coin particulier, où vous n'en avez rien à battre.

Même si Sophie trouva le toast d'un goût douteux, elle trinqua. Lorsqu'elle eut fini sa bière, elle en commanda deux autres, par politesse, avant de saluer Liz.

Une fois sur le trottoir, prise de vertige, elle tressaillit comme un vampire dans la lumière crue. Sophie donna deux brefs coups de fil. Le premier à Marion, à qui elle demanda d'aller chercher les enfants à l'école et de jouer avec eux jusqu'à dix-sept heures. Le second à Milagros, pour la prévenir qu'Adam l'appellerait pour s'excuser car il voulait qu'elle revienne travailler chez lui. Ainsi, à seize heures cet après-midi-là, Matthew et Hugo peignaient avec leurs doigts chez Marion, tandis que Milagros négociait habilement avec Adam, posant ses conditions. Quant à Sophie...

Une succession d'activités possibles pour occuper son après-midi défila dans son esprit. Chercher conseil, vider son cœur chez une amie, méditer, déjeuner ou faire du shopping à Copley Place. Un massage, de la course à pied, une sieste, de la natation. Une visite au musée Gardner ou à celui des Beaux-Arts. Elle pouvait même revêtir des sacs-poubelles – un petit en guise de turban, un plus grand en guise de tunique – et aller balayer Boylston Street telle une réincarnation du célèbre clochard[1] puis retourner au bar en courant, sa tenue en plastique flottant au vent, et proposer à Liz de remettre ça. Fermant les yeux, elle appuya sur ses paupières du bout des doigts pour tenter de réfléchir à ce qu'elle avait envie de faire. La réponse ne tarda pas : rien. Elle n'aspirait qu'au néant. A l'absence de sensations et de pensées. A se débarrasser de son ego, de sa lassitude, de sa tristesse, et à être happée par autre chose. Son seul désir, comprit-elle : rester des heures devant un écran de cinéma.

Quelle sensiblerie, se reprocha-t-elle. Ma vie vole en éclats, alors je vais au cinéma.

Elle vit quatre films d'affilée. En commençant par celui, excellent, d'Agnès Jaoui. Des œuvres étrangères, sous-titrées, qu'elle regarda les yeux grands

---

1. Clochard « copiste » qui, dans la bibliothèque publique de Boylston Street, griffonnait des heures durant sur les feuilles d'un vieux classeur.

ouverts, captivée, comme une enfant en mal d'histoires à l'heure du coucher. Ses pensées s'égaillèrent encore davantage lorsqu'elle sortit du Coolidge Corner Theater et rentra chez elle, rejouant des scènes des films dans sa tête, en inventant d'autres. Cette soirée avait atteint son but. Sophie avait réussi à bombarder ses sens d'images, de sons et d'histoires qui l'avaient fait sortir provisoirement d'elle-même, si bien que sa situation lamentable la laissait presque indifférente.

4

A midi, les élèves avaient adopté différentes pos-
tures dans la salle du cours de shiatsu : l'une, en
tailleur par terre, tournait très doucement sa tête ;
une deuxième, allongée, appuyait les jambes contre
le mur ; une troisième posait la tête sur les genoux
d'une amie. D'autres, la plupart, déjeunaient : thermos de soupe, sandwichs d'où dépassaient feuilles de
laitue et bouts de fruits examinés scrupuleusement
entre chaque bouchée. Jake ou Cob, ainsi que Rose
l'appelait car elle préférait la seconde partie de son
prénom à la première, occupait le centre de la scène.
Ses beaux cheveux blancs gonflés avec art, assis les
jambes bien écartées, il serrait un genou d'une main
et caressait sa barbe d'un air satisfait de l'autre. Il
finit par rompre le silence, débitant un monologue
qu'on aurait dit destiné à une audition pour décrocher un rôle au théâtre.

— Le changement... commença-t-il avec un gloussement. Si seulement... si seulement nous acceptions
que ce soit la règle plutôt que l'exception, nous trou-
verions la vie infiniment plus facile.

Après cette entrée en matière énoncée avec douceur et sérieux, il se frappa légèrement la cuisse. L

leva les yeux de son bol en terre cuite rempli de légumes, sa fourchetée de germes de soja à mi-chemin de sa bouche, et lança à Jacob un regard indéchiffrable. Sophie pressentait que c'était la plus susceptible de succomber aux charmes avunculaires du vieux père nourricier, lequel était apparemment de cet avis car il sourit à L et s'adressa directement à elle :

— Il est normal que les êtres humains, leurs vies, leurs relations, soient constamment en mouvement. Rien n'est statique. La Terre tourne, les saisons changent, les constellations dérivent dans le ciel, poursuivit-il, illustrant la dernière phrase avec ses mains, le visage rayonnant d'un émerveillement juvénile. Le changement perpétuel est la norme, et non une aberration. Ce n'est ni la tragédie ni la catastrophe que nous croyons. Changer, c'est mûrir. Changer, c'est être sain. Tous les problèmes commencent quand, par peur, les gens se figent ou cherchent à enfermer les autres dans des rôles immuables. (Serrant les poings, Jacob grimaça.) Ce n'est pas bien, ce n'est pas naturel. Faute de bouger, de changer, de couler, les choses sont bloquées, stagnent – c'est malsain.

— On ne peut donc se fier à rien ni à personne ? demanda Sophie dont l'agacement l'emportait sur sa réticence à entrer dans une discussion avec Jake-O.

— Au contraire ! s'exclama-t-il, se tournant vers elle, un éclair de triomphe dans les yeux. On peut se fier à tout et à tout le monde... pour changer, pour évoluer. Voilà ce qui est formidable.

— Tous les changements ne sont pas merveilleux.

— En effet, certains sont très douloureux. Nous devons pourtant les épouser... comme autant de preuves de vie.

— Non, objecta Sophie, posant sa pomme. Il n'est pas obligatoire de tout accepter. Prendre conscience et agir en conséquence, sûrement. Accepter, non. Et le désir d'avoir une vie cohérente n'a rien d'artificiel. Les saisons que tu as évoquées, les constellations suivent un cycle connu, prévisible. On peut compter sur elles.

Anthony intervint, le doigt levé :

— Absolument ! Il me semble que tu confonds mouvement et changement, Jacob. Une véritable mutation ne serait pas le jour après la nuit, plutôt le jour où le soleil ne se lève pas. Or, les gens flippent quand il y a des éclipses. Et cela ne rime à rien de le leur reprocher.

— Ce n'est pas du tout mon propos, répondit doucement Jacob.

Il s'adressa à L pour qu'elle lui apporte son soutien. Peine perdue, elle mâchonnait ses légumes.

— Je tiens juste à faire valoir que nous ne devons pas avoir peur du changement, ni le rejeter, parce que c'est l'essence de la vie, enchaîna-t-il malgré tout.

Posant son bol vide, L prit la parole :

— Je crois que Jacob... (elle leva les yeux et il lui sourit avec reconnaissance)... tente d'élaborer une théorie où le concept de responsabilité serait aboli.

Jacob se rembrunit, tandis qu'elle poursuivait :

— Pour lui, c'est bien de laisser tomber les gens. C'est même sain.

Ils se foudroyèrent du regard. Que se passait-il entre eux ? s'interrogea Sophie. Quelque chose, certainement.

— Mais oui, ça peut l'être ! affirma Jacob. Bien sûr. Cela dépend d'un millier, non, d'un million de circonstances, plus ou moins importantes, de la façon dont elles s'imbriquent et de la complexité du motif qu'elles forment.

Sophie ricana :

— La vie n'est donc qu'un superbe kaléidoscope perpétuellement en mouvement...

— C'est une excellente manière de le formuler, la félicita Jacob.

— ... et il est ridicule et pitoyable de s'attendre à ce que les êtres soient scrupuleux, fiables ou loyaux, c'est ça ?

— Non, le devoir existe, tout comme la responsabilité, néanmoins leur contenu ne cesse d'évoluer. Prenons l'exemple des devoirs des parents envers leurs enfants, ils changent tout le temps. Quand l'enfant est petit, il faut nouer les lacets de ses chaussures mais il ne tardera pas à ne plus en avoir besoin. Là aussi, ça change sans arrêt.

— Là aussi, c'est un prétexte bidon, l'agressa L, les yeux rivés sur lui.

Anthony s'éclaircit la voix.

— Si je peux me permettre, Jacob, il me semble que c'est encore un exemple d'un cycle naturel, alors que pour certains d'entre nous il s'agit de la rupture d'un de ces cycles. Le jour où le soleil ne se lève pas...

— Le jour où un parent vous abandonne.

— Ou votre compagnon.

— Le jour où quelqu'un dont l'amour vous paraissait acquis vous flanque son poing dans la gueule, lança Rose, plongeant tout le monde dans la consternation.

— Ton mari ? s'enquit une voix compatissante.

— Ma sœur. A Noël, l'année dernière.

Jacob reprit la parole en haussant le ton :

— Je reconnais que certains changements sont éprouvants. N'empêche que c'est vital d'admettre qu'à quelque chose malheur est bon, que changement et vie sont synonymes.

— C'est ta conviction, Jacob ? demanda Henry, se joignant tout à coup à la discussion. Prenons le cas de Rose. Sa sœur vient de la tabasser, et elle est affligée d'un coquard flambant neuf. Tu crois vraiment que cette idée la console lorsqu'elle applique un bout de viande crue sur sa figure ?

Après le cours, Henry et Sophie firent une partie du trajet de retour ensemble. Il poussait sa bicyclette le long du trottoir et elle continuait à fulminer :

— C'est bien joli de trouver que le changement est positif quand sa vie est stable, mais je t'assure que c'est une autre paire de manches si on vient d'être remplacée par une autre. Quel imbécile, ce Jacob !

— Je te l'accorde. N'empêche qu'il a raison. N'oublie jamais, ma belle : les imbéciles peuvent avoir raison. La vie est changement. Regarde-toi, remplacée par une autre. Eh bien, tu n'as pas le choix, tu dois intégrer ce nouvel épisode au cours de ta vie.

— Henry !

— C'est vrai. Tu ne peux pas faire autrement. Comment s'appelle-t-elle ?

— Comment elle s'appelle ? Valerie, répondit Sophie d'un ton volontairement monocorde pour masquer sa révulsion de prononcer ce nom tout haut.

Cela n'échappa pas à Henry.

— Un nom de mauvais augure, admit-il avec gentillesse. Quoi qu'il en soit, tes enfants ne seront heureux que s'ils se sentent libres d'avoir de l'affection pour Valerie, voire de l'aimer.

Sophie réfléchit à cette remarque.

— Et alors ?

— Tu dois les y aider.

— Ah non, pas ça, je t'en prie ! Pourquoi je suis obligée de tout assumer ? Elle n'a qu'à se rendre sympathique.

— Oui, plus tard. C'est à toi de faire le premier pas, de les autoriser à l'aimer.

Sophie se boucha les yeux.

— Dieu tout-puissant, et puis quoi encore ?

— Tu ne comprends pas ce que je veux dire ?

— Si, bien sûr. Et je suis d'accord. Ça me semble juste trop demander. Etre mûre et faire passer le bien des enfants en premier, c'est épuisant.

— Comment s'appelle l'homme ?

— Lequel ?

— Son amant. Le père de tes enfants.

— Mon mari ?

Henry haussa les épaules.

— Adam. Je suis sûre de te l'avoir déjà dit.

— Oh là là, quel affreux prénom !

Il le prononça deux fois, le visage plissé de dégoût. Sophie éclata de rire.

— Ta faculté à passer en une minute de la profondeur à l'infantilisme me sidère.

— C'est ce qui te plaît chez moi, Sophie. Ne l'oublie pas.

181

Lui prenant la main, il plaqua un baiser surprenant sur sa paume avant d'enfourcher sa bicyclette et de s'éloigner.

Valerie était allongée sur le canapé après le dîner. Elle tenait un magazine et d'autres s'empilaient sur le sol à ses pieds, mais la présence de Matthew et Hugo l'empêchait de se concentrer. Même s'ils étaient tranquilles, même s'ils ne criaient pas, même s'ils étaient sagement assis dans des fauteuils, les mains bien à plat sur leurs genoux serrés. En fait, ils ne la quittaient pas des yeux.

Matthew, qui se creusait la cervelle, trouva enfin un sujet susceptible d'intéresser Valerie.

— J'ai un poisson chez ma maman.

Valerie n'écoutait pas. Il répéta son nom plusieurs fois, très poliment, jusqu'à ce qu'elle baisse son magazine.

— J'ai un poisson chez ma maman. Son nom, c'est Nuage. Hugo en a un aussi : Vignette.

Fallait-il réagir à cette tentative puérile d'engager la conversation ? Sûrement pas. Tout ce qu'elle dirait serait sarcastique, n'est-ce pas ? « Comme c'est intéressant ? » Non, il ne serait pas dupe... le plus gentil à faire, c'était de laisser tomber.

— Dans la maison de ma maman, il y a une terrasse sur le toit, enchaîna Hugo, qui prononça le terme d'un air important. C'est plein de plantes. C'est jo-li.

— J'imagine.

Valerie se rappela avec amertume la double terrasse de l'appartement idéal qu'elle avait conçu pour

Adam et elle. Cela remontait à des lustres, lui semblait-il.

— Au lit, les garçons ! lança Adam, arrivant de la cuisine.

Hugo sortit l'éléphant à la trompe détachée qu'il dissimulait derrière son dos et le tendit à Valerie.

— Tu peux réparer ça ?

Sans même y jeter un coup d'œil, elle passa le jouet à Adam.

Il remit la trompe en place et le rendit à Hugo, qui rayonna de le retrouver en un seul morceau.

— Allez, insista Adam. On monte. Il faut vous mettre en pyjama.

— Pas de bain ? demanda Matthew.

— Si, bien sûr. Bain, pyjama, histoire et dodo. C'est ça ?

Les garçons opinèrent. Plutôt fier de maîtriser ses nouvelles fonctions, Adam trouvait de plus en plus apaisant le rituel du soir de ses fils.

A peine furent-ils en haut que Valerie s'approcha de la table et passa en revue les reliefs peu appétissants du dîner : haricots de Lima éparpillés devant les assiettes des garçons, poulet dans sa sauce figée, deux haricots piqués sur la fourchette que Hugo avait mise dans son verre. Adam avait à peine touché à son assiette. Elle finit le vin, fuma une cigarette à la va-vite dans le patio, traîna dans le salon en attendant Adam. Dieu que ces soirées étaient assommantes ! Sans compter cette sensation d'être délaissée. Alors qu'elle consultait sa montre, elle entendit les garçons supplier Adam de leur lire une autre histoire et trouva idiot de se morfondre. Elle choisit un gros livre dans la bibliothèque, grimpa

183

l'escalier, le dos droit, dégageant son front d'un petit mouvement de la tête.

— On n'a pas sommeil. Seulement une de plus, papa, réclamait Matthew.

— S'il te plaît, papa, insista Hugo.

— J'ai une histoire pour vous, dit-elle d'une voix doucereuse du seuil de la pièce.

Ils se retournèrent tous les trois, stupéfaits. Valerie brandit le volume avant de s'asseoir sur le lit de Hugo.

— Il était une fois, feignit-elle de lire, un prince qui vivait dans une immense demeure.

Elle tourna le livre – sur l'architecture française – pour leur montrer des photos de Versailles. Les garçons ouvrirent des yeux ronds tandis qu'Adam, sous le charme, souriait. Valerie lui rendit son sourire et continua :

— Mais il y avait trop de miroirs si bien que le prince décida de déménager et devinez où il est allé...

Tout en cherchant une autre image, Valerie éprouva une étrange satisfaction à être là, point de mire d'un cercle de membres du sexe masculin.

Après la peur et le désespoir, la fureur s'empara de Sophie et l'empêcha de dormir pendant deux semaines. Même quand elle y parvenait, son sommeil était tellement agité qu'elle se réveillait en sursaut, rejetait les couvertures et arpentait l'appartement en vociférant jusqu'à ce que le froid la pousse à regagner son lit, où elle restait des heures les yeux ouverts, courroucée.

De guerre lasse, elle prit un abonnement de trois mois à la piscine ; elle s'y rendit tous les jours avant le cours de shiatsu – un conseil de Henry. Elle nageait une heure, concentrée sur son corps fendant l'eau, sa respiration, la circulation de l'air en elle. Après sa douche, elle franchissait d'un bond les portes du club de sport et partait pour le centre, marchant d'un pas élastique, ses cheveux humides se balançant au rythme de ses foulées ; elle se sentait forte, pleine d'allant – comme avant la naissance de ses enfants. Je retrouve mon état normal, pensait-elle. Je ne descends plus la pente, je la remonte. Voilà qui m'offre une meilleure perspective.

Le soir, elle étudiait. Le shiatsu la passionnait de plus en plus. A sa grande satisfaction, elle comprenait intuitivement certains principes ; d'autres, en revanche, exigeaient de la réflexion, ce qui l'intéressait davantage encore, parce qu'ils l'obligeaient à se remettre en question, à découvrir de nouvelles façons de penser.

Le seul moment difficile désormais, c'était le crépuscule. Une fois les enfants repartis chez Adam, avant qu'elle ne se plonge dans ses livres, l'angoisse et la nostalgie la taraudaient. La sensation de vide s'accentuait à cette heure où les couples se retrouvaient, se racontaient leur journée, se plaignaient de leurs difficultés respectives, s'amusaient de petits riens. Elle se promena dans le quartier pour la meubler, mais faire étalage de sa solitude la fit souffrir. Laissée-pour-compte à la dérive, elle parcourait des rues au hasard, crispée, effarouchée, n'aspirant qu'à la sécurité de l'appartement qu'elle avait fui, où elle se sentait au moins à l'abri des regards critiques et où son mal-être existentiel restait son secret. Bien entendu, ce qui l'avait poussée à sortir l'y attendait.

Le problème la tourmenta jusqu'à ce qu'elle tombe, littéralement, sur la solution dans sa cage d'escalier. La minuterie s'était éteinte ; dans l'obscurité, elle piétina quelque chose qui poussa un cri perçant. Cherchant à tâtons l'interrupteur, elle alluma et découvrit un adorable petit chien. La porte de l'appartement du rez-de-chaussée s'entrebâilla, se referma, une chaîne cliqueta, puis la porte s'ouvrit en grand et une voix mélodieuse de vieille dame s'exclama :

— Ah, te voilà, Bertie ! Je me demandais où tu avais disparu. Viens.

Le chien préféra gambader dans l'entrée, foncer vers la porte de la rue, si bien que Sophie bavarda avec sa propriétaire, une nonagénaire (déclara-t-elle à plusieurs reprises), outrageusement maquillée d'une main manifestement tremblante, les cheveux relevés en une masse de boucles blanches, la poitrine couverte de sautoirs fantaisie tintinnabulants. (« Appelez-moi Dorina, s'il vous plaît. C'est d'une tristesse que vous n'imaginez pas lorsque plus personne n'utilise votre prénom. »)

En fin de compte, elle lui fournit une précieuse information, une de ces pépites qui émergent souvent d'une conversation engagée par politesse : Bertie, qu'elle n'était plus en état de sortir, avait besoin d'exercice. Sophie s'empressa de proposer de l'emmener se balader le soir. Et Bertie changea tout. Personne ne pouvait accuser de vagabondage une femme ancrée à la surface de la terre par un chien vigoureux tirant sur sa laisse. La frilosité de Sophie s'évanouit, tandis que Bertie l'entraînait, la forçant à s'arrêter lorsqu'il s'immobilisait sans crier gare pour flairer un coin sombre ou pisser trois gouttes avant de repartir au galop, des intentions cachées plein la caboche. Sophie se laissait remorquer dans les rues de plus en plus sombres menant à South End jusqu'à ce que, l'envie de rentrer chez elle se faisant pressante, ils rebroussent chemin. Elle rendait Bertie à sa propriétaire, avant de monter l'escalier, contente d'avoir rendu ce service – tous les trois y trouvaient leur compte – et impatiente de se mettre au travail.

Les semaines se succédèrent. Un jour d'automne, à la sortie de l'école, environ deux mois après son départ, les garçons lui offrirent un cadeau qui la bouleversa : des dessins de dindes. Le contour d'une menotte représentait le corps du volatile, le pouce en guise de cou, les autres doigts en guise de plumes, le tout joliment colorié. Sophie fixa les images sur le frigo avec des aimants ; le moindre coup d'œil qu'elle jetait à ses innocents mémentos de la grande fête des familles américaines lui serrait le cœur.

Ces dessins, Marion les admira lorsqu'elle passa déposer un sac de vêtements de ses neveux, destinés aux garçons. Elle les étala sur le canapé, les plia soigneusement avant de les ranger en piles, en brandissant un de temps à autre pour que Sophie s'extasie, et aborda son sujet de prédilection.

— La liaison d'Adam avec cette femme va suivre son cours et s'essouffler naturellement, ce qui peut prendre des années. Ta fuite me dépasse. Tu as fait preuve d'une telle passivité ! Au premier signe de lassitude de ton mari, tu disparais gentiment de sa vie. (Adorable cette chemise, non ?) Cette soumission n'est pas normale. La responsabilité de tes parents est incontestable, celle de ta mère en particulier...

Elle quémanda l'avis de Sophie sur un chandail rouge.

— Tu penses à Patrick ? demanda Sophie, indiquant que le pull lui plaisait.

— Absolument. Elle l'a laissé dominer ton enfance au point que tu as occulté tes sentiments et que tu ne parviens même pas à...

Sophie l'interrompit d'un geste.

— Marion, Marion, arrête. Je suis consciente de l'influence de Patrick sur mon évolution... c'est moi qui t'en ai parlé, tu te rappelles ? On ne peut rien y changer. Et si c'est à cause de ça que je suis devenue une éclaireuse refoulée et ennuyeuse, alors je l'accepte.

Les lourds handicaps physiques et mentaux de Patrick, le frère aîné de Sophie, avaient monopolisé l'attention de leur mère et poussé leur père à se replier sur lui-même, si bien qu'elle avait grandi entre un père mélancolique et introverti et une mère surmenée, incapable de s'occuper d'autre chose, notamment de sa fille. Les réserves de sentiments de la famille étaient épuisées avant sa naissance ; il ne restait rien, Patrick avait pris la part de sa sœur en même temps que la sienne, engloutissant du même coup la vie de leurs parents. Même petite, Sophie se rendait compte de l'injustice de ce constat. Ce n'était pas la faute du pauvre Patrick s'il avait de tels besoins, ni celle de sa mère si elle était fatiguée, ni celle de son père s'il était triste. Aussi la petite fille avait-elle développé stoïcisme et autonomie, sou-

188

cieuse de ne pas ajouter un fardeau à sa famille déjà accablée, comme si, n'osant s'enraciner, elle devait se contenter de planer au prix d'énormes efforts. Elle était très mûre et très sérieuse pour son âge, mais ses résultats passaient inaperçus ; elle n'avait aucun mérite à décrocher de bonnes notes puisqu'elle était normale. Qui sait ce que Patrick aurait accompli s'il avait eu autant de chance ? Le concept de chance comptait beaucoup dans sa famille. Patrick n'en avait pas eu, leurs parents non plus par conséquent. Seule Sophie – jolie, athlétique, intelligente – avait bénéficié de ce hasard capricieux. Elle recevait donc ses récompenses sans plaisir, comme un dû.

— Laissons Patrick et maman en dehors de ça, enchaîna-t-elle. Un mariage n'a plus de raison d'être s'il n'y a plus d'amour, un point c'est tout.

Marion lui montra un pantalon bleu foncé.

— Si les relations humaines étaient aussi simples, je n'aurais plus de boulot. (Que penses-tu de ça ?) J'ai choisi d'être thérapeute parce que je crois que rien n'est plus important dans la vie et que ça vaut la peine de les préserver. (C'est mignon, non ?)

— Je pense qu'elles se transforment. Et qu'il est sage d'évoluer en même temps. (Très mignon.)

Remettre Marion à sa place tout en exprimant de la reconnaissance pour sa générosité commençait à exaspérer Sophie.

— Pourquoi sauter à la conclusion qu'il ne t'aime pas ? Sa liaison n'est peut-être qu'une histoire d'attrait physique, à moins que ce ne soit un appel au secours.

— « Un appel au secours », répéta Sophie en riant. Dans ce cas, il n'aurait pas dû torpiller le canot de sauvetage. Et puis j'en ai marre de ces conneries sur cette « histoire d'attrait physique », ça rime à quoi ? C'est une question complexe et d'une extrême importance, j'en veux pour preuve que c'est à l'origine de la plupart des mariages et de notre conception. Mieux vaut changer de sujet, tu as des projets pour Thanksgiving ?

— Nous allons chez ma mère. Avec qui tes enfants le fêtent-ils ?

— Milagros.

— Oh là là.

— Arrête, tu veux. Ça n'a rien de triste. Ils l'adorent, elle les a invités et ils en sont ravis. Alors, ne sortons pas les mouchoirs.

Marion n'insista plus. Quelques jours plus tard, cependant, Sophie reçut la visite tout aussi agaçante de Lydia, la femme qu'elle avait aidée à la garderie. Divorcée, elle vivait avec ses enfants dans un coin paumé, ainsi que Sophie appelait désormais le quartier d'Adam. Marion avait donné son adresse à Lydia, qui débarqua à l'improviste un après-midi. Sur ses gardes, Sophie l'invita à entrer et mit en route la bouilloire pour le thé.

— Je suis passée par là, ma pauvre chérie. Inutile de m'en parler, je connais la musique !

Surexcitée, Lydia criait presque, un bras sorti de son manteau, l'autre encore dans la manche, le visage balayé de mèches :

— Comme c'est charmant chez toi ! Waouh, je suis jalouse !

Et Lydia de s'embarquer dans un interminable récit de sa rupture, tendant de nombreuses perches à Sophie qui se garda bien de sortir de son rôle d'auditrice.

— Voilà les hommes, conclut-elle, plutôt platement. Mais je n'ai sans doute pas besoin de m'étendre, n'est-ce pas ? J'imagine qu'Adam t'a fait subir la même chose ? Les hommes sont des salauds, tu ne trouves pas ? Infantiles, égoïstes, volages, vaniteux !

Lydia hurla de rire.

— Les difficultés commencent maintenant, intervint posément Sophie. Il s'agit d'être de bons parents malgré notre séparation. Si un des liens est brisé, l'autre, le plus important, ne l'est pas. Adam reste le papa chéri des enfants et mon partenaire – mon coéquipier – pour les élever.

Lydia acquiesça, manifestement déçue par le tour insignifiant de la conversation.

— J'ai remarqué, reprit-elle, comme tout le monde d'ailleurs... que c'est Adam qui a la garde des enfants, je ne me trompe pas ? Ce n'est pas banal. Non que je trouve quoi que ce soit à y redire !

Sophie attendit la suite, consciente que Lydia menait une enquête.

— Certainement pas ! insista Lydia. Ça vous regarde... lui et toi.

Après avoir avalé une gorgée de thé, elle fronça les sourcils.

— Ils vont rester chez Adam ? C'est ce que vous avez décidé ?

— Pour l'instant, le temps que je mette de l'ordre dans ma vie. Cela semblait le meilleur moyen de s'organiser au début.

— Bien sûr ! approuva Lydia tout en se creusant la cervelle pour trouver quoi ajouter. Tu as de la chance qu'il l'accepte et en soit capable.

— En effet, convint Sophie, la première étonnée de ce constat. Pour ça, j'en ai.

— Carl ne l'aurait jamais fait, je veux dire même pas en rêve.

Un sourire aux lèvres, Lydia s'approcha du but.

— C'est vrai qu'Adam a de l'aide...

— Oui, Milagros est extraordinaire.

Lydia ne pensait pas à Milagros, comprit Sophie en remarquant son expression rusée et impatiente. Sa lubricité la mit en rage. Mais il fallait avant tout désamorcer les spéculations susceptibles de parvenir aux oreilles des enfants.

— Ah, je vois, tu parles de Valerie.

— Valerie ? s'étonna Lydia, les sourcils arqués.

— C'est le nom de la maîtresse d'Adam.

— Oh ! En fait, il n'est pas impossible que j'aie aperçu quelqu'un.

— Elle s'occupe admirablement des enfants, prétendit Sophie. Elle a étudié la psychologie infantile, fait des stages en pédiatrie et assuré le suivi de familles d'accueil. Elle a travaillé dans un orphelinat sur l'île de la Trinité, sans oublier le théâtre de marionnettes qu'elle a monté au Guatemala, une réussite. Alors, elle est vraiment parfaite.

Troublée par ce curriculum vitae détaillé, Lydia ne put que murmurer :

— C'est merveilleux.

Elle prit soin de noter qu'une nouvelle assistante pour la garderie serait peut-être disponible.

Sophie la gratifia d'un sourire et se donna une claque sur la cuisse, le geste poli d'une maîtresse de maison qui s'apprête à congédier un importun.

— Tu sais quoi ? lança Sophie à Henry le lendemain avant le cours, alors qu'ils faisaient un exercice de qi gong appelé « attraper la lune ». Tout s'éclaircit. Je ne me rendais pas compte que je détestais mon ancienne vie et mon entourage. J'étais simplement une chic fille. Je crois qu'Adam m'a quittée à cause de ça – j'étais trop gentille. C'est intéressant, tu ne trouves pas ? Se faire virer parce qu'on a respecté les règles.

Levant les bras, tout en pivotant le torse, Henry exhala avant de répondre :

— Ta situation, je n'arrive à me la représenter que comme un jeu de société. Adam veut bouger, mais tu l'en empêches et emménages dans ton propre appartement. Adam retourne chez lui. Puis – hop – elle l'y rejoint. Ma parole, qui va s'installer chez qui la prochaine fois ?

Sophie renonça à sa posture et lui fit face.

— Ce n'est pas un jeu pour moi.

Il baissa les bras.

— Ne t'inquiète pas, le déclic est en chemin. Un jour, tu le ressentiras.

— Ah, d'accord. Le déclic. Tu vas claquer des doigts ?

— D'accord, rabat-joie, un jour tu le ressentiras, répéta Henry, claquant les doigts cette fois. Je t'initierai à un nouveau rythme, je te ferai emprunter une nouvelle voie... en temps et en heure, mon amie.

Enfin séchés, en pyjama et robe de chambre, chaussés de pantoufles, bien coiffés et prêts pour le dîner, les enfants se précipitèrent dans le couloir. Comme ils passaient devant la salle de bains, Adam y jeta un coup d'œil et fit la grimace. Vêtements en tas, serviettes éparpillées, jouets traînant dans la mousse qui se résorbait – une pagaille à laisser à Milagros. Il s'ébranla à nouveau puis se ravisa : merde, Milagros avait bien assez de boulot ! Il fit demi-tour et se dépêcha de mettre de l'ordre. Les exigences de Milagros étaient... normales, somme toute. Elle travaillait moins d'heures pour le même salaire. Elle avait droit à une augmentation, alors rien à redire. Désormais, elle venait l'après-midi, faisait le ménage (sans toucher aux affaires de Valerie), préparait le dîner, prenait la voiture pour aller chercher les enfants chez Sophie, les ramenait et jouait avec eux jusqu'au retour d'Adam ou de Valerie. Puis elle partait, après avoir échangé quelques mots gentils avec Adam s'il était là, sans ouvrir la boucle si c'était Valerie. Elle ne restait plus pour le bain et le dîner des garçons, ni pour les coucher ; Adam s'en chargeait, et pourquoi pas ? Ça lui plaisait, c'était la seule occasion qu'il avait de passer un moment avec eux en semaine. Valerie ne l'aidait pas, parce que... pourquoi le ferait-elle ? Ce n'étaient pas ses fils. De toute façon, Adam s'en sortait très bien tout seul. Il avait même appris à faire des cornes avec la mousse du shampooing. D'ailleurs... Avant de sortir, il se rappela de poser une serviette propre sur le bord de la baignoire pour les « œil ! œil ! » du lendemain, enchanté de sa prévoyance.

Il trouva Valerie installée dans son fauteuil du salon. Un verre à la main, elle écoutait du Chopin, absorbée dans la lecture de documents sortis de son attaché-case.

— Tu es rentrée tôt ! remarqua-t-il d'un ton enjoué, du moins l'espéra-t-il.

Cette semaine, elle avait travaillé tard tous les soirs, apparaissant parfois au dîner, mais le plus souvent lorsque les garçons étaient couchés et que la fatigue l'empêchait de se remettre à table avec elle. Valerie leva les yeux : l'homme épuisé aux manches mouillées, une serviette sale jetée sur l'épaule, la fit rire.

— Une vraie fée du logis ! Tu as lu les histoires de Mme Dainty ? C'est un volume de collection, Agatha en raffole. *Y a de l'ouvrage, y a de l'ouvrage ! s'exclamait Mme Dainty, effleurant de son plumeau le manteau de la cheminée...* Ça ne te rappelle vraiment rien ? Une femme d'intérieur exceptionnelle.

Elle leva son verre – une manière d'hommage –, et se replongea dans son travail.

— Où sont les garçons ? demanda Adam après un silence. C'est l'heure de leur dîner.

Incapable d'arracher les yeux de sa page, elle mit un moment à réagir et finit par lâcher :

— Hein, quoi ?

— Qu'est-ce que fabriquent les garçons ?

— Ah, oui... dit-elle, toujours sans le regarder.

Il attendit, la joue gauche agitée d'un léger tic.

Enfin, elle leva les yeux et découvrit son expression.

— Désolée de ne pas être rentrée plus tôt, Adam. Ils serrent vraiment la vis au bureau. Des nouveaux clients.

Oui, oui, il était au courant. Il travaillait dans la même boîte. Lui aussi aurait dû rester pour le cocktail

– « ce n'est pas une obligation, mais il vaut mieux y être si tu tiens à ton job ». Sauf qu'il fallait bien que quelqu'un s'occupe des enfants : Milagros partait à dix-neuf heures.

Poussant un infime soupir de victime, Valerie posa ses papiers. Avec un sourire courageux, elle demanda gentiment :

— Qu'est-ce qu'il y a pour le dîner ?

Adam eut beau la scruter, il ne trouva aucune trace d'ironie sur son visage lorsqu'elle s'exclama avec enthousiasme, peut-être pour le flatter :

— Je meurs de faim !

Aussi difficile que ce soit d'apprendre à dissocier le mari minable du père bien-aimé, c'est essentiel pour le bien et l'estime d'eux-mêmes de vos enfants. Rappelez-vous que cela ne les concerne pas qu'il se soit très mal conduit. Même si votre ex-mari est un pauvre type, vos enfants tiennent énormément à lui et vous devez le traiter avec respect, pour eux.

Sophie laissa tomber le magazine – il s'était ouvert sur un article sur le divorce, on en trouvait dans tous les journaux à l'heure actuelle. Fermant les yeux, elle offrit son visage au soleil de décembre qui filtrait entre les branches dénudées surplombant le banc où elle était assise dans le jardin public situé en face de chez elle. A travers ses paupières closes, elle distinguait le jeu d'ombres et de lumière créé par le balancement des ramures et se sentait bercée par le bruit du vent et les cris des enfants, dont les siens, en train de jouer. Des moments pareils, rien d'autre ne compte dans la vie, pensa-t-elle. Pourquoi s'en souvenait-elle si rarement ? Comme cette question la préoccupait, quelqu'un lui fit de l'ombre et une voix s'éleva :

— Salut.

Une femme se tenait devant elle. Le soleil couchant éclairait à contre-jour ses cheveux roux, très courts ; les mains dans les poches de son sweat-shirt, elle inclinait la tête.

— Salut, répondit Sophie.

— Je ne sais pas si vous vous en rendez compte, poursuivit la femme, faisant basculer le poids de son corps et de sa tête de l'autre côté, mais vous êtes une idole ici.

Sophie mit sa main en visière pour mieux la voir.

— Vraiment ?

— Vraiment. Je peux m'asseoir ?

Sophie découvrit son visage : nez ciselé, petits yeux verts, bouche mince et mobile.

— D'après la légende du quartier : votre mari vous a quittée, vous avez emménagé dans un penthouse et embauché sa maîtresse pour s'occuper de vos enfants.

Stupéfaite, Sophie éclata de rire.

— Quoi ? Mais enfin, je ne connais personne ici.

— Aucune importance. Vous êtes une héroïne pour les divorcées et mères célibataires du quartier – la plupart d'entre nous. Ne me détrompez pas, s'il vous plaît, nous en serions anéanties.

— Dans ce cas, je dirai simplement que cette rumeur contient une parcelle de vérité, comme toutes les rumeurs.

— Dieu merci !

— A ceci près que je n'ai pas recruté la maîtresse de mon mari.

— Je suis désolée de l'apprendre. Si vous n'y voyez pas d'inconvénient, je ne le révélerai peut-être pas aux autres.

— Aucun.

Elles se sourirent.

— Vous connaissez mon nom, ou seulement l'histoire de ma vie ? demanda alors Sophie.

— Rien que votre histoire, je le crains. Je m'appelle Florence. Flo.

— Sophie.

— En revanche, je sais qui sont vos enfants à force de les avoir vus ici. Matt et Hugo, c'est ça ?

Sophie fit signe que oui.

— Vous en avez ?

— Non. Je traîne dans les terrains de jeu à la recherche de mères célibataires, répondit Florence en s'esclaffant. Oui, ajouta-t-elle. Ils sont sur le manège là-bas. Ma fille, Josie, c'est la sauvageonne blonde, et mon fils, Emerson, le petit garçon en salopette jaune.

— Ils sont magnifiques.

— Merci. Les vôtres aussi, enchaîna Florence, étendant les jambes. C'est une chance de les avoir, non ?

Le cœur serré, Sophie acquiesça. Elle laissa échapper un petit rire puis les larmes lui montèrent aux yeux.

— Tout doux, fit Florence d'une voix apaisante.

La jeune femme habitait aussi en face du square. Une grande maison de ville, délabrée, perpendiculaire à celle de Sophie. Elle la surnommait « la Chaloupe parce qu'il n'y a que des femmes et des enfants à bord, et qu'elle a sauvé nos vies ». Trois familles y logeaient. Avec une femme pour chef dans chaque foyer. Jean, la propriétaire, remboursait son emprunt avec les loyers des deux autres, Mercy et Florence. Elles partageaient la cuisine et la salle de séjour du rez-de-chaussée. Florence occupait les deux grandes chambres et la salle de bains du premier étage, Mercy celles du deuxième, Jean et sa fille le troisième. Il y avait cinq enfants en tout ; les trois femmes, qui avaient toutes un emploi, jonglaient avec les horaires ; elles s'en occupaient d'ordinaire à tour de rôle, mais, de temps à autre, payaient conjointement les services d'une baby-sitter. Jean avait conçu ce système qui fonctionnait bien. Exerçant une profession libérale, ni riche ni pauvre, elle avait eu envie d'un enfant à l'approche de la quarantaine sans avoir rencontré « l'homme idéal ». Elle ne voulait pas en élever seule, de peur d'en souffrir, sans compter les difficultés logistiques et financières que cela impliquerait. Elle refusait de mettre son bébé à la crèche et n'avait pas les moyens de s'offrir une nourrice, de toute façon l'idée qu'une autre s'en occupe l'insupportait. Aussi, le jour de ses trente-neuf ans, avait-elle eu l'idée de la Chaloupe tandis qu'elle sifflait une bouteille de vin en solitaire. Peu après, elle avait acheté la maison idoine, était tombée enceinte et avait trouvé deux mères célibataires, Carla et Marilyn – qui avaient précédé Mercy et Florence –, pour s'y installer avec elle. Les deux femmes avaient assisté à la naissance d'Elisa, sa fille. Carla avait déménagé quand elle était tombée amoureuse (Mercy l'avait remplacée), et Marilyn avait fini par retourner en Nouvelle-Zélande. Florence avait débarqué à ce moment-là.

— Le beau chiffre trois, voilà le secret de la réussite de la Chaloupe, expliqua-t-elle à Sophie avec l'enthousiasme d'une convertie de fraîche date. Deux femmes, ce serait l'échec assuré – trop d'intensité, trop de similitudes avec le mariage, bien plus de complications matérielles qu'à trois. Sans oublier la lutte pour le pouvoir. Et si l'une s'en va ? L'autre est coincée, sa vie s'écroule. Le trois instaure une dynamique de groupe. C'est un chiffre stable : Jean m'a certifié qu'un tabouret à trois pieds ne branle pas. Si une des femmes déménage, la maison continue à tourner jusqu'à ce qu'on trouve une remplaçante. En revanche, ce serait la pagaille si on était plus et on perdrait le sentiment d'être en famille. Trois, c'est parfait. Un chiffre magique – la Trinité, entre autres.

Les pères ne venaient pas à la Chaloupe. Les deux enfants de Mercy, qui était divorcée, ne voyaient le leur qu'une fois par an. Elisa n'avait aucun contact avec le sien. Et Emerson et Josie ? Sophie posa la question à Florence au sujet du leur.

— Des pères, la corrigea celle-ci.

— Ah.

— Des donneurs de sperme.

— Oh !

— Sauf qu'ils ont donné leur sperme en personne. Meilleur marché et plus amusant – accessoirement.

— Ah, je vois ! Ils sont... impliqués dans l'éducation des enfants ?

— Non. Et ça n'a aucune importance. Les enfants n'ont que faire d'un père.

— Vous croyez ?

— Un gosse a évidemment besoin d'adultes aimants, attentionnés, mais on se contrefiche de leur identité. Ce n'est sûrement pas indispensable qu'il s'attache au sac à sperme, c'est juste une suprématie biologique. On a associé nucléaire à famille parce qu'elle explose, ce qui n'arrive pas dans un groupe tel que la Chaloupe. Réfléchissez... c'est le modèle familial de l'avenir ! Plus de stabilité qu'un couple, plus amusant que de vivre seule, plus de rires, plus de temps libre, plus d'argent. Et l'assurance que nos enfants seront toujours entre de bonnes mains. C'est l'idéal. Darwin s'y serait rallié.

— Et si vous rencontrez l'homme de votre vie ? Est-ce qu'il pourra s'installer chez vous ?

— Non. C'est notre règle d'or. Pas de couples. Ça fout en l'air la dynamique de groupe. Si nous désirons vivre avec un homme, nous devons partir. Les chaloupes sont réservées aux mères célibataires et aux enfants.

— Eh bien, j'avoue que je suis curieuse.

— Super. Venez donc nous rendre visite quand vous en aurez envie.

— Merci beaucoup, je n'y manquerai pas.

En fait, leur amitié se cimenta dès le lendemain. Sophie lisait encore un magazine ; elle surveillait si souvent ses garçons qu'elle oubliait à quel endroit de la page elle en était. L'article, sans intérêt, intitulé comme par hasard « S'en sortir seule », avait malgré tout dû retenir son attention plus longtemps qu'elle ne le croyait parce que les balançoires étaient vides lorsqu'elle releva les yeux. Elle ne les trouva nulle part après avoir parcouru le terrain de jeu du regard. La panique déferla. A peine debout, elle repéra

Hugo : à croupetons, il regardait sous une voiture en stationnement. Elle se dirigea vers lui, soulagée, jusqu'à ce qu'elle s'aperçoive qu'il parlait à quelqu'un : sûrement Matthew. Puisqu'il était invisible, il devait avoir rampé sous la voiture de l'autre côté de la rue – celui de la circulation, éminemment dangereux.

— Matthew ! hurla-t-elle.

S'élançant vers ses enfants, elle se cogna la cuisse à un pare-chocs tandis qu'elle se faufilait entre deux véhicules garés et déboulait dans la rue. Elle ne distingua que deux petites jambes couvertes de velours rouge qui dépassaient de l'auto sous laquelle son fils, à plat ventre, essayait d'attraper quelque chose. C'est alors qu'une voiture apparut. Tête baissée, la conductrice tripotait quelque chose et ne regardait pas devant elle. Sophie se figea, les yeux vissés sur la femme au volant dont la voiture s'approchait de plus en plus de Matthew. Des mots s'égrenèrent au ralenti dans son esprit. Clouée sur place, elle se répétait : Elle ne le voit pas.

Le cri qui retentit au loin lui parvint comme dans un rêve, puis quelqu'un se rua pour arrêter la voiture, tapant sur le capot en guise d'avertissement. Des freins crissèrent. L'auto s'immobilisa pile devant les petites jambes rouges. La conductrice en sauta pour aider Florence – c'était elle qui avait bondi dans la rue – à tirer de sous la voiture Matthew. Il tenait un chaton, toutes griffes dehors.

— Je l'ai sauvé ! Il avait peur d'un gros chien, mais je l'ai sauvé !

Sophie observa la scène comme à distance. Son hébétude perdura lorsqu'elle étreignit Matthew et assista au départ de la conductrice. Elle entendit vaguement Florence :

— Holà, ça arrive à tout de monde de rester pétrifié.

Les yeux dans le vide, horrifiée par son impuissance, Sophie laissa passivement Florence la serrer dans ses bras.

— Alors, raconte-moi tout, l'apostropha Agatha. Je meurs d'envie de savoir comment tu t'en sors. Quelle cachottière tu fais ! Si ma mémoire est bonne, c'est à Milton ?

Les yeux brillants d'excitation, elle se pencha vers Valerie.

— Avoue, c'est l'enfer sur terre, hein ?

— Pas du tout, ça se passe très bien, répondit Valerie d'un ton désinvolte, cherchant néanmoins une cigarette.

— Tu n'as pas le droit de fumer ici, lui rappela Agatha.

Les deux amies étaient de nouveau assises dans leur café préféré de Newbury Street, mais, ce jour-là, le chariot à desserts n'attirait pas particulièrement Agatha, pas plus que le serveur, un Italien agressif, le genre qui lui plaisait d'ordinaire. Ne pas désirer de chocolat ni d'Italien la regonflait.

— Ça se passe très bien, répéta Valerie, levant un menton volontaire.

D'accord, se dit Agatha. Elle va la jouer princesse hautaine. Dans ce cas, voyons qui baissera pavillon la première.

— N'empêche, les gosses sont des monstres, pas vrai ?

— Non, aussi étonnant que cela paraisse. Ils sont plutôt mignons.

— Ah bon. Et la décoration intérieure ?

— Ni bouilloires ni pots-pourris, j'en ai peur.

Comme Agatha ronchonnait, déçue, Valerie fit preuve de grandeur d'âme :

— Mais le jardin regorge de dalles grotesques.

Voilà qui dérida un peu Agatha :

— C'est quoi ?

— L'emblème de la banlieue, à en croire Adam. Quand on pose des dalles de tailles différentes...

— ... n'importe comment, compléta Agatha, d'une voix morne. Je sais. Quoi d'autre ?

— Les murs sont jaune banane et gribouillés.

Agatha gardant sa mine morose, Valerie cessa de tourner autour du pot.

— Bon, la maison est quelconque, c'est le moins qu'on puisse dire, et les gosses sont des gosses, mais...

Un petit sourire se dessina sur ses lèvres, comme suscité par une vision intérieure.

— ... Adam est merveilleux. Tendre et amoureux. Très soulagé que je sois là. Très reconnaissant. A long terme, cette expérience...

— Attends, il y a un barbecue ?

— Un quoi ? Ah... oui.

Agatha gloussa d'un air entendu ; ça devenait intéressant.

— Il a une forme spéciale ? La tour de Pise ou une grotte de fées ?

— Il est banal, la rabroua Valerie. Apparemment, il n'a jamais servi. Adam n'est pas le genre d'homme qu'on trouve coiffé d'une toque de chef, un tablier

204

fantaisie noué à la taille, dans le jardin derrière la baraque, alors efface cette image de ta petite tête tordue.

Le sourire narquois d'Agatha ne disparut pas. Aussi Valerie eut-elle du mal à conserver son ton songeur.

— Cet intermède nous rapproche. Je comprends mieux ce qu'il subissait lors de notre rencontre. Un jour, quand tout sera terminé, quand la mère sera revenue s'occuper de ses enfants et que nous serons chez nous, on s'en souviendra comme...

— Oh, ce jour-là ! Ce n'est pas demain la veille, je te le garantis. Pour le fêter, les poules auront des dents.

— Quoi ?

— Valerie, cette femme ne reviendra pas ! Pourquoi le ferait-elle ? Elle a son indépendance, sa carrière et sans doute un amant à présent. Elle a pris la clé des champs, tandis que tu es coincée dans sa vie d'avant. C'est la triste réalité, mieux vaudrait l'accepter.

— Une mère n'est pas censée regretter ses enfants ?

— Elle les voit tous les jours. C'est l'idéal, non ? Il faut t'y résoudre, Valerie. Primo, elle ne remettra plus les pieds dans cette baraque. Deuzio, elle ne reprendra jamais les gosses. Elle est libre comme l'air, et toi... tu es baisée.

— Tu cherches à me provoquer.

— Même si Adam et toi déménagez un jour – c'est possible, je ne dis pas le contraire – il vous faudra trois chambres, parce que les enfants vous accompagneront. Je t'en donne ma parole.

— Ah, d'accord. N'empêche que tu m'as aussi dit qu'elle reviendrait en poussant les hauts cris si je débarquais. Tu te souviens ?

— Evidemment. Mais tu m'as aiguillée sur la mauvaise voie. Tu m'as laissée la voir comme une femme au foyer, barbante au possible, et se bourrant de feuilletés aux fruits. Or elle est tout le contraire, à la fois cordon-bleu et Shiva le destructeur. Tu n'avais aucune chance.

— Ah non ? J'ai son mari.

— C'est quoi déjà le nom de l'ordre dont les moines libéraient les chrétiens prisonniers des Maures et proposaient de prendre leur place ?

— Agatha, tu m'emmerdes !

— Leur fondateur s'appelait Pedro Nolasco. C'était au XIIIe siècle, ça te rappelle quelque chose ?

— Fiche-moi la paix.

— D'accord, d'accord, passons à autre chose. Ma vie t'intéresse ? Ça changerait, pas vrai ? Comment s'y prennent les autres déjà ?... Ah, oui ! « Comment vas-tu, Agatha ? » Si tu essayais de me poser la question ?

— Non. Tiens, de quoi te remonter le moral, enchaîna Valerie, ménageant ses effets, articulant avec soin. Avant-hier, un démon à forme humaine surgi des entrailles de la terre m'a téléphoné pour me demander – ouvre tes oreilles – d'être bénévole à la garderie du quartier. Pour participer à un atelier de confection de marionnettes.

Valerie constata avec satisfaction qu'elle avait atteint son but.

— Et voilà, conclut-elle, modestement. J'espère que tu es contente.

Assise en tailleur à même le sol, Sophie arrachait des touffes d'herbe sèche. Un ciel terne, d'un gris uniforme, s'étirait au-dessus d'elle. Il faisait froid, mais le vent ne s'était pas levé ; son humeur correspondait à la morosité du paysage. Henry était allongé sur le dos à côté d'elle, la tête sur son sac de livres, et dépouillait une branche de ses feuilles mortes. Quand il eut terminé, il l'examina, la jeta, puis en prit une autre et recommença.

— Tu n'as pas remarqué que ton mari était malheureux ?

— Ce n'est pas à moi de le deviner. Il n'a qu'à exprimer ses pensées et ses sentiments.

— Certains ne sont pas doués pour ça.

— On peut le dire !

Henry ramassa une autre ramure qu'il enroula autour de ses doigts.

— Tu l'aimes toujours ?

Il se redressa en appui sur les coudes et entreprit d'arracher les feuilles une par une.

Sophie soupira.

L'air contrarié, il balança le bout de bois.

— Ces branches m'exaspèrent. Leur verdict est immuable : tu n'es pas amoureuse de moi. Je suis pourtant presque sûr du contraire. Tu n'as pas une marguerite sous la main ? Le seul moyen d'avoir une réponse irréfutable.

Elle fronça les sourcils, n'étant pas d'humeur à plaisanter.

— Il a beau t'avoir épousée, te quitter est son droit le plus strict.

— Ah bon ?

207

— Absolument. Il peut changer d'avis.

— C'est bon, j'ai compris. En fait, tu as la même conception du monde que Jacob : un univers en constante évolution où rien n'est la faute de personne.

— Nous avons tous le droit de changer d'avis. Ton mari s'y est mal pris, je te l'accorde, mais essaie de dissocier ce qu'il a fait de la façon dont il l'a fait.

— Oh, ces trésors de vérité ! s'énerva-t-elle, jetant deux poignées d'herbe à Henry. « Dissocier ce qu'il a fait de la façon dont il l'a fait... le mauvais mari du bon père... La vie, c'est le changement. » J'en ai marre de ces slogans, de ces prétendus conseils avisés, de ces... pseudo-adages ! Pourquoi personne ne comprend qu'ils ne sont d'aucun secours ? Ils n'ont rien de consolant.

— Debout, lui ordonna Henry, se levant et la tirant par le bras.

— Qu'est-ce que tu fais ?

— Moi aussi, j'en ai assez. J'en ai ma claque d'énoncer la vérité comme un gourou à une égocentrique mal lunée.

Sophie le fixa avec des yeux ronds, tandis qu'il lui lançait son manteau.

— Enfile-le, on y va.

— Où ?

— Danser. Dépêche-toi.

— Danser ?

Henry traversait déjà la pelouse à grandes enjambées.

— Allez, viens ! insista-t-il par-dessus son épaule.

Sans tourner la tête, il tendit la main derrière lui pour saisir celle de Sophie. Elle contempla son dos un instant avant de ramasser manteau et sac de livres et de courir pour le rattraper. Elle ne prit pas la main tendue.

— Quel joli appartement ! s'exclama Henry, lorsqu'il entra chez Sophie environ huit heures plus tard.

Aussitôt, il entreprit de tout examiner en s'extasiant. Sophie, ravie et fière, chancelait un peu. C'était vrai... l'appartement était d'une beauté exceptionnelle. Clement – elle se lança dans des explications sur le côté énigmatique du merveilleux propriétaire. Sauf qu'ils avaient trop sommeil, ils s'écroulèrent sur le lit. Sophie se blottit à moitié dévêtue dans les bras de Henry.

— Dors, murmura-t-il, calant la tête de la jeune femme sous son menton.

Mais elle se réveilla au bout de quelques heures, la musique de la boîte résonnant dans ses oreilles, un goût âcre dans la bouche. Qu'est-ce qui l'avait perturbée ? Ah oui, la pièce tanguait. L'esprit embrouillé, elle pensa qu'un DJ distrait avait laissé son appartement tourner sur la platine. Quelle négligence... ça devrait être interdit. Lorsqu'elle se redressa en s'appuyant sur un coude, la chambre fit une embardée qui lui souleva le cœur. D'une main tremblante, elle prit une bouteille d'eau – tiens, elle l'avait posée sur la table de chevet ? Aucun souvenir. En tout cas, c'était délicieux ! Les choses bougeaient moins dans la pièce. On avait enfin débranché la platine, conclut-elle. Tout rentrerait bientôt dans l'ordre. Rassurée, elle se rendormit.

A son réveil, un ciel blafard se profilait à la fenêtre. Elle se sentait calme et l'esprit vide. Puis les images de la soirée de la veille défilèrent : dîner dans le North End, verres, conversations, rires, danse à Lansdowne Street, « thé glacé » à Chinatown (bière dans une théière), tangage de l'appartement, eau exquise. Elle regarda Henry endormi, sa beauté sombre se détachait sur le blanc des draps. Pour la première fois, elle remarqua le modelé parfait de ses lèvres. La peur lui labourait malgré tout le ventre. Elle se leva, chercha à tâtons des vêtements propres et alla prendre une douche sur la pointe des pieds. Lorsqu'elle sortit, les cheveux mouillés, mourant d'envie d'un thé, elle le trouva dans la cuisine habillé de pied en cap.

— Bonjour, lança-t-elle, détournant le regard. Du thé ?

Il refusa d'un signe de tête.

— Viens ici.

Elle s'approcha, les yeux baissés, et le laissa prendre sa main.

— Ecoute-moi, Sophie. Tu as des problèmes en ce moment, mais je n'en fais pas partie.

Il lui serra la main puis la lâcha. Elle ne releva pas les paupières avant d'entendre la porte d'entrée se refermer.

— A ton avis, qu'aurait-il pu dire de mieux ?

Une question que Sophie, enthousiaste, posa à Marion le lendemain, tandis qu'elle notait le traitement qu'elle venait de lui administrer dans son dossier : stimulation des canaux d'énergie de l'élément

210

Terre afin d'apaiser l'élément Feu. Sophie avait commencé à soigner tous ses amis, cela faisait partie du programme assigné par Malcolm. Elle devait s'occuper à quatre reprises de vingt-cinq personnes, consigner chaque séance, leurs symptômes, son diagnostic, son traitement et les résultats obtenus, pour prouver sa capacité à suivre un cas de bout en bout. Observer ses amis par le prisme du shiatsu était très instructif. Ainsi, Marion l'exaspérait moins depuis qu'elle la percevait comme un cas d'excès de yang dans le péricarde.

— Réfléchis à la phrase de Henry, insista-t-elle, toujours agenouillée près de Marion, le dossier plaqué sur sa poitrine.

Ouvrant les yeux, son amie remua sur le futon.

— Ça m'a plutôt l'air d'une manifestation de mauvaise humeur. A propos, c'était génial ce que tu m'as fait !

— C'est parce que tu ne le connais pas. Il est bien trop généreux pour ça. Henry est un être... très particulier.

— Ne pas en avoir profité est tout à son honneur.

— « En profiter ! » répéta Sophie en riant. Qu'est-ce que tu racontes ? Je ne suis pas une petite fille, j'ai trente-six ans et deux enfants.

— De la situation, précisa Marion. Tu reprends du poil de la bête. Il a eu raison de ne pas s'engager avec toi. C'est un sage.

— Sans doute, reconnut Sophie, dégrisée. Je suis contente que nous n'ayons pas fait l'amour, parce que à un niveau primitif – Dieu sait si ça n'a aucun sens – je suis toujours attachée à Adam.

— Fie-toi à ton instinct, le corps ne se trompe jamais. Adam est le seul homme qui te convienne, voilà ce que te souffle le tien.

Elle n'a peut-être pas tort, c'est ça le pire, pensa Sophie. Tout comme il arrive à un menteur invétéré de dire la vérité ou à un singe de taper à la machine une pièce de Shakespeare, Marion donne parfois des conseils avisés.

En revanche, Florence eut un point de vue très différent. A peine Sophie lui en eut-elle parlé après la séance de shiatsu (calmer l'élément Bois, disperser et tonifier le Métal) qu'elle sauta du futon et arpenta la cuisine de Sophie.

— Si tu ne peux pas avoir de relations sexuelles avec des hommes séduisants qui se retrouvent dans ton lit, la vie ne rime à rien. Tu le sais.

— Je me sens toujours liée à Adam. Et j'en suis folle de rage ! Il se fiche complètement de moi, pourtant je n'ai eu qu'une idée quand j'ai vu Henry endormi à côté de moi : « Heureusement, je n'ai pas trompé Adam ! » C'est pitoyable, non ? Qu'est-ce que je vais faire ?

— Où en est le divorce ?

— Ça traîne. De toute façon, des documents juridiques n'y changeront rien.

— Je m'en doute. Les papiers n'ont aucune valeur. Une de mes amies a divorcé, son mari le prenait tellement mal qu'elle lui a dit : « C'est quoi un mariage ? Un bout de papier. » Et lui il a répondu : « Non. Le bout de papier, c'est le divorce. »

— Tais-toi, grogna Sophie.

— En un sens, il avait raison. L'administration ne résoudra pas le problème. Ce qu'il te faut, c'est un couteau à la lame étincelante et affûtée ou une scie rouillée ! Les rituels manquent à notre époque, or ils sont nécessaires pour aider les être humains à affronter leurs épreuves. Je te parie que je pourrais imaginer une cérémonie pour trancher ce lien une fois pour toutes.

En proie à un mauvais pressentiment, Sophie articula d'une voix faible :

— Le temps guérit tout.

— Non, trop lent. Il nous faut un rituel efficace, à inventer, puisque la société ne nous en fournit plus. Et si je procédais à un exorcisme pour te libérer définitivement de cet homme ? Lancer une bombe incendiaire sur les derniers sentiments de culpabilité pour que tu aies une vie sexuelle digne de ce nom, qu'est-ce que tu en penses ?

— Non, ça va.

— Ce serait vraiment thérapeutique, tu sais.

— Merci en tout cas.

— Comment il s'appelle ? Au moins, je peux lui envoyer des ondes meurtrières.

— Adam.

— Tu plaisantes. Le premier homme. Le trou du cul originel.

Florence continua de faire les cent pas, réfléchissant.

— Ça y est ! reprit-elle. Et si on le tabassait ?

— Ecoute, Florence, comment t'expliquer ? (Les mains sur les yeux, Sophie chercha ses mots.) Un bloc de colère obstrue l'entrée de la cave où je me

213

trouve – c'est mon impression. La lumière et l'air n'y entrent pas, je n'arrive ni à respirer ni à bouger. Je suis piégée dans les ténèbres, derrière cet énorme rocher.

— De la dynamite, voilà ce qu'il te faut. Tu lui as dit la pauvre merde qu'il était ? Sûrement pas, tu es trop bien élevée.

— Un jour, je suis allée à son bureau... Mais j'ai eu l'impression que la charge me sautait dans les mains. L'explosion m'a blessée plus que lui. Cette fois, je veux être à couvert quand j'appuierai sur le détonateur.

— Je préfère ça. Tu dois exprimer ta colère, et le faire à bonne distance. Pourquoi ne pas lui écrire ? Ce n'est pas aussi policé que ça en a l'air. Après mon départ, arme-toi d'un stylo et d'une feuille et pense à ce que tu as envie de cracher à ce fils de pute. Si tu ne purges pas ton organisme de ce poison, tu finiras avec une colopathie spasmodique, sans parler du cancer. La colère refoulée est dangereuse, l'évacuer sur le papier est une façon de prendre soin de toi.

— Un bout de papier sans valeur de plus ?

— Non, pas si tu écris pour tuer. Considère ton stylo comme un poignard que tu lui plonges dans le corps encore et encore, comme dans les faits divers : *Six cents coups de couteau, Visage mutilé à en être méconnaissable*. Etant donné que tu n'enverras pas cette lettre, destinée à nettoyer ta psyché, laisse-toi aller au point que son empreinte dentaire sera nécessaire pour l'identifier.

Sophie déglutit.

— Au fond, je pourrais essayer.

— Super. Je file.

Ecrire pour échapper à la colopathie spasmodique, c'était nouveau pour Sophie. Hésitante au début, elle accumula les ratures avant de se lancer en marmonnant. Son ardeur s'accrut à tel point qu'il lui sembla être un surfeur euphorique, chevauchant une gigantesque vague de colère. Elle utilisa un grand nombre de feuilles, entourant les phrases justes afin de les recopier. A mesure que la lettre prenait forme, le ton passa du chauffé au rouge au chauffé à blanc. Après quoi, il devint d'une froideur trompeuse et elle le peaufina pour obtenir un effet à double tranchant. D'abord la brûlure de la glace en surface, puis la douleur fulgurante d'une immersion dans le cœur en fusion. Là, elle prit une pause méritée.

Elle se fit un thé, prépara les sandwichs des garçons. Un coup d'œil à la pendule lui apprit qu'elle avait le temps de se relire avant d'aller les chercher. Elle eut une moue quand elle arriva à la fin. Logorrhéique. Verbeux. Elle biffa la moitié de la lettre avant de la relire une troisième fois. Voilà, parfait. Deux heures de travail avaient abouti à un paragraphe extrêmement blessant malgré sa concision. Elle recopia soigneusement le dernier brouillon et le glissa dans une enveloppe qu'elle était sur le point de cacheter lorsqu'une idée géniale germa. Une fouille approfondie de la salle de bains lui permit de trouver ce qu'elle cherchait. Elle l'ajouta dans l'enveloppe – un rien bidon et complaisant, mais amusant – sur laquelle elle écrivit l'adresse d'une main sûre, avant de la poser en évidence. Elle était magnifique. Le moral au beau fixe à présent, elle eut soudain très faim. Adossée au plan de travail de la cuisine, elle

contempla les toits tout en mangeant l'un des sandwichs de ses fils, qu'elle trouva incroyablement bon.
Délicieux, en fait.

Au bord de la mer, les enfants savent que
lorsqu'on creuse un trou dans le sable mouillé, l'eau
le remplit aussitôt. La bonté et la cruauté du cœur
humain procèdent un peu de la même façon. Sophie,
qui avait consacré la matinée à chercher les mots
susceptibles de faire souffrir son mari, ne ressentait
que bienveillance envers le reste de l'humanité. Si
bien qu'elle fut capable de s'occuper de ce qu'elle
négligeait depuis des jours, faute de courage. Hugo
ouvrit la voie : il voulait savoir si Matthew et lui
étaient obligés d'embrasser Valerie.

— Elle nous couvre de rouge à lèvres. C'est
dégueu et difficile à enlever.

Elle se mit à genoux pour l'entourer de ses bras.

— Non, si tu n'en as pas envie. Mais elle essaie
d'être gentille, alors tu pourrais prendre sur toi.
Valerie fait partie de ta famille désormais, elle n'a
pas d'enfants. Pour elle, c'est une chance de vous
avoir tous les deux, prêts à l'usage.

— Maman, tu reviens quand à la maison ?
demanda Hugo.

— Je suis à la maison, mon poussin. Ici, c'est chez
toi, chez Matthew et chez moi. Valerie habite avec
vous chez papa, parce que papa l'aime bien. C'est
normal. Les gens devraient vivre où ils en ont envie,
avec qui leur plaît, tu ne crois pas ?

Si Hugo acquiesça, Matthew intervint :

— Papa ne t'aime pas ?

Le moment crucial. Sophie fut à la hauteur, elle
réussit à avoir un rire joyeux.

216

— Bien sûr que si, trésor ! Je t'ai déjà dit que nous voulions simplement avoir chacun notre maison.

Sophie savait que Matthew regrettait parfois de ne pas avoir sa chambre à lui, il pouvait le comprendre. Elle regarda Hugo, mais il s'était approché de l'aquarium et fredonnait.

— Je peux donner à manger à Vignette ?

Sujet clos, mission remplie, permission accordée d'aimer la petite amie de papa. Quelque peu grisée par son altruisme, Sophie jeta un coup d'œil à la lettre en quête d'un soutien moral et retint son souffle. L'enveloppe flamboyait sous l'effet des rayons obliques du soleil vespéral.

Noël ne fut pas l'épreuve que Sophie redoutait. Les enfants passèrent le réveillon chez elle et le lendemain chez Adam, où Marion, venue prendre un lait de poule avec Gerald, les déposa sur le chemin du retour. Loin de manifester du chagrin, les garçons furent ravis d'avoir deux arbres et deux séries de cadeaux. Ils revinrent pour la Saint-Sylvestre, leur père se doutant que Sophie n'avait pas de projet. Elle leur organisa une fête tôt dans la soirée, leur offrant des cierges magiques à allumer sur la terrasse et deux calendriers à photos : bêtes de la forêt pour Matthew, créatures marines pour Hugo. Le premier se servit des fenêtres de janvier pour y faire sauter les animaux de basse-cour dans un jeu de son invention, le second coloria les siennes. Vautrés sur le tapis, l'air heureux, ils chantonnaient, tandis que Sophie révisait les diagnostics fondés sur l'équilibre harmonieux entre les cinq éléments.

Après avoir réfléchi à ce qu'on associait à Métal – automne, âcreté, poumons, gros intestin, couleur blanche – et s'être demandé si ce n'était pas l'élément dominant de sa mère... ou d'Adam, elle parcourut ses notes prises en cours avant Noël.

Une phrase en majuscules lui sauta aux yeux. Elle avait interrogé Malcolm sur l'existence d'un *tsubo* susceptible d'aider à s'adapter au changement. Autant qu'il sache, non, avait-il répondu. Mais sa question était intéressante car l'*aptitude au changement est une excellente définition de la santé*. Voilà ce que Sophie avait souligné.

Tiens, tiens, ça apportait de l'eau au moulin du vieux Jake-O.

Sophie et ses fils souhaitèrent la bonne année à Dorina quand ils passèrent prendre Bertie pour l'emmener au square. Les garçons adoraient le chien, qu'ils considéraient comme le leur ; Sophie lui en accordait d'autant plus de valeur.

Le jardin grouillait d'enfants. Ils jouaient avec des trottinettes, des vélos ou des voitures téléguidées, n'ayant pas encore épuisé la nouveauté de leurs cadeaux de Noël.

— Matthew, n'essaie pas de rattraper Bertie s'il se sauve. Il est grand. Pas d'imprudence, rappelle-toi.

Nous savons tous que je suis, hélas, incapable de venir à ton secours, ajouta-t-elle en son for intérieur. *D'une inefficacité meurtrière.* Telle était l'expression qu'elle avait trouvée pour se décrire lors d'une nuit d'insomnie.

Matthew promit, avant d'entraîner Hugo vers le toboggan, Bertie aboyant sur leurs talons. Sophie entendit qu'on l'appelait. Florence. Elle était assise sur un banc en compagnie de Mercy, sa colocataire antillaise, une femme corpulente, au beau port de tête, à la voix pleine d'assurance. Sophie avait fait sa connaissance lors de ses deux ou trois visites à la Chaloupe, elle l'aimait beaucoup.

— ... et ça n'a aucun rapport avec Darwin ! expliquait Mercy.

— Dans ce cas, c'est ma sélection naturelle à moi, s'entêta Florence.

— Bonjour, Flo, lança Sophie en les rejoignant. Bonjour, Mercy. Bonne année.

— Tous mes vœux à toi, répondit Mercy. Je disais à Florence que je n'aimais pas le nom stupide qu'elle donnait à notre maison. Il est trop chargé en connotations négatives, genre, notre noyade est assurée sans cette baraque, ou ce n'est qu'une solution provisoire parce que notre bateau a sombré – comme si nous flottions en attendant d'être sauvés ! J'ignore ce que Florence en pense mais pour moi, il n'existe pas de meilleur mode de vie que le nôtre.

— D'accord, alors trouves-en un autre, madame je-sais-tout. Mais il doit évoquer femmes et enfants. Vas-y, je suis tout ouïe.

— J'en ai un : maison, lâcha Mercy. Je rentre préparer du pain d'épices. Contente de t'avoir vue, Sophie. Rachida, Malik, on y va ! Emerson, où est Josie ?

Elle se leva avec grâce et traversa le jardin, cherchant sa couvée, la tête haute.

— Tu as écrit la lettre ? demanda Florence quand elles se retrouvèrent seules.

— Oui.

— Waouh, j'aimerais la voir.

— C'est trop personnel.

— Non, je ne veux pas la lire, juste la regarder. La toucher. Voir si elle brûle !

— Eh bien, je l'ai là. (Sophie la sortit de son sac.) Je l'avais posée sur une étagère de la cuisine et, je te jure, on aurait cru qu'elle rayonnait. Elle illuminait toute la pièce ! Du coup, je l'emporte partout avec moi comme un fétiche. Tu me trouves cinglée ? Tiens.

— Oh là là ! Ça brûle ! s'exclama Florence, faisant passer l'enveloppe d'une main à l'autre. Et ça coupe en plus, ajouta-t-elle, faisant mine de sucer le sang de son doigt.

— En fait, j'en suis fière, reconnut Sophie en riant. Elle est courte, mais elle va droit au but.

— Et elle pèse lourd. A mon avis, il y a peut-être un objet occulte à l'intérieur.

— Ce serait compromettant.

— Prête pour l'exorcisme ? Allez, ferme les yeux.

— C'est inutile, Flo, je me sens mieux.

— Ah non, ne gâche pas mon plaisir. Une question pour commencer : tu as changé de nom quand tu t'es mariée ?

— Oui.

— Une tradition scandaleuse. Pour lequel ?

— Dean.

— Tu as récupéré ton nom de jeune fille ?

— Oui.

220

— Bien, cela facilite les choses. Concentre-toi. T'inquiète, je surveille les gosses, c'est promis. Je vais psalmodier.

A peine eut-elle commencé à fredonner que Florence s'interrompit :

— Le côté ridicule du rituel ne diminue en rien son efficacité, j'espère que tu le comprends ?

Sur ce, elle reprit sa mélopée qui dura si longtemps que Sophie se détendit, apaisée, et finit par distinguer les paroles : « Aban-do-nner So-phie Dean... Aban-do-nner So-phie Dean... » Florence se tut, puis murmura :

— Tu es prête à te libérer de tes chaînes ?

Sophie fit signe que oui, sans relever les paupières ; Florence ajouta à voix basse, effleurant des lèvres la joue de son amie.

— Alors dis adieu à ton statut d'épouse.

Sophie réfléchissait à ce qu'elle ressentirait si elle le faisait vraiment lorsqu'elle entendit le crissement des tennis de Florence sur le gravier, suivi par un bruit métallique ressemblant à...

— Non ! s'écria-t-elle, ouvrant les yeux.

Trop tard. Florence fourra la lettre dans la boîte, dont les mâchoires en métal cliquetèrent en se refermant.

La jeune femme la rejoignit d'un pas nonchalant, les paumes tournées vers le ciel pour repousser les reproches.

— Désolée, Soph. C'était indispensable. Bonne année.

Sophie s'efforça de se remémorer le contenu de sa lettre. En vain. Les mots la fuyaient à la manière de cafards éblouis par la lumière.

— Tu n'avais pas le droit ! Ce n'est pas bien ! Pas bien du tout.

— J'en suis consciente, mais écoute : une lettre qu'on ne poste pas ne rime à rien. Une lettre postée est une scie rouillée.

— Je ne me souviens même pas de ce que j'ai écrit.

— Quelle importance ? Tu as évacué la merde de ton organisme et tu l'as renvoyée à l'expéditeur. Justice est faite, non ? Maintenant, oublie-la. Tu n'en as plus rien à foutre de lui. C'est quoi ton nom de jeune fille ?

Sophie continuait à fixer la boîte aux lettres.

— Au moins, il n'y avait pas de timbre sur l'enveloppe.

— Détrompe-toi. Elle arrivera à destination.

Florence sortit un carnet froissé de sa poche arrière et le brandit.

— J'en ai collé cinq par mesure de précaution. Ça fait des jours que je les trimballe. J'avais peur que tu n'aies pas mis l'adresse. Eh bien, si. Ton inconscient...

— Tu n'avais pas le droit, répéta Sophie.

— Ecoute-moi ! C'est quoi ton nom de jeune fille ?

— Szabo.

— Génial ! Sophie Szabo, ça évoque une actrice du cinéma muet. Une vamp pulpeuse à l'accent étranger langoureux, incroyablement sexy, un fume-cigarette à la main. Sophie Szabo...

Maintenant, oublie-la. Tu n'en as rien à foutre de lui. C'est quoi ton nom de jeune fille ? Le regard de Sophie navigua de la boîte aux lettres à Florence.

— Oui, finit-elle par convenir. C'est un beau nom. A moi aussi, il me plaît.

Calme et efficace, Adam poussa le chariot dans l'allée des fruits et légumes. Il connaissait désormais si bien la disposition du supermarché qu'il pouvait établir sa liste de courses en fonction des rayons – exploit dérisoire dont il tirait cependant une certaine fierté, car c'était censé lui permettre de tout prendre en un tour de magasin et de se rendre directement aux caisses. Pas de retours en arrière pour chercher des produits oubliés ni d'interminables déambulations dans les allées. En théorie, à tout le moins. En réalité, ce n'était pas le cas. Mais l'effort pour atteindre cet objectif conférait au samedi matin un côté défi sportif à relever. De plus, Adam avait inventé un moyen de rendre la corvée amusante pour les garçons en la qualifiant de navigation : le chariot était un bateau, Hugo le capitaine et Matthew le second plein d'agilité. Adam, se contentant du rôle de simple matelot, pilotait l'embarcation dans les voies d'eau, lisant à voix haute les articles de la liste. Le second parcourait les allées pour les chercher et les remettait au capitaine qui « les rangeait dans la cale ». Ce système relativement compliqué avait le mérite d'éviter ennui et disputes.

Matthew s'approchait du chariot au pas de charge, portant un filet d'avocats qui ne figurait pas sur la liste d'Adam.

— Attends, fiston. Ce ne serait pas un passager clandestin ?

A dire vrai, le jeu était plutôt amusant.

— C'est pour Valerie. Elle aime ça.

— C'est très gentil. D'accord, donne-les au capitaine.

Matthew les tendit à Hugo, qui les balança dans le chariot avec une violence telle que son père fit la grimace.

— Voyons, qu'est-ce qu'il nous faut après ? Tu crois pouvoir trouver... (Adam chercha quelque chose de pas trop lourd, pas trop fragile, pas trop loin)... des éponges pour la cuisine ? Jaunes d'un côté, vertes de l'autre ?

Matthew s'élança. Adam, lui, regarda avec plaisir les avocats : signe incontestable que les garçons acceptaient la présence de Valerie, preuve qu'ils s'en sortaient plutôt bien. Matthew revint en courant et jeta les éponges à son frère, qui les laissa mollement tomber dans le chariot.

— J'ai faim. On peut avoir de ça ? demanda le petit garçon, montrant un paquet de biscuits à l'emballage criard.

— Toi aussi tu as faim, Matt ? D'accord, mais pas ça. Quelque chose de meilleur, répondit Adam.

Il s'empressa de pousser le chariot vers le comptoir d'épicerie fine, ce qui l'obligeait à reculer et anéantissait ses efforts de la semaine. Tant pis, c'était pour la bonne cause. Il avait appris que les larmes succédaient rapidement à l'expression de la faim. Heureusement, il n'y avait pas de queue. Adam commanda des tranches de jambon, dont deux furent roulées et données aux garçons. Comme ils les dévoraient, une femme qui les avait observés lui décocha un sourire.

— Bien joué, papa ! Je n'oublierai pas ce petit tour.

Un gros bébé aux yeux vitreux trônait dans son chariot. Adam esquissa un sourire avant de s'éloigner. C'était un risque du samedi matin de tomber sur des mères célibataires et, à en juger par l'aura – seule, méritante, courageuse – que dégageait cette femme, elle l'était. A l'époque où il était célibataire, on ne l'avait jamais autant convoité que maintenant, alors qu'il se trouvait avec ses fils soit devant un bac de surgelés, soit au pied d'une balançoire. Aussi sensible qu'il fût à leur situation – Dieu sait s'il était capable d'empathie –, leur détresse le rebutait et il se réjouissait de l'autonomie de Valerie.

— Papa, Hugo refuse de dire « A vos ordres », se plaignit Matthew.

— Je suis le capitaine, expliqua Hugo d'un ton sinistre.

— N'empêche, tu dois le dire. Tout le monde le fait sur un bateau, pas vrai, papa ?

Blême de rage, Hugo secoua la tête.

Il était temps de les distraire.

— Bon, marins, vous savez danser la matelote ?

Et Adam de sauter d'un pied sur l'autre, bras croisés, genoux levés, en chantonnant : « Tralala, lala, lala, tralala, lala. »

Matthew le regardait, transporté d'admiration.

— Je vous prie de m'excuser ! s'exclama une voix masculine derrière eux. Je souhaiterais avancer si ça ne vous dérange pas trop, matelots ?

Adam bloquait le passage.

— Certainement, répondit-il en s'écartant, le feu aux joues.

— Encore, exigea Hugo.

— Pas maintenant, mon chéri.

225

— Encore !

La queue était longue ; les enfants avaient besoin de distraction. Les yeux rivés sur le mur pour masquer son embarras, Adam veilla à ce que ses pas soient aussi discrets que possible. Ce fut un jour à marquer d'une pierre blanche pour le diablotin du supermarché.

— Matthew travaille très bien, affirma son institutrice à Sophie, comme je l'ai dit à son père juste avant les vacances de Noël. Il est venu me parler, vous vous en doutiez, non ?

— Vous avez téléphoné à Adam ?

— Non, non. Il a pris rendez-vous. Il voulait savoir comment les garçons s'en sortaient – vérifier leurs progrès. Il a aussi vu l'institutrice de Hugo. Ne vous inquiétez pas, ajouta-t-elle avec un sourire rassurant, votre séparation ne semble pas leur poser de gros problèmes. Je ne sais pas comment vous vous y prenez, mais surtout continuez... ça marche.

— J'en suis ravie, fit Sophie, traversée soudain par une nouvelle idée. C'est Matthew qui vous a annoncé notre séparation ?

— Non, son père. Il est venu... voyons, en octobre, au moment où les... événements... étaient encore récents.

— Ah, oui. Très bien. Merci.

« Les événements. » Sophie s'éloigna, mécontente qu'Adam l'ait devancée. Bien sûr, elle aurait dû prévenir les institutrices de ses fils. Mais elle était dans un tel état alors que ça ne lui était même pas venu à l'esprit. Adam qui n'allait jamais aux réunions avec

226

le corps enseignant, même pas à l'officielle, une fois par an, suivait à présent régulièrement les progrès des garçons.

Un père indifférent... N'était-ce pas ainsi qu'elle l'avait qualifié dans sa lettre ? Elle s'empressait de chasser les bribes de phrases qui remontaient parfois à sa mémoire. *Maintenant, oublie-la. Tu n'en as rien à foutre de lui. C'est quoi ton nom de famille ?* Il fallait qu'elle se sorte cette lettre du crâne.

— Je suis certaine de ne pas avoir jeté l'original, s'énerva Sophie, fouillant sur son bureau. Je veux juste ton avis. Bon... où... Ah, la voilà !

Elle tendit la feuille noircie de ratures à Henry. Attablé dans la cuisine, il mangeait du raisin.

— Sois honnête.

Il se leva, s'étira et la prit.

— Tu es sûre d'avoir envie que je la lise ?

— Ton opinion compte beaucoup pour moi. Davantage que celle de n'importe qui.

Elle fut un peu perturbée de se rendre compte que c'était vrai. *Plus que celle de n'importe qui ?* Une étrange sensation la parcourut. Quelque chose dans sa manière de se tenir debout, le poids de son corps sur une jambe, une main sur la hanche, l'autre serrant la lettre... dans la façon dont la lumière éclairait son visage sérieux... sa bouche...

— Hum, fit-il une fois sa lecture terminée. Quelle cruauté.

Les oreilles de Sophie bourdonnèrent.

— Cruauté ? répéta-t-elle d'une voix faible.

— C'est une lettre cruelle.

— Oh !

Le souffle coupé, elle ferma les yeux et plaqua une main sur son sternum.

— Qu'est-ce qui ne va pas ?

— Rien.

Mais elle se penchait en avant, appuyant plus vigoureusement sur sa poitrine.

— J'ai ressenti... (elle dut exhaler par la bouche avant de continuer)... un élan d'amour pour toi.

Les yeux toujours fermés, elle expira de nouveau, lentement. Quand elle les ouvrit, il la dévisageait avec gravité.

— Vraiment ?

Elle se courba sous l'effet d'un nouveau spasme.

— Arrête, murmura-t-elle. C'est douloureux.

Henry l'enlaça. Immobile, la figure enfouie dans sa chemise, Sophie sentit le cœur de cet homme battre contre sa joue. Le bruit semblait provenir des profondeurs de son être ; elle imagina les valves qui s'ouvraient et se fermaient telles des créatures sous-marines ballottées par les vagues.

La lettre gisait à l'envers sur le sol. Oubliée.

Au même moment, Adam sortait la sienne, bien plus propre, de l'enveloppe. Pour des raisons qu'il évitait d'analyser, il n'avait pas eu envie de la lire chez lui. Aussi l'avait-il apportée au bureau sans l'ouvrir de la journée cependant. Pourquoi ? Là encore, il n'approfondit pas. Sans doute était-ce lié à l'épaisseur de l'enveloppe ou à la rangée de timbres écornés, collés n'importe comment. Bizarre. Valerie était déjà partie, supposant que lui aussi puisqu'il n'avait pas répondu à son léger toc-toc. Le silence avait beau régner dans le bâtiment, à présent désert, Adam hésitait toujours. Quand il se décida, quelque chose glissa de l'enveloppe en même temps que la feuille et tomba sur ses genoux : un petit miroir rond dont les femmes se servent pour remettre du rouge à lèvres. Plein d'appréhension, il déplia la lettre et parcourut le paragraphe rédigé de l'écriture si familière de Sophie. Les mots *raté, médiocre, infidèle* accélérèrent ses battements de cœur. Ses yeux cherchèrent vainement une ligne qui ne soit pas blessante, le petit texte était hérissé de piques : *indifférent, pitoyable, lacunes*. Le sang lui martelait les tempes quand il parvint à la fin de la lettre, qu'il relut aussitôt depuis le début.

Adam,

Tu ne trouveras jamais le bonheur. Un homme qui ne peut ni analyser ses sentiments ni les exprimer ne sera jamais heureux. Tu es un être mesquin, un raté : père indifférent, amant infidèle, architecte médiocre. La seule chose que tu aies de grandiose, c'est la pitoyable image que tu as de toi-même, laquelle ne sert qu'à éclipser tes rares réussites. Rien ne parviendra à te réconcilier avec toi-même. Tu poursuivras ta fuite en avant pour te dissimuler tes lacunes jusqu'au moment où tu seras dans une impasse et où tu mourras, conscient d'avoir gâché ta vie.

Sophie

Adam retourna le miroir, le leva et s'y regarda. Il y vit le reflet d'un œil chargé d'angoisse.

— Où est M. Dean ? lança Valerie à peine entrée, secouant son parapluie.

Déjà en imperméable, Milagros était dans la cuisine avec les garçons. Ils échangèrent un regard avant de descendre de leur chaise.

— Il a appelé pour prévenir qu'il serait en retard, répondit Milagros. Je n'ai pas le temps d'attendre.

Elle prit son sac, adressa un signe aux garçons et s'éloigna, les lèvres pincées.

— Super, dit Valerie lorsque la porte claqua. Vraiment super.

Puis elle remarqua que les garçons se tenaient en face d'elle, côte à côte, dans une attitude quelque peu protocolaire.

— Qu'est-ce que vous avez tous les deux ?

— Tu ne nous embrasses pas ? demanda Matthew.

— Le rouge à lèvres, ça nous est égal, enchaîna Hugo, à qui son frère jeta un coup d'œil menaçant.

— Oh !

Désorientée, Valerie se courba et leur donna à chacun une bise, s'apercevant avec culpabilité qu'elle n'y pensait jamais qu'en présence d'Adam. Ils se détournèrent, se frottant furtivement la joue.

— Ah, je comprends ! s'exclama-t-elle en riant. Ce rouge à lèvres est supposé être de très longue tenue et ne pas laisser de traces compromettantes sur les cols. Ce n'est pas le cas, hein ?

— Ça ne nous ennuie pas trop, assura Matthew.

— J'ai une idée. Et si j'imitais les actrices et embrassais l'air de chaque côté de votre tête ? Comme ça, je ne vous toucherais pas du tout. C'est plutôt amusant. Faites-le en même temps que moi, d'accord ? On s'effleure juste les joues en disant *smack smack !* sur un ton artificiel, et on crie en même temps *chéé-ri !*. Allez, essayons.

Intimidés mais pleins de bonne volonté, les garçons répétèrent la mimique jusqu'à ce qu'ils l'aient assimilée. Ils éclatèrent de rire tous les trois. Puis Valerie se lassa.

— Bon, ça suffit, lâcha-t-elle sèchement au bout de la trentième fois, au moment où ça devenait vraiment marrant.

Elle se servit un verre de vin et s'écroula sur une chaise devant la table de la cuisine.

— A présent, allez jouer. J'ai du travail.

Ils se rendirent en soupirant dans le salon, où ils trouvèrent quelque chose qui les incita à revenir sur-le-champ. Matthew avait l'air grave, Hugo encore plus. Sans proférer une parole, le premier tendit la main ; entre le pouce et l'index, il tenait maladroitement, comme s'il osait à peine le toucher, un paquet de cigarettes.

— Ah oui, merci, marmonna Valerie, gênée, le fourrant dans son sac.

— Fumer, ça vous noircit à l'intérieur, déclara Matthew. Et ensuite on tombe malade.

— C'est ce qu'on vous apprend à l'école ?

Les deux frères hochèrent la tête.

— Eh bien, c'est tout à fait vrai. C'est mauvais de fumer, alors ne commencez pas.

S'approchant de la jeune femme, Matthew posa la main sur son bras.

— J'ai pas envie que tu sois malade.

Hugo se faufila de l'autre côté, si bien qu'elle se retrouva entre leurs petits visages solennels, ne sachant trop quoi dire. Et Matthew de demander :

— Tu peux nous relire le livre ?

— Lequel ?

— Sur le prince dans le palais.

— Oh oui ! se rappela Hugo, dont la figure s'éclaira. Mais ce n'était pas assez beau, alors il est allé dans une autre maison, puis une autre, puis une autre !

— Ah, celle-là. Après, il y a eu une récession du marché immobilier, il a fait faillite et a dû dormir dans un carton. Fin.

Matthew baissa la tête. D'une voix quasi inaudible, Hugo ajouta :

— Je voulais voir les images.

Seigneur, j'ai du boulot, c'est important si je ne veux pas être virée, se dit Valerie. Enfin, tant pis, ils sont tellement pitoyables que... d'accord. Voyons voir, un truc à faire avec des gosses quand il pleut...

— J'ai une idée, lança-t-elle joyeusement. On va faire un gâteau.

— Tu connais la musique, raconta Valerie à Agatha de son bureau le lendemain matin, ébouriffant ses cheveux avec la main qui ne tenait pas le combiné. On commence sérieusement avec un livre de recettes, puis on finit par se balancer de la pâte à gâteau, et Adam, le grand méchant loup, déboule. Patatras. « Bon sang, qu'est-ce qui se passe ici ? » Après mes explications, devine ce qu'il m'a répondu avec son air pincé de Britannique ? « Deux enfants dans cette maison me suffisent amplement ! » Tu y crois, toi ? Comme pisse-froid, il se pose là.

Valerie ignorait que les garçons l'avaient trouvée héroïque. Emplis d'admiration pour le courage avec lequel elle avait affronté leur père furibond, ils lui étaient profondément reconnaissants d'avoir tout pris sur son dos.

— Je ne peux pas gagner, c'est évident, poursuivit-elle. Si je ne m'occupe pas des gamins, il se comporte en martyr. Si je joue avec eux, il se met en colère et m'insulte. Je perds sur tous les tableaux.

Un ange passa.

— Agatha, tu es là ?

— Hmm.

Assise dans son bureau en désordre, le téléphone coincé contre son épaule, les mains sur le clavier, Agatha fixait l'écran. Elle avait un article à envoyer dans une demi-heure. *Il y a des limites à ce qu'on doit à une nana parce qu'elle a eu la gentillesse de m'emmener au bal de fin d'année du lycée alors que j'étais grosse*, pensa-t-elle. *En d'autres termes, au bout de vingt-trois ans, ma dette envers Valerie est-elle proportionnelle au nombre de kilos que j'avais en trop ?*

— Me traiter d'enfant alors que, par pure bonté d'âme, je distrayais les siens au lieu de travailler, c'est un comble. Et lui, où était-il à ton avis ? Sous la pluie. Seul, à l'en croire. Je parie qu'il faisait de la lèche au patron derrière mon dos pour le convaincre de le prendre comme associé.

Valerie se mira dans la glace en face de son bureau tout en passant les doigts dans ses cheveux qui bouffèrent et en faisant la moue, tel un mannequin de magazine de coiffure.

Quand Agatha se rendit compte que le silence se prolongeait, elle le meubla sans se compromettre :

— Ah, j'imagine que les parents sont comme ça.

Elle raconte n'importe quoi, fulmina Valerie en son for intérieur.

— Agatha, tu m'écoutes ? C'est de ta faute si je suis dans ce pétrin. « Pose-lui un ultimatum »... Quelle imbécile j'ai été de suivre le conseil d'une ratée telle que toi

Voilà qui retint l'attention d'Agatha : elle n'avait jamais été grosse au point de mériter ça.

— Alors là, tu n'as qu'à t'en prendre à toi-même ! Je ne t'ai jamais dit de t'installer chez lui. Tu es furax parce que c'est plus difficile de foutre en l'air un ménage que tu ne le croyais.

— Quoi ?

— Et tu sais quoi ? Tant mieux. Je suis contente que ça ne soit pas du tout cuit de détruire la vie des autres. D'ailleurs, j'ai une question à te poser : tu as nettoyé la cuisine ?

— Hein ?

— Tu as gratté la pâte sur les murs ?

— Non !

— J'en étais sûre. Tu n'es qu'une sale gosse pourrie gâtée, *comprendo* ? Qu'il regrette sa vie avec une adulte n'a rien de surprenant.

Agatha dut s'époumoner pour couvrir les cris de Valerie.

— Et manipulatrice par-dessus le marché – tu n'avais pas plus de cavalier que moi pour le bal de fin d'année. J'ai mis vingt-trois ans à le comprendre, mais j'y suis arrivée. Tu as fait semblant de me rendre service alors que personne ne t'avait invitée. A ta façon, tu étais aussi grosse que moi !

Valerie se leva d'un bond.

— C'est clair comme de l'eau de roche, Agatha, riposta-t-elle en faisant les cent pas. Tu craches enfin ta jalousie refoulée, après m'avoir secrètement détestée pendant des années. L'heure de la vengeance du boudin a sonné. Tu n'as pas réussi à pousser Howard à quitter sa femme, alors briser un ménage devient un truc horrible à faire. Suivre ton raisonnement ne me pose aucun problème, mais qu'est-ce qui te permet de parler d'adultes ? Toi, l'éternelle ado, la poseuse pitoyable, jamais naturelle ! Tu te mets sans arrêt en scène parce que tu n'es personne. Tu n'as pas de vie, seulement un mode de vie. Tu sais, Agatha, si tu devenais quelqu'un d'authentique, peut-être...

Une faible tonalité se fit entendre : Agatha avait raccroché. Parfait. D'un geste rageur, Valerie éteignit son portable. Il était grand temps de se débarrasser de cette garce envieuse. Les copines mal dans leur peau sont dangereuses, tôt ou tard elles vous poignardent dans le dos. L'amitié ne s'épanouit qu'entre égales.

Quelle journée ! Valerie, déprimée, tripota son portable. Que pouvait bien faire une nana qui s'était disputée avec son amant et brouillée avec sa meilleure amie ? Facile : se consoler en bossant. Le travail. Faire son chemin et régler ses problèmes comme toujours, en laissant les envieux minables mordre la poussière.

Elle appela Masterson pour lui demander s'il avait le temps de discuter des questions qu'elle se posait

235

sur les nouveaux projets qu'elle présentait. Il l'invita à déjeuner ; elle accepta.

A peine eut-elle coupé la parole à Valerie qu'Agatha gloussa. Elle se leva et s'approcha du miroir. Deux choses la frappèrent tandis qu'elle remettait sa frange en place. D'une, elle était plutôt mignonne, les yeux brillants et les joues en feu après la bataille. De deux, le rôle de catalyseur n'avait rien de secondaire. Comment avait-elle pu le croire ? Agatha Weatherby, la magicienne, remodelait l'existence des êtres qu'elle croisait ; tous se retrouvaient métamorphosés par son passage − comme la bonne vieille Valerie l'avait appris à ses dépens. Le front plissé devant son reflet, Agatha chercha le mot juste pour décrire ce qu'elle voyait et, l'ayant trouvé, se détendit : une ensorceleuse.

Elle retourna à son article, sereine.

Vers la fin de la journée, James passa la tête par la porte d'Adam.

— Tu avais raison, mon pote. Le contrat de Harris n'est pas reconduit. Il est viré. Du coup, je m'inquiète.

— Tu ne devrais pas. On se contente de dégraisser au sommet. Il était trop payé. Tu ne risques rien. Tout le monde sait que tu es le meilleur technicien de la boîte.

James réussissait à concevoir des interfaces techniques intégrant parfaitement et de façon économique les systèmes d'électricité, de plomberie et de sécurité aux plans de l'associé, architecte en titre d'un projet – un rôle peut-être obscur mais d'une utilité incontestable. Adam admirait énormément son travail et son dévouement.

— Toi, Adam, tu es l'homme aux traits de génie du cabinet. Ce projet d'usine pétrochimique devrait garantir ton boulot... pour un temps, à tout le moins. « Nous sommes écolos parce que nous le disons. » Ça, c'était une trouvaille !

— J'espère que tu as raison. Sinon, j'aurai vendu mon âme pour rien.

Se détournant pour sortir, James lança en riant :

— Je voulais juste te mettre au courant des dernières nouvelles.

— Merci. A propos, James ? Je... je me demandais... Tu es libre pour boire un verre tout à l'heure ?

— Bien sûr, répondit celui-ci, quelque peu déconcerté par l'expression tendue de son collègue. On se retrouve vers dix-huit heures.

Dès qu'il fut parti, Adam fixa son ordinateur pour masquer son embarras. C'était normal de proposer à James de prendre un verre, ils le faisaient toujours après une partie de squash. Alors pourquoi ce malaise ? Eh bien, parce que à la fin d'une heure de sport on boit pour étancher sa soif et que au terme d'une journée de boulot on parle boutique. Mais ce soir, Adam ressentait le besoin de se confier. Un terme d'ados, pensa-t-il, mortifié. Et ça, ce n'était pas son genre, absolument pas.

Pour Adam, les conversations entre hommes pouvaient prendre plusieurs tons tout à fait acceptables – jovial, drôle, provocateur, songeur – et porter sur de nombreux sujets – boulot, politique, voyages, histoire, art. En revanche, le sérieux était à bannir. « Un type plutôt sérieux », voilà un commentaire sur soi que personne ne souhaite entendre. Aborder la vie privée était à exclure à tout prix. Jusqu'à présent, il n'avait jamais été en proie à l'impulsion de monologuer avec passion sur ses amours. D'une discrétion presque excessive – bon, excessive –, il trouvait comique et détestable le goût pour les confidences des Américains.

Pourtant, il en était là. James et lui, à leur deuxième bière, avaient épuisé le sujet de la réduction des effectifs. Ils buvaient sans proférer une parole. Adam s'efforçait d'ignorer son impression qu'un énorme point d'interrogation planait comme dans une bulle de bande dessinée au-dessus de leur table, essayait de prétendre que la question implicite de James – *de quoi voulais-tu me parler ?* – ne vibrait pas dans l'air et que le silence n'était que celui que pouvaient observer deux bons amis.

— Alors ? finit par lancer James.

Cela n'arrangea rien. Le nouveau silence fut encore plus pesant que le précédent. James s'esclaffa, puis vida son verre à longs traits.

— Hé, je demande qu'on passe ta bière au four à micro-ondes ?

Il tapa sur le comptoir, partant d'un nouveau rire. Adam eut un sourire indulgent, car c'était une plaisanterie éculée. Apparemment, les Américains ne connaissaient qu'une chose sur l'Angleterre : la bière s'y buvait à température ambiante. Il ne s'écoulait pratiquement pas une semaine sans qu'on taquine Adam à ce sujet.

— Pour ton information, on sert la bière blonde fraîche en Grande-Bretagne, précisa-t-il.

S'engager avec des circonvolutions dans cette conversation était au-dessus des forces d'Adam, il entrerait dans le vif du sujet ou renoncerait. Aussi enchaîna-t-il calmement :

— Je n'aurais jamais cru Sophie capable d'abandonner les enfants.

Le brusque changement de cap prit James de court. Toujours agité et exubérant, il haussa la voix, criant presque :

— Pour ma part, je pense que Sophie ne t'aurait jamais cru capable de la quitter !

A en juger par son expression, il invitait Adam à s'associer à son hilarité. Peine perdue. Il rétrograda trop tard et ajouta avec solennité :

— Bon... enfin... c'est...

Il tripota un dessous de verre, les sourcils tellement froncés qu'Adam douta qu'il puisse voir quoi que ce soit.

— C'est... poursuivit James. Je... je n'ai jamais rencontré Sophie, mais... Valerie est une femme formidable.

— En effet, acquiesça Adam, et, sous l'effet du soulagement, les épaules de son ami se détendirent. Elle n'est pas à l'aise avec les enfants, ce qui est normal. Elle fait de son mieux. Elle se donne beaucoup de mal.

Un « mais » non formulé flottait entre eux.

— Ah oui, les gosses... commença James.

De crainte de tomber sur un os, il changea son fusil d'épaule.

— Le mariage... non que je sois un spécialiste... c'est dur. Et s'il y a des enfants, c'est... eh bien...

— Dur, s'empressa de compléter Adam. Tu as tout à fait raison. Les femmes, le mariage, les enfants – rien n'est simple. On porte un toast à ça ?

Il leva son verre, humilié que James ait dû relever l'évidence : pleurnicher sur sa vie privée n'était pas une bonne idée. Ce qu'il savait, bien entendu.

Les choses auraient pu en rester là, avec une fin de non-recevoir de James face à l'effort de confidences pusillanime d'Adam, qui avait compris sa réticence. Sauf que James reprit la parole :

— Ecoute, je...

D'un geste, Adam voulut l'interrompre. Sans succès : James était lancé.

— .... j'ignore tout de la vie conjugale, et je connais peu les femmes : je suis seul la plupart du temps. N'ayant pas d'enfants, je ne vaux guère mieux dans ce domaine. Je sais que tu traverses une phase difficile, alors si je peux t'aider d'une manière ou d'une autre, je suis à ta disposition. Il m'est arrivé de garder mes neveux – pas souvent, mais suffisamment pour être sûr que tes fils ne me poseraient pas de problèmes. Si tu veux que je m'en occupe un soir ou un samedi, je saurai les distraire. Ne t'inquiète pas, ils ne risqueraient rien avec moi et ça me ferait plaisir. Vraiment.

Emu par la proposition de son ami, Adam cligna des yeux. Sur la défensive, il eut d'abord envie de la balayer par une plaisanterie, mais il se l'interdit et trouva le courage de le remercier.

D'ordinaire, après s'être garée en double file devant l'immeuble, Milagros sonnait pour que Sophie descende avec les garçons qu'elle reconduisait chez leur père. Si elle avait un peu de temps et si elle trouvait une place, il lui arrivait de monter tailler une bavette.

Les garçons, emmitouflés, jouaient sur la terrasse. Les murs des forts qu'ils construisaient avec les coussins du canapé ne cessaient de s'effondrer ; d'abord contrariés, ils en firent un jeu. « Tremblement de terre ! Il faut reconstruire le fort. » Sophie leur sourit de la fenêtre de la cuisine tout en servant du thé à son invitée. Désormais, elles s'appelaient Mila et Sophie. Les formalités entre elles avaient pris fin en même temps que le mariage des Dean. Milagros travaillait pour Adam, aussi la relation de patronne à employée n'existait-elle plus. Après ses récriminations rituelles contre la circulation – en cas de bouchons elle ne mettait pas vingt-cinq minutes mais le double pour venir de Milton – Milagros enfourcha son cheval de bataille : Valerie.

— Toujours la cigarette au bec, dans le patio. Comme ça, mima-t-elle, les lèvres pincées, agitant deux doigts. Pas de cendriers. Les mégots par terre – *toma ya !* Qu'est-ce que vous allez faire ? Cette femme est un cochon.

— Elle ne fume pas à l'intérieur, j'espère ?

Lorsque Milagros secoua la tête, non sans regret, Sophie insista :

— C'est un mauvais exemple pour les garçons. Pourquoi Adam le tolère-t-il ?

Milagros eut beau émettre un bruit éloquent quant à l'inefficacité de M. Dean, elle se borna à répondre :

— Il est débordé, c'est lui qui se tape tout. Elle ne lève pas le petit doigt. Sauf pour faire du café avec son appareil compliqué.

241

S'étant levée en grommelant, elle s'approcha de la porte pour appeler les garçons :

— Venez, c'est l'heure. Il y a des coussins à la maison, riposta-t-elle quand ils protestèrent à cor et à cri, avant d'enchaîner à l'intention de Sophie : C'est une catastrophe, là-bas. La pagaille tous les jours. Mais je ne touche pas à ses saletés à elle ; je nettoie derrière les garçons et, bien sûr, je mets de l'ordre dans les affaires de M. Dean.

Ce n'était pas rigoureusement exact. Le matin même, Milagros n'avait pas rangé quelque chose appartenant à M. Dean : des feuilles sur lesquelles il avait tenté d'écrire à Sophie. Trois en tout. Le nom de Sophie figurait au début de chacune, suivi par une ou deux phrases rayées, mais toujours lisibles si on faisait un effort, et Valerie n'y manquerait pas. Milagros les avait trouvées sur le dessus de la corbeille d'Adam, repérables par n'importe qui. Elles avaient atterri sur le guéridon où Valerie posait son verre de vin.

— On y va, les garçons ! J'ai dit que vous pourriez jouer à ça à la maison.

Milagros s'autorisa un petit sourire. Son boulot lui procurait tout de même quelques satisfactions

Lorsque Adam rentra après sa conversation avec James, il trouva Valerie, un verre de vin à la main comme à l'accoutumée, installée sur le canapé sur lequel elle avait éparpillé ses documents. Le silence régnait.

— Bonsoir, l'accueillit-elle, d'une voix égale, presque agréable, si bien qu'Adam ne perçut rien d'inhabituel. Il est tard, une fois de plus. Ça fait deux soirs de suite. Tu as encore marché seul sous la pluie ?

La légère accentuation sur le mot « seul » échappa également à Adam.

— J'ai pris un pot avec James. Les enfants sont en haut ?

— Ils dorment à poings fermés. Je les ai nourris, lavés, bordés, sans oublier l'histoire.

— Merci, Valerie, dit-il avec un soupir avant de se laisser tomber dans un fauteuil. Merci infiniment.

— Ça a beau ne pas faire partie de notre pacte, je n'ai pas eu le choix. Ton absence, le boulot qui m'attendait... On a besoin d'une nounou, Adam. Vraiment.

Adam poussa ce grognement masculin qui ne signifie ni accord ni désaccord, juste le désir de clore le sujet.

— Comment va James ?

— Très bien. C'est un chic type.

— A défaut d'être très intelligent.

— Tu te trompes. Et c'est un architecte sérieux, un dessinateur industriel excellent.

— Hum, j'imagine que ses bâtiments ne s'effondrent pas.

— En plus, il n'est pas prétentieux.

— Il n'a aucune raison de l'être.

Un silence tomba qu'Adam rompit :

— Je vais prendre un bain.

— Bonne idée.

Valerie attendit qu'il se dirige vers l'escalier pour ajouter :

— Avant de monter, tu pourrais m'expliquer pourquoi tu as laissé traîner des lettres inachevées à ta femme ? Un acte d'hostilité implicite, ça tombe sous le sens. Ma seule question c'est pourquoi ?

— Qu'est-ce que tu racontes ? lança-t-il, sur le qui-vive.

— Leur manque d'éloquence est pathétique, on dirait un gamin transi d'amour... « Sophie... Sophie », lut-elle tout en brandissant les feuillets. « Je ne sais par où commencer... » C'est une évidence. Si tu n'arrives pas à lui exprimer ce que tu as en tête, tu ferais mieux de me le dire. Qu'est-ce qui se passe, Adam ?

— Tu n'as pas le droit de lire ma correspondance.

— Alors, pourquoi me la fourrer sous le nez ?

— C'est loin d'être le cas !

Adam n'aurait jamais imaginé que Valerie soit le genre à fouiller dans les corbeilles à papier.

— Ça signifie quoi ? Une tentative de réconciliation ?

— C'est monstrueux !

— Crache le morceau.

— Si tu tiens à le savoir, je m'efforçais de répondre à une lettre qu'elle m'a envoyée.

— D'accord. Vous correspondez depuis combien de temps ?

— Ne sois pas ridicule. Elle ne m'a écrit que celle-là. Quoi qu'il en soit, il est légitime que j'écrive à la mère de mes enfants.

— Sauf qu'il ne s'agissait pas des enfants, hein ? Sinon, tu aurais su par quoi commencer.

— Il est hors de question de te demander la permission de contacter ma femme, Valerie, que ce soit bien clair. Nous sommes liés pour le restant de nos jours par nos enfants. C'est un fait. Tes sentiments à ce sujet n'entrent pas en ligne de compte.

— Ça me rend tout chose quand tu joues au dur. D'abord, ce n'est pas ta femme, tu l'as quittée, tu te rappelles ? Ensuite, c'est à moi que tu dois allégeance, honnêteté et fidélité. Ecrire une lettre d'amour à une autre ne figure pas dans ce serment.

— Ce n'en était pas une.

Adam reprit sa place et se massa les tempes. De temps à autre, le caractère belliqueux de sa maîtresse, qui l'avait tant séduit au départ, l'exaspérait. Sa première image de Sophie s'imposait alors à lui : une femme réconfortante, sereine, offrant son visage au vent de la prairie, les cordons de son tablier et ses cheveux flottant derrière elle. Quelle banalité de les voir ainsi : l'aigle et la colombe. D'autant que c'était faux. La nouvelle Sophie était très combative.

— La méchanceté de sa lettre m'a décontenancé, reconnut-il. Et cette haine... Ça m'a stupéfié.

Valerie entrevit une lueur d'espoir.

— Ma présence doit la rendre folle de rage. Elle regrette son départ ? Elle a envie de revenir ?

Adam partit d'un rire amer.

— Oh non... Pas du tout. En l'occurrence, elle m'est reconnaissante de l'avoir abandonnée.

— Ça, c'est génial. Quelle putain de bonne nouvelle !

— Tu imagines la situation épouvantable des femmes à l'époque où mariage rimait avec sécurité ? Alors que c'était le contraire. Tu imagines, tout miser, même le gîte et le couvert, sur sa capacité à s'entendre avec un homme et réciproquement ? C'est de la folie !

Le square était recouvert d'une neige déjà sale. Les enfants faisaient de la luge, du moins s'y évertuaient vu l'absence de monticules. Recroquevillée pour lutter contre le froid, les mains dans ses manches, Sophie se tourna vers Florence assise à côté d'elle sur le banc, mais le bord de sa capuche l'empêcha de la voir.

— Brr ! se borna-t-elle à dire.

— N'empêche que tu réagis bien, reprit Florence. Tu prends un amant, parfait, tu l'installes chez toi. La relation se dégrade, parfait, tu le fous dehors. Tous les éléments essentiels de ta vie, ta maison, tes gosses, ton travail, restent en place, solides comme un roc. Voilà ce que j'appelle la sécurité. Etre toujours en situation de pouvoir changer la serrure de ta porte. « Change les serrures » : le cri de guerre de ma mère.

— Pourquoi ? Comment était ton père ?

— Aucune idée. Je suis une mère célibataire de la troisième génération. Dans ma famille, les pères sont absents.

— De qui se protégeait-elle, alors ?

— De ses amants. Elle nous répétait à ma sœur et à moi que si l'homme dont nous partagions la vie se mettait à boire, devenait violent, fondamentaliste ou n'importe quoi, nous devions changer les serrures sur-le-champ. Pas question de perdre du temps avec des deuxièmes chances ou de vaines promesses.

— C'est ce qui est arrivé à ton père ? Il est revenu un jour et a trouvé porte close.

— Je l'ignore. Je ne sais rien de lui, et ça m'est égal.

— C'est normal d'être curieux, non ?

— En ce qui me concerne, je suis sortie du ventre de ma mère. Point barre. De même que Josie et Emerson du mien.

— Hum, je ne suis pas convaincue. Se barricader, changer les serrures... c'est très défensif, ça ne me plaît pas trop. Je tiens toujours à l'idée de trouver un compagnon de voyage, expliqua Sophie avec un rire timide.

— Je ne suis pas contre l'amour, si c'est ce que tu sous-entends. Juste contre le contrat global. Je me crois capable de créer le cadre qui me convient. Je veux une vie sur mesure, faite main, dont je choisis soigneusement tous les éléments, pas celle en plastique livrée en kit qu'on se contente de monter.

— Une vie de parasite, enchaîna Sophie, soudain lasse et triste. C'était celle que j'avais – du prêt-à-porter. (Elle se ressaisit.) Tu ne t'installeras jamais avec un homme parce que c'est trop risqué, c'est ça ?

— Ce n'est pas une décision irrévocable, mais j'y réfléchirai à deux fois. Et que ce soit un homme n'est pas obligatoire, même si c'est vraisemblable. Une précision sur mon orientation sexuelle – je ne repousserai pas le partenaire idéal au prétexte que c'est une femme. Je vote pour un candidat, non pour un parti.

— Tant mieux, cela double tes chances de le trouver, non ?

— En principe.

Grelottante, Sophie enfouit le menton dans le col de son manteau. Apparemment insensible au froid, Florence, jambes tendues, mains dans les poches, balayait le jardin des yeux.

— En fait, je t'ai menti tout à l'heure, reprit-elle. Dans mon enfance, je me suis posé des questions sur mon père... mais à quoi bon s'appesantir ? Il y a des lustres que j'ai opté pour une ligne de conduite, et je m'y tiens.

Avant que Sophie ne puisse proférer une parole, elle lança :

— Hé, regarde ! Qu'est-ce que fabriquent tes enfants ?

Près du manège, Matthew et Hugo embrassaient l'air près de leurs joues, s'exclamant d'un ton artificiel :

— Chéé-ri, smack, smack.

Il y eut un coup de klaxon ; Milagros, au volant, venait chercher les enfants.

— En route, les garçons !

— Au nom du ciel, où avez-vous appris ça ? leur cria Sophie.

Elle interrogea du regard Milagros. L'air revêche, cette dernière fit un signe de dénégation.

— Valerie, répondirent-ils. Comme ça, elle laisse pas de rouge à lèvres sur nous. Fais-le, toi, maman ! Smack, smack, chéé-ri !

— A demain, mes trésors. Au revoir.

Sophie suivit des yeux la voiture qui s'éloignait, en proie à une sensation étrange. Ainsi, Valerie était drôle. Et inventive. Au fond, qu'elle soit intéressante n'avait rien d'étonnant, vu tout ce qu'Adam avait fait pour elle, tout ce à quoi il avait renoncé pour elle. Sophie avait beau en souffrir, ce n'était pas sa jalousie qui la surprenait, elle en avait l'habitude. Non, plutôt ce filet de joie qui sourdait au fond de son cœur. Elle était heureuse que Valerie soit amusante. Pour ses fils, pas pour Adam évidemment. Elle ne se sentait pas moins exclue, il ne s'agissait donc pas de son chemin de Damas. Encore que, elle éprouvait vraiment un petit bonheur. Une émotion qui lui procurait un apaisement délicieux. Par ce hublot, elle entrevoyait un océan de sérénité.

Sophie n'avait pas de mot pour qualifier cet instant ; Henry, lui, l'aurait trouvé et aurait claqué des doigts en le prononçant.

Le chant d'un oiseau déchira le silence du dimanche matin. Un pâle soleil hivernal entrait par la vitre colorée de la fenêtre, projetant une flaque de lumière irisée sur le parquet et sur une partie du mur. Bernées par la chaleur du radiateur, les jacinthes bleues d'un bol posé sur un rebord de fenêtre s'étaient ouvertes et diffusaient un parfum suave. La maison de Clement n'a jamais autant flatté les cinq sens, pensa Sophie, regardant par la porte ouverte de sa chambre Henry arpenter la cuisine. Il trouvait ce qu'il cherchait dans les placards et les tiroirs sans rien demander, et parvenait à être à l'aise sans donner l'impression d'être chez lui. Un invité, mais efficace.

Sophie, en tailleur sur son lit, les genoux couverts par le drap blanc froissé, attendait le plateau du petit déjeuner qu'il apporterait. Elle examina son dos et ses fesses musclés tandis qu'il prenait assiettes et verres, rinçait la théière, se déplaçant avec la fierté et la satisfaction des hommes qui évoluent pour la première fois dans le plus simple appareil chez une femme. Il se tourna pour lui envoyer une orange, qu'elle attrapa au vol. Ils étaient amants depuis trois jours.

— Je crois que j'ai eu le déclic, annonça-t-elle, tout en épluchant son fruit.

— En effet, acquiesça-t-il, occupé à chercher les cuillères à thé.

— C'est parce que j'ai fait l'amour avec toi ?

— Non.

Henry s'avança avec le plateau chargé. Elle le posa sur ses genoux le temps qu'il la rejoigne dans le lit.

— Je voulais que tu l'aies avant, expliqua-t-il.

— Quelle prévenance !

— Pour moi surtout.

— Comment ça ?

— J'avais envie que tu ne penses qu'à moi, et pas qu'un autre te trotte dans la tête. Du moins quand nous faisions l'amour. Après, bien sûr... concéda-t-il, tendant une tasse de thé à Sophie. Tu me trouves trop possessif ?

— Non. A mon avis, tout le monde éprouve ça. C'est une des raisons pour lesquelles l'infidélité est insupportable – la découverte qu'il y avait un fantôme dans le lit et qu'il te sautait l'esprit occupé par une autre. Tu sais à quoi je pense quand nous faisons l'amour ? A des figures de géométrie.

— Ah bon ? s'étonna-t-il, un sourire aux lèvres. Quelle bonne élève !

— J'ai l'impression que de mystérieuses équations de géométrie se résolvent.

— Eh bien, écoute ça, murmura-t-il au creux de son oreille. Dans un triangle rectangle, le carré de l'hypoténuse est égal à la somme des carrés des côtés adjacents.

Tout avait commencé par un coup à la porte de Sophie. Elle avait ouvert, et il était là, tout sourire.

Une transmission de pensée, s'était-elle interrogée l'espace d'un instant. Puis il avait tendu les bras, dans lesquels elle s'était jetée sans un mot. C'était le vendredi. La veille d'un week-end que les garçons passaient chez Adam. Elle comptait aller les chercher à l'école comme à l'ordinaire et les garder jusqu'à son retour du bureau. Impossible, s'était-elle rendu compte, elle ne serait jamais prête pour quatorze heures trente. Sur le point d'appeler Marion, elle s'était ravisée et avait composé le numéro de Florence avec qui elle s'était organisée. Et, comme par miracle, elle avait eu quelques heures de liberté en plus.

— De toute façon, pourquoi es-tu venu vendredi ? demanda-t-elle, blottie dans les bras de Henry après le petit déjeuner.

— Pour te faire l'amour.

— Uniquement ? Tu n'avais pas une excuse toute prête, au cas où ?

— Non.

Il embrassa la paume de Sophie, la gardant sur son torse jusqu'au moment où il se rendormit. Les yeux grands ouverts, en revanche, la jeune femme contempla la progression des rais de lumière chatoyante sur le mur et la courtepointe.

C'était le premier jour du nouvel an chinois.

5

Sophie venait de verrouiller sa porte lorsqu'elle entendit le téléphone sonner. Les clés à la main, immobile, elle hésita avant de renoncer à répondre, elle était quasiment déjà partie, non ? Il ne pouvait s'agir de Henry : ils se retrouvaient au cours. La sonnerie continua néanmoins à retentir plaintivement. Milagros ? Peut-être. A propos des enfants. Elle était là. Non, partie. Là. Partie. Les enfants. D'accord, là ! Ouvrant la porte avec fébrilité, elle se précipita à l'intérieur. A présent qu'elle avait décidé de décrocher, l'idée que le téléphone s'arrête lui était insupportable. Elle attrapa le combiné et souffla :

— Allô.

A l'affût de la tonalité indiquant que c'était trop tard, elle perçut un silence. Parfait, il y avait quelqu'un au bout du fil.

— Sophie, j'ai reçu des papiers de ton avocat ce matin.

Elle ne reconnut pas la voix tout de suite ; quand ce fut le cas, elle fut étonnée qu'Adam existe toujours, comme s'il faisait partie d'un passé révolu ou d'un monde parallèle. Or c'était bel et bien lui.

— Sophie ? Sophie, tu m'entends ?

Elle s'éclaircit la gorge.

— Oui. Bonjour, Adam.

Prononcer ces mots lui parut tellement bizarre qu'elle fut incapable d'ajouter quoi que ce soit.

Adam comprit son silence de travers.

— Je sais que tu ne veux pas que je t'appelle, mais nous devons nous voir pour en parler. Contrairement à toi, je n'ai pas le temps d'écrire.

Ah oui, la lettre ! Elle lui était complètement sortie du crâne. De même que son interdiction pour le téléphone. Elle n'avait pas entendu la voix d'Adam depuis une éternité. Des mois.

— J'aimerais qu'on prenne rendez-vous aujourd'hui. Nous devons discuter de certains points.

— Ah.

— C'est trop compliqué au téléphone. Ça prendra peu de temps. Ce soir, tu peux ?

— Oui.

— Dix-huit heures ?

— Plus tard, c'est possible ?

— Ça devrait l'être, sauf que je n'ai pas envie de déranger Milagros.

Sophie faillit lancer : *Tu connais Milagros ?* C'était bizarre d'entendre un autre prononcer ce nom, mais Adam la voyait tous les jours, comme elle. Milagros travaillait pour lui. D'ailleurs, les enfants lui appartenaient autant qu'à elle. Cela n'en semblait pas moins une coïncidence insensée. Rassemblant ses esprits, Sophie accepta de le retrouver à dix-huit heures dans un bar à vin, en face du Prudential Center, un endroit où ils n'étaient jamais allés ensemble. Manifestement, Adam l'avait choisi avec soin, soucieux d'éviter la moindre association d'idées. Alors qu'elle se rendait à pied au cours de shiatsu, Sophie se reprocha sa passivité. Il n'avait pas le droit de l'appeler, encore moins celui de lui donner des ordres. *Sois à tel endroit, à telle heure.* Quel toupet ! Pour couronner le tout, elle avait acquiescé.

— Il a l'air enfin prêt à parler, fit remarquer Henry lorsqu'elle lui raconta le coup de fil.

Assis sur un muret dehors, pendant la pause du matin, ils buvaient du thé dans un thermos. Sophie voyait Henry de profil. Les jambes pendantes, il tendait parfois la gauche puis la laissait retomber et son talon cognait le mur.

— Discuter de divorce, ce n'est pas parler, déclara Sophie.

— Alors, c'est un prétexte pour te rencontrer. Il s'inquiète sans doute à ton sujet.

— Quelle condescendance insupportable.

— C'est peut-être sincère. Mets-toi à sa place. Si tu l'avais quitté pour un autre, tu ressentirais la même chose.

— Et je suis censée le rassurer pour le déculpabiliser ? Comme égoïsme, ça se pose là.

Henry éclata de rire.

— Peut-être qu'il ne veut que discuter du divorce. Ne le condamne pas d'emblée.

Mais Sophie ne décolérait pas.

— Et toi, Henry, tu ne serais pas furieux ? Rien ne t'exaspère ? Tu es tellement compréhensif que tout et n'importe quoi peuvent se justifier ?

— Non, pas tout, répondit-il avec douceur. En tout cas, pas les cris d'une femme qui m'éclabousse de thé brûlant parce qu'un face-à-face avec son mari lui flanque la trouille.

— Désolée, s'excusa-t-elle en l'essuyant. Tu m'as donné l'impression de le défendre.

Les sourcils froncés, elle continua à tapoter la jambe de Henry avec un mouchoir en papier.

— En plus... en plus.

Il écarta sa jambe.

— Quoi donc ?

— J'ai honte de l'avouer, mais tant pis. Je croyais que ça te... déplairait. Or, tu as l'air de t'en fiche. Et puis tu prends son parti alors que je m'attendais à ce que cela... t'ennuie. Un petit peu.

— A ce que je sois jaloux, c'est ça ? s'étonna Henry, secoué d'un nouvel éclat de rire.

Sophie l'écouta dans l'espoir d'y déceler une réticence, hélas, elle ne perçut que la bonne humeur. Agacée malgré elle, la jeune femme enchaîna :

— Finalement, je n'irai pas. Ça ne ferait que me perturber davantage. Il est paresseux, voilà tout. Il n'a qu'à coucher sur le papier ce qui ne lui convient pas dans le règlement. Ce rendez-vous n'a aucun sens. Je n'ai pas envie de rentrer dans son jeu. Comment annuler ? A moins de lui poser un lapin ?

— Il faudra bien t'habituer à lui parler de temps en temps.

— Pourquoi ? Nous menons des vies séparées.

— Un enfant crée un lien impossible à briser.

— C'est précisément ce que je refuse.

— Peu importe que tu le veuilles ou pas. Vous êtes des parents, vous êtes donc obligés de communiquer. Adam a un rôle, comme Milagros ou les professeurs de vos enfants, nettement plus essentiel parce qu'il compte davantage pour eux.

— Tu es un spécialiste en thérapie familiale ou quoi ? On dirait que tu me sers un laïus appris par cœur.

— C'est un problème banal, répondit-il en souriant. Tu n'es ni la première ni la dernière à qui ça arrive. Tu dois voir leur père. Ce sera difficile la première fois, un peu moins la deuxième, et ainsi de suite. Bientôt, le retrouver te paraîtra aussi normal que de passer chez le boucher, le boulanger ou le fabricant de bougies, et c'est l'objectif. Tu le considéreras comme une amie. Comme Milagros.

— Adam est un fabricant de bougies, répéta Sophie, tentant de s'en convaincre. Mon coéquipier pour élever les enfants. Nous devons avoir des rapports simples et fréquents. Adam est une amie.

— Exactement. Du reste, ce rendez-vous t'a mise dans un tel état qu'il se passera très bien. Tu as déjà touché le fond.

Henry avait presque raison, se dit Sophie après son entrevue avec Adam. En conclusion, à tout le moins. Mais si on coupait les cheveux en quatre, si on disséquait pensées et émotions, ce n'était pas vrai. Il fallait prendre en compte les minuscules tiraillements douloureux et l'auréole de « mari » qui avait nimbé une ou deux fois Adam. Sinon, elle avait eu l'impression d'avoir affaire à un étranger.

Il a l'air vieux. Ça l'avait frappée lorsqu'elle s'était assise en face de lui. Avait-il changé ou était-ce la comparaison avec le visage lisse de Henry ? Blême, ridé, voûté, Adam ne correspondait pas à l'image impressionnante qu'elle s'était forgée. Loin d'être un ogre, ce n'était qu'un homme d'un certain âge, fatigué.

— Tu es très jolie.

Adam la trouva plus jeune, plus dure, agressive en quelque sorte. Elle avait perdu sa douceur et sa gentillesse.

Sophie jeta un regard autour d'elle : d'une banalité défiant toute description.

— Merci. Toi aussi, tu as l'air en forme. De quoi voulais-tu parler ?

Elle n'avait pas eu l'intention d'être cassante, mais son entrée en matière l'enchanta tandis qu'elle prenait conscience de son envie de brusquer les choses. Non qu'elle l'ait décidé à l'avance, elle en avait été incapable, son esprit tournant à vide dès qu'elle imaginait l'entretien. A sa grande satisfaction, elle remarqua qu'il tentait de se donner une contenance en farfouillant dans son attaché-case. Son désir de le malmener l'étonna, tout en lui procurant un certain plaisir.

— Désolée de te bousculer, j'ai un rendez-vous. Bien sûr, je t'écouterai jusqu'au bout, mais je ne peux pas me permettre d'être en retard. Alors, ne perdons pas de temps.

Un sourire glacial aux lèvres, Sophie n'en revenait pas d'avoir sorti cette phrase. Allait-elle lui parler de Henry ? Elle n'y avait pas réfléchi. Ce n'était sans doute pas une bonne idée.

— Bien sûr, acquiesça-t-il, feuilletant ses papiers sans trouver ce qu'il cherchait. Je veux simplement discuter du partage de nos biens. Tu auras la maison, naturellement...

Elle plaqua la main sur les documents.

— Je n'en veux pas.

— Peut-être pas maintenant…

— Il n'en est pas question. Pourquoi ne pas la garder et racheter ma part ? Sinon, tu n'as qu'à la vendre.

— Voyons, Sophie, c'est la maison des garçons.

Le soupçon de reproche dans la voix d'Adam indigna Sophie qui riposta avec aigreur :

— Pas la mienne, tu y as veillé.

— Ne fais pas l'idiote, elle te revient de droit.

— Pourquoi ? Parce que c'est ce que dictent les conventions pour les femmes abandonnées ? Une façon de soulager le sentiment de culpabilité de leur mari, ou à titre de compensation ? Cette maison est polluée, elle pue la duperie et la tricherie.

Adam s'efforça de cacher son inquiétude par un geste empreint d'impatience, mais sa peur, évidente, grisa Sophie.

— J'essaie de te faire comprendre, continua-t-elle avec plus de douceur, que je te remercierais sans doute de notre rupture si tu n'avais pas été aussi lâche, aussi malhonnête. Grâce à ça, je ne me morfonds plus dans mon rôle de brave petite femme au foyer, trompée par son mari. Je réfléchis de nouveau, j'étudie pour exercer une profession épanouissante, j'adore mon appartement et je passe du temps avec un homme. Un homme qui s'intéresse à moi. Qui s'exprime ! Je peux parler et rire avec lui. Il a une vision du monde passionnante qui m'enrichit et vice versa.

L'expression crispée d'Adam galvanisa Sophie. Puisque le lyrisme de son speech faisait son petit effet, elle en rajouta :

— Avec lui, la vie se dilate. Avec toi, elle se ratati-nait, elle était tellement étriquée qu'on aurait dit une minuscule fente dans le rempart d'un château. Nous n'avions plus que celle que nous menions en com-mun. Avec lui, j'ai la mienne et celle que je partage avec lui. C'est le sens d'une vie de couple, Adam – une vie double, non pas une moitié de vie.

Sophie s'interrompit, hors d'haleine, et lui serra la main.

— Quoi qu'il en soit, merci, conclut-elle avec une fausse timidité.

Il se dégagea.

— Qui est-ce ?

— Les enfants ne le connaissent pas encore, répondit-elle, mue par un regain d'inspiration. Ils ont besoin de temps pour s'adapter à notre sépara-tion. Il m'a semblé que ce serait injuste, voire nocif, de les présenter trop tôt. J'attends un peu avant de leur annoncer que « maman a un ami ».

Adam tiqua comme elle l'avait prévu.

— Et ce sera à eux de décider du moment où ils souhaiteront le rencontrer. Leur curiosité naturelle les poussera à le faire quand ils seront prêts, conclut-elle, penchant la tête, sourire aux lèvres.

— Cet... homme, je le connais ?

— Non.

Consultant sa montre, elle eut un sursaut de gamine.

— Oh là là, il faut que je me dépêche.

Elle se leva d'un bond, posa les mains sur la table et se pencha vers lui, en position de force.

— Préviens-moi de ce que tu comptes faire de la maison : racheter ma part ou la vendre.

Adam garda les yeux rivés sur la porte longtemps après qu'elle se fut refermée derrière elle.

Plus tard, il remonta l'allée de son jardin – au dallage absurde, incontestablement –, et fut accueilli par un déferlement d'accords du groupe Van Halen. Un vacarme assourdissant régnait à l'intérieur. Valerie, étendue sur le canapé, entourée de son désordre habituel, montrait aux garçons comment jouer avec une guitare imaginaire ; ils s'exécutaient avec frénésie, balançant la tête d'avant en arrière, jusqu'à en avoir les cheveux hérissés.

— Regarde, mon cœur, c'est impayable ! s'époumona Valerie, dominant la musique. A genoux, maintenant. Parfait, Hugo. N'oublie pas ton doigté. Matthew, tête en arrière, visage plissé ! Finalement, Adam, je crois avoir quelque chose de Mary Poppins.

— J'en doute.

Il traversa la pièce pour éteindre la musique. Les garçons et Valerie poussèrent des cris de déception.

— Quel trouble-fête ! s'exclama-t-elle. D'accord, c'est l'heure de se retirer dans les coulisses, les garçons.

Ils s'avancèrent à tâtons dans le couloir.

— Et gaffe aux groupies ! ajouta-t-elle.

Adam se servit un verre.

— J'ai vu Sophie aujourd'hui.

Un frisson de peur parcourut Valerie, qui le masqua par un ton léger.

— Ah oui ? Elle a fait un nouveau petit scandale au bureau ?

— Non. Nous nous sommes retrouvés en fin de journée pour discuter de la procédure du divorce.

— Je vois.

Un rendez-vous décidé à l'avance sans qu'on me tienne au courant, se dit Valerie, qui enchaîna :

— Plus vite vous le réglerez, plus vite nous partirons d'ici. Quand récupère-t-elle la maison ?

Adam but une gorgée.

— Elle ne revient pas. Elle a une nouvelle vie... avec un homme, apparemment.

— Parfait. On va vendre et déménager.

— Je ne suis pas sûr de vouloir déplacer les garçons. C'est leur maison.

— Ah non ! Soit elle s'installe ici avec eux, soit nous vendons et ils vont habiter avec leur mère et son jules. C'est aussi simple que ça.

— Il ne vit pas avec elle. Du moins, je n'en ai pas l'impression.

Adam fixa son verre, tandis que des vers de John Donne remontaient à sa mémoire.

Mais si depuis en toi nouvel amour est né
Ou doit naître, qu'auront engendré d'autres hommes
Dont l'avoir est entier, et qui peuvent par leurs pleurs,
Soupirs, lettres, serments, me faire surenchère,
J'en puis concevoir d'autres peurs [1].

Valerie qui scrutait le visage de son amant se figea.

— Seigneur, tu es jaloux ! C'est plus pitoyable que...

---

1. Traduction de Jean Fuzier, éditions Gallimard, 1962.

261

— Je refuse de vendre cette maison. Mes fils auraient du mal à le supporter. Ils ont besoin de stabilité. Puisque leur mère s'envoie en l'air avec... Dieu sait qui, c'est à moi de la leur donner. Ici. Chez eux.

Valerie le regarda sans un mot. Sa colère se dissipait.

— Les choses ne doivent pas se passer ainsi, Adam. Tu es à côté de la plaque.

— Qu'est-ce que tu me chantes ?

— Tu ne comprends rien, n'est-ce pas ? Le story-board t'échappe, laisse-moi te le raconter. Cela commence par un homme malheureux en ménage. Il rencontre la femme de sa vie. Il quitte épouse et gosses pour vivre avec elle et file le parfait amour. Fin. L'épouse disparaît. Les enfants aussi. Bien sûr, il y a les cadeaux d'anniversaire et de Noël. Rien de plus. Moi, je n'ai même pas eu droit à ça. Mon père est parti pour toujours. Avec sa bien-aimée, un jour, au coucher du soleil. Et c'est comme ça que les choses doivent se passer. Lorsqu'une relation est terminée, c'est pour de bon. Mon père a eu le cran – le courage ! – de rompre définitivement. Toi, Adam, tu es tellement lâche, tellement faible, que tu traînes ta vie d'avant comme un poisson rouge sa merde, lança-t-elle, les larmes aux yeux.

— C'est à ça que cela se ramène ? A ton enfance ? Un désir de vengeance puéril ? Pour l'amour du ciel, Valerie, grandis. Il n'y a ni story-board ni règles. Ce n'est pas un jeu.

— Oh si, la règle existe : quoi qu'il advienne, Valerie en prend plein la gueule. Quand elle était môme, personne n'en avait rien à foutre d'elle. Maintenant qu'elle est adulte, devine qui compte pour du beurre une fois de plus ? Hein ? Pose-toi la question, bordel de merde !

— Je n'en ai pas le temps. Ton installation a été une erreur.

— C'est le moins qu'on puisse dire, espèce de fumier !

Attirés par les voix furieuses, les garçons se tenaient sur le seuil de la pièce et, les yeux écarquillés, regardaient Valerie crier.

— J'ai renoncé à tout – mon appartement, ma vie sociale, mes amis – pour habiter avec toi, pour t'aider, parce que tu me l'as demandé. Je me suis occupée des enfants le mieux possible, Adam ! J'ai fait le maximum pour que ça marche et toi... tu...

Les bras ballants, elle éclata en sanglots.

Matthew s'avança, vaillamment.

— Papa, ne sois pas méchant avec Valerie.

Il se mit entre eux ; Hugo le suivit et entoura les jambes de Valerie de bras protecteurs.

— Je ne t'ai jamais demandé de venir ici, asséna Adam. C'est toi qui as insisté.

— Salaud !

— Arrête, papa !

Valerie s'agenouilla et enlaça les garçons. Ils s'étreignirent tous les trois, en pleurs, sous le regard d'Adam, abasourdi par le côté surréaliste de la scène.

Ce soir-là, Valerie rentra chez elle. Le lendemain matin, Milagros ne vint pas. Après l'avoir attendue presque une heure, Adam emmena les garçons à l'école, où ils arrivèrent en retard, comme lui au

263

bureau. C'était fort regrettable car il y avait une réunion importante pour discuter des futures orientations du cabinet. Jetant un coup d'œil par la porte vitrée de la salle, il se rendit compte que tout le monde était là. Evidemment. Calé sur sa chaise, le front plissé, James tripotait son stylo, manifestement en désaccord avec le discours de Masterson, qui exagérait son inquiétude comme chaque fois qu'il voulait rouler ses employés. Puis Valerie prit la parole et des rires accompagnés de légers applaudissements résonnèrent quand elle en eut fini. Masterson sourit, prononça quelques mots, auxquels elle riposta, ce qui déclencha à nouveau l'hilarité générale. Adam ne percevait que les voix à travers la vitre. Il consulta sa montre : une heure et demie de retard. A en juger par l'effervescence, la réunion s'achevait ; entrer ne servirait qu'à faire remarquer son absence, aussi préféra-t-il attendre. Effectivement, les gens rassemblaient leurs documents. James se leva, s'étira, bâilla. Le patron s'approcha de Valerie, la prit par le bras et lui dit quelque chose. Elle hésita, lança un coup d'œil à Adam, puis, souriant à Masterson, fit un signe de dénégation et se dégagea. Après avoir échangé un regard hostile avec son patron, Adam s'avança dans la salle.

— Adam ! s'exclama Masterson avec une jovialité forcée. Tu nous as manqué.

— J'ai été retenu. Un cas de force majeure, je le crains.

— Un cas de force majeure, alors tu n'as pas eu le choix, n'est-ce pas ?

Masterson fit une mimique à Adam, découvrit ses dents plus qu'il ne sourit, et adressa un signe de tête aimable à Valerie.

— Que s'est-il passé ? s'enquit-elle lorsqu'ils se retrouvèrent seuls.

— Milagros était en retard. Qu'est-ce qu'il te voulait ?

— Simplement continuer notre discussion autour d'un déjeuner.

— Tu as accepté ?

— Je lui ai dit que je n'étais pas libre aujourd'hui.

— Un autre jour, alors ?

— Peut-être. Qu'est-ce qui t'a pris ? C'était de la folie de rater cette réunion. Tout le monde l'a remarqué.

— J'aurais dû abandonner les enfants, c'est ça ? Pour qu'ils soient brûlés vifs en cas d'incendie ou que la première assistante sociale passant dans le coin les place en famille d'accueil ? Milagros était en retard, l'explication devrait suffire à une femme qui connaît ma situation familiale. Faut-il vraiment que je le répète ? Je le ferai si c'est indispensable : Milagros était en retard !

Contrariée, Valerie rejeta la tête en arrière.

— Apparemment, tu as été aussi brillante qu'à l'ordinaire, la félicita-t-il.

Elle guetta le sarcasme sur son visage, mais il s'était radouci.

— Je savais que tu m'écoutais. Je n'arrêtais pas de regarder la porte, espérant ton arrivée, et je t'ai vu aussitôt. J'ai fait la roue. Désolée pour hier soir.

— Non, c'est moi qui te prie de m'excuser. Sortons d'ici.

La prenant par le coude d'un geste possessif, il la conduisit vers la porte. Une fois dans son bureau, ils s'embrassèrent.

— J'ai réfléchi à ce que tu as dit... la vie sociale à laquelle tu as renoncé, murmura Adam dans ses cheveux.

— Oublie.

— Non, tu avais raison. Pourquoi ne pas inviter certains de tes amis à dîner ? Je serais ravi de faire leur connaissance. Ça pourrait être sympa, ça changerait. Qu'en penses-tu ?

Levant son visage vers lui, elle murmura :

— Si tu en as envie, moi aussi, mon chéri.

Ils échangèrent un autre baiser.

Un dîner ? Hum. Un dîner... Pourquoi pas ! De retour dans son bureau, Valerie fit tournoyer son fauteuil avant de presser machinalement, comme si souvent ces derniers temps, le 1 de son portable, la touche du numéro enregistré d'Agatha. Elle s'empressa de raccrocher. C'était un réflexe au moindre événement. Sans ce rituel, elle se sentait perdue, comme si en discuter avec Agatha lui donnait de la réalité. Une mauvaise habitude, s'admonesta-t-elle, leur brouille était une bonne chose. Il était grand temps qu'elle se remette à penser par elle-même. Les deux amies ne s'étaient pas parlé depuis leur dispute, deux semaines auparavant, ou déjà trois ? Des siècles, en tout cas. D'abord persuadée qu'Agatha l'appellerait pour s'excuser, Valerie avait fini par se rendre compte que son amie boudait et attendait que ce soit elle qui téléphone en premier. Eh bien, tant pis. Si la brouille était définitive, qui y perdrait le plus ? Agatha reviendrait à la raison. Valerie était sûre de gagner à ce petit jeu. Au fil des jours, elle avait consulté son répondeur, sa boîte vocale, ses e-mails – rien. Quelles insultes s'étaient-elles jetées à la figure ? Agatha l'avait traitée de briseuse de ménage, de quoi d'autre encore ? Elle n'avait sûrement pas été en reste, ah oui, elle l'avait accusée d'être une poseuse, sans personnalité. La pure vérité, mais quelle méchanceté ! Normal, elles se chamaillaient !

Valerie ouvrit un tiroir d'où elle sortit une feuille de papier. Aussi agaçant que ce soit, il fallait l'oublier, s'occuper de choses plus importantes – l'organisation du dîner par exemple. Sauf qu'elle avait besoin d'Agatha pour choisir le menu, les invités, sans compter d'autres détails à débattre jusqu'à plus soif. En outre, Agatha maîtrisait parfaitement l'art de la table.

Une idée qui méritait qu'on s'y arrête. Si elle n'invitait pas Agatha, qui ferait la cuisine ? Sous la pression de la nécessité, sa détermination à ne pas être la première à téléphoner céda à l'envie de prouver qu'elle était la moins puérile des deux. S'emparant fébrilement de son portable, elle appuya sur la touche 1.

— *Pron-to !* piailla Agatha.

Une nouvelle afféterie, mais Valerie fut à la hauteur.

— *Ciao, ragazza*, roucoula-t-elle. *E tanto che non ci si vede. Come stai ?*

— Valerie, salut ! J'allais t'appeler. Mais dis-moi, je perds mon italien ou tu m'as bien demandé comment j'allais ?

— Tout à fait.

Malgré ce qui s'était passé, c'était génial d'entendre la voix d'Agatha. Elle avait beaucoup manqué à Valerie.

— *Molto bene.* Waouh, c'est un jour à marquer d'une pierre blanche ! On devrait parler italien plus souvent. Et toi, comment tu vas ? Je voulais te donner un coup de fil, mais j'ai été débordée. (Bien sûr, Agatha, bien sûr.) En plus, je suis partie les deux derniers week-ends. (Ouais, c'est ça.) Et Adam ?

Valerie ne décela aucun sous-entendu dans la question. Elle en fut déconcertée de même que par le ton affectueux de son amie. Pas la moindre malveillance. Curieux.

— Nous allons bien tous les deux, affirma-t-elle, tout sucre tout miel. En fait, nous donnons un petit dîner. Ça te dit d'en être ?

— Evidemment. Quand ?

— Vendredi prochain. Comme ça, tu auras enfin l'occasion de te repaître les yeux de mon paradis de banlieue.

— Mince, je ne suis pas libre. Désolée. La date est fixée ?

Non. N'importe quel week-end où Sophie prenait les gosses aurait été possible, mais Valerie n'était pas disposée à changer de jour uniquement pour complaire à Agatha. Il y a des limites à la magnanimité, surtout quand on a affaire à un être aussi têtu et manipulateur.

— Je le crains, susurra-t-elle. La date convenait aux autres.

Autant lui faire croire qu'elle l'avait invitée en dernier.

— Oh, quel dommage. Zut.

Loin d'avoir l'air profondément déçue, Agatha ajouta :

— Une autre fois, peut-être. J'adorerais voir ta maison et faire la connaissance des enfants.

Quelle condescendance ! Bien plus insultante que si Agatha s'était bornée à la franchise : *Ta vie est d'un ennui mortel.* Qu'elle n'ait pas sorti une vacherie perturbait Valerie davantage encore. Soit elle jouait mieux la comédie – c'était peu probable –, soit elle refusait la bagarre, ce qui était d'autant plus humiliant pour Valerie. Pour couronner le tout, Agatha ne lèverait pas le petit doigt pour l'aider à préparer ce dîner. Un double échec cuisant.

— D'accord. A bientôt, alors.

— Au revoir, Valerie. J'espère que ton dîner sera génial. Tu me raconteras tout, j'attends ça avec impatience.

Là encore, une gentillesse insouciante. Valerie raccrocha, de très mauvais poil. Puis elle se dérida et se lança dans ses invitations.

La voiture de Milagros faisait des siennes, d'où son retard chez Adam. Le lendemain, elle téléphona à Sophie du garage pour la prévenir qu'elle ne pourrait pas venir chercher les garçons et les ramener à la maison, à moins de prendre un taxi – devait-elle faire ça ? Inutile, répondit Sophie. Elle s'en chargerait. Et Sophie se rendit compte de sa chance d'avoir eu Milagros comme intermédiaire pendant tout ce temps. Enfin, elle n'éprouvait pas d'appréhension à l'idée de déposer pour une fois les garçons chez Adam. Il suffirait de les accompagner à la porte ; elle n'aurait même pas à le regarder. Aussi, cet après-midi-là, s'avança-t-elle dans l'allée, flanquée des deux garçons qu'elle tenait par la main, les yeux baissés, ce qui l'obligea à fixer les dalles. Adam avait précisé le nom anglais du motif – voyons, c'était quoi déjà ? A la porte, elle souleva le heurtoir en cuivre et tapa fort.

— Maman, tu peux nouer mes lacets ? demanda Hugo.

Sophie se baissa. On ouvrit alors qu'elle faisait la première « oreille de lapin ». L'espace d'un instant surnaturel, elle se retrouva à genoux devant les pieds chaussés de talons aiguilles de la maîtresse de son mari. Se relevant lentement, elle découvrit les jambes nues et soyeuses de Valerie, sa robe noire très chic, puis sa taille fine, ses seins généreux, son cou gracile, enfin son visage, encadré de cheveux noirs coupés à la garçonne, aux yeux étrécis, aux lèvres pincées sur une cigarette éteinte, et le briquet qu'elle serrait dans son poing.

— Au revoir, maman.

Les garçons embrassèrent Sophie, puis l'air des deux côtés de la tête de Valerie et se ruèrent à l'intérieur. Valerie actionna la molette du briquet, alluma sa cigarette, inspira profondément.

Ensuite, elle exhala.

Les deux femmes se toisèrent. L'une en jean, les cheveux attachés en queue de cheval, et l'autre en noir, en train de fumer. Jeune, constata Valerie. Sinistre, pensa Sophie – qui a envie de retrouver Morticia Addams chez soi ? Puis elle se souvint : son mari.

— J'espère que vous ne fumez pas devant les enfants.

— Je fume dehors. Seule, sans autre compagnie que les nains de jardin, répondit Valerie, secouant sa cendre.

— Tant mieux. Ils vous aiment et s'inquiètent pour votre santé.

Valerie la dévisagea puis éclata de rire.

— Bien joué !

Elle suivit des yeux Sophie qui repartait dans l'allée, marchant sur le dallage absurde, pour retrouver la ville, sa terrasse sur le toit, son nouvel amant.

Henry parlait volontiers, c'était une de ses qualités. Il s'intéressait à tout. Une conversation sur des produits de beauté ou des coussins retenait autant son attention qu'une discussion philosophique ou politique. Il faisait bien la cuisine végétarienne et réparait les objets cassés avec des outils et matériaux improvisés. Amant fougueux et inspiré, il caressait à merveille. Bref, il était aussi drôle et extraverti qu'une copine tout en ayant la gravité et la séduction d'un amant. Il était tellement équilibré et doué que personne ne soutenait la comparaison.

Henry partageait une grande maison à East Cambridge avec cinq colocataires, artisans ou praticiens de médecines alternatives, des trentenaires et quadragénaires qui s'entendaient bien. Quant à sa famille, Sophie savait que sa mère, née aux Etats-Unis, s'était remariée en France et qu'il avait un demi-frère qui habitait Paris. Ils se voyaient rarement. Ni Henry ni sa mère n'avaient de contacts avec le père de celui-ci, retourné au Pakistan, à la tête d'une famille nombreuse, pour qui ils n'étaient qu'un lointain souvenir.

— Tu parles français alors ? lui demanda Sophie une fois.

271

— *Mais oui.* J'ai une autre vie où on m'appelle *Henri.*

Sophie n'avait pas parlé de la date de son anniversaire, de la musique qu'elle aimait ou du lieu où elle avait grandi à un amant depuis une éternité, et elle en éprouvait des sentiments mitigés. Aussi agréable que soit ce nouveau départ, être revenue à ce stade l'attristait. Qu'ils soient des inconnus l'un pour l'autre, qu'ils n'aient ni expériences ni souvenirs communs où puiser, lui semblait appauvrissant. Et c'était bizarre de coucher avec un homme qui ne savait rien de ses enfants. En revanche, une nouvelle rencontre permet de se réinventer, du moins de se présenter tel qu'on est devenu. Ainsi, au fil de ses confidences, Sophie s'efforça consciemment de ne pas relater les « faits », mais de vérifier leur exactitude actuelle et de les modifier si elle ne s'avérait pas. Définir ses goûts ou ses objectifs n'était pas facile, elle avait l'impression d'être un électron libre qui se déplaçait de plus en plus rapidement ces derniers temps.

Inéluctablement, elle en vint à évoquer son frère.

— Toutes les familles ont leurs problèmes, gros ou petits. Pour la nôtre, c'était Patrick.

Henry lui fit signe de continuer.

— En rentrant de l'école un jour, j'avais huit ans, j'ai trouvé ma mère en larmes : elle s'inquiétait du sort de Patrick après « son départ ». C'était la première fois qu'elle parlait de sa mort, ça m'a terrifiée. J'avais peur pour moi, alors qu'elle ne pensait qu'à Patrick. Feignant le calme, je lui ai dit que je serais toujours là pour lui puisque j'avais deux ans de moins. Elle m'a répondu que j'étais adorable, mais que je changerais sûrement d'avis plus tard : j'aurais ma vie, peut-être des enfants. Je lui ai promis de m'occuper de lui quoi qu'il advienne. Elle m'a serrée dans ses bras, m'assurant que j'étais la plus gentille petite fille du monde.

Henry s'éclaircit la gorge.

— C'est révoltant. Tu le feras ?

— Non. J'avais treize ans quand il est mort. Dans son sommeil. Il avait de graves problèmes de santé. Naturellement, ma mère a dépéri, sombrant dans la dépression pendant deux ans, nous laissant mon père et moi... Puis elle s'est comme... réveillée et s'est engagée dans des associations qui offrent un répit aux parents d'enfants handicapés. Et donc, je ne la vois pas plus qu'avant la mort de Patrick, ajouta-t-elle en riant avant de conclure : Elle fait du bon boulot.

— C'est à cause de lui que tu as décidé de devenir thérapeute ?

— Je n'en sais rien.

— Pour aider des gens tels que lui.

— J'imagine. Ainsi que des gens comme mes parents. Ou comme moi.

On frappa soudain très fort à la porte.

Ils sursautèrent et se regardèrent, les yeux ronds. Sous l'effet de la culpabilité – prise en flagrant délit avec son amant ! –, Sophie eut un réflexe rotulien qu'elle s'empressa de juguler. Jeudi après-midi, les enfants n'étaient pas encore sortis de classe. Quant à Henry et elle, ils terminaient un déjeuner tardif, en tenue correcte. Il n'y avait rien à craindre, ni aucune excuse à fournir. Malgré tout, elle s'approcha de la porte sur la pointe des pieds ; après avoir regardé par le judas, elle fit une grimace rieuse à Henry, qui articula en silence : *Qui est-ce ?* Epaules droites, tête haute, sourire aux lèvres, elle ouvrit.

— Marion, quelle bonne surprise ! Entre, je t'en prie. Nous finissons juste de déjeuner. Tu veux un café ?

— Je ne vous dérange pas, j'espère ? Cela fait tellement longtemps que je n'ai eu de tes nouvelles que...

A la vue de Henry, elle s'interrompit.

— ... Oh, bonjour. Vous devez être Henry. Je me présente, Marion.

— Si vous alliez dehors tous les deux ? suggéra Sophie. Il fait bon au soleil. Je vous rejoins tout de suite.

Marion était venue l'espionner, elle avait gagné le gros lot. Jetant un coup d'œil par la fenêtre de la cuisine tout en préparant le café, Sophie remarqua que Henry avait l'air d'un homme à peine sorti du lit après avoir fait l'amour, ce qui était le cas. Et supposa qu'elle n'était sans aucun doute pas en reste. Cela n'avait sûrement pas échappé à Marion, qui se passait la main dans les cheveux – une de ses habitudes quand elle se trouvait en présence d'hommes séduisants.

— Et voilà, annonça Sophie, arrivant avec le plateau.

— Je file, dit Henry. Ravi de vous avoir rencontrée, Marion. A demain, Sophie. N'oublie pas le séminaire de ce week-end.

— C'est le week-end prochain.

— Non, celui-ci. On a changé la date, tu n'as pas vu l'affiche ?

— Non, fit-elle, consternée. J'ai les enfants ce week-end, qu'est-ce que je vais faire ?

Trop heureuse de mettre son grain de sel, Marion prit la parole :

— Je suis persuadée qu'Adam acceptera de garder les garçons. Tu n'as qu'à lui passer un coup de fil.

Sophie s'adressa à Henry :

— De toute façon, je n'ai pas le choix. Pourvu que ce soit possible.

— Bien sûr ! certifia Marion, qui, souriant à Henry, ajouta : Adam est un père dévoué.

— C'est vrai. N'empêche qu'il peut avoir d'autres projets, insista Sophie.

— A demain, Sophie, répéta Henry.

La jeune femme le raccompagna à la porte, où elle fit une grimace à propos de Marion, et ils pouffèrent comme des gamins. Il l'embrassa avant de partir. Elle souriait encore lorsqu'elle rejoignit son amie.

— Il est très séduisant, déclara celle-ci. Je suis un peu jalouse. Vraiment, je ne plaisante pas.

Sophie but une gorgée de café.

— Et toi, comment ça va en ce moment ?

— Oh, rien d'aussi passionnant que toi. Avoir retrouvé ta liberté sexuelle, ce n'est pas rien. Tu es amoureuse de lui ?

— C'est une question que je ne me pose pas. Je ne crois pas que je pourrais retomber amoureuse aussi vite. Mais il me fait du bien. Il ne voit pas les choses comme tout le monde. Il est très perspicace et... d'une drôlerie irrésistible !

— Tu m'en vois ravie. Sois discrète cependant, tu ne récupéreras jamais Adam s'il découvre que tu as un amant.

— Il est au courant. De toute façon, il a une maîtresse. Et il est heureux avec elle. Il est impossible de sauver toutes les relations, Marion. Certaines n'en valent pas la peine.

— Encore faut-il savoir lesquelles, pas vrai ? Enfin, les enfants ont l'air de bien l'aimer. Ils sont venus jouer chez moi l'autre jour, ils te l'ont dit ?

— Non. C'est gentil de ta part.

— Je ne les avais pas vus depuis longtemps.

A l'affût d'une excuse qui ne vint pas, Marion poursuivit :

— Ils n'avaient que Valerie à la bouche.

— J'en suis contente. Henry avait raison. Il m'a conseillé de les autoriser à l'aimer. Une idée intéressante, non ? Je l'ai fait et ça marche, comme tu t'en es rendu compte. Aussi étrange que ça paraisse, cela m'a rassérénée. Même si je l'ai fait pour eux, j'en suis récompensée. On récolte ce qu'on sème, n'est-ce pas ?

— D'où lui vient cette expérience ?

— Comment ça ?

— Henry. Il est divorcé ?

— Non... il comprend admirablement les relations humaines, c'est tout.

— Eh bien... Il en a de la chance. Et toi aussi.

— En effet.

A cet instant précis, Sophie eut la certitude que son amitié avec Marion faisait partie de sa vie antérieure, celle qu'elle menait en banlieue avec Adam, remplie de maniques, de garderies, de chariots bourrés et autre bazar obsolète d'une époque révolue. Les amitiés, c'est comme les plantes, pensa-t-elle. Il faut les tailler, les élaguer.

La tension flottait dans l'air, plus âcre que l'odeur des plats, tandis que les deux femmes se livraient à une concurrence féroce dans la cuisine encombrée, chacune attelée à sa tâche, chacune en voulant à l'autre de son intrusion. Crispée parce qu'elle était en retard, Valerie touillait une sauce. Lèvres pincées et paupières en berne, Milagros débarrassait un bout de table pour le repas des garçons.

— Je vous ai demandé de les faire dîner dans leur chambre ! lança Valerie.

— M. Dean m'a dit qu'ils pouvaient manger ici.

— M. Dean ne fait pas la cuisine. Emportez ça là-haut. Tout de suite.

Milagros pivota sur ses talons, les mains sur les hanches, le menton haut, les yeux comme des fentes.

— Je n'ai d'ordres à recevoir que de M. Dean.

Jetant le fouet dans la casserole, Valerie virevolta et dévisagea, incrédule, l'impertinente. C'est le bouquet ! Agatha refuse de faire la cuisine, Adam m'annonce que les enfants restent au prétexte que Sophie a changé ses plans à la dernière minute et voilà que l'employée de maison me tient tête.

— Désolée, tirons ça au clair. Je n'ai pas d'ordres à vous donner, c'est bien ça ?

— Absolument.

— Ah oui ? Dans ce cas, c'est pour une seule putain de raison : vous êtes renvoyée. Foutez le camp de cette maison ! Immédiatement. Disparaissez de ma vue.

Milagros écarquilla les yeux sous l'effet de l'indignation, mais elle se redressa fièrement lorsqu'elle sortit de la cuisine et cria par-dessus son épaule :

— Vous n'avez plus qu'à rajouter deux assiettes sur votre jolie table.

Adam, qui entrait dans la cuisine chargé de bouteilles de vin, l'entendit.

— Les enfants dînent avec nous ? demanda-t-il en souriant à Valerie. Comme c'est gentil, ma chérie.

La porte d'entrée claqua avec une violence qui fit trembler la maison – quelque chose clochait, comprit Adam.

— Que se passe-t-il ?

— Je viens de renvoyer Milagros.

— Quoi ? Mais qu'est-ce qui t'a pris !

— Pourquoi lui avoir dit que les garçons pouvaient manger ici ?

— Pour qu'ils passent un moment avec nous avant d'aller se coucher.

— Tu peux me dire comment je suis censée préparer un repas dans une cuisine dégueulasse, sous-équipée et remplie de gamins braillards ?

— Calme-toi, chérie, tu t'en sors à merveille.

— Ça m'étonnerait ! La sauce est pleine de grumeaux...

Un long coup de sonnette empêcha Valerie de terminer sa phrase.

— Merde, merde, merde, gémit-elle, consternée.

— J'y vais, proposa Adam, mais il tomba sur ses fils, déjà en pyjama, les cheveux mouillés, impeccablement coiffés.

— Où est Mila ? demanda Matthew. C'est l'heure du dîner ?

— Dehors ! fulmina Valerie. Remontez dans votre chambre tout de suite.

— Valerie !

278

Un autre coup de sonnette interrompit la protestation d'Adam.

— Pour l'amour du ciel, apporte-leur quelque chose dans leur chambre, d'accord ? Je m'occupe de cette foutue porte.

Valerie arracha son tablier, passa les doigts dans ses cheveux, composa son visage et se précipita hors de la cuisine pour montrer à ses amis à quel point sa nouvelle vie la rendait heureuse.

Lorsque le plateau de fromages circula, Ann se pencha vers Adam.

— Quel plaisir de vous rencontrer enfin ! Nous avons entendu des récits tellement captivants.

La ferme ! pensa Valerie, exaspérée. La soirée n'était pas une réussite. Il y avait eu les présentations, l'apéritif et un échange compassé au cours desquels les regards que ses amis distingués jetaient à l'exécrable maison lui avaient été si pénibles qu'elle s'était sentie obligée de s'en moquer avant eux. Pour éviter le silence qui menaçait perpétuellement de tomber, ils s'étaient rabattus sur des banalités susceptibles d'intéresser des banlieusards obtus, comme si l'atmosphère l'emportait sur les personnalités, les réduisant tous au rang de crétins agglutinés autour d'un barbecue, malgré leur milieu, leur culture ou leurs goûts. Ce sont les maisons neuves qui sont hantées, songea Valerie tout en buvant une gorgée de vin, pas les anciennes demeures, civilisées par les êtres raffinés qui les ont occupées des années durant. Ici, la médiocrité suinte des murs et imprègne l'âme à la manière d'un gaz toxique émis par le plastique.

En fin de compte, elle n'avait invité que deux couples. Ann et Jeremy (un Anglais comme Adam). Nick et Sara. Dieu merci, ni les uns ni les autres n'avaient d'enfants, et ils étaient plutôt aimables. Jeremy avait cependant assez picolé pour devenir agressif, tandis qu'Ann, qui avait aussi une bonne descente, rongeait visiblement son frein avant de faire une sortie. Nick et Sara, eux, étaient plus calmes qu'à l'ordinaire – peut-être s'ennuyaient-ils tout simplement. Sara ne buvait que de l'eau. Intéressant. Une de ses nouvelles marottes sans doute, elle y était portée.

Valerie se tourna pour sourire à Adam, un effort pour produire l'effet « couple heureux » auquel elle tenait tant. Sauf que sa place était vide. Une fois de plus. Il avait passé son temps à monter et descendre, répondant aux innombrables requêtes des garçons – de l'eau, d'autres histoires, la veilleuse –, bref tout ce qui leur passait par la tête pour gâcher la soirée. Chaque fois qu'il se levait, Valerie découvrait que quelque chose clochait chez lui. Son… aura. Ou quoi ? Parfois, les gens qu'on aime peuvent être… non pas exactement laids, mais avoir l'air de « vieux schnoques ». L'expression fusa dans son esprit. A un moment donné, elle trouvait que ça avait un petit côté sexy… Lequel déjà ?

Sa désagréable songerie fut interrompue par un coup de coude d'Ann, une habitude agaçante de cette femme lorsqu'elle avait un coup dans l'aile.

— … ta fibre maternelle ! conclut-elle en poussant un cri perçant.

On s'esclaffa autour de la table.

— Arrête de rêvasser en classe, Valerie ! lança Nick. La conversation porte sur les enfants. Tu sais, des petites choses braillardes, ça ne te rappelle rien ?

Génial. On parle des gosses, c'est ça ? Il ne reste plus qu'à discuter des moyens pour empêcher le barbecue de fumer.

— Je disais que tu dissimulais sûrement une fibre maternelle, reprit Ann, les yeux pétillants.

L'ennui qu'afficha Valerie poussa Ann à s'adresser à Adam qui venait de se rasseoir.

— Valerie ne s'est jamais intéressée aux mioches, pourtant elle vit avec vous. Cela prouve à quel point une nouvelle relation élargit l'horizon.

— Et les multiples facettes de ma personnalité, enchaîna Valerie en souriant à Adam.

Se penchant en avant, l'air sérieuse, Sara s'immisça dans la conversation :

— Jongler entre carrière et enfants, c'est compliqué, non ? Tu t'en sors en ce moment, mais tu n'auras plus figure humaine à la fin de la journée une fois que tu seras associée. Et retrouver ses enfants dans cet état...

— Associée ? De quoi s'agit-il ? demanda Adam à Valerie.

Un ange passa.

— Rien de particulier, sinon je t'en aurais parlé, répondit-elle d'un ton irrité à l'intention de Sara, soudain absorbée par les reliefs de son assiette. Tu connais Masterson, il a balancé des idées.

— Il t'a fait une proposition ?

— Pas exactement.

Comme Adam haussait les sourcils, elle improvisa :

— Il ne s'exprime jamais clairement, n'est-ce pas ?

Adam estima qu'elle s'en sortait plutôt mal.

— C'est insupportable, hein ? intervint Sara, soucieuse de se racheter. Moi, je déteste ça ! Les gens qui... vous savez, ne disent jamais ce qu'ils pensent.

Quêtant de l'aide, elle parcourut la table des yeux. Peine perdue, personne ne jugea qu'elle la méritait. Il ne lui restait qu'à se dépêtrer toute seule.

— Pour en revenir à la question des enfants... Comment les parents peuvent-ils donner le meilleur d'eux-mêmes – un enfant y a droit, bien sûr – lorsqu'ils sont épuisés par une longue journée de boulot ? Ça me dépasse.

— Personne n'y arrive, asséna Ann. On merde dans l'un ou l'autre domaine. Ou dans les deux si on est énergique et organisé.

— Voyons, c'est certainement possible, protesta Sara. C'est très injuste qu'une femme doive choisir entre ses enfants et son travail alors que les hommes n'y sont pas forcés.

Adam s'éclaircit la voix.

— En fait, les hommes sont aussi confrontés à ce dilemme. La plupart choisissent leur carrière plus ou moins inconsciemment. Combien de pères s'impliquent dans la vie de leurs enfants ? Profondément, s'entend, au point de savoir qu'ils ont besoin de plus grandes chaussettes ou de connaître leur mot préféré de la semaine. Pour ma part, ce n'est que lorsque... lorsque je me suis retrouvé seul avec les miens que j'ai vraiment...

— Seul ! s'exclama Valerie avec une moue railleuse. Merci infiniment.

— On se fiche des chaussettes ! s'exclama Ann. Et l'éducation ? Et le bien-être affectif ? La réalisation des potentialités de chacun ? Au diable les chaussettes ! Ce sont les problèmes essentiels qui comptent, pas les détails matériels, assommants. Les amplifier, c'est s'en défausser sur les femmes qui sont obligées de les régler.

— Sauf qu'ils n'ont rien d'ennuyeux et c'est ça la surprise. On a seulement cette impression de l'extérieur.

— Je confirme, marmonna Jeremy, se resservant du vin.

— Une vie d'enfant est tissée de centaines de détails infimes, continua malgré tout Adam. Ce sont eux qui forment le tableau à la manière des fragments pour une mosaïque. Qu'ils soient petits ou grands, ils ont la même importance. Les motifs qu'ils composent, voilà ce qui est essentiel, complexe et fascinant. L'éducation en tant que telle n'existe pas, elle consiste en l'apprentissage de petites choses au fil des jours. On voit les motifs prendre forme peu à peu, et c'est vraiment passionnant.

Nick, qui l'avait écouté attentivement, intervint :

— Donc, si on ne tient pas compte des détails, on passe à côté du tableau. Intéressant.

— Même si je n'y connais rien, ça semble juste ! s'exclama Sara. Vraiment. Mon Dieu, comme c'est compliqué, mais quelle aventure ! Enfin, sûrement, termina-t-elle avec un rire gêné.

— Vous comptez avoir des enfants un jour ? demanda Adam.

Elle lança un regard interrogateur à Nick, qui lui indiqua son accord d'un signe de tête.

— Nous n'avions pas l'intention d'en parler avant la fin du trimestre... Bon, la naissance est prévue pour septembre.

Aux yeux de Valerie, la déclaration de Sara, les joues en feu, sonnait le glas de cette soirée déjà gâchée. En effet, à l'annonce d'une grossesse, il est de bon ton – si peu poli que l'on soit – de poser le genre de questions propres à mettre un terme à toute conversation digne de ce nom. Avez-vous réfléchi à un prénom ? C'est un garçon ou une fille ? Etes-vous pour ou contre connaître le sexe à l'avance ? Serrant les dents, Valerie étouffa des bâillements. Echographies. Accouchement naturel. Nuits blanches... Valerie but sans lever les yeux. La star de la soirée était censée être elle, la maîtresse de maison. Ce dîner avait été organisé pour montrer à ses amis qu'elle était toujours aussi vive et brillante dans son nouveau rôle, mais que l'amour l'avait adoucie et épanouie. Au lieu de quoi, cette abrutie de Sara lui volait la vedette avec son numéro de mère de l'humanité. Celle-ci ne s'aperçut qu'elle monopolisait la conversation qu'après avoir épuisé le thème des avantages de l'allaitement. Elle eut beau lancer :

— Bon, assez parlé bébés. Changeons de sujet, pour l'amour du ciel.

Jeremy, refaisant surface, eut beau s'écrier :

— Bravo.

Les invités eurent beau se mettre à parler cinéma et du dernier film à succès, c'était trop tard pour Valerie. Le menton dans la main, elle avait l'esprit ailleurs, tandis qu'Adam soutenait :

— C'est un homme médiocre. Il n'y peut rien. Il ne s'intéresse qu'à des êtres ou des problèmes insignifiants. Dans ses films, des couples se chamaillent, des frustrées réclament en geignant la célébrité sans effort et le sexe sans amour – la matière même d'une

284

comédie, assurément. C'est la raison pour laquelle ses drames sont superficiels et ennuyeux.

— Une superficialité chronique... hasarda Sara, secouant tristement la tête. C'est inné à votre avis ?

Voilà qui fit réagir Valerie.

— Par opposition à quoi, Sara ? La conséquence d'un accident du travail ?

— Il est très drôle, voyons ! protesta Jeremy. Chapeau bas ! C'est le comique le plus génial de notre époque. Les sujets profonds, il n'y a qu'à les laisser aux types incapables de sortir une vanne.

— Pourquoi considérons-nous la comédie comme un art mineur par rapport à la tragédie ? Est-elle intrinsèquement...

Il n'y aurait pas de réponse à la question d'Ann ce soir-là.

— Quand on parle du loup, la coupa Sara, désignant la cage d'escalier où les deux garçons, accroupis, les observaient par la rampe. Ils sont mignons, n'est-ce pas ?

— Ils sont sages d'habitude, intervint Valerie sans quitter Adam des yeux. Peut-être ont-ils la sensation de ne pas être le centre du monde, pour une fois.

— Je vais les recoucher.

Adam se leva, mais Sara le devança.

— Non, je m'en occupe ! Ça me fait plaisir. Ce sera plus efficace si une inconnue s'en charge. D'autant qu'il faut que je m'entraîne.

Elle monta l'escalier en courant, houspillant les garçons qui la précédaient, mère poule avant l'heure. Le sourire indolent, signifiant « Elle est merveilleuse, non ? », de Nick donna la nausée à Ann et à Valerie.

— Le baratin sur les mères qui travaillent me gonfle, lâcha soudain Jeremy. Pourquoi en faire tout un plat ? Avant, les femmes avaient des gosses et s'en débrouillaient. Bossez si votre mari est pauvre, ne bossez pas s'il est riche.

Désignant Adam avec son verre, il poursuivit :

— Il y en a une qui a tout pigé : votre femme. Faire des chiards, puis les refiler à une autre pour qu'elle les élève. C'est futé. La solution idéale, si vous voulez mon avis.

— Personne ne te le demande, le rembarra sa femme.

— C'est évident, voyons. Elle a gagné sur les deux tableaux. Libre comme l'air, mais sa descendance assurée. Toi, Valerie, tu as tout faux, j'en ai peur. S'occuper des gosses d'une autre, ça t'apporte quoi ? Tout le sale boulot et aucune réussite en matière d'évolution. J'imagine que cela a un rapport avec l'horloge biologique. A force d'avoir tardé, tu as été piégée, hein ? Pas de veine.

Il leva son verre qu'il vida, manifestement indifférent à la malchance de la jeune femme.

Valerie et Adam s'insurgèrent en même temps.

— Je n'élève pas ses enfants !

— Sophie est une très bonne mère !

Vexée qu'il ait pris la défense de Sophie au lieu de la sienne, Valerie poursuivit avec virulence :

— Je ne suis pas une mère de substitution, c'est une organisation provisoire. Si je voulais des enfants – ce qui n'est absolument pas le cas –, j'aurais les miens.

— OK, OK, fit Jeremy, paumes en l'air. On se calme.

286

— La situation te dépasse, enchaîna Valerie entre ses dents.

— Comme beaucoup d'autres choses, renchérit sa femme.

Foudroyant ses invités du regard, Valerie proposa :

— Du café ?

Ils étaient enfin partis. Tenaillée par le manque que les bouffées furtives dans le patio entre les plats n'avaient pas apaisé, Valerie était sortie et tirait sur sa cigarette, exhalant de puissantes volutes de fumée blanche dans l'obscurité. La porte ouverte énerva Adam lorsqu'il descendit.

— Ils ont fini par s'endormir ? demanda-t-elle.

— Presque, répondit-il en commençant à débarrasser.

— Laisse ça à Milagros.

— Tu l'as renvoyée, tu te rappelles ?

— J'aurais aimé que tu mettes de l'ordre dans ta vie avant de m'y impliquer.

— Tu ne m'en as pas donné le temps.

— Pa-pa !

L'appel venait de l'étage.

— Je monte. Je vais régler ça une fois pour toutes ! s'exclama Valerie, jetant son mégot.

Elle grimpa l'escalier d'un pas martial. A peine l'eurent-ils entendue que les garçons se ruèrent dans leur chambre ; lorsqu'elle y entra, ils feignaient le sommeil, trahis par le frémissement de leurs paupières. Elle s'assit au bord du lit de Hugo.

— C'est bon, vous deux. Il faut dormir. Je suis sérieuse.

Elle prit distraitement l'éléphant sur la table de chevet et rajusta la trompe.

Hugo ouvrit les yeux.

— Merci. Tu nous racontes une histoire ? (Aucune réponse.) J'ai soif. (Pas davantage.)

Matthew renifla.

— Tu sens comme le feu. Tu peux tomber malade si tu fumes. C'est la maîtresse qui l'a dit.

— Dors.

— C'est mauvais de fumer, murmura Matthew.

— Chuut. Tais-toi.

— Tes chenilles te donnent l'air sévère, ajouta Hugo à voix basse.

Valerie soupira.

— Je suis juste fatiguée, Hugo. Très fatiguée.

— Je suis content que tu sois pas fâchée, reprit le petit garçon. Parce que maman nous a dit d'être gentils avec toi.

— Ah bon ?

— Oui. Parce que tu fais partie de notre famille maintenant.

Elle garda le silence.

— C'est vrai, hein ? insista Matthew.

Elle se leva et se dirigea vers la porte.

— C'est l'heure de dormir.

— C'est vrai, hein ? répéta Matthew d'une voix inquiète. Valerie ?

La main sur le chambranle, elle s'immobilisa ; revenant sur ses pas, elle les embrassa sur le front. D'abord Hugo, puis Matthew dont elle caressa la joue.

— Faites de beaux rêves.

Adam termina de ranger la salle à manger avant de dresser la table pour le petit déjeuner, non sans guetter Valerie. Elle ne réapparut pas. Il monta et la trouva dans leur chambre, sa valise à moitié pleine sur le lit, ses tiroirs et son placard béants. Elle pliait bagage, une mise en scène plutôt que la concrétisation d'une décision. Lorsqu'il se profila dans l'embrasure de la porte, elle lui fit face, un foulard rouge serré dans une main, le défiant du regard. La voix de Matthew résonna dans le couloir, une fois, deux fois, suivie par l'appel en deux syllabes de Hugo :

— Pa-pa !

Les yeux rivés sur Adam, Valerie l'adjura de rester. Une expression suppliante s'afficha sur son visage, doublée d'un avertissement. Ni l'un ni l'autre ne bougea.

— Papa ? lança de nouveau Matthew d'un ton faible et inquiet.

Adam se redressa.

— J'arrive ! cria-t-il.

Après un regard calme à Valerie, il partit s'occuper de ses fils.

Elle balança vers Adam le foulard roulé en boule, trop léger pour faire un bon missile. A mi-chemin, il tourbillonna tel un soupir de soie avant de se poser dans la valise, où il forma une flaque écarlate.

Valerie se remit à faire ses bagages, cette fois pour de vrai.

Le premier jour du séminaire, après le déjeuner, Sophie et L étaient étendues sur le dos sur l'herbe rêche. Le froid du sol transperçait leur manteau mais l'astre du jour réchauffait leur visage ; les yeux clos, elles bavardaient avec l'indolence de ceux qui se prélassent au soleil.

— J'adore ce truc de « deux mains qui paraissent en être une ». C'est dingue, non ? Hier, Malcolm m'a fait quelque chose d'extraordinaire. Il a posé la main sur mon *hara*[1] et m'a dit : « Nos sensations sont confuses, surtout après le traitement. Je veux que tu te concentres sur ma main, où est-elle ? – sur toi, sous toi, où exactement ? » A l'instant où je pensais que sa question était idiote, je me suis demandé : Hé, où est cette main ? Et tu sais quoi ? Elle était à l'intérieur de moi. Dans mon ventre. Après quoi, elle a réapparu et n'a plus bougé. Tu te rappelles qu'il nous recommande de l'ôter doucement à la fin, de ne pas rompre le contact brusquement ? Eh bien, je sentais toujours la sienne sur moi au moment où j'ai ouvert les yeux, or – écoute-moi bien, Sophie – il se trouvait à l'autre bout de la pièce. C'est vraiment génial, le shiatsu.

— Hmm, convint Sophie.

Le soleil dessinait des motifs abstraits, colorés, sur la surface interne de ses paupières.

— C'est surtout le côté tactile qui me plaît. Appuyer, presser... tirer...

— Sans oublier les palpations.

Une ombre tomba sur Sophie. Ouvrant les yeux, elle distingua le père nourricier qui la fusillait du regard.

— Va-t'en, s'il te plaît, lui demanda L d'un ton serein, sans relever les paupières.

_____
1. Abdomen.

Dès que l'ombre se fut écartée, le soleil éclaira de nouveau la figure de Sophie, qui constata :

— Il avait visiblement envie d'être seul avec toi.

Elle défit la fermeture à glissière de son blouson et dénoua son écharpe. Il faisait chaud à l'abri du vent.

— C'est son problème.

— Le pauvre, il a l'âge d'être ton père.

— C'est mon père.

— Non !

Sophie s'assit en tailleur. Se protégeant les yeux, elle dévisagea L.

— Vraiment ?

L roula sur le côté et, le menton dans la main, répondit :

— Au sens biologique du terme.

— Quand je pense que je le prenais pour un vieux coureur qui essayait de te draguer.

— Il l'est aussi, d'une certaine manière. Il a fichu le camp quand j'étais petite, me laissant élever ma mère. Il y a environ six mois, il a resurgi et joué le numéro du « copain perdu de vue depuis long-temps ». Je l'ai envoyé sur les roses, en lui disant que je ne manquais pas d'amis. Alors, il s'est inscrit à ce cours pour être avec moi. Et tenter de m'impression-ner – cela fait des lustres qu'il pratique le shiatsu. Plutôt tristounet, non ?

— Mieux vaut tard que jamais. Quoique...

— Je vais lui pardonner, évidemment. Il n'est pas question de gaspiller de l'énergie psychique à le haïr. J'ai juste envie de me défausser un peu de ma rancœur sur lui.

Sophie éclata de rire.

— Je t'aime bien, L. Ah, j'ai une question à te poser : pourquoi ton prénom n'a-t-il qu'une lettre ?

— Oh, tu sais, j'ai trouvé ça cool et décontracté. C'est mon genre, non ?

— La phrase que tu as lancée, mine de rien, comme quoi tu aurais élevé ta mère m'a plu.

— Ah ouais ? Ça t'a plu ? fit L, souriant malgré elle.

Comme la plupart des séminaires, celui-ci était davantage l'occasion pour les participants de faire connaissance et pour les organisateurs de gagner de l'argent qu'une session de cours sérieux. En revanche, le nombre d'heures passées à s'exercer et à échanger des tuyaux était profitable, de même que la concentration sur les diagnostics du *hara* : apprendre à glaner des informations sur les organes et méridiens en palpant l'abdomen – ce que Malcolm appelait « écouter avec ses doigts ».

Le monastère qui les accueillait était situé dans un grand parc sans beauté. Ils étaient deux ou trois par chambre ; Sophie en partageait une avec L et Rose. Repas simples et végétariens, chauffage au minimum, décor d'une austérité appropriée. Rose, mère de trois enfants, aux anges d'être déchargée de la cuisine et de ses responsabilités habituelles, s'amusait beaucoup. Un an auparavant, Sophie aurait peut-être eu la même sensation, mais elle jouissait désormais de plus de liberté chez elle qu'ici, un constat qui la galvanisait. Henry se trouvait dans une autre aile avec les hommes, si bien que Sophie n'eut l'occasion de lui parler seule à seul que le dimanche matin, où ils allèrent se promener. Il avait plu toute la nuit, le ciel était sombre comme au crépuscule et le sol, détrempé, était spongieux.

— Je pars pour Seattle mercredi, annonça-t-il. Je ne sais pas pour combien de temps. Je n'ai pris qu'un billet aller, pas cher. J'y vais tous les ans pour l'anniversaire d'Ariane. J'ai hâte de revoir l'océan Pacifique. Il m'a manqué.

— Attends, dit Sophie, s'arrêtant brusquement. Qu'est-ce que tu racontes ?

Henry s'immobilisa aussi.

— Quoi ?

Elle laissa échapper un petit rire.

— Tu pars pour Seattle dans trois jours, sans billet de retour, sans savoir pour combien de temps ? Puis-je me permettre de te demander qui est Ariane ?

— Ariane, répéta-t-il, dans le but de lui rafraîchir la mémoire. Ariane, ma fille. Elle a presque douze ans. Tu veux bien m'aider à trouver une idée de cadeau pour elle ?

Sophie entendit le sang battre dans ses oreilles.

— Tu as une fille ?

— Je t'en ai parlé.

— Non.

— Ah bon ? Eh bien, te voilà au courant. Je vais la voir tous les ans, au printemps. Elle habite Seattle. Quand elle sera un peu plus grande, j'aimerais qu'elle passe l'été ici, avec moi. Je te la décris ? Bourrée de contradictions, excessive, passant du rire aux larmes. Elle a une énergie extraordinaire, mais elle s'effondre quand elle l'a dépensée. A mon avis, elle doit avoir un excès de yang par rapport au yin.

— Et... ta fille... a une mère ? demanda Sophie, s'efforçant d'adopter un ton léger.

— Tu es sûre que nous n'en avons jamais parlé ?

— Tout à fait.

— Je n'en suis pas si convaincu. Enfin, tu as sans doute raison. Il est vrai que tu as été le sujet de presque toutes nos conversations, lui reprocha-t-il avec une grimace aussitôt remplacée par un sourire. La mère d'Ariane s'appelle Ming Li, elle est originaire de Taipei. Nous étions amants lorsque nous avions une vingtaine d'années et elle est tombée enceinte ; un accident, avons-nous pensé à l'époque, une intervention divine, j'en suis sûr à présent. Nous ne voulions pas d'une vie commune, mais nous voulions le bébé et... Ariane est la meilleure chose qui me soit arrivée. Tu le comprends très bien, je n'en doute pas.

— Oui, acquiesça Sophie, fuyant son regard. Mais que tu n'aies jamais mentionné en ma présence l'existence de la meilleure chose qui te soit arrivée, ça, ça me stupéfie.

Henry la regarda attentivement.

— Tu es fâchée ?

— Tu n'as jamais eu l'idée de m'en parler lors de nos innombrables discussions sur les rapports entre parents et enfants, entre amants, sur la séparation ? Tu n'as jamais songé que j'avais le droit de savoir que tu avais une fille et une maîtresse à Seattle ?

— Le droit de savoir ? Qu'est-ce que tu veux dire ?

— C'est pourtant évident. Moi, je ne t'ai rien caché sur mon mari ou mes fils.

— Tu m'as posé la question ? Non. Tu monopolises la conversation depuis notre rencontre, et voilà que tu me le reproches ?

Il partit d'un rire incrédule.

— Bien essayé, Henry, sauf que ça ne prend pas. De toute façon, tu n'es qu'un... qu'un malotru.

— Un malotru ?

— Moi qui espérais que tu me contredirais à propos de ta maîtresse. Peine perdue. Alors ?

— Tu m'as traité de malotru ?

— Tu as toujours des relations avec la mère de ton enfant ?

— Naturellement, c'est la mère de mon enfant.

— Tu couches avec elle ?

— A quoi rime cette question ? Ça arrive. Cela dépend de ce qu'on ressent, manifeste...

Sophie le gifla. La claque émit un bruit plus fort qu'elle ne l'aurait imaginé ; elle n'avait jamais frappé personne. Sa paume la brûlait. Sous le choc, ils se dévisagèrent. L'instant d'après, elle s'enfuit en pataugeant dans l'herbe mouillée.

— C'est fini. Bel et bien terminé, déclara gravement Milagros, le lendemain après-midi.

Sophie, qui pensait exactement la même chose, lui demanda, interloquée :

— De quoi parlez-vous ?

Milagros désigna les garçons en train de jouer sur le tapis, fit signe qu'ils ne devaient pas l'entendre, avant de se lancer dans un long mime explicatif avec force gesticulations, grimaces, mouvements de lèvres. Un numéro d'une grande éloquence, mais que signifiait-il ?

— Désolée, Mila, je ne comprends rien.

— La *fulana*, la pute. Elle s'est taillée.

Sophie se laissa tomber dans un fauteuil pour écouter le récit passionné de Milagros sur les événements du week-end. Elle commença par son renvoi scandaleux du vendredi soir et termina par son retour triomphant le matin même, à la suite des supplications d'Adam, dans une maison où il ne restait pas une seule affaire de son ennemie.

— Pas un mégot ! M. Dean a tout nettoyé. Il couche à nouveau dans votre chambre, ajouta-t-elle avec un hochement de tête lourd de sens.

Sophie leva les mains pour indiquer qu'elle ne souhaitait savoir ni où Adam dormait ni où il avait dormi. Ainsi, ils n'avaient pas occupé la chambre conjugale – c'était déjà ça.

— Elle me flanque à la porte, hein ? Elle me vire. Ha, ha ! Qui gagne à la fin !

Un refrain que Milagros entonna à intervalles réguliers, à quelques variations près.

— Ce n'est peut-être qu'une dispute. Elle va peut-être revenir, conclut Sophie.

— Je ne crois pas.

Se penchant, Milagros expliqua en aparté :

— Elle a emporté sa machine à café.

Les deux femmes se regardèrent avec solennité puis un sourire éclaira leurs visages.

Lorsque Henry téléphona à Sophie, la veille de son départ, ils échangèrent quelques phrases prudentes.

Elle le pria de l'excuser pour sa gifle.

Il promit de lui envoyer une carte postale.

Elle lui souhaita un bon voyage.

Le bureau d'Adam bruissait de la nouvelle que c'était Valerie qui était devenue associée. La plupart des gens soutenaient qu'ils s'en doutaient depuis le début. Certains estimaient qu'elle le méritait, d'autres attribuaient sa promotion au fait qu'elle était une femme, d'autres encore étaient convaincus qu'elle l'avait obtenue en couchant avec le patron. Le dernier groupe se subdivisait entre ceux qui pensaient que cela durait depuis longtemps, Valerie trompant Adam pour parvenir à ses fins, et ceux qui affirmaient qu'elle n'accordait ses faveurs au boss que maintenant, ayant sagement attendu de décrocher le pompon, afin que la liaison soit la récompense, plutôt que sa promotion – une question de préséance. Sans oublier ceux pour qui la liaison n'était qu'une fable inventée par des minables. Quoi qu'il en soit, elle était bel et bien associée et Masterson avait, indéniablement, la forme. En outre, Adam ne mettait plus les pieds au bureau depuis trois jours et Valerie se pavanait dans des tenues flambant neuves, sans avoir l'air de savoir où il était, ni de s'en préoccuper. Au demeurant, le rapport entre ces faits, s'il en existait un, était laissé à l'appréciation de chacun.

Et Adam dans tout ça ? James, le seul à avoir de ses nouvelles, ne les divulguait pas. Hugo avait la grippe, une forte fièvre. Même si Milagros avait proposé de veiller sur lui, le petit garçon avait réclamé son père. Aussi Adam avait-il emporté du travail à la maison et s'efforçait-il d'en venir à bout, entre livres de contes et plateaux du malade. Il téléphonait à James deux fois par jour, pour « se tenir au courant », prétendait-il, « par besoin de parler », aurait dit une femme.

— Hugo veut que ce soit moi qui m'occupe de lui, pas sa mère. C'est intéressant, non ?

— Oui, bon...

— Je suis devenu ce qu'on décrit comme « son principal soutien » – un terme rébarbatif, n'est-ce pas ? Cela a beau être naturel, j'en suis ému. Hier soir, assis près de lui, j'ai pris conscience que la prochaine fois qu'il tombera malade, il n'aura peut-être plus envie de ma présence. Il aura sans doute dépassé ce stade. C'est peut-être la seule fois de sa vie qu'il a vraiment besoin de moi à son chevet, et je suis très heureux d'être là. Cela aurait pu si facilement ne jamais arriver.

— Je sais. Oui. C'est...

— Si on prend un peu de distance, quelle est l'importance d'un projet rendu avec quelques jours de retard comparée à celle de veiller sur mon fils malade, si cela le soulage de ses souffrances ?

— Absolument. Hum... N'empêche que Masterson commence à être un peu nerveux. Il te cherche. Je lui ai assuré que tu travaillais de chez toi et que tu respecterais les délais !

— Eh bien, ça ne sera pas le cas.

— Pourquoi ne pas venir au bureau samedi, pour te mettre à jour ?

— Impossible, c'est mon week-end avec les garçons.

— Je m'en occuperai. Enfin, si Hugo va mieux.

— Il n'est pas question que je t'impose ça.

— Tu n'as pas confiance en moi, hein ? se rebiffa James avec un petit rire contraint.

Adam sentit qu'il était vexé.

— Ce n'est pas du tout ça. En fait... ce serait formidable. Rien ne me rendrait plus service.

— Tope là, alors !

— D'accord !

— Considère que c'est chose faite.

— C'est extrêmement gentil de ta part.

— Pas de problème, vieux.

Adam passa le samedi au cabinet et rattrapa presque son retard. A son retour chez lui le soir, les yeux fatigués et les muscles du cou crispés par les longues heures où il était resté penché sur son bureau, il fut accueilli par une scène familiale. James lisait le journal et, à ses pieds, les garçons construisaient une tour en Lego. Se levant d'un bond, ils se précipitèrent vers lui.

— *Cómo te llamas, papá ? Cómo te llamas ?* s'écrièrent-ils.

— Ah... voyons voir... *Llama Adam ?* J'ai fait du français à l'école, j'en ai peur.

— C'est pas ça, papa. Tu dois dire : *Me llamo Adam.* Moi : *Me llamo Matthew,* et Hugo...

— Je veux le dire ! *Me llamo Hugo.*

— James, c'est extraordinaire. Ils sont bilingues au bout d'un jour en ta compagnie.

— Je me suis borné à apporter des CD d'espagnol pour débutants, expliqua James, modeste. Je les ai mis – une idée de dernière minute – et ça les a amusés.

— Milagros parle espagnol, intervint Matthew. En voiture, quand elle est furieuse contre des conducteurs, elle dit des gros mots

— Je n'en doute pas, fit James en riant.

— Papa, au déjeuner, on a mangé du chili comme des cow-boys, plastronna Hugo.

— Il en reste si ça te dit, proposa James à Adam. Tu as faim ?

— J'ai l'estomac dans les talons. Vraiment, je n'en reviens pas…

James l'interrompit d'un geste, car Matthew s'était emparé d'un bâton qu'il faisait tournoyer au-dessus de sa tête.

— Matthew, on a décidé quoi pour les bâtons ? Tu te souviens ?

— Pas dans la maison, concéda-t-il.

— Exactement. Alors ?

— Viens, Hugo !

Le petit garçon prit le sien et sortit sur les talons de son frère.

— Je suis très impressionné, dit Adam, tendant une bière à son ami. Je découvre des nouvelles facettes de ta personnalité : professeur, cuisinier, sans parler de ton autorité.

— Je connais bien les gosses. Je sais comment ils fonctionnent.

— Ah bon ?

— Bien sûr. J'en ai été un.

Amusé, Adam s'ouvrit une bière.

— Nous devrions comprendre les enfants d'instinct, non ? Qu'est-ce que nous perdons en cours de route ?

Deux heures plus tard, les enfants dormaient. James avait réchauffé le chili, tandis qu'un feu, allumé par Adam, ronflait dans la cheminée. Les deux hommes buvaient du scotch à présent. Une fois la bouteille bien entamée, ils laissèrent libre cours à leur amertume dans le domaine professionnel. Ils s'interrogèrent sur les conséquences probables de la promotion de Valerie et, de fil en aiguille, en vinrent à esquisser des projets d'avenir. Adam confia qu'il avait parfois envie de s'installer comme indépendant pour aider les gens à concevoir la maison de leur rêve, à un prix qui ne dépassait pas leurs moyens.

— On n'a qu'à monter un cabinet à deux, suggéra James. Je me débrouillerai pour équiper ces baraques en énergie renouvelable sans que ça coûte les yeux de la tête.

Réchauffés par le feu, le whisky et l'amitié, ils s'enthousiasmèrent à mesure qu'ils développaient des idées qui paraissaient de plus en plus réalisables. Puis l'emballement retombé et l'alcool aidant, ils abordèrent des sujets plus personnels.

James, qui contemplait les flammes, renversa la tête en arrière et gloussa.

— Ce matin, j'ai eu une touche avec ma nouvelle voisine. Elle vient d'emménager – une fille canon. Bref, elle a frappé à ma porte pour me demander si je voulais bien l'aider à déplacer des meubles et déjeuner avec elle. Impossible, lui ai-je répondu, je garde les gosses d'un ami, père célibataire. Ça a fait son petit effet. Tu aurais dû voir la gamme d'émotions défilant sur sa figure. En premier lieu, de la douceur empreinte de respect, genre *comme il est attentionné*, puis son expression s'est durcie : *celui-là, il est pour moi !* Mon vieux, le coup du baby-sitting, c'est l'idéal pour draguer.

— Sûrement, mais est-ce qu'elles te laisseront partir ?

— Toute la question est là.

— Le mariage ne t'intéresse pas ?

— Pas vraiment. Le meilleur dans une côtelette de porc, c'est le centre, sans gras ni os, il se détache facilement, tu es d'accord ? C'est pareil pour le cœur d'une pastèque, il n'a pas de pépins. Il suffit d'y enfoncer une cuillère pour obtenir un morceau délicieux. De même, je ne trouve rien de plus merveilleux que le début d'une liaison – ni gras, ni os, ni pépins. Si je le pouvais, ma vie ne serait qu'une succession de commencements. Bien sûr, je mangerais toute la côtelette si nécessaire, mais, si j'avais le choix, je me contenterais du centre. Tout le monde ressent ça, non ? Quand on entame la partie pleine de pépins d'une histoire d'amour, quoi de plus naturel que d'avoir envie d'une autre pastèque.

Les yeux rivés sur le feu, il soupira.

— Le signe flagrant d'un manque de maturité. Bon nombre de femmes avec qui je suis sorti s'empresseraient de confirmer.

— Sans l'ombre d'un doute.

— Alors... euh... c'est ce qui s'est passé avec Valerie ? Vous en étiez aux pépins ?

— Et aux nerfs. Et aux tendons.

— Ouais...

Un ange passa. Cherchant à détendre l'atmosphère, James lâcha d'un ton optimiste :

— C'est la vie !

Adam remplit leurs verres d'une main qui tremblait un peu.

— Eh oui... c'est la vie.

Ils burent en silence, puis Adam reprit avec un certain énervement :

— Je ne comprenais rien aux enfants jusqu'à présent. Je n'y connaissais rien. Comment l'aurais-je pu ? Les enfants des autres sont ennuyeux, tout le monde en convient. Matthew et Hugo appartenaient à une autre – ma femme ! Je ne m'investissais pas

302

dans leur quotidien. J'avais du mal à les différencier, tu te rends compte ? Je les considérais comme une sorte de nichée informe. Je n'étais pas... En résumé, j'ai pris conscience de beaucoup de choses.

James s'éclaircit la voix.

— Tu veux qu'elle revienne ? Sophie, je veux dire.

Adam ne répondit pas.

— Eh bien, récupère ta femme. Courtise-la. Tu l'as déjà fait, tu peux recommencer.

— Qu'est-ce que tu veux que je lui raconte ? « Valerie m'a quitté, reviens » ? Ou encore : « Je ne suis pas devenu associé, mon boulot ne tient qu'à un fil ; tu es d'accord pour subvenir aux besoins de la famille ? » C'est impossible, James. De toute façon, elle a rencontré quelqu'un.

— Ah, je l'ignorais, fit James, avalant un peu de whisky.

— Un homme, précisa Adam d'un ton lugubre.

L'idée que Sophie avait un amant le révulsait. Qu'elle l'ait trompé parce qu'il avait une maîtresse ne lui effleurait pas l'esprit. On trouve toujours des circonstances atténuantes à sa propre infidélité, conséquence inévitable d'une sexualité complexe. Pour l'autre, ce n'est que dépravation.

— Un mec, hein ?

James reprit une gorgée, soupira et ajouta avec un regain de vigueur :

— Et alors ? Quelle importance ? Elle peut le larguer. Récupère-la, Adam. Dis-lui : « Je t'aime, j'ai tout gâché, donne-moi une autre chance... » Les nanas adorent ça.

Adam leva ses yeux quelque peu larmoyants qu'il plongea dans ceux, brillants, de son ami, tout en réfléchissant à sa suggestion. Les obstacles qui se présentèrent à lui l'accablèrent.

— Non, répliqua-t-il d'une voix pâteuse. Il n'en est pas question.

Il est exceptionnel que les élucubrations d'une soirée arrosée semblent être de bonnes idées au réveil, ce fut pourtant le cas du projet de récupérer Sophie. A la lumière du jour, les craintes d'Adam s'estompèrent. Le conseil de James, loin de s'apparenter à l'encouragement d'une pom-pom girl écervelée, lui parut frappé au coin du bon sens. A telle enseigne que, ce jeudi-là, il partit tôt du bureau pour aller attendre Sophie devant le centre de shiatsu. Milagros, pleine d'espoir, lui avait fourni l'adresse et l'heure de la fin du cours.

Adam patienta devant le bâtiment. Il consultait sa montre, changeait de position de temps à autre, remuait les lèvres tandis qu'il répétait silencieusement son petit discours, convaincu de passer inaperçu. Enfin, les élèves sortirent dans la rue, une bande débraillée dans l'ensemble, dont Sophie faisait partie. Elle portait son sac à dos, rejetait ses cheveux en arrière, riait et marchait bras dessus bras dessous avec une fille élancée. On dirait une gamine, constata-t-il, le cœur serré, choqué par l'ironie de la situation : il lui avait suffi de la quitter pour qu'elle devienne le genre de femme qu'il n'aurait jamais abandonnée. Dès qu'elle le vit, Sophie stoppa net, forçant L à s'arrêter. Son sourire s'évanouit.

— Il faut que nous parlions, lança-t-il d'un ton sec pour masquer son embarras. Des décisions pour les enfants s'imposent.

— Que *nous* parlions ? Nous sommes de nouveau un couple ?

— OK les amis, intervint L, dégageant son bras. Moi, j'y vais.

— Les garçons te réclament tout le temps. Ils veulent savoir quand tu rentres. Ils ont besoin de leur mère.

— Ils l'ont !

L fit une petite courbette.

— Ravie de vous avoir rencontré, monsieur Sophie. Sa-luut.

Sophie ne remarqua pas le départ de son amie.

— Je n'ai cessé d'être là pour les garçons. J'y ai veillé. Ils vont bien. Ne t'avise pas de te servir d'eux !

Ouvrant la bouche pour riposter avec colère, Adam se ravisa.

— Ne nous disputons pas. Essayons de nous concentrer sur notre rôle de parents. Les garçons ne comprennent pas pourquoi tu ne reviens pas alors que Valerie est partie. Matthew fait des cauchemars ; cette nuit, il a rêvé qu'il courait et qu'il s'étirait tellement qu'il avait peur de se casser. Hugo, lui, mouille son lit. Il dort avec moi presque tous les soirs. Ils m'inquiètent, Sophie. J'ai pensé que ça te concernait.

— Naturellement, je suis désolée d'apprendre que tu les as une fois de plus perturbés. Sauf que je n'en suis pas responsable. Et ce n'est pas à moi de mettre de l'ordre dans ta vie amoureuse.

Adam lui jeta un regard désespéré.

— Tant pis, je n'aurais pas dû venir, fit-il, tournant les talons.

Sophie le suivit des yeux. Elle n'exultait plus. Mal à l'aise, elle eut presque envie de le rattraper pour ajouter quelques mots. Comme aucun ne lui venait à l'esprit, elle ne bougea pas.

— C'est tout juste si je ne regrette pas le départ de Valerie, déclara Sophie à Florence et Jean.

Elle était assise à côté de Florence à la longue table en chêne dans la cuisine de la Chaloupe remplie de collages et poteries faits par les petits. Devant l'évier, Jean lavait les légumes du dîner. Les enfants jouaient à l'étage où Mercy se reposait après sa séance de shiatsu (travail sur les méridiens de l'eau pour chasser les peurs). Sophie s'exerçait sur les trois femmes de la maisonnée (Jean : purgation de la vésicule biliaire et stimulation du cœur), qu'elle trouvait incroyablement réceptives.

— Je me suis habituée à l'idée de son existence, poursuivit-elle. Sans oublier l'essentiel : mes fils l'aiment bien. Et maintenant quoi ? Ils vont avoir droit à une nouvelle femme peut-être chargée de famille avec toutes les complications que cela induit ou à un défilé d'inconnues.

— Tu crois vraiment qu'Adam en est capable ? demanda Florence.

— Je n'en sais rien. Il n'empêche… enfin, c'est difficile à expliquer… qu'Adam m'ait quittée pour l'amour de sa vie, c'est une chose. Mais s'il a rompu pour une relation vouée à l'échec au bout de quelques mois, c'est encore plus humiliant.

— Pourquoi réagir comme ça ? protesta Florence d'un ton enjoué. Tu n'as qu'à le considérer comme un handicapé affectif et te moquer du salopard. A mon avis, c'est plutôt comique.

306

— Hum. Ça m'a fait un drôle d'effet de le voir – planté dans la rue, en costume-cravate, l'air sérieux avec son attaché-case – et de penser : Cet homme est mon mari. Il l'est toujours sur le papier.

— Du papier hygiénique, rectifia Florence. Quoi qu'il arrive, nouvelles belles-mères ou autres, tu t'adapteras. Ce n'est pas la peine d'anticiper. Comment va Henry ?

— Il est à Seattle avec sa fille de douze ans et la mère de celle-ci.

Florence en resta comme deux ronds de flan, tandis que Jean se retournait brusquement, le souffle coupé.

— Tu peux rembobiner le morceau et le repasser ?

Et Sophie de leur raconter son histoire, d'une voix monocorde, lasse. Elle l'avait retournée si souvent dans sa tête – qui avait raison et qui avait tort ? Avait-elle raison d'être en colère ou était-elle trop coincée ? – qu'elle avait cessé d'en être piquée au vif et qu'elle la trouvait sans importance, voire sans intérêt. C'était plat, du réchauffé.

— Je n'ai plus l'énergie de m'interroger sur ses faits et gestes, sur son retour éventuel ou autre chose, expliqua-t-elle, levant le bras et le laissant retomber. « Nous sommes tous libres » ou « personne n'appartient à qui que ce soit », ces couplets rabâchés ne m'aident en rien. Traitez-moi de vieux jeu, mais ça me déplaît que mon amant sorte des gosses de son chapeau, sans oublier la mère avec qui il couche ou pas en fonction de leurs désirs respectifs. Peut-être que je suis la seule dans ce cas.

— Que personne ne vous appartienne n'en reste pas moins vrai, lança Jean de l'évier. Il a raison. Une relation fondée sur l'exclusivité et la possessivité interdit toute exploration de la vie et la maturité qu'elle procure.

— Vraiment ? Eh bien, cela mérite réflexion.

Jean enleva la bonde en pouffant. L'évier gargouilla. Elle ôta les gants qu'elle enfilait toujours pour faire la vaisselle. Fabriqués en Chine, appelés *Chrysanthemum Elite*, ils étaient un sujet de plaisanterie dans la Chaloupe.

— Désolée, Jean, enchaîna Sophie. C'est peut-être vrai – sûrement même –, mais pour moi ce sont des mots vides de sens. Un enchaînement de syllabes.

— Au moins, il n'a pas menti, insista Florence. Il n'a jamais dit qu'il n'avait pas de gosses. Il a juste omis de parler de sa fille tant qu'il n'avait pas une bonne raison de le faire, et tu l'as agressé. Je crois que je suis de son côté, aussi bizarre que ça paraisse.

— Qu'à cela ne tienne, fit Sophie avec un geste désinvolte. Vous êtes sans doute dans le vrai toutes les deux. Moi, je ne vois pas l'intérêt d'une aventure avec un partenaire épisodique, d'un plaisir pris au gré des occasions, sans promesses ni engagements. C'est vide de sens.

Florence agita un doigt moralisateur.

— Gare aux promesses. Mercy affirme n'avoir jamais entendu de mots plus effrayants que : « Je t'aimerai toujours ». Son ex a beau être retourné à St. John, elle continue à se lever en pleine nuit pour vérifier que les portes sont bien fermées.

— Les relations humaines ne sont pas des papillons qu'on épingle et qu'on étiquette, ajouta Jean. Seul l'instant est susceptible d'être circonscrit, et à peine l'a-t-on fait qu'il est déjà passé. On ne peut pas figer le présent, encore moins prévoir l'avenir. Il ne s'agit pas d'une opinion, c'est un fait.

Jean avait agité ses gants en caoutchouc pour ponctuer son propos. Fascinée, Sophie ne les quitta pas des yeux avant de conclure :

— Je dois manquer de subtilité.

Cette nuit-là, Sophie fit un rêve merveilleux. Elle se trouvait à Seattle, du moins apparemment, même si le lieu évoquait l'Egypte et que les panneaux indicateurs étaient en arabe. Henry était là, il riait, il lui demandait : « Tu as eu le déclic ? » Ses yeux étincelaient, sa présence irradiait. Elle ressentait un amour ardent pour lui. Une petite fille aux longues nattes noires se jetait dans ses bras. Sophie regardait dans le vide, en pleine confusion, jusqu'au moment de la révélation. C'était sa fille chérie ! Celle qu'elle avait eue avec Henry des années auparavant. Comment avait-elle pu l'oublier ? « Oh mon cœur, ma fille adorée ! »

Sophie se réveilla au comble du bonheur. L'instant d'après, elle éprouva un sentiment de vide intolérable.

— Je ne comprends pas, martela James, secouant la tête. Vraiment, ça me dépasse. Tu vas la voir, tout contrit, tu mets ton cœur sur la table, et sa seule réaction a été « Va te faire foutre » ?

— Plus ou moins, concéda Adam. Bien qu'elle n'emploie pas ce genre d'expression. Avant en tout cas. A présent...

309

— Donne-moi une seconde, que je comprenne. Tu lui as dit que tu l'aimais infiniment, tu l'as suppliée de te donner une seconde chance, tu lui as promis de ne plus déraper – sans que cela ait le moindre effet ?

— En fait, nous avons surtout parlé des enfants.

James poussa un grognement.

— Je lui ai dit qu'elle leur manquait beaucoup.

— Non !

— Sauf que ç'a eu l'air d'un chantage. C'était une erreur de bout en bout. Je n'aurais jamais dû aller la voir. Je me suis conduit comme un imbécile.

— Eh bien, c'est une dure à cuire. La plupart des femmes sont incapables de résister à un homme à genoux, ne serait-ce que pour lui flanquer un coup de genou dans le nez.

Baissant les yeux, Adam tripota un crayon.

— Attends une minute, reprit James. Tu ne lui as pas déclaré ta flamme, c'est ça ?

— Ce n'était pas le moment.

— Ah non ? Tu veux que ta femme revienne, mais ce n'est pas le moment de lui déclarer ton amour ?

— Je lui ai parlé des cauchemars de Matthew.

— Quel romantisme ! C'est la seule raison pour laquelle tu souhaites son retour – les gosses ?

Adam fronça les sourcils.

— Tu l'aimes, oui ou non ? Si moi, ton ami, je n'en suis pas sûr, comment veux-tu qu'elle le soit, d'autant que tu as déconné ? Ce n'est pas étonnant qu'elle t'ait envoyé chier, vieux, j'aurais fait pareil. Tu dois apprendre à t'exprimer, à formuler les choses à voix haute. Comme ça, regarde.

Odette passa la tête par la porte vitrée à l'instant précis où James déclamait avec toute la sincérité qu'il aurait voulu qu'Adam possède :

— Je t'aime. Reviens, je t'en prie.

Les yeux exorbités, elle battit précipitamment en retraite, tandis que James exhortait son ami :

— Retourne la voir et recommence. Et fais les choses bien cette fois.

— Je crains que le théâtre amateur ne soit pas dans mes cordes.

— Si c'est ce que tu ressens, ce n'est pas de la comédie.

Plus tard dans la matinée, Adam croisa Valerie dans le couloir. Elle baissa les yeux et aurait sans doute continué sans mot dire s'il ne l'avait abordée.

— Je n'ai pas eu l'occasion de te féliciter.

— Je le méritais. Le cabinet avait besoin d'un collaborateur courageux et déterminé.

— Je suis d'accord. Bravo.

Il se détourna, mais elle le prit par la manche.

— Attends, pardonne-moi. Je suis sur la défensive à cause des ragots qui circulent.

— N'y fais pas attention. Ce n'est que de la jalousie.

— Merci. Ça va, toi ?

— Bien, merci.

— Tant mieux.

Odette, qui leur tournicotait autour, s'approcha.

— M. Masterson souhaite vous voir, déclara-t-elle à Adam, fuyant son regard.

— Maintenant ?

— Avant la fin de la journée.

Elle lui adressa un petit sourire, tenant du rictus, et s'éloigna à pas vifs.

— De quoi s'agit-il, tu es au courant ? demanda Adam à Valerie, qui haussa les épaules.

Une fois installée à son bureau, Valerie s'enfouit le visage dans les mains et se massa les sourcils. Longtemps. Quand elle finit par se redresser, elle tapota la table, se mordillant la lèvre inférieure, une nouvelle habitude peu seyante à cause de la forme de sa bouche et de ses dents. Prenant une profonde inspiration, elle repoussa une mèche de ses yeux, appuya sur la touche 1 de son portable. D'une voix à la gaieté artificielle, elle commença :

— Tu es assise ? Prépare-toi à entendre un truc de dingue. Le bruit court au bureau qu'Adam se console déjà dans les bras de quelqu'un d'autre.

Le réflexe de téléphoner à son amie était revenu. Le soir où elle s'était retrouvée dans son appartement glacial, elle avait, non sans débats intérieurs, renoncé à appeler Agatha pour établir les bases d'une réconciliation : c'était trop humiliant alors que sa vie amoureuse venait de voler en éclats. En revanche, elle n'avait pas hésité après que Masterson lui avait annoncé la bonne nouvelle : « Il y a quelque chose à fêter. J'ai rompu avec Adam, je ne suis plus une banlieusarde et on vient de me nommer associée ! Bon, chez toi ou chez moi ? » Le bouchon de champagne avait sauté dans le séjour d'Agatha, où Valerie avait jacassé toute la soirée, décidée à présenter sa promotion et la fin de sa liaison comme autant de triomphes personnels, sans qu'Agatha, gentille, ne proteste. (Si Valerie avait prêté attention au cadre, elle aurait remarqué des changements. Quelques objets – un livre, une plante, une tasse à thé – se détachaient sur la blancheur, telles des fleurs jonchant la neige. En outre, Agatha était comme adoucie, et ses cheveux, plus clairs, flottaient. Tout cela échappa à Valerie.) Depuis, les deux amies avaient renoué, même si Valerie était toujours celle qui téléphonait. Normal, pensait-elle, c'est moi qui ai des choses à raconter. Comme aujourd'hui.

— Tu ne devineras jamais qui c'est. Prépare-toi. Prête ? James Mackay ! Le partenaire de squash d'Adam. La moitié des imbéciles du cabinet en sont persuadés. A ton avis, c'est à se tordre ou quoi ?

Concentrée sur un article à rendre dans quatre-vingt-dix minutes, Agatha trouva que le « quoi » convenait mieux.

Les garçons devenaient difficiles, c'était indéniable. Disputes et bagarres. Hugo recommençait à sucer son pouce ; Matthew était distant et maussade. Sophie s'efforçait de leur remonter le moral, mais elle était exaspérée à l'idée que la vie sexuelle d'Adam, dans le cas présent son absence, complique une fois de plus l'existence des enfants. La sienne, par conséquent.

— Tu n'arroses pas tes plantes ? demanda-t-elle à Matthew, assis par terre, les bras croisés.

Hugo inondait les siennes sur la terrasse. Matthew secoua la tête.

— Tu vas bien ?

Il haussa les épaules sans la regarder. Elle posa une main sur son front, mais il la repoussa.

— Qu'est-ce qu'il y a, trésor ?

— On peut venir habiter ici avec papa ?

— Oh, chéri... dit-elle en le prenant sur ses genoux. C'est trop petit ici. Il vaut mieux rester dans la grande maison pour l'instant.

Matthew détourna la tête.

Hugo, qui les avait rejoints, déclara :

— Valerie est partie.

— Tu la regrettes ?

— Je ne sais pas. Papa est triste maintenant.

— Elle doit lui manquer.

— Non, affirma Matthew, catégorique. C'est toi qu'il veut.

— C'est toi qu'il veut, répéta Hugo, entièrement d'accord.

Ils la dévisagèrent, guettant sa réaction.

En un tel instant, il est difficile de taper dans ses mains et de proposer une partie de cache-cache. Ce fut pourtant ce que fit Sophie. Matthew eut beau bouder un peu, il ne tarda pas à être aussi absorbé par le jeu que son frère. D'où tenaient-ils l'idée qu'Adam souhaitait son retour ? se tracassait Sophie. S'il broyait du noir et jouait à la victime, ce serait horripilant. Non, les enfants l'avaient inventée, attribuant leurs désirs à leur père, une façon de leur donner davantage de poids.

Sophie pensait au retour de Henry tout en s'évertuant à chasser cette éventualité de son esprit, lorsqu'elle reçut une carte postale de lui. Elle la sor-

314

tit de la boîte aux lettres, du côté du texte, qu'elle lut en premier. Cela lui prit une seconde. Deux phrases y étaient gribouillées. *L'air de la mer est revigorant. Excellent pour le teint.* Mécontente, elle la jeta dans la poubelle puis l'idée la traversa que la photo avait peut-être une signification qui compenserait le laconisme du texte. L'ayant repêchée, elle la retourna. Des yachts amarrés quelque part. Sans doute la carte la plus nulle en vente à Seattle.

De toute évidence, Henry était un poids léger. Qu'attendait-elle d'un homme ne s'intéressant qu'aux « déclics » ? L'histoire était terminée. Il avait retrouvé la mère de son enfant. Sophie ne le reverrait jamais. Son pessimisme, espérait-elle, conjurerait la déception ou ferait même pencher la balance en sa faveur. Comme si l'espoir portait malheur et qu'y renoncer multiplierait ses chances. Encore que, tenter le sort risquait d'être deux fois plus néfaste. Mieux valait tirer un trait.

Jeudi. Comme à l'ordinaire, Milagros entra chez les Dean avec sa clé. Comme à l'ordinaire, elle nettoya la cuisine et la salle de bains avant d'épousseter et d'aspirer le salon. Lorsqu'elle ouvrit la porte du cabinet de travail de M. Dean, elle poussa un cri de surprise.

— Monsieur Dean ! J'ai eu peur, qu'est-ce que vous faites ici ?

Il portait un sweat-shirt et un pantalon en velours informe. Dans la pièce en pagaille, des livres étaient empilés par terre et les meubles repoussés n'importe comment. Penché sur sa table d'architecte, il ne leva la tête qu'après avoir fini de tracer une ligne sur une planche.

— On m'a viré, déclara-t-il avec un sourire. Alors, je travaille ici, pour le moment en tout cas.

Les pieds chaussés de pantoufles trouées, Adam n'était pas rasé.

— Vraiment ? Vous n'avez pas l'air inquiet.

— Je ne le suis pas, répondit-il avant de se lever et de s'étirer. Vous avez envie d'un café ?

Milagros s'assit avec raideur. Il prépara le café et le servit, parlant avec la volubilité propre au solitaire confiné chez lui.

— C'est formidable de bosser à la maison. Vous n'imaginez pas à quel point ça change mes matinées. Avant, c'était un cauchemar, le petit déjeuner, coiffer les garçons, nouer ma cravate... Je passais mon temps à leur crier de se dépêcher et à les bousculer. Fini la course à présent. Je me consacre à eux jusqu'au moment où je les dépose à l'école, puis je rentre et je m'occupe de moi. Ainsi, il n'y a aucune tension. Ni patron ni collègues, c'est ça la vraie vie ! Et comme je ne suis plus obligé de mettre un costume, vous n'aurez plus à repasser mes chemises – une bonne nouvelle, non ? Vous en voulez un ?

Il lui tendit une assiette de biscuits au son d'avoine.

— Je les ai faits de mes blanches mains.

Adam se rendit compte que le malaise de Milagros persistait. A en juger par sa physionomie, elle avait repéré chez lui tous les signes d'une dépression nerveuse imminente.

— Je préférerais en repasser, monsieur Dean. Vous avez besoin d'un autre boulot.

316

— Sans aucun doute. Un jour. Je ne suis pas pressé, je l'avoue. A propos... Milagros ?

— Oui, monsieur Dean ?

— Je ne tiens pas à ce que Sophie l'apprenne tout de suite. Cela ne ferait que l'inquiéter et...

... ce serait une fois de plus assimilé à du chantage, compléta-t-il, à part lui. Sans compter le côté lamentable : d'abord la perte de sa femme, et maintenant son boulot.

— Je n'ai rien à voir dans tout ça, protesta-t-elle, levant les mains pour signifier que garder un secret n'entrait pas dans ses attributions.

Adam la comprit de travers.

— Merci. Je vous en suis très reconnaissant. Ce n'est que pour un moment, jusqu'à ce qu'on m'embauche ailleurs. D'autant que je travaille à un projet – une surprise pour elle que je ne lui montrerai que lorsque j'aurai terminé.

— Une surprise pour Sophie, répéta lentement Milagros. D'accord, je suis une tombe.

Ce qu'Adam prit pour l'assurance qu'elle tiendrait un peu sa langue, le temps d'attendre la suite des événements.

Pourtant, Sophie découvrit qu'Adam avait perdu son poste le soir même. Au retour de sa balade avec Bertie, qu'elle appréciait beaucoup depuis le départ de Henry, signe de son sentiment de solitude. Henry l'en avait protégée quelque temps, mais il n'avait cessé de rôder, prêt à reprendre possession d'elle – l'appartement désert, les livres en guise de compagnons, le tic-tac de l'horloge, le petit nombre de coups de fil hormis ceux de sa mère, irritée (« déçue », son mot) que Sophie n'ait pas encore réglé ses problèmes conjugaux alors qu'elle, sa mère, avait tant de soucis. « Je sais, c'est un manque d'égards de ma part, n'est-ce pas ? » avait lancé une fois Sophie, sans que sa mère relève.

Sophie montait l'escalier après avoir déposé Bertie chez Dorina lorsqu'elle s'arrêta net, le cœur battant. Un type bizarre était assis sur le palier.

— Je suis désolé, Sophie, je ne voulais pas vous effrayer. J'ignorais où vous habitiez, dit-il en se levant. Je m'appelle James. James Mackay. Je travaille avec Adam. Ravi de vous rencontrer.

Un sourire contraint aux lèvres, il tendit sa main qu'elle ne serra pas en sorte qu'il l'agita gauchement.

Sophie eut vaguement l'impression de le reconnaître.

— Adam va bien ? demanda-t-elle.

— Non. Pas vraiment. Il a été viré du cabinet. Il n'avait pas l'intention de vous en parler.

— Viré ? Mais pourquoi ?

— Plusieurs raisons. Une réduction d'effectifs, entre autres. Il a accumulé les retards, raté des réunions, et il lui est arrivé de ne pas venir au bureau de la journée parce qu'il devait s'occuper des garçons.

— Je n'étais pas au courant.

— Il ne voulait pas que vous le sachiez.

— Alors pourquoi me le dire ? Vous sous-entendez que j'en suis responsable ?

— Non ! Pas du tout. Simplement...

James s'interrompit pour reprendre son souffle.

— Adam est un type bien. Il est conscient d'avoir fait beaucoup d'erreurs, bien sûr. Ça ne l'empêche pas d'avoir du cœur.

Croisant les bras, Sophie s'adossa au mur et attendit la suite.

— Le problème, c'est que... tout le monde n'est pas doué pour la parole. Adam fait partie de ceux qui ne le sont pas. Il est peut-être incapable de s'exprimer, ça ne signifie pas...

L'impatience, évidente dans le langage corporel de Sophie, troubla James.

— Ce que je veux dire, poursuivit-il néanmoins, c'est que la capacité de s'exprimer... plutôt l'incapacité...

— Que vous avez en commun, termina-t-elle à sa place.

J'adore être méchante, s'étonna-t-elle une fois de plus.

— C'est Adam qui vous a envoyé ?

— Mon Dieu, non. Il serait furieux de l'apprendre.

— Dans ce cas, comment connaissiez-vous mon adresse ?

— Je la lui ai demandée parce que je viendrai chercher les enfants chez vous demain. Ça m'arrive de les garder.

— Vraiment ?

Un parfait inconnu ! Seigneur, à quelle déchéance menait la séparation.

— Ecoutez, Sophie. Je me rends compte que je n'aurais pas dû venir. Enfin, puisque je suis là, autant continuer quitte à me ridiculiser. Adam est un type bien. Il a changé. S'occuper des garçons lui a dessillé les yeux sur un tas de choses. Il vous regrette, mais il a tellement honte qu'il ne vous l'avouera jamais. C'est tout. A présent, je m'en vais. Excusez-moi de m'être imposé.

Comme il commençait à descendre, elle l'interpella :

— James, je suis prête à croire qu'il me regrette. Mais ça ne serait jamais arrivé s'il m'avait laissé les enfants et avait commencé une nouvelle vie avec Valerie. Voilà la vérité.

— A demain, se contenta de marmonner James.

— Comment ça ?

— C'est vrai que je viens chercher les enfants. Je les emmène au cinéma.

— Ah.

— Au revoir.

Sur ces mots, il partit.

Alors que Sophie avait le sentiment que tout le monde se liguait contre elle – Adam, sa mère, ses fils, et à présent ce James – l'institutrice de Matthew la prit à part pour lui montrer certains de ses dessins.

— Jetez un coup d'œil. Vous voyez comme tout est divisé en deux ?

Sophie les examina. La plupart étaient coupés verticalement et représentaient des maisons dans des jardins plantés d'arbres à droite et à gauche. L'un montrait un enfant à double profil qui regardait en même temps des deux côtés.

— Je comprends ce que vous voulez dire.

— Il est perturbé. De quoi s'agit-il, vous avez une idée ? C'est typique d'un enfant dont les parents se séparent, pourtant il semblait prendre ça très bien. Son frère aussi, d'ailleurs.

— Leur père vient de rompre avec sa nouvelle compagne, expliqua Sophie, avec une pointe de plaisir dont elle fut la première surprise. Cela remonte à environ un mois. Les garçons l'aimaient beaucoup.

— Eh bien, c'est sans doute ça. Les enfants sont souvent plus chamboulés par une deuxième rupture que par la première.

— Pourquoi ? C'est sûrement...

— Les enfants ne s'adaptent que dans une certaine mesure. Ils supportent un divorce, l'apparition d'un nouveau partenaire, mais ensuite ? En cas de rupture avec ce dernier, ils se demandent s'il va y avoir un défilé permanent. Et ça, ils ne peuvent l'accepter. Matthew est en train de revivre votre séparation, voilà la signification des lignes verticales : « La maison de maman, la maison de papa... où est ma place ? »

— C'est à en devenir folle de rage, reprit Sophie après un silence. Qu'une situation que je ne maîtrise pas puisse avoir de telles conséquences sur eux, et même sur ma relation avec eux. Ce n'est pas juste ! Il est vrai que rien ne l'est, n'est-ce pas ?

Elle partit d'un rire exaspéré.

— C'est sûrement provisoire, lui assura l'institutrice. Ne vous inquiétez pas trop. Ils sont intégrés, ils ont confiance en eux, ils vont surmonter cette épreuve. L'essentiel, c'est que leur père et vous soyez là pour eux.

— Je peux les emporter ? demanda Sophie, touchant les dessins.

— Bien sûr.

Ce soir-là, Sophie s'enferma chez elle. L'enfant à deux visages du dessin de Matthew l'atterrait. Elle se servit un verre de vin et une réflexion de Henry lui revint en mémoire : tôt ou tard, elle considérerait Adam comme un ami ; il était le seul à pouvoir l'aider à élever les enfants ; ils devaient collaborer pour que tout se passe le mieux possible. Cela signifiait se donner des coups de main en cas de nécessité. En l'occurrence, Adam en avait besoin. Il traversait une période difficile... il avait perdu Valerie, son boulot... il fallait lui montrer les dessins de Matthew. Dès que son verre fut vide, Sophie prit le téléphone et composa son numéro, le visage détendu, empreint de bienveillance.

— Allô ? C'est toi, Sophie ?

Il y avait un fond sonore bruyant – musique, voix, éclats de rire –, une fête. Adam recevait.

— Oui, je serais ravi de te voir ! cria-t-il. Où tu veux. Très bien. D'accord. Je m'en réjouis à l'avance.

Il raccrocha, interrompant un rire de femme. Balayant du regard son appartement désert et silencieux, Sophie sentit son estomac se contracter sous l'effet de la colère. Le regret cuisant d'avoir organisé ce rendez-vous s'empara d'elle.

C'est alors que Dorina se cassa le col du fémur. Un accident stupide. Elle avait glissé sur un jouet en caoutchouc de Bertie, invisible parmi les motifs du tapis persan, et était restée par terre des heures avant l'arrivée de la femme de ménage qui avait appelé une ambulance. Le premier jour où elle eut le droit de recevoir des visites, Sophie lui apporta une photo de Bertie qu'elle épingla au mur, près de son lit. Cela enchanta la vieille dame malgré sa confusion et sa désorientation. Elle s'inquiétait pour son petit chien dont elle demanda des nouvelles.

— S'il m'arrivait quoi que ce soit, tu accepterais de t'en occuper, dit-elle d'une voix tremblotante. Je me fais du souci pour lui.

Sophie lui prit la main et la serra.

— Oui, je te le promets. Je lui donnerai un foyer pour le restant de ses jours.

— Merci, ma chérie. Tu n'imagines pas à quel point...

Sans terminer sa phrase, Dorina ferma les yeux.

Sophie s'en alla. Les vieilles dames qui se cassaient le col du fémur mouraient souvent dans l'année, se rappela-t-elle, s'interrogeant sur l'espérance de vie des chiens.

Son détour par l'hôpital avait mis Sophie un peu en retard pour son rendez-vous avec Adam ; tant mieux, cela lui éviterait de se faire du mauvais sang ou de ronger son frein. Elle avait choisi un lieu qui lui semblait approprié à leur conversation : le bar situé à proximité du cabinet de son avocat, où elle avait pris un verre avec la pocharde le jour où elle avait entamé la procédure de divorce. A peine entrée, elle s'arrêta et porta une main à son front, submergée un instant par les odeurs de bière éventée. *You Picked a Fine Time to Leave Me, Lucille*, passait de nouveau, ou toujours, sur le juke-box. Le barman leva les mêmes yeux de saint-bernard, tout en nettoyant lentement le comptoir avec sans doute le même chiffon, qu'il n'avait sûrement pas rincé depuis sa dernière visite. Le temps suspendait son vol ici. Sophie n'aperçut pas la rousse, sa compagne de beuverie, en revanche Adam, installé dans un coin, sondait l'obscurité d'un regard incertain. Une fois son sac à dos jeté sur une chaise, elle se lança dans l'histoire de Dorina et de son chien, comme s'il ne s'agissait que d'une vague connaissance.

— Les garçons seront fous de joie, déclara-t-il. Je parle du chien, bien sûr, pas de l'accident.

Plus tendu que Sophie, il avait changé d'une manière intéressante : barbe de plusieurs jours, tenue débraillée, l'air d'une caricature de chômeur. Aussi étrange que cela paraisse, ça lui allait bien. Il ne faisait pas plus jeune, mais… moins coincé.

— Le diablotin du supermarché te harcèle ? demanda-t-elle, mue par une impulsion.

— Quoi ?

— Rien. Bon, voici des dessins de Matthew. Regarde surtout le premier.

Elle lui passa la liasse, celui aux deux visages était sur le dessus. Adam sortit ses lunettes. Sophie l'observa tandis qu'il les essuyait, les chaussait et examinait les dessins un par un. Dès qu'il les eut tous passés en revue, il recommença, parcourant des yeux les feuilles, attentif au moindre détail. Comme elle aurait été contente avant qu'il montre autant d'intérêt pour les œuvres des garçons ! « Très joli », se contentait-il de lâcher lorsqu'ils les brandissaient sous son nez, quêtant son approbation.

— Tu avais raison de les trouver perturbés, constata-t-elle.

— De toute façon, c'est bien qu'ils l'expriment, dit enfin Adam.

Mettant les dessins de côté, il sortit des papiers d'un dossier.

— Jette un coup d'œil à ça.

Il s'agissait du projet auquel il travaillait depuis des jours, la surprise dont il avait parlé à Milagros. Les plans de niveau d'une maison.

— Qu'est-ce que... ? voulut savoir Sophie.

— Regarde, s'il te plaît.

Ayant partagé la vie d'un architecte pendant une dizaine d'années, elle savait lire un plan de niveau. Il y avait trois entrées : la principale s'ouvrait sur une grande pièce à vivre, et les deux autres donnaient sur deux appartements discrets situés de chaque côté de la maison, composés de deux pièces séparées par une salle de bains. Celui qui était situé à l'est avait un étage, qui comportait aussi deux chambres. Celui de l'ouest n'en avait pas car son étage, intégré au corps de bâtiment principal, était composé de trois chambres et deux salles de bains. Aménagé en immense salle de jeu, le grenier était éclairé par des lucarnes, ceinturé de bibliothèques et de placards.

— C'est un genre de triplex ? demanda Sophie, désignant les ailes. Elles sont destinées à être louées ou à servir d'annexes ?

— Non, de lieux de travail. De bureaux si tu préfères. Chacun doté d'une réception à l'avant et d'une pièce à l'arrière. C'est une maison familiale conçue pour un couple exerçant une profession libérale, travaillant à domicile.

— Ah, d'accord. Pourquoi celui-ci est-il plus grand que l'autre et a-t-il un étage ? enchaîna Sophie, montrant le bureau situé à l'est.

— Au cas où l'un des deux aimerait avoir plus d'intimité. On pourrait installer une chambre et même un séjour séparés à l'étage.

Elle rendit les plans à Adam.

— C'est beau. Et cher.

— Pas tant que ça. Cela coûterait évidemment davantage qu'une maison traditionnelle, mais beaucoup moins que trois constructions distinctes, une résidence et deux bureaux. Au bout du compte, j'ai... décidé de mettre la nôtre en vente.

— Très bien.

— En fait, j'ai fini par me ranger à ton avis : elle est hantée.

— Par Valerie, je suppose, ne put-elle s'empêcher de lâcher. Tu n'as pas eu envie de la vendre après mon départ.

— Non. Certainement pas par... Valerie, balbutia Adam, qui avait toujours du mal à prononcer ce nom en présence de sa femme. C'est terminé et nous en sommes tous les deux soulagés. Non, j'ai l'impression que cette maison a été le théâtre de ma bêtise.

Sophie garda un silence qu'il meubla :

— Et j'ai hâte de me débarrasser de l'emprunt.

— Ah, oui, j'ai entendu dire que tu avais perdu ton boulot.

— Comment ça ?

Il avait l'air mécontent. Pour éviter qu'il ne l'interroge sur la façon dont elle l'avait appris, Sophie s'empressa de poursuivre :

— Que s'est-il passé ?

— Oh, rien d'exceptionnel. Il fallait réduire le budget affecté aux cadres et ça arrangeait le patron – Valerie aussi sans doute – que je sois celui qui parte.

Ce n'est pas grave. Mes indemnités de licenciement ne sont pas négligeables. A dire vrai, je suis plutôt content. Je n'ai jamais vraiment voulu ce boulot : qu'un cabinet de cette importance me recrute était flatteur... une opportunité trop belle pour la laisser passer. C'est amusant, non ? Un travail impossible à refuser, qu'on le trouve intéressant ou non ; je suppose que je me suis senti forcé d'accepter. C'était de la lâcheté, le genre de lâcheté que la société approuve, considère comme de l'ambition. De toute façon, la cause est entendue, conclut-il avec un geste dédaigneux.

— C'est en partie à cause des garçons qu'on t'a flanqué à la porte ?

— Disons que la direction ne s'est pas montrée très tolérante envers la situation... Mais depuis quand une boîte se préoccupe-t-elle des exigences inhérentes à l'éducation d'enfants ?

Adam eut un rire amer qui lui ressemblait si peu que Sophie en fut frappée.

— Tu cherches du boulot, alors ?

— Plus ou moins. J'étudie plusieurs possibilités. Pour l'instant, en tout cas, je suis ravi de rester à la maison et de travailler à ça, précisa-t-il en désignant les plans. Cela m'a passionné. La maison est conçue pour un couple indépendant dont l'homme et la femme exercent une profession libérale et qui s'occupent à parts égales de l'éducation de leurs enfants – des idées qui ont germé, rien de plus. Les maisons traditionnelles ne correspondent plus à l'évolution des besoins et habitudes de travail. Il y a de plus en plus de gens qui bossent à domicile et la table de la cuisine ne fait pas l'affaire. En outre, un bureau ne suffit pas ;

mon cabinet de travail convient lorsque les garçons sont à l'école et encore, tout juste. Il me faut une pièce pour recevoir des clients, sans compter le bénéfice psychologique de séparer travail et vie privée – se lever et aller au bureau en laissant les problèmes familiaux derrière soi... Les occupants de cette maison partagent la pièce à vivre, mais chacun dispose de son domaine privé tant pour son boulot que pour soi, c'est vital. Cependant – et je trouve cela intelligent – rien n'est complètement séparé non plus. Regarde. Les patios couverts qui se trouvent de chaque côté de la maison laissent entrer la lumière et amortissent le bruit, mais tu vois la façon dont j'ai aligné les portes-fenêtres en face les unes des autres ? Un simple coup d'œil au patio de ma table de travail me permettra d'apercevoir les garçons dans leur chambre. C'est génial, non ? Cela fait des années qu'un projet ne m'a pas autant enthousiasmé, j'avoue en être très satisfait. Ça te plaît ?

Elle fit signe que oui.

— Qui te l'a commandé ?

— Personne. C'est une de mes idées. J'avais oublié le plaisir que procure la concrétisation de ses idées. La création de belles baraques à des prix abordables... C'est la principale raison de ma vocation. Une architecture qui n'a certes aucun prestige, et alors ? La conception de lieux où tout un chacun peut vivre et s'épanouir, voilà ce qui m'intéresse. C'est sentimental ? Sans doute, reconnut Adam qui, timide tout à coup, ajouta d'un ton emprunté : Je n'ai pas encore les moyens de construire cette maison, mais si nous vendons bien la nôtre et si je règle mes problèmes de boulot... peut-être...

Il lui jeta un regard suppliant.

— Quoi ? demanda-t-elle, inquiète, commençant à comprendre.

— Je souhaite que tu emportes ces plans pour les examiner. Si tu as le temps, évidemment.

Il les fit glisser doucement sur la table.

— J'aimerais avoir ton avis. Ne te prive surtout pas de suggérer les modifications qui te viennent à l'esprit.

Elle coinça les feuilles sous sa paume.

— Pourquoi ?

Baissant les yeux, il ne répondit pas.

— Je ne suis pas architecte, Adam. En quoi est-ce que cela me concerne ?

Il continua à se taire.

— Très bien.

Avec un soupir, Sophie le regarda attentivement et continua :

— Adam, tu m'as fait la cour en m'offrant un recueil de poèmes – tu as confié à John Donne le soin de me déclarer ta flamme. Tu m'as annoncé que tu avais une maîtresse en te débrouillant pour que je découvre des photos d'elle. J'ai appris la fin de notre vie conjugale le jour où tu m'as fourré une fac-ture d'eau dans la main. A présent, tu me files les plans d'une maison et je suis censée en déduire que tu veux que je revienne m'installer avec toi. Un nou-vel échange de papiers sans qu'un mot soit pro-noncé. Eh bien, cela ne suffit pas. Tant s'en faut. Une relation ne se construit pas de la sorte. Les êtres humains se différencient des animaux grâce à la parole, un moyen de communication très efficace que je te recommande d'employer si tu tiens à notre entente.

Comme elle se levait, il lui attrapa la main.

— Reste, je t'en prie. J'ai vraiment quelque chose à dire.

Elle se laissa retomber sur son siège ; Adam parla pendant une vingtaine de minutes.

— En un sens, c'était un problème de perception – à moins que ce ne soit qu'une façon de le décrire. J'ai confondu réalité et fantasme, ils se sont mélangés dans ma tête, comme si j'étais un gamin sans cervelle qui, dans un conte de fées, se fait embobiner au marché et troque un objet de valeur contre de la pacotille. Cela relevait de l'ensorcellement, de l'aveuglement, et maintenant que mes yeux se sont dessillés, je n'en reviens pas d'avoir été dupe. Comme si ça ne m'était pas arrivé, sauf que ton absence à mon réveil le matin m'apprend le contraire. C'est bien moi qui ai fait ça. Si revenir en arrière signifie redevenir aveugle, je m'y refuse car ce que j'ai acquis m'est aussi précieux que ce que j'ai perdu, une manière de consolation. Je n'étais qu'un faux père, un faux mari, voire un faux architecte – un névrosé incapable de faire face à sa médiocrité. Je suis devenu un véritable père, mais je ne suis plus un mari. Or, c'est mon souhait, Sophie, être un véritable mari. J'y aspire de tout mon être, pour peu que tu me donnes une chance.

Adam s'interrompit. Elle eut beau sentir qu'il la dévisageait, elle ne leva pas les yeux de la nappe où elle déplaçait son verre pour créer un chevauchement de cercles mouillés.

— Si ne plus être un mari est le prix à payer pour la découverte de ma paternité, poursuivit-il, je m'efforcerai de l'accepter avec élégance. J'ai failli perdre nos enfants. Je ne comprenais ni leur magie ni mon rôle auprès d'eux, et ne serait-ce qu'y penser m'affole. Tu ne peux pas savoir à quel point je suis heureux de m'être réveillé à temps, avant qu'ils aient grandi et m'aient quitté, ne gardant comme souvenir de leur père que celui d'un épouvantail, un pingouin empaillé. La vie, la vraie vie, c'est ça – les enfants, l'amour, un travail gratifiant. Cela n'a aucun rapport avec la médiocrité, c'est l'accomplissement, la réussite absolue, le but suprême de l'existence humaine. Au fond, le spectre de la médiocrité, qu'a-t-il de terrifiant ? Dieu merci, je suis en bonne santé, j'ai la chance de gagner ma vie en faisant le travail que je préfère – déjà deux bénédictions. J'aime mes enfants, j'aime ma femme : tu l'es toujours, je peux encore t'appeler ainsi pendant quelques jours. Alors si la médiocrité englobe tout ça, je suis preneur !

Un bref silence suivit. Sophie le brisa :

— Je ne te trouve pas médiocre. A mon avis, tu as un bon bout de chemin à parcourir avant de le devenir.

Adam éclata de rire.

— Oh, Sophie, Sophie, comme tu as changé ! Moi aussi, et j'aimerais tant te le prouver. Si seulement tu m'en donnais la possibilité, mon amour.

Elle ramassa les feuilles, en fit une liasse impeccable et les garda dans sa main, songeuse. En fin de compte, elle les lui rendit.

— Non.

— Evidemment, je l'accepte. Je n'ai pas le choix.

Elle n'ouvrit pas la bouche.

— Tu ne peux pas me pardonner, c'est ça ? Je sais que je n'ai pas le droit de te le demander, mais je voudrais vraiment comprendre.

— Te pardonner ? La question n'est pas là. J'ai perdu mon respect pour toi, même si je t'admire désormais pour autre chose. Et je n'ai plus confiance en toi. Non en ce qui concerne les enfants – au contraire –, en ce qui me concerne. La confiance ne se colmate pas à la manière du métal qu'on soude pour que la cassure soit invisible. On pourrait plutôt la comparer à une assiette en porcelaine, où la fêlure apparaît malgré la colle, et c'est un foyer de microbes. Pour moi, une relation sans respect ni confiance est inconcevable. Et pour toi ?

— Pour moi aussi. Merci... de ta franchise.

Du Adam tout craché de réagir ainsi. Avec un calme « viril ». Blessé mais courtois. Le héros d'une patience à toute épreuve, pensa Sophie, furieuse.

— En outre, je suis sidérée que tu m'accordes si peu d'importance dans ta réflexion, ajouta-t-elle. Ton scénario, le voici : un homme rattrapé par le démon de midi quitte sa femme, il fait le point, il claque dans ses doigts, sa femme revient. Comme si elle avait été en réserve, figée dans la gelée pendant qu'elle ne lui servait à rien. Apparemment, tu ne comprends pas que j'ai évolué depuis ton départ. J'ai une nouvelle vie, de nouveaux amis, un nouveau métier, un nouvel amant – dont je me souviens de t'avoir parlé –, et je suis très, très heureuse. Une vétille à tes yeux ? Tu crois sérieusement que je laisserais tout tomber pour me précipiter dans tes bras, au prétexte que tu t'es résigné à ta médiocrité ? Ton narcissisme et ton égoïsme monstrueux dépassent l'entendement ; pourtant, à en juger par ton expression blessée et ton petit laïus plein d'apitoiement sur toi, tu n'es pas loin de te prendre pour la victime.

Séduisante, par-dessus le marché ! s'exclama-t-elle, la main sur le front, comme saisie d'un vertige. C'est écœurant, j'en suis littéralement malade.

Alors qu'elle s'apprêtait à partir, il osa l'en empêcher une fois de plus.

— Je réfléchirai à tout ce que tu viens de dire, Sophie. En revanche, nous devons résoudre un problème pour le bien des garçons. Je vais mettre la maison en vente immédiatement et chercher quelque chose à louer, mais où ? Près de chez toi serait l'idéal pour eux. Es-tu sûre de rester dans cet appartement ? Il est très petit, d'après Milagros, alors tu auras peut-être besoin d'emménager dans un logement plus grand. Du coup, se rapprocher de toi serait idiot. Voilà pourquoi je veux connaître ta décision. Tu me tiendras au courant ?

Elle hocha brusquement la tête, envahie par une peur soudaine d'éclater en sanglots, ne songeant plus qu'à s'éloigner de lui, torturée par la sensation que c'était un affreux gâchis.

— Nous trouverons une solution qui conviendra à tout le monde, conclut-il, le ton grave.

Cela semblait être une menace. Elle s'enfuit.

6

C'était le début du mois d'avril. Malgré la boue et le froid persistant, Florence avait apporté ses gants et sa casquette de base-ball au square. Pour fêter le printemps. Sophie lui annonça qu'Adam cherchait un logement à louer, près du sien ; son amie l'écouta, fixant d'un œil pensif Bertie qui gambadait à leurs pieds.

— Voyons voir. Si la propriétaire de Bertie casse sa pipe, Adam pourrait emménager au rez-de-chaussée, dit-elle, pragmatique, faisant une bulle avec son chewing-gum. Génial pour les gosses. Ils n'auraient qu'à monter et descendre l'escalier, comme si vous viviez ensemble.

L'espace d'un instant, le cœur de Sophie battit la chamade. Dormir de nouveau sous le même toit que ses enfants, qui seraient libres de la voir à leur guise, en parfaite sécurité. Sauf que...

— Adam tomberait sur mon amant, moi sur sa maîtresse à tout bout de champ ? Trop de proximité pour que ce soit supportable. Ce serait glisser sur une pente savonneuse, ces allées et venues dans nos appartements respectifs – je finirais par préparer le dîner des garçons chez lui et de fil en aiguille... par

334

faire sa vaisselle. Non, pas question. (S'interrompant, elle caressa la truffe du chien.) De toute façon, nous ne souhaitons pas la mort de Dorina, n'est-ce pas, Bertie ? On ne construit pas son bonheur sur le chagrin d'autrui. Même celui d'un chien.

— C'était juste une idée en l'air. Ça m'étonne qu'il ne t'ait pas demandé de renouer avec lui.

Florence fit sauter deux fois sa balle de base-ball dans son gant et ajouta en souriant :

— Si tu étais ma femme, ce serait mon désir le plus cher.

Sophie se garda de lui révéler qu'il l'avait suggéré, à sa manière détournée. Cela la mettait mal à l'aise. Le mot de pardon l'indisposait – gélatineux, rance, puant la sainteté frelatée, il servait à persécuter et manipuler les offensés. Un mot de tricheur. Quelqu'un nous maltraite et ensuite, comme pour ajouter l'insulte à l'outrage, on nous demande d'aller chercher le pardon dans nos réserves d'émotions, déjà épuisées. Nourrir haine et colère après avoir été bafoué est dangereux, cela tombe sous le sens. Le ressentiment couve en nous et produit des poisons toxiques, aussi avons-nous tout intérêt à lâcher prise – fruit d'un processus philosophique. En revanche, pourquoi effectuer le deuxième pas insensé menant au pardon ? Pourquoi assurer au coupable que tout va bien alors qu'il n'en est rien ? Lui donner bonne conscience n'est pas le devoir de l'offensé. Entre le pécheur et sa victime, il n'est pas difficile de deviner lequel a inventé le concept du pardon.

En proie au doute sur la conduite à tenir, déçue par Henry, talonnée par le sentiment d'urgence qui la poussait à accorder une nouvelle chance à Adam, Sophie découvrit le lendemain que la dernière personne qu'elle avait envie de voir avait laissé un message sur son répondeur : pouvait-elle profiter de sa venue en ville pour passer prendre une tasse de thé ? Sophie, qui avait décidé quelques semaines auparavant de se détacher de Marion et de ses conseils sentencieux, estima son coup de fil importun et déplacé. Mais évidemment, lorsqu'on veut débarrasser son pré carré social d'un certain nombre d'amis et relations, les plantes indésirables l'ignorent et continuent à monter en graine. A contrecœur, Sophie décrocha le téléphone pour lui dire que c'était impossible ; en vue du bombardement prévisible de propositions de Marion pour trouver une date, elle rassembla ses forces. Non, pas jeudi ni vendredi, le samedi ne va pas non plus parce que... jusqu'au moment où, faute d'excuses, elle capitulerait. Comme elle s'apprêtait à la rappeler, Sophie prit soudain conscience que rien ne l'y obligeait. Elle n'était pas tenue de fournir d'explications, ni de s'exposer à l'artillerie lourde de Marion, ni de sautiller pour éviter les balles dont l'une finirait par se loger dans sa poitrine. Aussi se borna-t-elle à effacer le message. Un tour de magie. Une simple pression du doigt et Marion avait disparu.

Deux jours plus tard, il y eut un nouveau message vocal : « Les relations humaines ne sont pas des biens de consommation, et cela vaut pour notre amitié. Tu me manques, Sophie ! S'il y a un problème entre nous, parlons-en. Je suis ton amie, non un mouchoir jetable que tu peux... » Sophie l'effaça. Cela dit, Marion n'avait pas tort. Elle ouvrit donc son portable pour y taper un SMS : *J'ai besoin de recul et de desserrer un peu nos liens. Merci de ta compréhension.* La réponse arriva sur-le-champ : *Je comprends parfaitement. Prends tout le temps qu'il te faut.*

A la fin de la semaine, toutefois, Sophie trouva un nouveau message proféré d'une voix tonitruante et excitée, si bien qu'elle dut l'écouter deux fois avant de comprendre qu'il s'agissait de Lydia, son ancienne partenaire à la garderie, qui l'invitait avec force cris et rires artificiels à une garden-party (« Apporte ton om-bre-lle ! »). Sophie se douta que Marion avait poussé Lydia à l'appeler, et qu'elle serait sûrement de la fête, prête à la coincer. Encore un message qu'elle se fit un plaisir d'effacer. La métaphore du jardinage est juste, songea-t-elle. Arracher les mauvaises herbes fournit la lumière, l'espace et le nutriment indispensables à l'épanouissement d'autres plantes. Il est grand temps de cultiver mon jardin pour une nouvelle fleur. Après avoir envoyé un e-mail à Lydia dans lequel elle la remerciait, s'excusait de devoir refuser en invoquant la préparation d'un examen de shiatsu, Sophie invita L à dîner.

— Peut-être que je le regretterai, n'empêche que je vais, genre, faire un essai. Pourquoi m'en priver ?

Le père de L – Sophie s'efforçait de ne plus le surnommer père nourricier et de l'appeler Jacob – avait proposé à sa fille de le rejoindre dans le centre de soins alternatifs où il travaillait. Il y avait une pièce inoccupée. Il lui avait demandé si elle aimerait y installer son cabinet, une fois qu'elle aurait réussi son examen.

— Ce qui est chouette, je veux dire, c'est qu'il y a une douzaine de personnes, on ne sera pas que tous les deux – ça serait pousser le bouchon. De toute façon, si ça craint, je me taille, s'pas ? Il faut bien commencer quelque part.

— C'est super, L. Je parie que l'atmosphère sera formidable.

— En plus, tu sais quoi ? Jacob considère que m'aider à m'établir est une façon de compenser son abandon. Et moi, j'ai, genre, l'impression que si je ne le laisse pas soulager sa conscience, il continuera à me suivre partout en me couvant de ses yeux de chien battu. Je veux qu'il sente, genre, que nous sommes quittes.

— Cela te paraît équitable ?

— Ça mérite réflexion, répondit L, qui, le doigt sous le menton, feignit de se plonger dans ses pensées. Bon, d'une part, il me largue à l'âge de quatre ans avec une mère toxico, de l'autre, il me donne un coup de pouce pour dérouler mon futon, vingt ans plus tard. Hum. Non, ça ne rétablit pas l'équilibre. De toute façon, c'est impossible. Si j'accepte, c'est à la fois pour qu'il me fiche la paix et le rendre libre, tu sais, de faire ce dont il a envie. Parce qu'il me semble que cette histoire de dette karmique entre un père et sa fille l'empêche de mûrir. Sans compter que ça me gonfle.

— Je suis stupéfaite que tu ne lui en veuilles pas.

— Par égoïsme, instinct de conservation ou je ne sais quoi. Mon temps est trop précieux, et puis, affectivement, ce type a trois ans. Il ne s'est pas

338

conduit en adulte responsable ? Et alors ? Il n'en a jamais eu la capacité.

— Tu ne te demandes pas, du coup, ce que ta mère lui a trouvé ?

— Euh, non, jamais, répondit L, qui leva le menton et repoussa ses cheveux en arrière. Si tu avais rencontré ma mère, tu te serais posé la question inverse.

— Oh, L... dit Sophie avec un rire contraint tant l'enfance de son amie l'attristait.

— Il veut assumer mon loyer de la première année, alors c'est aussi intéressé de ma part. J'ai du pot que cet imbécile soit rongé par la culpabilité. Si je me débrouille bien avec lui, je devrais avoir un loyer gratis pendant deux ans. Tu sais : « Je n'ai pas les moyens, Jake-O. Je cherche toujours ma voie », mima L en pouffant.

Sophie eut un élan d'empathie pour Jacob.

— Et toi ? reprit L. Où vas-tu t'installer quand tu auras l'autorisation, So ?

C'est ainsi que L appelait Sophie désormais, peut-être selon la théorie que les gens chouettes n'avaient pas besoin de prénoms de plus d'une syllabe. Naturellement, les plus sympas se contentaient d'une seule lettre.

— Je travaillerai ici. Viens voir.

Comme Sophie l'emmenait dans la salle de soins, L s'attarda en chemin, observant et tripotant des objets.

— Ton appartement est fantastique. C'est à toi, tout ça ?

— Non, certaines choses appartiennent à Clement, le ou la propriétaire, je n'en sais rien. Mon ange gardien. Quand j'ai emménagé, au début surtout, j'avais le sentiment que Clement avait installé ce havre uniquement pour moi.

— Super.

— Tiens, ma salle de soins. A défaut d'être grande, elle est jolie et calme. Et lumineuse, précisa Sophie, désignant le vitrail de la fenêtre cintrée. Quand le soleil se déverse par là, c'est magnifique. On dirait que le sol est jonché de bijoux.

— Waouh ! s'exclama L, les yeux rivés par terre, imaginant le tableau. Tu vas bosser chez toi ?

— Oui, c'est mon intention. Pourquoi ?

— Un tas de cinglés traînent dans le coin.

— Ah, je n'ai... Tu crois vraiment que c'est dangereux ?

— Complètement. Nous sommes en Amérique, So. Nous produisons surtout des dingues. Pour la consommation extérieure et intérieure.

Le projet soigneusement élaboré de Sophie commença à s'effilocher, tandis que L continuait :

— La question se résume à ça : tu as envie que des types bizarres entrent chez toi ? Tu sais ce que « massage » signifie pour un tas d'imbéciles. Et si tu te mets à la place des clients, ça te détendrait de t'allonger et fermer les yeux dans la maison d'une inconnue ? Une clinique, c'est anonyme et plus rassurant. Pour toi aussi d'ailleurs : en cas de problème, il y a des gens dans les parages.

Sophie sentit son moral se dégonfler.

— Tu as raison, c'est évident. Ne pas y avoir pensé l'est beaucoup moins. Moi qui me targue d'être une organisatrice hors pair... comment ai-je pu négliger l'environnement ? J'imagine que je

340

m'attendais à avoir surtout des femmes comme clientes...

— Bien sûr, beaucoup de femmes n'acceptent pas de s'occuper des hommes. N'empêche qu'il y a un paquet de tarées dans ton quartier... Ne sous-estime pas ton sexe.

— Je n'avais pas prévu de payer deux loyers. Et si je ne prenais que les clientes qu'on me recommanderait ?

— Tu aurais du mal à joindre les deux bouts. Tu passerais à côté de tas de nanas sans doute réglo.

S'apercevant de la consternation de Sophie, L ajouta :

— Remarque, c'est pas bête. Des clientes qu'on t'envoie, par le bouche-à-oreille, pourquoi pas ? Pour commencer, en tout cas. T'inquiète, ça marchera. C'est comme un jeu de Bagatelle, d'accord ? Toutes les jolies billes de verre roulent dans les bonnes cases.

— Bagatelle, c'est quoi ?

— Un jeu où... toutes les jolies billes roulent dans les bonnes cases !

Ayant réussi à dérider Sophie, L changea de sujet :

— Je peux jeter un coup d'œil au reste de l'appartement ? J'adore visiter les maisons des gens, je suis hyper-curieuse.

— Bien sûr. Mais il n'y a pas grand-chose à voir.

— Ce qui me fascine, c'est que nous sommes façonnés par les lieux que nous occupons, tu comprends ? L'extérieur modèle l'intérieur, à tel point que si nous modifions notre espace vital, nous changeons la vie que nous y menons. C'est comme...

— Adam en est persuadé, lui aussi. Il veut concevoir des maisons dans lesquelles les habitants peuvent « vivre et s'épanouir ».

— C'est exactement ça ! J'aimerais beaucoup voir son travail. J'aurais peut-être dû étudier l'architecture... Enfin... d'après Co, le shiatsu est inné chez moi.

— Co ?

— Malcolm. Nous avons une histoire – je suis incapable de résister à ce truc de mentor/acolyte, et j'ai toujours clamé que la connaissance se transmet sexuellement, comme la chaude-pisse. En plus, j'ai besoin d'une bonne note... ajouta L, que l'expression de Sophie fit rire. Je suis une opportuniste, So ! Qu'est-ce que tu crois ? Les gosses tels que moi deviennent des survivants. Co m'affirme que j'ai un bon toucher. Enfin, c'est plutôt lui qui en a un, oh là là. C'est un homme dont la main vous pénètre, même s'il se trouve à l'autre bout de la pièce, précisa-t-elle en baissant la voix. Alors... imagine un rapport sexuel avec lui.

L s'interrompit un instant avant de reprendre :

— C'est vraiment chouette ici. Je peux voir ta chambre ? Sophie ? Hé oh, Sophie ?

Le regard dans le vague, celle-ci était assaillie par des images perturbantes d'ébats avec un homme démembré.

— Quoi ? Ah, oui.

Elle lui montra la chambre, puis la salle de bains, qui arracha un cri de joie à son amie.

— Quelle baignoire d'enfer ! Je n'ai qu'une douche chez moi. Oh, ces coquillages sont ravissants ! Je pourrais prendre un bain ? Ça t'ennuie ?

— Maintenant ? Pas du tout. Tu trouveras des huiles essentielles et tout ce qu'il faut. Ne te prive pas, sers-t'en.

— Il y a même des bougies ! Le comble du bonheur.

Ainsi, leur soirée se termina sur la terrasse. Enveloppée dans le peignoir de Sophie, la peau luisante, ses longs cheveux mouillés, L sentait le savon, l'huile de bain et le joint qu'elle avait roulé. Les deux jeunes femmes bavardèrent tard, tentèrent de percer les mystères du méridien triple réchauffeur, rirent, burent du vin et contemplèrent la lune qui parcourait le ciel en suivant la trajectoire que le soleil avait embrasée dans la journée. Un dîner parfait aux yeux de Sophie. Ils devraient tous se dérouler de la sorte.

Le lendemain matin, son enthousiasme retomba quelque peu : gueule de bois, baignoire sale, serviettes humides par terre – l'habitude de ranger le désordre des autres se perdait vite –, sans oublier ses notes de cours qu'elle avait autorisé L à copier en vue de l'examen. L avait formulé sa requête plutôt poliment, et Sophie ne s'était pas contentée d'accepter, elle l'avait pratiquement forcée – alors pourquoi cette sensation d'avoir été manipulée ? Il y eut un coup de sonnette, Sophie supposa que L revenait chercher les nombreuses affaires qu'elle avait oubliées : des livres, ses boucles d'oreilles, une écharpe. Cependant, lorsqu'elle ouvrit la porte...

— Salut ! lança Henry, tout sourire.

Dans ses bras après l'amour, effleurant son profil du doigt, Sophie eut du mal à se rappeler pourquoi ce voyage à Seattle et l'existence de sa fille l'avaient tellement perturbée. C'était merveilleux qu'il en ait une – le contraire aurait été inconcevable. Quoi qu'il en soit, il était temps d'avoir une petite conversation.

Elle attendit qu'ils se soient levés pour préparer un brunch.

— Adam vend la maison. Il veut s'installer plus près de moi, pour les garçons.

Henry brancha le moulin à café. Elle fit la grimace jusqu'à ce que le bruit strident s'arrête, puis attendit un commentaire. En vain.

— Tu trouves que c'est une bonne idée ? insista-t-elle.

Il lui lança un regard étonné.

— Tu me demandes mon avis ?

D'un ton léger malgré son agacement, elle répondit :

— Oui.

— Et toi, tu en penses quoi ?

— Je veux savoir ce que tu en penses.

— Je ne...

— Tu as sûrement une opinion. C'est une bonne idée qu'Adam déménage dans mon quartier ? Oui ou non.

— Comment puis-je avoir une opinion alors que j'ignore ton sentiment à ce sujet ?

— Je tiens à connaître le tien.

— Eh bien, il me semble que ce serait plus pratique pour toi.

— C'est ce que tu penses, pas ce que tu ressens.

Henry se mit à découper un ananas en tranches.

— Je ne ressens rien, Sophie. Je ne suis pas jaloux, si c'est ce que tu cherches à me faire dire. D'après ce que je comprends, tu me préfères à lui. Détrompe-moi si ce n'est pas le cas.

Sophie formula la question qui la tourmentait :

— Et s'il ne s'agissait que d'un congé sabbatique et que mon mari et moi reprenions une vie commune ?

— Je me ficherais de l'endroit où il habite.

— Tu sais... Garder son calme est une chose, être insensible une autre.

— Quoi ? Voyons, ça m'est complètement égal, Sophie. Pourquoi son adresse m'intéresserait ?

— Et s'il s'installait ici ?

— Là, tu triches !

— Pas du tout ! Toute la question est là !

— C'est de la triche parce qu'il s'agit de celle avec qui il vivrait et plus du quartier où il habiterait. Je ne me fiche pas de la personne avec qui il vivra, seulement de son adresse.

— Alors ça te concerne ?

— Quoi donc ?

— S'il vivait avec moi.

— C'est ce que tu souhaites ?

Sophie enfouit son visage dans ses mains.

— Ecoute-moi, enchaîna-t-il. Tu as envie de te remettre avec ton ex ?

Le non étouffé qu'elle lâcha fut suivi par une phrase assez longue, empreinte de tristesse, mais trop indistincte pour être compréhensible.

Il écarta doucement les mains de Sophie.

— Tu peux répéter ?

Levant la tête, elle croisa son regard et recouvra son calme.

— Tu vois, Henry, j'ai besoin d'une feuille de route. Toi, moi, nous, qu'est-ce que ça signifie ? Qui sommes-nous l'un pour l'autre ? Des amis qui couchent ensemble, des amants, un couple ? C'est quoi le projet ?

— Le projet ? Il n'y en a pas. Je veux juste savoir : tu es heureuse avec moi ?

Cela avait tout l'air d'une question-piège.

— Ou-ui, répondit-elle, puis, se rendant compte du côté blessant d'une telle hésitation, elle se reprit : Oui, bien sûr. Je suis très heureuse.

— Moi aussi. C'est la seule chose qui compte. Je n'ai aucune envie de donner un nom à notre relation. Une étiquette te rassurerait, moi elle m'emprisonnerait.

— Mais où allons-nous ? Qu'est-ce qu'on espère faire ensemble, un jour ? J'ai besoin d'une feuille de route – flexible évidemment, mais une sorte de structure au lieu de ce vague...

Elle fit un grand geste à la place du mot qu'elle ne trouvait pas.

— Tu veux un projet. D'accord. Le nôtre, c'est de ne pas en avoir, ça te va ?

— Non, riposta-t-elle sèchement. Parce que cela revient à ne pas en avoir, et que je viens de te dire qu'il m'en faut un.

— Très bien, écoute-moi. Nous sommes heureux, alors nous allons continuer comme ça. Jusqu'à ce que toi ou moi ou nous deux souhaitions un changement, qui se présentera. Lequel ? Ce n'est pas à moi de le préciser – notre séparation éventuelle, un bébé ou... n'importe quoi d'autre. Chercher à définir l'avenir ne rime à rien, c'est aussi absurde que lancer des galets divinatoires. Je n'aime pas les promesses. D'ordinaire, c'est brasser du vent pour convaincre, parce qu'on a quelque chose à y gagner. En cet instant précis, l'avenir est insaisissable, d'accord ? En cet instant précis, je suis prêt à provoquer tous les changements qui deviendront indispensables ou souhaitables, et à m'y adapter. Personne ne peut honnêtement s'engager davantage auprès d'un autre. Si je te promets de ne jamais te quitter, cela se révélera peut-être faux ; c'est de la folie de croire qu'un tissu de mensonges puisse servir de filet de sécurité. Je refuse de te raconter des sornettes, même pour te rendre heureuse.

Mais Sophie avait buté bien avant.

— « Notre séparation éventuelle », répéta-t-elle, d'une voix monocorde. « Un bébé... ou n'importe quoi d'autre. » Tu appelles ça une feuille de route ?

— Absolument, dit-il sèchement. Je n'ai rien d'autre à proposer parce que rien d'autre n'existe. Ceux qui te proposent davantage mentent, comme ton mari te l'a prouvé. Réfléchis, je t'offre ce qu'il y a – tout ce que le monde a à offrir.

— Et rien.

— Evidemment. Ça en fait partie. Le tout comprend le rien.

— Alors... désolée... juste pour résumer : tu resteras jusqu'à ce que tu n'en aies plus envie, c'est ça ?

Il lui sourit avec tendresse.

— Bien sûr ! Pas toi ?

— Oh, Henry, Henry.

Empoignant ses cheveux à deux mains, Sophie éclata de rire.

— Il vaudrait peut-être mieux qu'on arrête là.

Il la dévisagea un long moment avant d'acquiescer :

— Très bien.

— Très bien ? C'est tout ce que ça t'inspire ?

— Naturellement, puisque c'est ce que tu veux. Comment est-ce que ça pourrait ne pas être très bien ?

— Tu vois ? Voilà qui me prouve qu'il ne se passe rien.

Il fit glisser les tranches d'ananas de la planche à découper dans une assiette et posa le couteau.

— Très bien.

— Ne dis plus « très bien », je t'en prie.

— Je ne le ferai plus. Et je vais m'en aller.

Après s'être essuyé les mains, il se tourna vers elle.

— Mais avant, je tiens à ce que tu reconnaisses ne plus vouloir que nous soyons amants parce que je refuse de promettre l'impossible Tu en conviens ?

— Oui. Absolument. Ecoute, Henry, je suis sûre que tu as raison sur toute la ligne. Pourquoi aurais-je besoin d'une étiquette ? Je sais que tout le monde improvise... qu'il n'existe pas d'autre moyen. Sauf que ce mode d'emploi m'est inconnu. N'oublie pas qu'encore récemment j'étais une femme au foyer, en banlieue, qui traînait au supermarché, vidait le contenu de son Caddie dans sa voiture. J'ai beau changer, c'est encore trop...

Elle décrivit à nouveau des cercles dans l'air, en quête du mot insaisissable.

— ... pour moi. Un jour, je serai peut-être plus... ou pas, conclut-elle, laissant retomber ses bras.

Lui entourant le visage de ses mains, il l'embrassa.

— Alors, au jour où ce ne sera plus trop... et où tu seras plus... Viens, le petit déjeuner est prêt.

Ils se sourirent.

— Je n'aime personne autant que toi, déclara-t-elle tout en servant le café.

Il déplia sa serviette.

— Je sais.

Ils mangèrent dans une atmosphère sereine. Après le départ de Henry, Sophie passa un certain temps à écouter la nouvelle qualité du silence qui régnait dans son appartement.

En l'espace de quelques jours, deux lettres en provenance d'Europe apparurent dans la boîte aux lettres de Sophie. A. R. Clement était l'expéditeur de la première, adressée à Mlle Szabo d'une écriture régulière et penchée. Son cœur battit plus vite lorsqu'elle palpa l'enveloppe épaisse en se demandant ce que son ange gardien avait à lui dire. Elle fit durer le suspense le temps de se préparer un cappuccino ; une fois confortablement installée, elle ouvrit l'enveloppe, et en sortit une belle feuille de papier qu'elle parcourut rapidement avant de la relire lentement, de moins en moins excitée. Il ne s'agissait que d'une demande, bien rédigée, pour savoir si Mlle Szabo avait l'intention de renouveler son bail. Bien entendu, elle n'était pas obligée de prendre une décision sur-le-champ mais, au cas où elle l'aurait fait, Clement serait content de la connaître dans la mesure où certains de ses projets en dépendaient. Rien de plus. Si l'écriture indiquait que l'auteur de la lettre, cultivé, avait le sens de la beauté, elle ne fournissait aucun indice quant à son sexe. L'âge ? Plus de la première jeunesse, étant donné sa maîtrise de la grammaire. L'adresse de l'expéditeur se trouvait dans les Abruzzes ; Clement vivait ou voyageait en Italie. Encore un, aurait-on dit, qui lui mettait la pression pour qu'elle fasse un choix.

La deuxième lettre, de son ex-belle-mère, avait été postée dans le Kent. Tournant en dérision le manque de subtilité de Sophie et son puritanisme, elle lui conseillait de pardonner au pauvre garçon, qui, certes, s'était mal conduit, mais n'était-ce pas le propre des hommes, que nous n'en aimions par ailleurs que davantage pour cette raison même. Cette lettre monstrueuse, qui aurait dû être conservée pour qu'un groupe d'érudits l'examine, finit dans une poubelle municipale. Quel dommage ! Sophie fit le compte des personnes qui souhaitaient la voir se réinstaller avec son mari : Adam, la mère de celui-ci, sa propre mère, Milagros sans doute, Marion sûrement... Le désir des autres n'avait aucune importance. A moins que... s'il s'agissait de Matthew et de Hugo ?

— Ta vie conjugale ne regarde pas tes fils, affirma Florence, qui buvait une limonade chez Sophie. Tu n'as pas besoin de leur permission pour divorcer, ça ne marche pas comme ça.

— C'est vrai. N'empêche qu'ils ne peuvent pas dormir sur un clic-clac dans ma cuisine jusqu'à la saint-glinglin.

— Qu'est-ce que tu veux dire ?

— Il faudra bien qu'ils aient leur chambre un jour. Je n'ai que deux pièces, et une salle de soins est indispensable si je veux gagner ma vie bientôt – mes économies fondent. Je dois trouver un appartement plus grand mais, aussi ridicule et irrationnel que cela paraisse, je suis attachée à celui-ci. Bref, je n'ai pas d'autre choix que de déménager.

L'image des plans de niveau d'Adam lui vint à l'esprit : son lieu de travail indépendant, les enfants en train de jouer aperçus par les portes-fenêtres, la sensation de plénitude et de sécurité. Elle pourrait remplir le patio de plantes...

— Hé ! s'écria tout à coup Florence, faisant sursauter son amie. Regarde, expliqua-t-elle en montrant le verre que Sophie venait de porter à ses lèvres. Mon Dieu, c'est incroyable !

A cause de la condensation, le dessous de verre en liège que Sophie avait mis pour protéger la table avait adhéré au fond du verre.

— Tu as réussi un boiveaumètre ! C'est ce qu'on dit quand un dessous de verre se colle au verre.

Sophie chercha une façon pertinente de poser sa question :

— Et c'est un phénomène scientifique reconnu ?

— Tu es allée à Boise, la capitale de l'Idaho ? Dans un bar qui s'appelle Humpin Hannah's ?

— Non... je ne crois pas.

— C'est là que cet exploit a été reconnu officiellement pour la première fois. Cela arrivait aux gens depuis des années, mais ce n'est que tard un soir au Humpin Hannah's qu'on a réuni les trois morphèmes – boisson, niveau et mètre – pour former le terme que nous employons aujourd'hui. Des puristes mesurent la trajectoire du dessous de verre entre le moment où il se décolle et celui où il tombe – du pédantisme, à mon avis. L'essentiel, c'est que ça s'appelle boiveaumètre et que c'est une prouesse ! Voilà qui vaut un millier de bières !

Au bout d'une énième bière – Florence avait réussi deux boiveaumètres –, Sophie avoua qu'Adam lui avait demandé de revenir et qu'elle y avait sérieusement réfléchi.

— Et si ces derniers mois n'avaient été qu'une sorte de temps mort, un prélude à la reprise de ma vie de femme mariée ? La même en mieux, car nous avons tiré les leçons de nos erreurs, ce qui nous permettra de forger une relation plus égalitaire, fondée sur une confiance mutuelle... blablabla ? Une mère consciente de ses responsabilités envers ses deux enfants n'arriverait-elle pas à cette conclusion ? Non qu'elle me plaise, mais voilà !

Florence n'eut pas la réaction à laquelle Sophie s'attendait.

— Ça me plaît qu'il désire ton retour. Il serait cinglé s'il ne le souhaitait pas, dit-elle, portant sa bouteille de bière à ses lèvres. Qu'en pense Henry ?

— Henry ? répéta Sophie, évasive. Quelle importance ! Ce qui compte, c'est ce que je veux, non ?

— Enfin, Sophie ! C'est quoi cette question ? Evidemment... merde ! Je suis curieuse, c'est tout.

— D'accord. Eh bien voilà. Henry se garde de donner son avis. Il estime que c'est mon affaire. Je n'ai qu'à sonder mon cœur pour prendre la bonne décision.

Sophie fit une grimace avant d'ajouter :

— Il a raison. Comme toujours.

— C'est normal qu'il ne puisse te conseiller. Je me demande ce qu'il ressent.

— Ah, répondit Sophie avec un geste insouciant. Aucune idée. Vois-tu, je ne comprends pas vraiment Henry. Il a de l'affection pour moi, ça je le sais, mais il tient à ce que tout soit simple et vague. A ses yeux, la liberté est essentielle ; on ne s'appartient pas ; on veut le bonheur de l'être qu'on aime, quel qu'en soit le prix. A l'en croire, une mauvaise décision, ça n'existe pas, tout le monde a le droit de se tromper, et ainsi de suite. Il est tellement équilibré qu'il ne compte pas : ce sont ses propres mots, il ne fait pas partie de mes problèmes.

— Décidément, ce type me plaît.

— C'est vrai qu'il est génial, acquiesça mollement Sophie. Sauf que j'ai besoin d'une glace solide sous mes pieds, qui me permettrait d'avancer.

— Ben voyons, tu as eu beau avancer avec Adam, ça ne t'a pas empêchée de tomber dans une eau en dessous de zéro.

Florence avala une gorgée de bière et poursuivit d'un ton furibard :

— Et de remonter à la surface avec un poisson dans la gueule comme un phoque.

— Je sais, je sais, concéda Sophie en soupirant. En attendant, reprit-elle avec un regain d'énergie, je dois trouver une solution. Habiter un appartement plus grand, ou avec Adam dans la maison de ses rêves, ou avec mes fils ? Est-ce que ce serait injuste de les séparer de leur père maintenant ? Ou quoi ?

Posant sa tête sur le bras, elle gémit :

— Je suis comme un journaliste de faits divers qui hurle ses questions au ciel. Tu te rappelles l'école primaire ? dit-elle, relevant la tête. Un bon article devait avoir réponse à toutes les questions liées au temps et à l'espace.

— Ouais, c'est de l'histoire ancienne.

Florence décapsula deux autres bières et en tendit une à Sophie.

— Tiens, cul sec. Et vivre chez Henry ?

Sophie déchiqueta l'étiquette de la bouteille.

— Certainement pas.

Puis, fermant les yeux, elle se voûta car elle venait de se souvenir d'autre chose.

— En plus, j'ai oublié de t'en parler, L estime que c'est dangereux pour moi de travailler à domicile. Tous mes plans s'écroulent. A quoi bon m'installer dans un logement plus spacieux ? Seigneur, c'est incroyable qu'il se soit écoulé tant de temps depuis ma rupture avec Adam, sept mois, et que je sois de nouveau à la case départ dans ma vie sens dessus dessous. Si seulement cette maudite Valerie n'était pas partie ! Elle commence par tout foutre en l'air en me piquant mon mari, ensuite elle récidive en le larguant. Mon existence est régie par la maîtresse de mon mari, une femme que je ne connais même pas. Tu ne trouves pas ça surréaliste ?

Si Sophie avait su que la meilleure amie de la maîtresse de son mari était, en fait, responsable de la dissolution de son mariage, en réaction à une remarque anodine, conséquence d'une rivalité mesquine par-dessus le marché. Si Sophie avait su que cette meilleure amie, la femme avec qui elle avait bu un verre à un vernissage quelques mois auparavant et qu'elle avait trouvée très sympathique, fourrait son nez dans les affaires des autres – elle aurait été persuadée que Dali avait mis la main à la pâte.

Sentant que ça se gâtait, Florence prit les choses en main :

— Sophie, ce que tu devrais faire, je n'en ai aucune idée, mais...

Elle s'interrompit et but un peu de bière pour ménager ses effets.

— ... je vais te donner une règle qui t'aidera à résoudre les problèmes – n'importe lequel, grand ou petit – tout au long de ta vie.

Un doigt en l'air, elle déclara avec une lenteur pleine de componction, mettant les guillemets en évidence :

— Un problème reste un problème. En revanche, deux problèmes contiennent déjà la solution, voilà, conclut-elle, rayonnante.

— Attends. Répète-moi ça, tu veux bien ? demanda Sophie, les sourcils froncés, s'efforçant de dissiper les brumes de l'alcool pour comprendre.

Florence s'exécuta sur le même ton.

— Non, je ne pige toujours pas, reconnut Sophie.

— Bien sûr que si. Réfléchis. Ça veut dire que tu as de la chance d'avoir plusieurs problèmes, parce qu'ils s'entremêlent... se chevauchent... et quand ils s'entrecroisent... (Agacée, Florence s'interrompit.) Ne m'oblige pas à disséquer. Plus on le fait, moins ça a de sens... Il suffit de lâcher prise pour que ça s'élucide. C'est formidable : une idée géniale flotte dans le cerveau jusqu'à ce qu'il l'accepte et que la mer bleue de la compréhension l'absorbe doucement, tout doucement.

Sophie écouta l'explication, le front plissé. A la fin, elle cligna des yeux.

— Florence, tu comprends la signification de cette maxime ?

— Euh… pas vraiment. C'est un trésor de sagesse qu'on m'a transmis. Pour être franche, il m'est toujours passé au-dessus du chignon.

— Ah, d'accord.

Sophie ouvrit la bouche pour boire une gorgée de bière, mais elle éclaboussa son chemisier lorsque Florence lui agrippa le bras.

— Encore un boiveaumètre ! s'exclama-t-elle.

Le dessous de verre était en effet collé sur le fond de la bouteille. Alors que Sophie se creusait la cervelle, en quête d'implications éventuelles du phénomène, Florence rejeta la tête en arrière et ouvrit les bras.

— Bravo, ma belle. C'est un exploit !

Les garçons avaient été insupportables toute la matinée. Grincheux dès leur réveil, ils s'étaient chamaillés pendant le petit déjeuner ; Sophie les avait emmenés au square pour qu'ils jouent avec leurs cerfs-volants – initiative malheureuse, car nœuds dans les fils et caprices du vent mettent de mauvaise humeur, si belle que soit la journée. Après de multiples mésaventures, les hostilités battaient leur plein. Aussi Sophie leur ordonna-t-elle de s'asseoir et de se taire. Les fesses appuyées contre le banc, ils gardèrent les pieds par terre, une façon de désobéir, mine de rien. Ils faisaient la tête. Matthew regardait au loin, tandis que Hugo fixait la ficelle entortillée qu'il tenait dans sa main. Ils boudaient avec cette intensité enfantine qui se perd plus tard ; tout leur corps exprimait leur mécontentement. Sophie résista à l'envie de se moquer de leurs visages furibonds. Au bout de cinq minutes, elle indiqua d'un signe de tête que la punition était levée. Le silence perdura un instant, puis Hugo le rompit :

— Maman, pourquoi Valerie est partie ? Parce qu'on n'a pas été sages ?

Matthew eut l'air inquiet. Il devinait que ce n'était pas une question à poser, mais était impatient d'entendre la réponse et trop content de profiter de l'indiscrétion de son frère.

Qu'ils abordent le sujet en cet instant précis était intéressant – un biais pour expliquer leur mauvaise conduite, une manipulation astucieuse, ou un peu des deux. Sophie les prit dans ses bras.

— Non, pas du tout. Valerie n'est pas partie à cause de vous. *Qu'Adam aille au diable de ne leur avoir rien expliqué.* Mais parce que papa et elle n'avaient plus envie de vivre ensemble. Ils ont changé d'avis, ce n'est pas grave. Elle vous aime... beaucoup.

— On a été gentils avec elle, affirma Hugo.

— J'en suis sûre.

— Maintenant, on veut que tu reviennes.

Sophie soupira et les étreignit. Le menton sur le haut du crâne de Hugo, les yeux rivés sur un point blanc de l'autre côté du jardin public, elle songeait à ses deux bouts de chou, malheureux, blottis contre elle. Il aurait suffi d'un mot de sa part pour qu'ils sautent de joie. Posséder un tel pouvoir et ne pas s'en servir pour les rendre heureux – parviendrait-elle un jour à le justifier ? Alors qu'elle s'interrogeait, le point blanc qu'elle fixait se précisa. Il s'agissait d'un panneau sur une des maisons d'en face ; tout en hauteur, à deux étages, dotée d'un jardin envahi d'herbes folles.

À LOUER.

Un problème reste un problème. En revanche, deux problèmes contiennent déjà une solution. Le lendemain matin, Sophie téléphona à l'agent immobilier, dont les coordonnées figuraient sur le panneau, pour obtenir des informations. Après quoi, elle passa un long coup de fil à Adam. Puis elle laissa un message à Henry. Enfin, elle écrivit une réponse polie à Clement, dans les Abruzzes.

En l'espace de quarante-cinq minutes, elle avait changé le cap de la vie de tout son entourage.

Sortant poster la lettre pour Clement, elle s'arrêta chez Dorina pour proposer de sortir Bertie. La vieille dame accepta. Plus frêle depuis son accident, elle n'en était pas moins toujours élégante, ses cheveux argentés relevés avec des peignes. A peine eut-elle remarqué l'adresse de l'enveloppe que Sophie tenait à la main qu'elle s'illumina.

— Ah, c'est merveilleux !

En proie à une soudaine panique, Sophie la retourna. Dorina connaissait Clement puisqu'ils étaient voisins. Mais il était impératif que...

— Vous avez écrit à cette personne qui m'est tellement chère, à...

— Non ! s'écria Sophie, se bouchant les oreilles.

Un geste grossier, le seul qu'elle trouva pour couper le sifflet à la vieille dame à temps. Dorina sursauta, Bertie aboya, Sophie rougit.

— Je suis désolée de vous avoir fait peur, s'excusa-t-elle, baissant les mains. Simplement, Clement est... quelqu'un de très particulier pour moi et je ne veux rien savoir à son sujet, parce que...

Prête à s'interrompre, plutôt gênée, elle prit conscience qu'il n'y avait aucune raison de taire la vérité, aussi continua-t-elle d'un ton contrit :

— ... je considère que Clement veille sur moi comme un esprit bienfaisant. S'il devenait réel, la magie se dissiperait.

— Ah, très bien, fit Dorina en tripotant son collier. Vous êtes très excentrique, mon chou. Mais qui suis-je pour vous juger, moi qui m'habille pour dîner en *tête à tête** avec un chien !

— Même si je n'ai plus autant besoin de Clement qu'au début... on ne sait jamais.

— Ne vous inquiétez pas, vous n'en saurez pas davantage. Je crois profondément qu'il faut respecter les mystères. Tout ce déballage... c'est de l'orgueil démesuré ! Je déteste les romans policiers, pas vous ?

Une fois chez elle, Sophie, les mains sur les hanches, parcourut du regard la salle de soins, non sans une pointe de regret pour ce qui ne verrait pas le jour.

Remettre à plus tard ne rimait à rien. Il fallait de nouveau plier bagage, si peu de temps après ! Remplir des cartons. Vider des tiroirs. Découvrir tout au fond l'inévitable élastique, trombone, pièce ou bille. Elle travailla méthodiquement, démontant tout ce qu'elle avait monté avec tant d'espoir. Elle décrocha les cartes. Elle enleva livres, bougies, CD. Elle garda le futon pour la fin et s'agenouilla au milieu des cartons et des étagères vides pour l'effleurer avec amour avant de le rouler.

Le 1ᵉʳ mai, jour du déménagement. Sophie ouvrait un carton de livres tout en regardant Adam du coin de l'œil. Hébété, il farfouillait dans des caisses qu'il avait remplies, comme s'il n'avait jamais vu leur contenu.

— Tu veux bien me donner un coup de main, James. Il faut débarrasser un peu cette pièce.

— Bien sûr.

James en empila trois étiquetées CUISINE qu'il emporta dans le couloir, adressant un clin d'œil à Sophie au passage. Il la traitait avec une gentillesse excessive, trouvait-elle, comme s'il croyait nécessaire de lui prouver qu'il n'avait pas usurpé sa place. Il avait beaucoup aidé Adam à emballer les affaires de l'ancienne maison. Milagros et les garçons aussi. Lesquels avaient surtout descendu des cartons vides et refusé de donner le moindre jouet. A présent, tout ce petit monde déballait, fonctionnant comme une équipe bien rodée dont Sophie était exclue, réduite au rôle d'étrangère pleine de bonne volonté mais d'une utilité douteuse.

— Il y a quoi là-dedans ? lança Milagros, d'un ton comminatoire, à James qui déboulait dans la cuisine.

Du menton, il ouvrit le rabat et regarda dans la caisse du dessus.

— On dirait des casseroles.

— Ici, près de la gazinière. Maintenant, dehors.

Il obtempéra en riant. Milagros aménageait la cuisine de la même façon que la sienne, ce qu'elle n'avait pu faire dans celle de l'ancienne maison. Pourquoi s'en priverait-elle ? se raisonna Sophie. Après tout, c'est elle qui se tape l'essentiel du boulot.

Dans la salle de séjour, Adam observait le canapé d'un air indécis.

— Tu veux qu'on le mette sous la fenêtre ? demanda James.

— Ça t'ennuie ? fit Adam, d'un ton d'excuse.

— Non, évidemment ! Ce n'est qu'en essayant qu'on se rendra compte si ça va.

Milagros avait déjà rangé la salle de bains, là encore à son idée. Aussi, lorsque Hugo réclama un gant pour faire une cape de superman à l'un de ses nounours, Sophie ouvrit-elle machinalement le premier tiroir de la commode en osier, où elle ne trouva rien. Après avoir fouillé partout, elle finit par en découvrir un, accroché derrière la porte. L'emplacement, hors de portée des enfants, n'était pas très pratique, ne put-elle s'empêcher de penser. Tant pis.

Les hommes s'accroupirent à chaque bout du canapé et choisirent leurs prises.

— Prêt ? demanda James à Adam, qui hocha la tête.

Se redressant de conserve, ils soulevèrent le meuble comme s'il ne pesait rien. A l'époque où Sophie l'avait déplacé avec Adam, il lui avait fallu se hisser sur la pointe des pieds pour éviter que son côté ne racle le plancher. Les hommes le posèrent doucement devant la baie vitrée, puis reculèrent. Mains sur les hanches, sourcils froncés, ils examinèrent le résultat.

— Alors ? demanda Adam.

— Je ne sais pas.

— Ça ne te plaît pas ?

— Si. Mais où mettre ta table ? La lumière est parfaite pour travailler. C'est un peu dommage que ce soit le canapé qui en bénéficie.

— Tu as raison. On le déplace ? Désolé.

— Aucune importance. Il faut trouver le bon endroit, enchaîna James, tandis qu'ils soulevaient à nouveau le canapé. On pourra le remettre ici dès qu'on aura loué le bureau. C'est sa place, sans l'ombre d'un doute.

Sophie savait, Adam le lui avait dit le matin même, qu'il cesserait bientôt de travailler à domicile. Il comptait s'associer avec James – dès que celui-ci serait viré – pour monter un cabinet. James avait expliqué à Sophie qu'il attendait d'obtenir ses indemnités de licenciement au lieu de donner sa démission et de n'avoir droit à rien. Bon sang, la boîte l'avait exploité des années durant, autant lui soutirer le maximum ! Que ferait-il si on ne le flanquait pas à la porte ? s'enquit Sophie. Aucun problème, répondit James, il réussirait grâce à un « tas de petites astuces ». Sur quoi, Adam et lui s'esclaffèrent, une blague entre eux. A l'évidence, ils avaient prévenu Milagros et d'autres personnes de leur projet. Ne pas avoir été la première, la deuxième ni même la troisième à qui Adam en avait parlé fit un drôle d'effet à Sophie. Bien sûr, c'était normal à présent, comme d'ignorer où se trouvaient les gants ou l'ouvre-boîte.

Lorsqu'elle eut vidé le carton de livres, elle se leva, s'essuya les mains et sourit timidement.

— C'est parfait, dit-elle, désignant de la tête la table d'architecte devant la baie vitrée.

Regrettant aussitôt ses paroles qui semblaient laisser entendre que personne ne lui avait demandé son avis, elle s'empressa d'ajouter à l'intention d'Adam :

— Je vais faire un casse-croûte pour les garçons.

Il consulta sa montre.

— C'est un peu tôt. D'habitude, je le leur donne à seize heures.

— Dans ce cas, Milagros a peut-être besoin d'un coup de main.

Elle se précipita hors de la pièce et entra dans la cuisine.

— Adam ? lança Milagros d'une voix assourdie, car elle avait la tête dans le placard sous l'évier. Au premier cafard, je rends mon tablier. Je vous préviens.

— Ce n'est que moi.

Sophie eut un rire gêné. Ainsi, Milagros appelait Adam par son prénom maintenant, et plaisantait avec lui.

— Je vais faire un casse-croûte pour les garçons, répéta-t-elle. Ils le prendront plus tard, à seize heures, c'est ça ?

— Adam s'en est chargé, répondit Milagros en émergeant de son placard. Ce matin. Tant mieux. C'est trop sale ici. Dégoûtant. Les gens qui habitaient cette baraque ? Des porcs.

Ouvrant la boîte, Sophie en inspecta le contenu : deux sandwichs enveloppés dans du papier alu, deux pommes, deux grappes de raisin, des noix de cajou et une boîte de sardines à la sauce tomate – un pique-nique copieux et sain, préparé avec soin.

— Les sardines, je ne suis pas sûre qu'ils y toucheront, fit-elle remarquer.

— Ils adorent ça ! Ils jouent à être des phoques, ils enfournent le poisson par la queue. Puis ils grognent et agitent les nageoires. Des mômes, quoi.

— Super, de l'huile riche en oméga 3 ! s'exclama Sophie.

Elle referma la boîte. Milagros lui donna des couverts peu utilisés à monter au grenier, ce qui la détendit.

— Les garçons vont vous y conduire. Les garçons !

Ils précédèrent Sophie dans l'escalier menant à l'espace de rangement qui leur était réservé dans le grenier. Dans cette petite pièce percée d'une grande lucarne, des boîtes de décorations de Noël s'empilaient contre un mur, côtoyant un escabeau, des skis, du matériel de camping et d'autres choses qui servaient rarement.

— Tu vois, il y a une fenêtre de tipi dans le toit ! lui montra Hugo, tout content.

Sophie se dévissa le cou pour examiner la lucarne à l'ancienne, dont les deux carreaux fixés au milieu par une charnière étaient entrouverts.

— C'est notre salle de jeu ! Tu veux voir notre chambre ? Viens.

Elle descendit derrière eux en riant. Même si l'agent immobilier lui avait décrit la maison, elle la découvrait, regardant à droite et à gauche tandis qu'elle suivait ses fils dans le couloir. Lorsqu'ils passèrent devant la chambre principale, elle y jeta un coup d'œil. Les meubles de celle de l'ancienne maison trônaient au milieu de caisses – avaient-ils un air réprobateur, moqueur ou accueillant ? –, elle n'eut pas le temps de décider car les garçons l'entraînèrent dans la leur.

— C'est moi qui ai choisi la peinture, se rengorgea Matthew.

Vert pomme et les moulures blanches, la pièce était impeccable et lumineuse. Contrairement aux autres, on y avait tout déballé, tout rangé : jouets sur les étagères, lits faits, vêtements dans le placard

– jusqu'aux rideaux et tableaux qu'on avait accrochés. Sans compter la rangée de patères accrochées suffisamment bas sur un des murs pour être à la portée des garçons. C'était simple mais astucieux. Et Adam avait eu la délicatesse d'installer la chambre des garçons en premier.

— C'est mon lit. L'autre, celui de Hugo.

— Non, celui-là, c'est le mien. L'autre, c'est celui de Matthew.

Ils étaient excités par le déménagement à en être fiévreux, l'état d'euphorie qui précède l'écroulement les guettait. Chacun bondissait sur un lit en hurlant :

— Il est à moi celui-là !

— Elle est très jolie votre chambre, dit Sophie. Si je mettais votre... ?

Ils ne l'écoutaient pas, occupés à vérifier qui sautait le plus haut.

— Attention, les admonesta-t-elle, en pure perte.

Sophie retourna dans le vestibule. Adam et James installaient la télévision, le magnétoscope et la chaîne hi-fi ; à quatre pattes sur le sol jonché de câbles, ils étaient plongés dans les modes d'emploi.

— Ces satanés symboles « universels » sont universellement incompréhensibles, récriminait Adam.

Il avala une gorgée de thé. S'il avait su de quoi il s'agissait, il aurait constaté qu'il venait de réussir un boiveaumètre. Sophie le regarda décoller avec irritation le dessous de verre de sa tasse, en proie à la sensation d'être une fille au pair – avec la famille, mais sans en faire partie. En quête d'occupation, elle avisa un autre carton de livres à vider.

— Encore des bouquins d'architecture ! cria-t-elle à Adam, le plus gaiement possible. Je les mets où ?

Il cherchait à résoudre le problème posé par les câbles et examinait l'arrière du lecteur de DVD, aussi ne l'entendit-il pas.

Contrairement à James.

— Là, l'étagère dans le coin, répondit-il brièvement, absorbé par sa tâche, puis, conscient de sa grossièreté, il rougit. Je crois que c'est pas mal comme endroit. Près de la table de travail.

Elle s'activa. A la manière d'une invitée timide, soulagée de planter des cure-dents dans des olives au lieu de feindre l'indifférence au fait que personne ne lui adresse la parole. Elle sortit les manuels d'Adam l'un après l'autre. Il les avait emballés au moment de la quitter, déballés lorsqu'elle était partie, puis remballés pour les transporter ici. Et c'était maintenant son tour à elle de les ranger. Tel est le sort des livres qui sont témoins des hauts et bas de leurs propriétaires, pensa-t-elle. Des transbordements dans des cartons, où on les empile, d'où on les sort.

— Voilà, j'ai terminé, annonça-t-elle, en se tournant vers les deux hommes. Je crois qu'il est temps de m'en aller.

— Moi aussi, lança tout à coup James. En fait... houla !

Il consulta sa montre et sursauta, jouant bien mal la comédie.

— Mince alors, je ne me suis pas rendu compte. Il faut que je file. Appelle demain si tu as besoin de moi.

Après les avoir salués de la main, il décampa.

Son départ inopiné, conjugué à son désir trop évident de leur ménager un tête-à-tête et de laisser à Sophie l'honneur d'être la dernière à prendre congé, créa un malaise. Sans se regarder, ils écoutèrent le bruit de pas décroître dans l'escalier. Puis la porte claqua. Et le silence régna.

Adam s'éclaircit la voix.

— Merci de ton aide.

— Je n'ai pas fait grand-chose.

— Bien sûr que si. Merci.

Un ange passa.

— Les garçons, votre mère s'en va. Venez lui dire au revoir.

Leur arrivée détendit l'atmosphère.

— Tu veux bien qu'on t'accompagne, maman ? On en a très envie. On peut aller à pied chez toi parce que c'est tout près.

— Nous pouvons nous y rendre ensemble, suggéra Adam. Je viendrai avec vous pour compter le nombre de pas.

— Oh oui !

— Demain, promit Sophie. Et vous savez quoi ? J'ai quelque chose à vous montrer : une surprise.

— On peut la voir maintenant ? S'il te plaît !

— Demain. Vous passez le week-end avec moi, alors vous aurez tout le temps de jouer avec.

— C'est un jouet ?

— Ça, je ne vous le dirai pas.

— On veut la voir maintenant !

— Du calme, les garçons, du calme, intervint Adam. Ça suffit. Maman doit rentrer chez elle.

Son petit air d'excuse rappela à Sophie que c'était elle, encore récemment, qui s'interposait lorsque les enfants dépassaient les bornes.

— Au bain, c'est l'heure, enchaîna Adam.

— Non !

— J'arrive tout de suite. Déshabillez-vous. Allez, ouste.

Les garçons se sauvèrent au pas de course.

— Ils sont surexcités, expliqua leur père.

— Manifestement, acquiesça-t-elle, non sans froideur.

— Je crois que nous avons pris la bonne décision, Sophie. Merci. Pour m'avoir trouvé cette maison, je veux dire. Ils sont ravis que nous soyons voisins. Ils n'arrêtent pas d'en parler. Ils veulent les clés de chez toi et de chez moi. Ils sont encore trop petits, bien sûr, d'autant qu'il y a une rue à traverser...

Levant un bras, il fit une grimace.

— Quand notre affaire décollera, nous aurons peut-être les moyens de nous offrir les services d'un contractuel pour les surveiller.

Milagros passa la tête.

— Vous avez vu les garçons ?

— Je viens de les envoyer prendre un bain.

— Ils ne sont pas là-haut. Bon, où... ?

Laissant sa phrase en suspens, elle disparut.

Sophie désigna l'épaule d'Adam.

— Tu t'es fait mal ?

— Non, ce n'est rien. Si, à vrai dire. En jouant au squash. C'est encore un peu douloureux et porter ce machin n'a pas arrangé les choses, précisa-t-il, montrant le canapé d'un signe de tête.

A court de mots, elle fixa le meuble.

— Je me suis peut-être déchiré quelque chose. Je suppose que ce n'est pas dans tes cordes. A moins que... ?

— Si, si, répondit-elle, s'accordant un instant de réflexion. Voyons. Et si je m'en occupais plus tard, une fois que les garçons seront couchés ?

— D'accord. Milagros finit de ranger la cuisine ce soir. C'est parfait. Mais... tu es... libre ?

— Oui.

— Je n'ai jamais vu ton appartement, tu te rends compte ? dit-il en riant.

Adam l'avait accompagnée à la porte, qu'il ouvrit ; ils restèrent plantés là, mal à l'aise, les yeux tournés vers l'entrée.

— Sois là à vingt heures. Mets quelque chose de lâche, en cot...

Un cri l'interrompit. Non pas un cri de cinéma, un hurlement de femme terrorisée. Sous le choc, Sophie et Adam se regardèrent. Milagros. L'instant d'après, elle dévalait l'escalier en s'époumonant :

— Sur le toit ! Là-haut.

Sans comprendre, Sophie se figea, incapable de bouger, de penser à autre chose qu'à l'épouvantable hurlement. Adam se rua dans le couloir et monta l'escalier quatre à quatre, croisant Milagros qui continuait à hurler.

Surmontant sa panique, Sophie se précipita à la suite d'Adam et entra dans le grenier, hors d'haleine. L'escabeau était tombé par terre ; Hugo pleurnichait, le doigt tendu vers la lucarne où le visage livide de son frère était plaqué sur le carreau du bas. Matthew était sur le toit, suspendu par le tissu de sa chemise coincée dans la clenche de la lucarne fermée, bouche béante, yeux agrandis d'effroi.

— L'oiseau était blessé. Il a voulu l'aider, gémit Hugo.

Un enchaînement d'arrêts sur image défila dans l'esprit de Sophie : Matthew monte sur l'escabeau ; il se penche par l'ouverture de la fenêtre de tipi pour attraper un oiseau posé sur la vitre ; il se penche trop et renverse l'escabeau du pied ; sous son poids, le carreau se ferme, il perd l'équilibre ; sa chemise s'accroche au moment où il bascule et il se retourne sur le ventre ; il regarde par la lucarne, les pieds tendus vers le bord du toit et le sol, deux étages plus bas.

Adam redressa l'escabeau et grimpa les échelons à toute vitesse.

— Non ! s'égosilla Sophie. Si tu l'ouvres, il dégringole !

— Je n'ai pas le choix ! Bouche-toi les yeux.

Il ordonna à son fils, de l'autre côté de la lucarne :

— Matthew, ferme les yeux.

Adam donna des coups de coude au carreau supérieur et réussit à le fêler. Des morceaux tombèrent. Fébrilement, il en arracha d'autres pour pouvoir se faufiler. Des gouttes de sang constellèrent les éclats de verre. Adam s'efforçait d'être le plus rapide possible, mais...

La suite des événements hanterait les rêves de Sophie. Matthew poussa un cri perçant lorsque sa chemise se déchira, et sa tête disparut.

— Non ! hurla-t-elle.

Abandonnant ce qu'il faisait, Adam débloqua le loqueteau, souleva brusquement la lucarne et sortit le torse par l'ouverture du bas. De toutes les fibres de son être, Sophie attendit le bruit de tuiles qui prouverait qu'Adam n'avait pas attrapé leur fils – le raclement du garçon en train de dégringoler avant d'être précipité dans le vide. Rien d'autre n'a d'importance, pensa-t-elle avec une extraordinaire lucidité. Rien ne compte dans la vie si ce n'est la vie.

Puis le crissement se fit entendre. Leur fils dérapait, leur fils glissait sur les tuiles.

— Nom de Dieu, lâcha Adam, se penchant davantage.

Matthew poussa un hurlement, Sophie aussi. Par la lucarne ouverte, la voix de Milagros monta du jardin :

— Je suis là, *mi amor* ! Je vais t'attraper.

Le bruit cessa brusquement, et de battre le cœur de Sophie s'arrêta. A sa place, l'horreur : le silence de la mort. Matthew basculait par-dessus la corniche... Matthew fendait l'air...

— Il s'est arrêté ! cria Adam. Son pied s'est coincé dans la gouttière.

Les bras en croix, les doigts écartés aux bouts blanchis par l'effort de ne pas lâcher sa prise sur les tuiles plates et de freiner sa chute, Matthew posait des yeux terrifiés sur son père, qui était encore trop loin de lui. Adam sortit les jambes et s'allongea à plat ventre sur le toit, se retenant par la pointe de ses pieds fichée dans le châssis de la lucarne. Il s'étira, s'étira...

— Adam, non !

Ils allaient tomber tous les deux, c'était inéluctable.

— Je l'ai ! s'exclama Adam. Je tiens ses bras ! Tout va bien, mon fils !

Un silence tomba. Puis la gouttière se détacha dans un grincement et Matthew se remit à glisser, ses jambes par-dessus le toit, sa taille au niveau de la gouttière disparue.

— Sophie !

La voix d'Adam, tendue, venait de loin.

371

— Descends. Essaie de le faire entrer par la fenêtre du premier.

— Quoi ? Quoi ? balbutia-t-elle, trop paniquée pour le comprendre aussitôt.

— Tire-le par la fenêtre du premier.

Sophie dévala l'escalier, Hugo sur ses talons, et se rua dans la pièce – une course folle dont elle ne se souviendrait jamais. C'était une fenêtre à guillotine. Coincée ! Elle tripota frénétiquement le taquet. Peine perdue. Terrifiée, gémissante, elle recommença, une nouvelle tentative couronnée de succès. Elle souleva la fenêtre, se pencha et aperçut les chaussures de Matthew.

— Je n'arrive pas à le toucher ! cria-t-elle à Adam. Fais-le descendre un peu.

— Impossible de m'étirer plus. Tu peux te hisser ?

— Je vais essayer.

Sophie monta sur l'appui et se tint devant la fenêtre. A l'extérieur. Sa main gauche accrochée au châssis, sous le vantail fixe. Elle chancela au-dessus du vide.

— Aide-moi ! lança-t-elle à Hugo resté à l'intérieur. Tiens-moi !

Hugo courut vers sa mère et s'agrippa à ses jambes. Il se renversa en arrière dans l'espoir vain de lui servir de lest, levant les pieds du sol pour être plus lourd.

— J'ai appelé les pompiers ! beugla Milagros du rez-de-chaussée, les paumes plaquées sur ses joues blêmes. Tiens bon, Matthew. Surtout. T'inquiète pas ! Si tu tombes, je t'attraperai.

Sophie resserra sa prise sur le châssis avant de lever un bras. Elle toucha à peine les genoux de son fils.

— Adam, il est toujours trop haut.

— D'accord, je vais le descendre. Nous n'avons qu'une chance, Sophie. Tu es prête ?

— Oui.

— On y va.

Peu à peu, lâchant sa poigne puis la resserrant, Adam libéra les bras du petit garçon et finit par ne le tenir que par les mains.

— C'est tout ce que je peux faire. Tu l'as ? Sophie, tu l'as ?

Sophie s'arc-bouta pour recevoir le poids de son fils.

— C'est bon ! Lâche.

— Non ! hurla Matthew.

Comme les doigts de l'enfant et du père se détachaient, Sophie gagna des centimètres supplémentaires, lesquels lui permirent de serrer contre son buste les cuisses de son fils avec son bras droit. Poussant un cri, Matthew s'accrocha aux cheveux de sa mère, lui cachant la vue. Sophie vacilla, sa main moite glissant sur le cadre de la fenêtre. L'image de sa chute, Matthew dans ses bras, Hugo entraîné dans leur sillage, s'imposa à elle – cela deviendrait un cauchemar récurrent. Mais elle parvint à se plaquer contre la façade, les doigts de sa main gauche perclus de crampes. Matthew se laissa couler le long de son corps jusqu'à ce qu'il puisse enlacer sa taille avec les jambes et son cou avec les bras. Elle plia lentement les genoux, le serrant contre elle, pivota et s'assit à califourchon sur le rebord de la fenêtre sans lâcher son fils. Elle décrocha Hugo toujours cramponné à ses jambes, puis poussa Matthew dans la pièce. Il s'écroula, en larmes. Sain et sauf.

— Allez, on se pousse ! ordonna-t-elle à ses fils.

Après être péniblement descendue de la fenêtre, elle se précipita à l'étage, les jambes flageolantes. Elle dérapa sur une marche si bien que sa tête heurta le mur, recouvra l'équilibre, continua à monter et se rua dans le grenier, levant des yeux affolés vers la lucarne, tant elle avait peur de ne plus trouver Adam.

C'est alors qu'elle vit des chaussures. Des semelles plutôt. Il était toujours là, se retenant par les pieds. Dérapant sur les bris de verre, elle s'approcha de l'escabeau, grimpa si vite qu'il oscilla, passa tête et épaules par l'ouverture et empoigna les chevilles d'Adam en serrant de toutes ses forces.

— Tout va bien, Adam. Je ne te lâcherai pas, souffla-t-elle.

Ensuite, elle entendit vaguement un hurlement de sirène, un bruit de godillots dans l'escalier, des voix graves toutes proches, avant que de grands types tirent son mari à l'intérieur et qu'on lui jette une couverture autour des épaules.

Si Matthew récupéra assez rapidement, ses parents mirent plus longtemps. Au bout de plusieurs jours, toujours secouée et en petite forme, Sophie reçut un coup de fil d'Adam. Il lui réclama de nouveau une séance de shiatsu. Sa position sur le toit, retenant Matthew à bout de bras, avait intensifié sa douleur à l'épaule et, à force d'être restés coincés dans le châssis de la lucarne, ses pieds lui faisaient mal.

— Il y a toujours un côté comique dans un drame, reconnut-il piteusement.

— Je ferai ce que je peux avec une main, répondit Sophie. La gauche s'est contractée, je n'arrive pas à l'ouvrir complètement.

Elle la plia doucement ; le traumatisme et la peur s'y étaient concentrés. Son esprit avait, dans un réflexe défensif, refoulé les souvenirs, mais son corps en garderait à jamais l'horrible empreinte.

— Vingt heures ce soir, ça te convient ? Et les garçons ?

— Aucun problème, James s'en occupe.

On frappa à sa porte à vingt heures dix, ce qui correspond à vingt heures tapantes pour des parents.

— Cent quatre pas, j'ai compté, déclara Adam lorsqu'elle lui ouvrit. De chez moi à chez toi, s'entend.

Il remarqua que, toute de blanc vêtue – pantalon à cordon, tee-shirt, chaussettes –, elle ne portait pas de chaussures. Elle avait l'air modeste, professionnelle.

— Moi, j'en fais cent vingt-sept. Marches non comprises. C'est par ici.

Adam s'avança à pas précautionneux et jeta un coup d'œil discret autour de lui. Sophie le précéda dans la cuisine.

— Les garçons ont de petites jambes, dit-elle. D'après mes calculs, ils parcourront le chemin en deux cent trois pas quand ils seront capables de compter jusque-là. Regarde, c'était ça leur surprise.

Elle appuya sur l'interrupteur pour éclairer son ancienne salle de soins devenue la chambre des garçons, rangée et repeinte, comme celle qu'ils avaient chez Adam. Beaucoup plus petite en revanche, elle était meublée de lits superposés poussés contre un mur.

— J'ai transformé cette pièce où je travaillais parce qu'ils avaient besoin d'une chambre ici. Au début, je n'arrêtais pas de buter sur le fait qu'elle était trop petite. En réalité, ce n'est pas le cas, si on installe tout en hauteur et non en largeur.

Elle désigna l'autre mur tapissé du sol au plafond et sur toute la longueur de placards séparés par un espace entre le bloc inférieur et le bloc supérieur.

— Mais comment... Ah, je comprends, fit Adam en riant.

Il toucha l'échelle servant à accéder au niveau supérieur. Elle coulissait comme celle des bibliothèques.

— Ce doit être très amusant.

— Oui, ils adorent. Regarde ça, on dirait des lits escamotables sauf que ce sont des pupitres. Il suffit de détacher le crochet et le panneau se rabat.

Ils étaient disposés devant les deux autres murs de façon que les chaises ne se touchent pas lorsque les garçons travailleraient dos à dos.

— On les replie quand on n'en a plus besoin, ce qui donne plus de place pour jouer. C'est ingénieux, non ? J'ai acheté les meubles prêts à monter et le magasin a envoyé des employés qui l'ont fait pour moi.

— Super. Qui dort dans le lit du haut ?

— Chacun à son tour.

— Ils doivent être aux anges. Tu as parfaitement utilisé l'espace. Mais où vas-tu travailler ?

Sophie éteignit et le reconduisit dans la cuisine.

— Là, pour l'instant, répondit-elle en montrant le futon déroulé devant la fenêtre. Quand j'aurai le droit d'exercer, il faudra que je loue une salle quelque part.

Peut-être dans l'immeuble de L, à moins que Rose ou Jean ne connaissent un endroit. Quoi qu'il en soit, elle trouverait. Des tracas matériels de ce genre ne la perturbaient plus désormais.

— Une amie pleine de sagesse m'a dit un jour : « Un problème reste un problème. En revanche si on ajoute bout à bout deux problèmes, ils pointent souvent vers une solution commune. » Je paraphrase, parce qu'elle avait du mal à se comprendre elle-même. Mais c'est le sens que je lui ai donné. Dans ce cas précis, le premier problème : mon appartement que j'adorais et n'avais pas envie de quitter était trop petit pour que j'y exerce mon métier et y héberge mes enfants. Le deuxième : bosser chez moi était dangereux. La solution ? Travailler ailleurs et transformer la pièce en chambre pour les garçons. Simple comme bonjour, non ? Sauf que je tournais en rond. Bref, j'ai résolu le premier problème par l'astuce, quant au second... c'est facile. Si je ne peux pas travailler à la maison ni vivre au bureau, il ne me reste qu'à payer deux loyers. Je n'ai pas le choix, je me suis donc adaptée. Il me faut juste dénicher un lieu dans mes moyens et me défoncer pour faire face aux dépenses.

Elle s'agenouilla, lissa le drap en coton recouvrant le futon et remit en place l'oreiller plat et les coussins qui l'entouraient.

— D'autant que je suis d'accord avec toi, c'est bien de partir le matin... d'avoir des collègues. Déchausse-toi et allonge-toi là, lança-t-elle en tapotant le futon.

Mais Adam faisait le tour de la pièce, la passait au crible. Les tableaux des méridiens, le cactus poilu, les dessins des enfants sur les murs, le titre des manuels de Sophie sur le bureau. Il s'arrêta devant la porte donnant sur la terrasse.

— Je peux ?

Elle hocha la tête. Il sortit et s'attarda sous le clair de lune. Quand il rentra, il ferma doucement la porte.

— C'est un merveilleux appartement, lança-t-il d'un ton sérieux. Il a de bonnes vibrations. Je suis content que tu l'aies gardé.

— Tu prêches une convaincue.

Ils se firent face un instant. Sophie avait l'air détendue, Adam mal à l'aise. D'un ton profession-nel, elle lui demanda gentiment :

— Tu as déjà eu une séance de shiatsu ?

— Tu sais bien que c'est la première fois.

— Non, affirma-t-elle calmement. Je ne le sais pas. Tu seras peut-être fatigué après, veille à boire beau-coup d'eau pour éliminer les toxines. Et tu vas sans doute beaucoup rêver cette nuit. Pas trop d'efforts demain.

Elle examina sa posture, sa langue, lui prit le pouls, avant de lui dire d'enlever ses chaussures et de s'étendre sur le dos afin de diagnostiquer son *hara*. Cela confirma ce qu'elle avait déjà deviné : faiblesse du yang dans les reins, nécessité de stimuler le qi.

— Très bien. Mets-toi sur le ventre à présent. Et tourne la tête, ajouta-t-elle après qu'il se fut exécuté avec lenteur.

Elle s'agenouilla près de lui, se frotta les mains, privilégiant la gauche abîmée, et les posa sur le dos d'Adam. Elle commença doucement, gardant un contact rassurant avec sa main mère, tandis que sa main enfant cherchait des endroits de *kyo* ou de *jitsu*, d'excès ou de pénurie, sur le canal de sa vessie. Elle veilla à ce que son *hara* soit ouvert à celui d'Adam, se servant de son énergie pour harmoniser la circulation de la sienne. Il se détendit petit à petit et devint plus réceptif. Lorsqu'il se mit sur le côté, elle lui tourna le bras pour libérer son épaule, noua les doigts sous son omoplate et se pencha en arrière, l'écartant de la colonne vertébrale. Elle exerça des pressions sur le méridien triple réchauffeur et celui du petit intestin le long de ses bras. Il gémit d'aise avant de s'allonger sur le dos pour qu'elle traite le méridien des reins à l'intérieur de ses jambes. Enfin, les mains enveloppées dans une écharpe en soie, elle s'occupa du visage et du crâne. Pour terminer, elle appuya la main sur le *hara* d'Adam puis l'enleva lentement.

— Maintenant, je vais agiter une cloche, le prévint-elle. Je voudrais que tu suives les vibrations le plus longtemps possible.

A peine eut-elle tapé l'une contre l'autre des cymbales chinoises qu'une note cristalline résonna et s'attarda. Le visage d'Adam, ridé, mal rasé, était empreint de sérénité ; il allait s'endormir au terme d'une nouvelle journée épuisante. Enfilant ses chaussures, Sophie sortit sur la terrasse et, appuyée à la balustrade, inspira l'air de la nuit.

Il faisait doux en cette soirée du mois de mai. Les enfants seraient bientôt en vacances. L'été s'annonçait riche en promesses de seaux et de pelles. La lune brillait. La lueur des lampadaires verdissait les feuilles alentour. Elle distinguait à peine la maison d'Adam, mais elle savait qu'elle était là, à proximité, sur la gauche, et elle apercevait un érable sans doute éclairé par la lumière de sa baie vitrée. L'idée de ses enfants endormis tout près la consolait, même si elle en éprouvait aussi une certaine tristesse. Florence, Mercy et Jean se trouvaient de l'autre côté du square. Sophie, ses enfants, ses amies formaient un triangle. Un autre serait constitué par Sophie, ses enfants, son travail. Quelqu'un lui avait dit – Florence ? – qu'un tabouret à trois pieds ne branlait pas. Un trépied avec une bonne assise : maison, travail, enfants. Solide comme un roc. Les plantes grasses qui luisaient au clair de lune avaient un aspect préhistorique. Elle effleura la feuille lisse, aux bords pointus, de l'une qui ressemblait à une étoile de mer.

Et il y avait Henry.

Elle ne pouvait penser à lui sans sourire, d'ailleurs elle l'avait appelé pour le lui confier. Il n'était pas là. Elle lui avait laissé un message : « Henry, mon ami, j'aimerais te présenter mes enfants. Que penses-tu d'un pique-nique la semaine prochaine ? » Sophie, ses fils et Henry, un autre triangle. Embrassant les toits du regard, elle fut convaincue que son intégration s'améliorerait au fil du temps, elle se ferait d'autres amis, rencontrerait ceux de ses enfants, aurait de nouveaux clients et collègues. L'ensemble formerait un réseau de triangles imbriqués couvrant la ville, dont elle occuperait le centre. Un enracinement incontestable. Sous l'effet d'une brise légère, le parfum de fleurs écloses la nuit flotta dans l'obscurité.

La voix d'Adam lui parvint :

— Bonne nuit.

Une infime inflexion trahit son souhait qu'elle l'empêche de s'en aller.

— Bonne nuit, répondit-elle sans esquisser un mouvement.

Elle entendit la porte s'ouvrir et se fermer. Elle l'imagina dans le couloir, puis en train de descendre les trois volées de marches, de franchir le seuil, de tourner à droite, de passer par deux autres portes, de tourner à gauche, de traverser la rue et le square et d'arriver chez lui, sur la gauche : cent quatre pas jusqu'à la maison où dormaient ses enfants.

— Et maintenant quoi ? Je suis piégée dans le rôle merdique de la femme de pouvoir solitaire et esseulée ? Ce cliché de merde ? J'en ai marre.

Le soleil vespéral illuminait l'abat-jour en papier de riz d'où s'échappaient des rais jaunes qui zébraient la table basse d'Agatha et faisaient étinceler les deux verres de vin rouge posés dessus. Valerie était vautrée à l'une des extrémités du canapé blanc, les bras croisés, et Agatha, pelotonnée à l'autre, avait une attitude pleine d'empathie.

— Comment est Masterson ? demanda-t-elle, approchant avec sollicitude un cendrier de Valerie.

Celle-ci n'eut pas l'air de le remarquer.

— Bof...

— C'est de ma faute. L'ultimatum... Je n'aurais jamais dû te lancer ce défi.

Malgré le plaisir que procurait ce constat, Agatha ne céda pas à celui de chanter victoire. Les traits tirés, amaigrie, son amie avait visiblement besoin de réconfort.

— Non, la contra Valerie. Il était temps que je m'extirpe de cette situation. Etre la maîtresse d'un homme qui retrouvait sa femme tous les soirs et feindre de me réjouir de ne pas devoir lui laver ses chaussettes, c'était sordide. Je l'ai fait parce que je pensais que tu avais raison. Et je n'ai pas changé d'avis.

— Tant mieux.

Valerie toisa son amie.

— N'empêche que tu t'es mêlée de ce qui ne te regardait pas. A mon tour de jouer au deus ex machina dans ta prochaine histoire.

— Non, merci. Il n'est pas question que tu la bousilles.

— Ne me dis pas que tu vois quelqu'un ?

— Tu ne te souviens sans doute pas que j'avais un rendez-vous le soir où tu as piqué une crise à l'hôtel ?

— Ah bon ?

— Oui. J'ai prétendu que ça m'était égal et, au lieu de sortir, je t'ai parlé une heure pour te calmer. Tu étais dans tous tes états à cause d'Adam.

— Qu'est-ce qui s'est passé ?

— Je l'ai appelé, mais son téléphone était éteint. Alors je suis allée au restaurant.

— Il y était toujours ?

— Non.

— La preuve qu'il ne te méritait pas.

— J'avais une heure et demie de retard ! Personne n'aurait attendu. Je lui ai téléphoné le lendemain pour m'excuser. Quand je lui ai expliqué que mon amie avait de gros problèmes dans sa vie amoureuse, il m'a conseillé de m'occuper de la mienne.

— Quel toupet !

— Moi, je pense qu'il n'avait pas tort.

— Vraiment ?

— De toute façon, nous sortons ensemble depuis ce jour-là.

Un sourire aux lèvres, Agatha referma les bras sur sa poitrine, arborant une expression d'une extrême prétention. A moins que – merde, pourquoi suis-je aussi vache, se reprocha Valerie. Elle est peut-être heureuse, tout bêtement.

— Dis donc, tu as bien gardé ton secret. Comment est-il ? Raconte-moi tout. Mais d'abord à quoi il ressemble.

Agatha prit l'air rêveur des amants coupés du monde.

— Je le trouve mignon.

— Oh là là, c'est en général un code pour « joufflu et chauve ».

Agatha se contenta de rire, invulnérable, amoureuse.

— Accouche, Age. Des détails, tu veux bien ?

— Quarante-quatre ans.

— Marié ou divorcé ?

— Célibataire.

— Célibataire à quarante-quatre ans, qu'est-ce qui cloche chez lui ?

— Bon sang, Valerie, la question s'applique aussi à nous !

— Nous n'avons pas le même âge. Pas encore. D'accord, je reformule. A ton avis, pourquoi il ne s'est jamais marié ?

— Pour plusieurs raisons. Une mère difficile, entre autres.

— Ça va, j'ai pigé. Un fils à sa maman.

— Plus maintenant. Elle est morte. Quelle prévenance de passer l'arme à gauche quand je suis encore en âge d'avoir des enfants, tu ne trouves pas ?

Valerie regarda avec attention son amie pour la première fois depuis son arrivée. Puis elle examina la pièce. Le « renouveau » était incontestable.

— C'est donc sérieux ?

— Je le crois. Je l'espère.

— C'est quoi le dernier rôle en date ? Tu es... quoi ? Vêtements marron grossièrement tissés, mèches rebelles attachées par des peignes rustiques. Fleurs des champs se fanant dans des pots de confiture – où en est-on ? A étreindre les arbres ? Un retour à la terre ?

Agatha renversa la tête en arrière et éclata de rire.

— C'est presque ça ! J'ai envie de choses vraies. D'authenticité. Cela se révélera sûrement ma phase la plus superficielle !

A rire ainsi d'elle-même, Agatha était soudain ravissante.

— Il a un boulot intéressant, ce type ?

— Pas spécialement. Ça m'est égal. Je cherche un homme gentil et intelligent, qui m'aime et qui a envie de fonder une famille.

— Oh non, Agatha, pitié ! Gentil et intelligent, c'est très bien, mais qu'est-ce que tu fais de séduisant, dynamique, génial ? Un homme qui t'aime ? Pourquoi pas qui t'adore, qui t'idolâtre ? Il n'est pas trop tard, Agatha. Ne panique pas, ne te contente pas d'un pis-aller.

— Mais c'est loin d'être le cas ! J'en ai pris conscience. C'est ce que je désire. Et c'est beaucoup. Réfléchis, que vouloir de plus ? Nous ne sommes plus des ados ; l'époque où nous inventions des superlatifs pour décrire la vedette de cinéma que nous épouserions un jour est révolue. Arthur est réel.

— Arthur ?

— C'est la vie. La réalité. Contrairement à ce que je faisais dans mon appartement, feignant de jouer pour un public invisible. C'est ce que je veux. Un véritable homme, un véritable amour, des bébés à câliner.

Une image s'imposa à Valerie, elle se vit sous les traits de la tante chérie des enfants d'Agatha, la vieille fille qu'on invitait aux réunions de famille pour qu'elle ne passe pas les vacances seule. La drôle de vieille tatie Valerie, qui apportait des cadeaux, que tout le monde traitait avec gentillesse, la cinquième roue du carrosse – pauvre femme, elle qui avait été si jolie. Il lui sembla que la terre tremblait sous ses pieds comme si deux continents se séparaient l'un de l'autre ; leur amitié dérivait lentement avec force grincements et craquements. La star qu'elle avait été deviendrait caustique et flétrie, serait supplantée par la mère vigoureuse, l'épouse rayonnante, la femme comblée.

— J'ai le droit de rencontrer ce parangon ?

— Bien sûr.

Agatha serra la main de Valerie, qui fit de même après un instant d'hésitation.

— Ce qui veut dire qu'on ne passera pas l'été à traîner, picoler et draguer en ville, maintenant que j'ai rompu. Quelle déception ! Imagine, Age – pique-niques à Tanglewood en écoutant l'orchestre symphonique, *cannoli* au Vittoria, week-ends à Newport...

— Je peux traîner en ville sans draguer.

Elles burent du vin en silence. Puis Valerie prit la parole :

— Tu n'es pas très observatrice, hein ? J'ai repéré les pots de confiture, en revanche, tu n'as rien remarqué de nouveau chez moi.

Les yeux perçants d'Agatha parcoururent son amie de la racine des cheveux à la pointe des pieds.

— Non, tu gèles. Il ne s'agit pas de quelque chose que j'ai mais de quelque chose que je n'ai pas.

Le sourire aux lèvres, elle agita l'index et le majeur de sa main droite. Des doigts qui tenaient à l'ordinaire...

— Tu as arrêté de fumer ?

Valerie acquiesça.

— Je dis que je ne fume pas, non que j'ai arrêté – cette fois, je tiens à faire les choses bien.

— Je n'arrive pas à y croire. Bravo ! Mais pourquoi ?

— A cause de Matthew. Il s'inquiétait pour moi, et quand un enfant te demande de ne pas fumer...

Elle s'interrompit, rit et essuya une larme.

— Si un gamin de cinq ans sait que c'est dangereux et stupide, il est temps de réagir. En plus, j'ai presque quarante ans. Je dois commencer à prendre soin de moi, apparemment personne d'autre ne se souciera de ma santé. Je voulais faire la surprise à Matthew et puis... De toute façon, ma décision était prise.

— Je n'en reviens pas ! Tu fumais comme une cheminée, c'est dur, non ?

— Non, merde. Je suis capable de tout.

Elle changea de position et aussi de sujet.

— Je suis ravie pour toi, Aggie. Vraiment. Toi et... Arthur.

A peine une transition peu flatteuse sur « les moins susceptibles de trouver un compagnon » lui eut-elle traversé l'esprit qu'elle enchaîna :

— A propos, grande nouvelle ! Tu ne devineras jamais qui se remarie.

— Adam ? Il reprend la vie commune avec sa femme ?

— Quoi ? Non. Du moins, pas à ma connaissance. D'ailleurs après tout, pourquoi pas. Tu sais, c'est sans doute une femme très bien.

Bouche bée, Agatha n'en crut pas ses oreilles.

— Tu penses ce que tu viens de dire ?

— Oui. Bon, continue à chercher. Qui se marie ? Tu donnes ta langue au chat ? Ma mère.

— Sans blague ! C'est génial ! Avec qui ?

— Aucune idée. Le plus énorme, c'est qu'elle a invité mon père. La preuve qu'elle a toujours su où il se trouvait. J'imagine qu'elle veut lui mettre le nez dans le caca. Il ne viendra sûrement pas. D'ailleurs, je m'en fiche.

Valerie leva la main pour interdire à Agatha de faire le moindre commentaire.

— Je sais ce que tu vas dire : je n'ai pas résolu le problème de mon père.

— Pas du tout.

— Si.

— Non. N'empêche... ça te tracasse ?

— Je le savais ! J'étais certaine que tu poserais la question ! Et si on ouvrait une autre bouteille tant qu'on y est ? fit Valerie, s'ébouriffant les cheveux à force d'y passer la main. En fait, je suis larguée, Age, je dois avoir le vin triste, mais ce jeu de chaises musicales, cette quête perpétuelle d'un compagnon...

Pour l'instant, la musique continue et je danse, sauf qu'elle va s'arrêter un jour et nous savons bien qu'il y a plus de joueurs que de chaises. Qu'est-ce qui se passera dans l'ultime bousculade ? Mon Dieu, même toi, tu as une chaise. Non, attends, ce n'est pas ce que je voulais dire, tu me comprends... ma meilleure amie, celle avec qui j'ai tout fait jusqu'à présent.

— Je ne suis pas encore mariée, précisa Agatha sur le ton d'une femme qui prévoyait déjà la robe de demoiselle d'honneur de Valerie.

Celle-ci la dévisagea.

— Et si je me retrouvais sur le carreau ? Si la musique cessait et qu'il ne restait plus de chaises ? Pour la première fois de ma vie, je me rends compte que ça pourrait m'arriver. A moi ! La belle et brillante Valerie !

— C'est de l'ordre du possible, acquiesça Agatha.

Le sang de Valerie se glaça : elle était persuadée que son amie la contredirait.

— Tout l'est. Ta vie peut changer à n'importe quel moment. Il te suffit de te contenter de ton sort. De te convaincre que ce qui arrivera est pour le mieux, là, tout de suite. C'est une question de volonté.

— Tu crois ?

— Absolument. C'est le même genre d'effort que s'entraîner pour renforcer un muscle. Au début, c'est dur, puis on finit par le contrôler et par le bander à sa guise. Et tu sais quoi ? Tu te sens bien, alors tu es sûre de faire ce qu'il faut.

— Tu te sens bien, répéta Valerie.

— Oui. Pas seulement mentalement, physiquement. Vraiment. On a le sentiment d'être protégé, fort, joyeux. Comme si quelque chose de merveilleux arrivait pour de bon, au lieu de rester à l'état d'espoir. Le pouvoir qu'on a est incroyable, dans la mesure où on l'utilise. Tu peux...

— Plier une cuillère par un simple regard ?

— Ecoute-moi. Tu es même capable de plier le temps à ton bon vouloir si tu le veux. Si tu décides d'être heureuse à l'avenir, l'attente illuminera le présent. Par la volonté, tu peux atteindre un nouvel état d'esprit quand les choses vont... eh bien, à peu près.

— Ah ! cet état-là. Je le connais. De la démence.

— Non, Vee. Ça n'en est peut-être pas loin, mais quelle importance ?

— Je ne peux pas faire apparaître un compagnon par un effort de volonté.

— Non. En revanche, tu peux parvenir à un état où ça te sera égal d'en trouver un ou pas.

— Tu es en train de dire qu'il y a plus de chances qu'il se pointe de cette façon ?

— Sûrement pas. Une arrière-pensée serait de la triche. Il faut que ce soit vrai.

— Et si c'est la vérité, si je suis honnête, est-ce que cela facilitera les choses ?

— Peut-être... Parce que tu émettras des ondes positives.

— C'est déjà le cas, Agatha. Il n'empêche que je pourrais terminer ma vie seule. Ce n'est pas exclu.

Pour indiquer à Agatha la réponse qu'elle attendait, Valerie ajouta après une pause :

— Même si je suis loin de le penser.

Peine perdue, elle n'eut pas droit au moindre encouragement.

— Bien sûr que ce n'est pas exclu. En fait, la question n'est pas d'être seule ou en couple, c'est d'être heureuse. Et la solitude est peut-être une garantie de bonheur. Tu ignores ce que te réserve l'avenir, tu sais juste que ce sera du bien. Sous quelle forme exactement ? Tu dois attendre pour le savoir et te fier à la bienveillance des Parques.

Les rayons du soleil couchant, plus bas, plus rouge, avaient teinté le store d'un orange éclatant. Exhalant longuement, Valerie eut un geste de capitulation.

— Qu'est-ce que j'ai à perdre, autant essayer ! Si les événements me donnent tort – te donnent tort –, si les Parques se fichent de moi et que mon existence finit par tourner mal, je ne m'en rendrai compte qu'à la dernière minute et je me serai bercée d'illusions. Cela vaut sans doute mieux que de voir le malheur approcher au ralenti, en 3 D.

— Tout ira bien, affirma Agatha d'un ton neutre. C'est ça l'intérêt. Alors, à quoi bon t'inquiéter ?

Valerie contempla la fenêtre étincelante, plongée dans ses réflexions, se mordillant la lèvre.

Remerciements

Pour leur aide et leurs encouragements, je voudrais remercier :

Andrew Kennedy, Stella Kennedy, Rodney Whitaker, Diane Whitaker, Michael V. Carlisle, Emily Griffin, Diana Pernice Small, James Pryor, Roberto Antonetti, Rex Lagrone, Holly Lundquist, Carol O'Brian, Henry Oliva et Marc Pogson, avec un remerciement tout particulier à Sylvette Desmeuzes-Balland et à Tomasin Whitaker pour leur contribution à la première étape de ce projet.

Je tiens également à citer, comme source d'information et d'inspiration, l'ouvrage de Sylvette Desmeuzes-Balland, *Le Divorce vécu par les enfants* (Plon, 1993), d'où proviennent nombre d'idées sur le divorce de ce roman.

Composé par Nord Compo Multimédia
7, rue de Fives, 59650 Villeneuve-d'Ascq

Cet ouvrage a été imprimé en France par

à Saint-Amand-Montrond (Cher)
en février 2012

N° d'édition : 9052 – N° d'impression : 113382/1
Dépôt légal : mars 2012